文
景

———

Horizon

The
Dream
Devourer

Egoyan
Zheng

伊格言

著

上海人民出版社

献给
我的父亲母亲
以及大头

阅读说明

本书批注近三十则，为小说之一部分；虽稍涉故事主线，但若跳过不读，亦不致妨害对情节之理解。读者可自行斟酌是否阅读。建议方式：首次阅读本书时，若希望维持较稳定均匀之阅读节奏，则可考虑将批注暂且略去不读。

作者：伊格言（Egoyan Zheng）
著作完成日期：2297年10月
总编辑：C. Newton
责任编辑：Orpheus Singer
发行人：Anthony S. Huang
法律顾问：叙事者国际法律事务所（Narrator International Law Firm）
出版：黑暗星云出版公司（Dark Nebula Publishing Inc.）
　　　台湾台北市地下城区东22街196号22楼
　　　E-mail：reader@darknebula.com
　　　电子划拨：16587749.Taipei
印刷：黑岩彩色制版印刷公司（Black Rock Colour Printing Company）
版次：2298年10月二版

0

　　"对了，你能否确认，在他们的组织里，你是否曾有过别的代号？"K问，"或者，可能……在某些时刻，你的联络人是否曾给你替换过什么样的名称？他如何称呼你？"

　　"怎么？审讯还没结束吗？"Gödel开了个玩笑。"嗯——"他沉吟，"在单线联系的状况下，我当然不会知道他们彼此之间如何称呼我。"他脸上忽然出现了一抹奇异的微笑，像是理解又像是轻蔑，如同嘲讽亦如同宽谅，"但我的联络人确实给了我一组暗号，供我在紧急时刻主动联络时使用，其中也就包括了一个署名用的代号——"

　　"所以？"K问，"你的署名是？"

1

（画面亮起。）

"你好。我叫Eros。"微笑的女孩侧了侧头，丝缎般光泽的黑发散落在她细致玲珑的裸肩上，"希望你们会喜欢我……"

镜头前，床铺洁白平整，女孩一身细肩带碎花短洋装，白皙双腿交叠。她盯着镜头甜甜笑着。落地窗在她身后敞开。由于视野与镜位之限制，无法看清窗外景物；然而在大块逆光的空阔明亮中，隐约能够看见落地窗后几许点染着的，庭园般的模糊绿意。

白灿天光如泼溅的牛奶般在卧室中缓慢流动着。

"Eros，你今年几岁？"画外音。男子沙哑低沉的声线。

"18岁。"

"你说你叫Eros？"男子问，"Eros不是'爱神'的意思吗？而且还是个男爱神？"

"是啊，Eros就是'爱神'哪。"女孩笑了，露出一对可爱的小虎牙。她转身拿出一块道具广告牌，上面写着蓝色"Eros"字样，还画着一个红色大爱心。她将广告牌举到胸前对着镜头，"噔噔噔噔——"女孩哼唱出命运交响曲的四连音，调皮的笑意荡漾在脸上，"E—R—O—S，Eros。"单字教学般，女孩指着广告牌上的字母重复了一次。

"Eros。Eros。"男声，"Eros，你为什么会想来拍A片？"镜头倾侧，摇晃，微微拉远。一名黝黑精瘦的男子坐到女孩身旁。他染着一头褐发，全身上下只穿着一件红色内裤。

"嘿，我本来就是要来拍A片的呀。这就是我的工作啊。"女孩眨眨眼，说道，"拍A片还需要理由吗？"

"真的吗？"男子用手指点了点女孩的腰侧，笑着调侃她说，"难道不是因为你特别好色吗？难道不是因为你特别喜欢……做爱的感觉吗？"

"才不是呢。"女孩嘟嘴，"我，我从来不知道做爱是什么感觉啊。"

"什么？你说什么？"

"我说——"女孩嗫嚅，"我说我不知道做爱是什么感觉……"

"天哪，不会吧？"男子大笑，"怎么可能？你是说，你没有做过爱？你还是个……处女？"

女孩似乎因遭受质疑而感到委屈了。她入戏地低下头把玩着自己的手指，没有回答男子的问话。

现场一阵尴尬的沉默。

"哎哎哎，别骗人啦。"许是为了消解那突如其来的冷场，男子随即将手搭上女孩晶莹的裸肩，露出色眯眯的笑容，"像这样不说实话，可是要被处罚的哦。知道吗？是会好好'处罚'你的哦……"

女孩似乎因男子触碰而轻轻瑟缩了一下。但她很快就恢复了方才的活泼。她挺起腰板坐直了些，说道："我说的就是实话嘛！我真的不知道做爱是什么滋味呀。"

"喂，再扯就不像啦！"男子指节粗大的手在女孩的背部与黑发上轻轻游移，"快说，你第一次是什么时候？"

"刚刚不是说了，我还没有过第一次呢。"女孩嘟着嘴。

"喂，就叫你别假了你还装！"男子爱抚着女孩的黑发，凑近耳边，作势耳语，"像你这么漂亮又好色的女孩，一定很早就有第一次了吧？说吧，你一定是还在读小学时就有经验了吧？"

"哎呀，干吗老是问人家这种事情啦。"女孩撒娇起来，轻轻打了男人一掌，"我的第一次就是今天哪。今天——"她瞥了镜头一眼，害羞地低下头，"今天，就是我的第一次呀……"

（咔。）（画面消失。）

2

（最初，K并不知道，在梦中被杀害的，其实正是自己的母亲……）

K发现自己回到了少年时的模样。

不，他并未"发现"。他只是知道。此刻他正身处于一仅有四壁，余皆空无一物之简陋旧公寓房间。

各种形状的壁癌爬满了白粉墙。湿气与霉味如植物藤蔓般钻进他的鼻腔。无数难以识别的回声在空间中游移碰撞。

如一名囚犯，K正独坐于房间正中一铁椅上。那铁椅锈迹斑斑，锈蚀处锋利割手，所有铁管支架皆因外力撞击而凹陷扭曲。

他的脸正没入双掌之中。

K在哭泣。

他感觉自己呼吸困难，全身上下皆因不明所以的暴烈情绪而剧烈颤抖。

然而此刻，一冰凉之物瞬间贴上他的后脑。

枪管。

那是一根枪管。火药化合物之咸涩气味与金属之钝重。K缓缓抬头，听见手枪保险栓打开的机械扣响。

（咔。）

"两手举起来。"人声，"举起来！好，很好。手放在头上。对，就这样。"

K举起双手，感觉颈椎内部关节、软骨与韧带之咬合与拉扯。那手枪金属贴肤之冰凉仿佛无限放大了体内零件之细密作动。

他听清楚了。那是男女的欢爱之声。

不，不是此刻以枪管抵着他后颈的持枪者。当然不是。

是来自隔壁房间的声响。欢爱、呻吟与喘息。声响绕行于空间中，而后被徐徐吸噬入松软发泡的白粉墙内。

扳机突然扣下。

（锵！）

K下意识闭上眼。随即发现那扳机之扣响并非来自后颈，而竟像是来自隔壁，来自远处，甚或脑海中一想象之虚空。

K睁开眼。

突然，电光石火，隔壁子弹击发。

（砰！）

不知是否为子弹所伤，K听见隔壁的女人开始哀号。

"你站起来！"人语。枪口轻抵着他的枕骨，"起来！站起来！对，在说你。转过去。你转过去！好。往前走，不要转头。对，往前走。继续。继续走！不要看！"

K双手抱头走出门。直至此刻，他尚未能看清此持枪人之形貌。经过隔壁房门口时，K发现门板已被拆下。门洞内，以眼角之余光，他瞥见房中，一女人披头散发，跪趴于地大声哭号，而女人身旁，似乎是另一男子之尸首。

"不要看！叫你不要看你还看！"持枪者止步，突然笑了起来，"好啊，你爱看是吧？"枪口掉转方向，仍紧贴着K后颈，"爱看就去看啊。去！走啊！爱看就看个够！走。继续！"

K走入门洞。他看清楚了。两具躯体倒卧于血泊中。地板已被整片染红，墙上亦有大片喷溅之血迹。裸身之一男一女，两人似乎伤势皆相当严重；男人仰躺于地，枪伤洞穿了他的脸，五官尽毁，面目全非；而女人则趴伏于男人腰腹，鲜血自身下汩汩流出，似乎也已失去意识。

（最初，K并不知道，在梦中被杀害的，其实正是自己的母亲……）

K感觉自己呼吸困难。他大声抽泣起来。

霎时，扳机再度扣响。

（锵！）

3

公元2219年12月9日。凌晨时分。D城。高楼旅店。

心悸搏动中，K猛然惊醒，感觉自己冷汗直流，周身尽湿。近处，全像电视光线变幻，充满临场感的细微语音环绕着他。他精神恍惚，蹒跚起身，摇摇晃晃踅至浴室，打开水龙头，以冷水冲脸。

他凝视着镜中自己苍白的脸，感觉自己稍稍清醒了些。

究竟是第几次做这个梦？K已完全数不清了。

他抚触自己右侧眼角之胎记。指尖湿迹下，那活体蛭虫般之胎记此刻正缓缓缩小，鼓涨搐动渐消，由紫转红，色泽褪淡，复归至原本静止安睡之样态。

"……消息来源透露，内部会议中，检察官已明确提出指控，证实一星期前无故失踪的人类联邦政府国家情报总署内部人员K，其真实身份并非人类，而是藏匿于人类群体中之生化人，长期为简称'生解'的**'生化人解放组织'**从事情报搜集工作……"

全像电视。

K将毛巾抛入洗手台，走出浴室，至全像电视前，调大其音量。

"……针对这起近年来涉案层级最高之生化人间谍案，本台亦掌握独家消息。知情人士指出，K任职国家情报总署技术标准局局长，位阶极高，掌管业务直接牵涉生化人鉴别科技之研发，事关重大，泄密情况严重。据了解，稍早检察系统已于其住处搜得大量电磁记录，足以证明K长期为生解提供情报，持续数年之久，事证明确。对此，联邦政府国家情报总署署长T.E.已于昨日发表声明，强烈谴责此种间谍叛国行为。T.E.并进一步强调，国家情报总署将与检察系统加强合作，持续深入追查。而针对此一丑闻，反对党领袖D. Lowry亦随即召开记者会，强烈质疑国家情报总署内控不佳，千疮百孔，弊端丛生。目前案情仍持续升高中。关于此案最新发展，请您持续锁定本台……"

K闭上双眼，嘴角似笑非笑，心中一股腥甜涌出。

他没注意到新闻画面已突兀地切上了"Breaking News"版型。

"……现在为您插播一则重大灾害最新消息。目击证人指出，人类联邦政府所在地D城郊区，约于半小时前遭到不明巨大生物体侵袭破坏。该生物体长宽皆达数十米以上，量体惊人；所经之处，屋毁人亡，满目疮痍。此一突发性不明灾害已造成该地居民极度恐慌。然而截至目前，相关政府单位尚未对此发表任何看法。据了解，目前灾害仍在持续中。本台将继续为您追踪此一特异现象，并建议D城居民密切注意，提高警觉……"

K睁开双眼，起身，踱至窗旁。

他完全不敢相信自己的视觉。

怎么可能？K简直以为自己犹宿醉在一场古典时代好莱坞电影工业大量产制，贝冢般堆积如山的，B级恐怖灾难片般的幻影梦境中。

那是，一只透明的巨型水蛭。

黎明将至。城市边缘，空间尚沉落于无底之黯黑。一只水蛭，横越于高楼视野十数街区之外，竟以其躯体之蠕动，轮替遮蔽，呈显，截断或扭曲着那遥远朦胧之天际线……

（它的身躯柔软地蜷曲着。它的体节搏跳涨缩如一活体之心脏。它昂起头部，如一巨人之透明舌尖，焦躁探向前方不明确之虚空。）

仿佛由于某种建构梦境之算法发生错误，竟使得那梦中所有部件，全被依指数规则极限膨胀数十万倍，而趋近于一不可思议巨大形体之尺度。

（这是部灾难电影，是吧？这不是真的吧？）

然而K随即醒悟：早就没人拍这种陈旧过时、大量依赖特效后制的B级灾难片了。

现下时兴的那些"**梦境娱乐**"（Dream Entertainment），或称"**梦境作品**"（Dream Work），于古典时代末期所发展出来的原型，最初是叫作"模拟器"（Emulator）或"虚拟现实"（Virtual Reality）。史料显示，此类原型多以一活动型密闭舱室或一头罩之空间呈现；借此将使用者之五感禁锁于其身处之舱室或头罩内。于此，使用者之知觉暂时与外界隔绝，而仅能被动接受该器械内部之程序设定……

那些虚拟的活尸。假的鲜血。赝品般的火光与爆破。那些以其人工加速度拉扯扭绞人体之脏器筋脉的，不存在的离心力场。那些像是全然违反人体力学之慢速舞蹈般的，追逐、打斗、弹跳与飞行……

但现在早就不时兴此类"假的"虚拟现实了。

它毋须虚拟。它"就是"实境。消费者下单网购仿古典时代名片《金刚》所重制的《金刚：2218复刻版》梦境作品；解压缩后，将主机延伸之类神经接线路连上**"脊椎插头"**（Spinal Plug），[1]再与

---

[1] 关于"梦境娱乐"或"梦境作品"普遍采用脊椎插头可能导致之人体伤害，自该娱乐形式大受欢迎以来，即颇获媒体青睐。举例，美国ABC电视台《世界纪事》（*World Chronicle*）节目即曾制播《爱你入骨，玩你入脑——梦境娱乐有害健康？》专题报道，由资深记者S. Carver采访、主播T. Rankin主持，节目主要以纪录片形式探讨此一问题。由于深入医疗机构，对病患与相关医疗人员进行拍摄采访，报道画面极为真实，甚至颇有不忍卒"睹"之感，遂因此博得极高点阅率。资深记者S. Carver曾于首集节目中如此播报：

……一般而言，尽管此类"梦境娱乐"使用手册均有标明："务必以酒精棉片蘸取特制防锈培养液擦拭颈椎孔""建议每月定期擦拭颈椎孔与脊椎插头，适度消毒，确保卫生""使用后若有不适，请立刻停止使用并咨询医师"等警语；但事实上，此类标示却是一妥协之结果。据了解，此类"梦境娱乐"或"梦境作品"普及之后，玩家们疑似因使用此类娱乐用品而致病之案例，时有所闻……

播报同时，该记者手持酒精棉片正对镜头；于其身后，中国杭州某电玩大赛场地上，数千名来自全球各地之参赛者正接上脊椎插头，同时联机进行竞赛。众人摇头晃脑，眼神或专注或迷蒙，场面颇为壮观。而主持人T. Rankin随后亦对此进行说明：

……一般大众普遍怀疑：若是脊椎插头衔接处异常锈蚀严重，轻则造成情境错乱（真幻不分），重则亦可能导致使用者罹患程度不一之精神疾病。事实上，相关消费者保护组织亦曾多次代表此类受害者针对娱乐厂商提出相关诉讼；但由于致病机制并不明确，缺乏科学根据，诉讼结果均以败诉收场……

而于接续约20分钟节目中，则以记者S. Carver访谈数位脊椎插头相关病变疾患为内容。其中令人印象深刻者，一位中年男子疑似由于脊椎插头故障，导致使用之"梦境娱乐"内容侵入脊椎，积滞于意识内，无法清除，遂失去现实感。该病患已失去生活自理能力，所有感官知觉无时无刻均遭禁锁于该"梦境娱乐"产品内容中；且由于该梦境娱乐为一日本公司出品，名为《巫咒》之鬼怪恐怖电影，是若从旁观察，则该病患之脸容不时显现极惊恐之表情，或间有战栗、失禁等反应，处境悲惨，令人怜悯。

而于《爱你入骨，玩你入脑》报道节目首集后半，制作单位则安排访谈数位法律专家、社会运动者与医师，试图探讨此一现象于现实层面上可能的解决之道。举例，加拿大消费者保护协会理事长T.Y. Campell即于受访时表示，降低风险本是梦境娱乐厂商之责任，且必须事前预防，不能仅止于事后补救。Campell强调，该协会将持续支持受害者对梦境娱乐厂商提出诉讼。而中国消费者协会会长H.D. Lee则提出强制投保（转下页）

自己的颈椎或腰椎啮合衔接——

不再"虚拟"。只有"实境"。程序内建之**类神经生物包裹**（Simunerve Serum）[2]将通过对脊椎与大脑之暂时性感染（Temporary Infection）全数接管使用者之感官。一如梦境，使用者将亲眼目击那不可思议之巨兽猩猩，确切闻到它的气味，抚触其皮毛汗水；甚至体会脑壳被击碎，血管筋脉遭拉扯爆破，体腔脏器被挤压，撕裂，瞬间摧毁之快感与痛感……[3]

（接上页）概念，主张政府应立法对"梦境娱乐"使用者强制投保："无论从道德上或法律上来说，保费应由厂商全额负担。这毋庸置疑。"H.D. Lee更主张提拨部分保费支持相关科学研究，以求早日确认致病机制。然而，针对此一致病机制研究，相关医疗人员受访时的说法却又令人对其进展不敢乐观。"这很不容易，因为它与传统医学或生理学研究完全不同。"台湾台北荣民总医院精神科主任黎耀辉即于受访时表示，相较之下，古典时代生理学研究仅需针对身体器质性因素进行爬梳，较为单纯。"但如果是'梦境娱乐'出事，那就麻烦了，病例送来，第一步就是骨科、外科、精神科、神经科四方会诊；因为你很难确定问题究竟是出在哪一方面。是脊椎接头内部锈蚀损伤神经呢？还是整个暂时性感染过程里的程序错误？又或者根本是患者内在人格特质或心理创伤和梦境娱乐类神经生物产生了不良交互作用？"黎耀辉医师表示，光是从这点即可判断，梦境娱乐致病机制之相关研究，难度颇高，短期内意图获致重大进展绝非易事。此《爱你入骨，玩你入脑——梦境娱乐有害健康？》专题报道节目为连续5集，每集长约1小时，于2226年7月9日网络首播，每周播出一集，五周后播毕。

[2] 顾名思义，此类神经生物包裹为模仿人类神经细胞所构造之生物群组；一般用以植入人类之神经系统，以求取代、修正、增加或缩减人类神经系统之功能。而于"梦境娱乐"或"梦境作品"中，此类类神经生物多半以古典时代流行性感冒病毒为基底改造而成。通过适当植入手续，类神经生物将会对人类中枢神经系统进行暂时性感染，并于感染期间影响该神经系统。

[3] 当然，于一般梦境娱乐或梦境作品中，快感与痛感皆为可调整状态。以痛感而言，当然亦可取消，将痛感值调降为零——事实上，这是多数玩家的选择，亦为默认值。而快感值亦可以相同方式调整。
值得注意的是，由于此类虚拟之痛感与快感均可能导致使用者身心无法承受，于数次零星意外（多为心肌梗死）发生之后，相关单位对此遂订定有最大值之限（转下页）

但K知道，此刻眼前之异象，绝非梦境。

不是。不是古典时代的好莱坞B级灾难片。不是"虚拟现实"。亦非"梦境娱乐"。

那是一只巨兽。如假包换的超大型畸变水蛭。真实的，以其体节之涨缩蠕动，缓慢自我推进之软体动物。此刻，环绕着那巨大透明生物体，K正目睹，震中四周横遭波及之城市建筑，全像是大规模倾倒中的骨牌图案，自内里安静崩落，塌陷，化为粉尘。

（那是什么？）

（怎么可能？怎么会……出现这样怪异的生物体？）

K略做推演，心中立刻得出了可能答案。（是吗？真是那样？）理论上，如此规模之生物异变必然始自于演化法则之错误。唯有演化法则之错误，才可能在有限条件内创生出如此缺乏合理性基础之畸变种软体动物；亦唯有基因工程算法之更动，才可能触发演化时钟之逆行，从而竟重新孵育出这仅存在于恐龙时代之庞然巨兽。

K心中雪亮。很不幸地，如此后果，极可能来自他本人。

而这一切，全始自于人类联邦政府国家安全会议高层那道"内部清查"之谕令……

（接上页）制。然而道高一尺、魔高一丈，不法之事却也随之而生；某些特别偏好寻求刺激之玩家宁可额外付费，会同技术人员进行非法"改机"，将快感上限值调高，以求心荡神驰之享受。久而久之，更有部分不肖业者于地下工厂大规模进行"改机"量产，于黑市中高价出售。于某些贫穷国家境内，此类黑市交易竟取代毒品功能，致使毒品交易之经济规模大幅下降。诺贝尔经济学奖得主，中国台湾学者李正航（Z.H. Lee）曾以**"机毒相克"**名之，意谓若"改机"数量上升，则毒品产业之经济规模便随之下降；反之亦然。此外亦有新闻媒体谑称此类梦境娱乐为"穷人的可卡因"，颇为讽刺。

4

公元2219年12月9日。凌晨时分。D城。高楼旅店。

K踱至桌旁，坐下，打亮立灯。白色灯光在他背后投射出巨大剪影。

他突然想起童年时代那些寂寞的夜里，一个人的手影游戏。这是狗。兔子。这是帆船。老鹰。空间中，暗影与暗影的交缠叠合……

（不，不对。他记错了。他根本没有童年。那么……那不是他自己的童年。）

（那是他不知由何处得知的，别人的记忆？）

人类联邦政府。国家安全会议。下辖人类联邦政府**国家情报总署**，别称**第七封印**（The Seventh Seal）。

"**内部清查**"。一道下令内部清查之手谕。全面性大规模忠诚测试。根据K当时截获之情报，手谕内容堪称简洁直白，斩钉截铁——"线报显示，情报总署内部极可能已遭生化人解放组织间谍渗透，谕令署长T.E.会同国家安全会议人员成立项目小组，针对线报内容进行查证；且除T.E.本人外，所有第七封印人员皆不得参与该项目小组……"

换言之，情报总署内部，包括现任技术标准局局长K自己、研究中心主任Murakami，以及第七封印纽约站站长P. Auster、东京站站长Mukoda、伦敦站站长I.A.等等，这些过去惯例参与高层集体决策之第七封印高阶官员，此次皆已直接被排除于项目小组之外了。

越级清查。这必然明示，国家安全会议已全然不再信任第七封印之高阶官员了。

对比于以往，这确实极不寻常。但话说回来，关于生化人间谍渗透所造成的困扰，此亦非首例；因为相较于过去，尽管越级清查规格之高前所未见，然而本质上一切依旧，因为那项目调查（抓内贼！）之种种，皆直接相关于一了无新意之主题——那从古典时代起便持续困扰政府部门的，关于"**如何辨识并捕捉伪扮为人类之生化人**"之方法。

K定了定神，望向前方。

他看见自己无血色的脸。

他的倒影，鬼魅般悬浮于玻璃窗外。

K起身至玻璃窗前，凝视着自己距离外的幻影。穿过那铅笔素描般的淡漠人形，他看见天际线处，透明水蛭巨兽依旧接续爆破着四周建筑。

水蛭。灾难必与**血色素法**有关。K想。而血色素法，又直接导因于生化人筛检之古老议题——

（一如狙击镜之照看。自茫茫人海中，将伪扮为人类之生化人准确锁定。逼近，逮捕，监禁，用刑，以儆效尤……）

这不是新鲜事了。回顾起来，此一历史悠久之争议，期间曾横跨数十年，历经各式人权团体、利益团体、社运组织、学界与政府组织、政党政客之权力角力；而于2150年代，亦即距今约近70年前暂告中止——公元2154年3月，于其时人类联邦政府总理K.D. Wu主导下，泛称"**种性净化基本法**"（The Law for the Racial Purity of the Human Race）之宪法增订条文修正案业经国会议决，正式通过。自此，相对于其他非人类之"类人物种"——包括较为古老的"机器人"（Robot），目前主流类人物种"生化人"（或称生化复制人，Bio-synthetics），以及较为少见的"合体人"（或称人机合体人，Cyborg）等等——"种性净化基本法"明确保障了人类作为**唯一优先物种**之权利。且为确保法律与时俱进，基本法亦于一定限度内授权予人类联邦政府，得视情形弹性规范人类与其他"类人物种"间之法定差异。

而一切法定差异，均须以成文法为之。

易言之，人类与生化人究竟有何差异，如何识别，皆必须明定，见诸文字，不容有任何模糊暧昧之处。

是以，原则问题既已解决，进一步任务必然即是此"法定差异"，亦即所谓成文法细则之订定了。

然而这正是难处所在。有何方式，能帮助人们准确区分"生化人"以及"真正的人类"？

究竟该借由何种方法，何种技术，方能精准辨识生化人与人类间之差异？

5

（画面消失后。）

（暗夜荒野。全黑。静止。）

（亮白色片名字样缓慢浮现。）

最后的女优

（字幕片：2211年3月25日。）

城市闹区。大街一侧，巨兽泄殖腔分支般的狭长小巷。五光十色的店家招牌，墙上、铁门上各式涂鸦张牙舞爪。经过周遭建筑之遮蔽与稀释，天光被磨去了刺眼的锋芒；整个画面陷落于一柔和忧郁的冷色系滤镜中。

现场收音。

近午时分。多数商家已开始营业。路人们疏疏落落移行于巷道中。盖着防水布的摊车被推挤在骑楼一角。情侣们躲在防火巷暗影处拥吻，摸索着彼此的身体。

风轻轻刮卷着地面的纸屑与落叶。

杂沓的市尘之声。交谈。呼喝。大街上反射而来的车声喇叭声。机器轰隆隆的运转。亮着灯的夹娃娃机。电子游戏机叮咚作响的音乐……

女孩走了出来。她看见摄影机，对着镜头笑了笑，打了招呼。

"早安。你们辛苦了。"

"早安。"

"早安。今天穿得很漂亮啊。很可爱呢。"

"啊，谢谢，谢谢。听你这样说，很开心呢。"

是Eros。Eros笑了。那笑容如此纯真，像是真心因对方的赞美而感到喜悦。

由寒暄内容听来，除了手持摄影机的摄影师之外，另有一导演在场。

然而该导演并未入镜。

摄影机跟在Eros身后。一行人上了路面电车。离峰时间，电车上虽无空位，却也并无其他站立乘客。

Eros站至车厢中间，单手拉住吊环。

光与阴影柔和并存于她的脸。

仿佛某种爱抚，镜头倾侧，摇晃着跟到一边。

"今天是见面会吗？"

"是啊，是见面会。"女孩点头。发梢轻拂双颊。

"见面会要做些什么呢？"

"握手啊，签名啊。和影迷们合照。看看公司怎么安排吧。"

女孩沉默下来，转头看向窗外。递切的窗格里，街景如幻灯片般快速流逝。"而且，"女孩开口，"可能是最后一次见面会了呢。"

"确定不做了？"对话者似乎并不意外。

"嗯，是啊。就不做了。"女孩摇头。

"不喜欢这样的工作吗?"

"也不能说不喜欢啦……"女孩稍停,"但你也知道,实在没有办法再做下去了,也只好离开了。"

化了淡妆的女孩看来清丽可人。然而此刻眉眼之间似乎颇为落寞。

"别这样嘛。真的不考虑继续吗?大家都非常喜欢你呢。"

"他们以前或许喜欢我,现在也或许还喜欢;但——"女孩低下头,再度陷入短暂沉默,"嗯,总之,"女孩说,"那已经不是我的意愿的问题了。"她语音低微,"更何况,我想,他们也未必真那么喜欢我吧……"

(咔。)(画面消失。)

(字幕片浮现。)

(黑底白字:生化人女优 Eros 的告别见面会。)

另一处城市街区。电车站前的石砖广场。戏院、唱片行、购物中心、巨型全像屏幕与大型虚拟现实游乐场等各式建筑标示着广场的边界。

广场一角,一位腹语者正操纵偶戏。人群疏疏落落围聚着。

摄影机穿越广场,来到了广场边一家门面不大的唱片行前。

周末午后,人潮显然比平日更多些。排队人龙自店内延伸至店外廊道上。

镜头沿着人龙钻入店面,穿过花花绿绿的货架,很快找到了正坐在桌前为影迷们签名的 Eros。

Eros 朝镜头潦草地笑了笑。然而她忙得没时间开口。她朝讲桌后的方向做了个手势。

穿过走道，进入休息室之后，一名男子出现在画面上。

三十多岁的东方男人。他低着头，指上夹着香烟，若有所思。

但他立刻站了起来，露出笑容；伸出右手。

（画面定格。）

（字幕：Eros 经纪人 J。）

男人穿着鼻环，耳郭上叮叮当当一串饰品。五颜六色的怒发如大型禽鸟之尾羽般炫耀蓬乱。简单握手寒暄后，男人向摄影师与导演解释，说是方才盯场，见面会一切顺利，场面上尚有唱片行工作人员照看；因此偷空稍事休息云云。

双方落座。喧嚣被阻隔于门外。室内仅余下空调细微的气流摩擦声。

导演入镜。

然而令人意外的是，导演竟戴着面具。

日本能剧脸谱。诡异的黑色八字胡，鼻弧与嘴唇处翻模着真实人类之脸面曲线与肌肉纹理。眼缝细长，唇色艳红，嘴角似笑非笑。

或许事前已被告知，经纪人 J 看来并不意外。他对导演的面具装扮视而不见。

"最后一场了呀？"导演问。

"唉，是啊，最后一场了。以后确定不做了。"J 吸了一口烟。

"看来还是热烈得很啊？真的没票房了吗？"

"唉，他们知道这是最后一场，特地来捧场的。"经纪人 J 疲惫地笑了笑，"之前的几场，妈的平均起来都只有二十个左右——"

（对于导演提问，J 极自然地应答着。但即便如此，由于面具之

存在，画面上便不免呈现为一名男子与一诡异脸谱之间的对话。无
以名状之怪异感。）

"不能试着撑下去吗？感觉很可惜……"

"不可能的。"J摇摇头，"怎么可能会是梦境娱乐的对手呢？想
想看，那几乎都是真的呢。真的。就像做梦一样。那就是做梦啊。"
他随手揿熄香烟。烟灰缸中，白色烟身挣扎扭动，烟头发出老鼠般
吱吱喳喳的吵闹声响，"连我都不想再看A片了。管你是真人女优，
还是生化人女优，我都不想再看了。"

"但Eros毕竟是生化人女优，这算是有一般真人女优所没有的
优势——"

"不可能的。"J说，"这都没有用了。我知道Eros很优秀，事实
上她也做得很好，有一大群死忠影迷很喜欢她……但再怎么好，不
可能比得上梦境娱乐的真实触感的。我不敢说梦境娱乐或梦境作品
能完全取代真实性行为；但总之，差距也不大。你也明白，逼真的
梦境所带给人们的感受，远比看A片具体多了。我们不可能是梦境
娱乐的对手的。"

短暂的沉默。

"除了Eros之外，"面具导演再次开口，"其他女优怎么想？"

"其他的？"

"比如说你这边的……"

"别人我是不清楚，但我手上这几位，大家看法都差不多的。"
经纪人J又笑了笑，"坦白说，或许不用多久，我这边迟早也得收
掉了。"

这时一个胖女孩突然推开门进来。她向导演和摄影师点了个
头，而后与男人低声交谈了几句。

"对不起，临时有个事，"J起身向导演致歉，"我去处理一下，十分钟就回来。抱歉……"

（画面定格。暗下。）

（画面亮起。）

（字幕：25分钟后。）

"刚刚怎么了？"面具导演问。

"嗯，一个新人，"J解释，"唉，第一次拍啦，男优才刚开始碰她，她就哭了，哭得可惨了，拍也拍不下去。小朋友嘛，难免搞这种烂飞机。助理那边说我比较会安慰人，找我过去帮忙劝一下。"

"结果如何？"

"大概是没问题啦。现在继续在拍了。"男人打开烟盒，又抽出一支烟。

"J很有本事哦？"导演语带调侃。

"哎，没有啦。"J摆摆手，颇为得意，"应该的。做经纪这行，一向是花很多心力在照顾女孩子们的情绪的。当女优不轻松，依赖的又是最微妙的身体；如果是新人，更容易适应不良——"

"现在还有新人愿意入行吗？"

"嗯……其实几乎没有了。"经纪人J将细长的烟夹在指间，并未点燃。他皱起眉，神情复杂。"这个妹妹，我猜也只是想短期捞一票而已。或许她也知道机会不多了。也或许她有急用？反正就那么一次，合约卖断，拍完杀青，拿钱走人，连版税都不用算了。"

"和以前完全不一样是吧？"

"妈的那可差多了。"J将烟搁在小几上，摸了摸脸，"现在回想起来，简直难以想象。以前生化人女优定期筛检，我还得特地排时间带她们去做……在地下城区18街的检验所。你去看过吗?"

"呃,本市的检验所倒没有,"导演回应,"但其他地方是看过的。"

"那时规定每两个月要做一次生化人筛检,为的是确认女优身份。"经纪人J点头,"对,我这边的生化人女优当然完全合法,做筛检只是为了确定你确实是个生化人,不是人类;为了登记列管……结果筛检业务量太大,光是预约等候可能就超过两个月;每次都弄得我紧张兮兮,担心万一期限过了要受罚,或轧不上拍片档期之类的。你看那时有多少女优在排队等着做筛检啊。现在呢?"J一摊手,"妈的今天预约,明天就叫你去做了。"

(咔。)(画面消失。)

(字幕片浮现。)

(黑底白字:*生化人筛检。血色素法。*)

(黑底白字:*日本东京。2204年10月1日。*)

(画面亮起。)

血。

血液自吸血虫体侧管汩汩流出,如颜料般于容器中缓慢扩散。

少女睁开眼看着自己被吸血虫吸附的细瘦手腕,而后别过头去。她身材清瘦,着一件陈旧短衬衣;随着动作,可以看见她腰间的雪白肌肤,以及隐没于肌肤下滑动零件般的肋骨下缘。

医护人员走近,检视容器,而后轻轻摘去趴伏于少女手肘内侧的吸血虫。

吸血虫发出细微的鸣叫。

少女轻轻舒了口气，整妥衣衫，掏出发圈，将一头光泽的小麦色秀发固定于后脑。

（画面定格。）

（字幕：**生化人AV女优Bella**。）

少女脸色有些苍白。无数细密汗珠排列在她额角，如昆虫的透明卵泡。

"还好吗？"工作人员忙着整理器具，"很紧张吗？"

"还好。"

"这样就可以了。"工作人员表示，"……哎！你小心！"

少女脚步踉跄。"没问题吗？"工作人员问，"可以自己出去吗？"

少女疲惫地笑了笑："嗯，应该还好……"

推门入内。淡青色玻璃后，小室中，黑色屏幕占据了整座墙面。

仿佛隐蔽于夜暗雨林中无数肉眼不可见的微小生物。密密麻麻的数据、图表，各式光点与色块散布于大型显示器画面四周。而一旋转中的巨大3D几何图案则占据了画面正中央之位置。

（镜头拉近。）（文字显示：**血色素结构——生化人型**。）

（定格。）

（黑底白字：**血色素筛检法·发展简史**。）

（字幕：

2090年代：于生化人产制过程中，将其与人类之间唯一基因差异精准标定于第11对染色体处；而此一基因差异则将导致生化人拥有与人类不同之血色素化学结构。准此，经由验血，即可辨识生化人。

2154年：经立法后，"种性净化基本法"与"血色素筛检法"全面施行。

2206年：鉴别度逐年降低至92.9％。

2210年：鉴别度再次遽降，宣告失效，遭立法废止。血色素法正式走入历史，为"梦的逻辑方程"筛检法所取代。）

（咔。）（画面消失。）

（画面亮起。）

（失焦的雨日窗景。无数朦胧光色于画面中静止。）

（对焦完毕。）

坐着的女人。

白日。大学研究室般的朴素房间。光线尚称充足，然而带着某种阴雨天特有的潮湿暗影。

女人侧对镜头。她看来约略五十多岁，眼窝极深，眉毛粗淡，短白发梳理齐整。她有着线条明显的颚骨，整体轮廓看来有种男性化的坚毅；但眼神却显得忧悒而哀伤。

她转头望向窗外。玻璃反光下，无法看清室外景物；只能隐约看见某些色彩极淡的影子。苍白天光如触手般抚摸着女人的侧脸。

（画面定格。）

（字幕：S教授。美国西雅图大学神经演化学系。）

"血色素筛检法的失败，"S教授依旧凝视着画面之外的某处，声音沙哑，"对我来说，或许也并不意外……"

"是吗？"导演似乎有些讶异。这次他换了张瞪着铜铃大眼，龇牙咧嘴的黑色怒目金刚面具。"怎么说？"

S保持沉默。她站起身来，特意看了看窗外。

"这样说吧，"她回过身来，"问题不在于血色素筛检法本身。问题在于，比起它的对手——自体演化（Self-evolution），那从来就不是一个以简御繁的方法。"

怒目金刚微微颔首。"您的看法是？"

"嗯，这有些复杂。"S教授稍停，"首先，'血色素筛检法'原本便是人为产物，这完全依赖生化人产制过程中的基因技术。"她解释，"另取水蛭基因，与人类第11对染色体基因化合；而于制造生化人时，采用此混合了水蛭基因的第11对染色体。这便成了生化人与人类DNA序列间的唯一差异，一个明显的'标记'。而此一基因差异则实质表现于生化人血色素之化学结构上——生化人的血色素比人类多了一个甲基。

"所以要抓生化人，验血就知道了。简单粗暴有效率，对吧？"S说，"但即使如此，我们所面对的历史却是，2200年代初期，血色素筛检法开始显露疲态，鉴别度快速下降；及至2206已降至92.9%左右。事实上，这已濒临崩溃边缘了。

"其后不知为何，鉴别度之下降速度突然趋缓。如此苟延残喘四年；及至2209年鉴别度再次遽降为止——"

"然后就失效了。"

"然后，就失效了。彻底失效。一败涂地。就此败给了筛检法的敌人——自体演化。这是为什么呢？"S教授凝视面具导演，"关于自体演化，外界始终传闻甚多。我想你非常清楚，那是伪扮为人的生化人用以对抗筛检的唯一方法……"

"我知道，"面具导演迟疑起来，"但详情——"

"对，人类对自体演化所知有限。这其实正是血色素法失效的主因。"S说，"但话说回来，人类甚至对'演化'也根本所知不多，不是吗？"

或许是风的关系，窗外光影的明暗层次似乎有所变化。暗影的痕迹在S教授脸上暂时灭去。它们以另一形式缓慢流动于空间中。

"根本问题在于，'演化'究竟是什么？"S稍停。"最古典的说法是，达尔文的《物种原始》告诉我们，演化之基础动力来自基因突变。基因突变导致个体性状差异；而个体差异与生存环境间的互动则进一步导致'天择'（Natural Selection）——即所谓'适者生存'。

"而所谓'自体演化'，其原理即是：于自身体内，生化人们自行植入**内建加速模拟演化程序**（Accelerated Artificial Evolution Programs）之类神经生物包裹，以数百万倍速率之**模拟演化**方式，进行物种自我改造。借类神经生物之力，他们能于短时间内自行演化，自行变异，摆脱部分生化人固有之种性特征。于此一例子上，被摆脱的种性特征正是人类刻意用以'标示'生化人的，化合了水蛭基因的第11对染色体……

"是以，当自体演化程序执行完毕，生化人们会变得'更接近人类'一点，接近至特定生化人筛检无法有效辨识的程度。换言之，在这个例子上——令血色素法完全失效的地步。他们彻底击败了筛检法。

"但正常状态下，'演化'必然极为耗时。"S突然站起身来，"喝点茶？"

"呃，我这样，"黑脸怒目金刚尴尬响应，"这样喝茶不很方便……"

"啊，是，"S笑起来，"抱歉忘了你的面具。那只好我自己喝了，请别介意。"她自罐中拈起少许茶叶，冲了一杯茶。

雾气一般，茶香沉滞于室内空间中。而茶水则呈现诡异的莹蓝色泽。

"在自然环境中，演化极为耗时。"S教授轻啜茶水。莹蓝色液体在她唇上留下了湿迹。于黝黯之室内，如深海中亮起的浮游生物，"即便只是一个微小的性状改变，即可能就要耗去数百万年，甚至上千万年光阴。

"然而使用加速模拟演化程序时，由于演化速率加快了数百万倍或数千万倍，因此可能仅需花费数年、数月不等之时间，个体即可完成性状之改变，进而欺骗某些特定的生化人筛检……"

"筛检法不变。"面具导演回应，"但生化人改变了。"

"是的。更准确地说，生化人自己选择了改变；"S教授说，"借由自体演化，生化人成功模仿了人类的血色素结构，改变了人类在制程中强制赋予他们的，混合了水蛭基因的第11对染色体……"

"所以？"

"这实在太奇怪了。意思是，如果一个生化人已完成此项自体演化，那么在他体内，他的第11对染色体与人类的第11对染色体即已没有差别。换言之，在此，生化人DNA与人类DNA亦已毫无差异……"

"所以？"

"所以在这件事情上，人类所面对的，根本是个未知的敌人。"S放下杯盏，站起身来，"我们必须承认'自体演化'确实是项奇异的成就。我们所知有限。截至目前，我们未能掌握它的内部机制。我们甚至不清楚生化人族类如何成功克服自体演化所带来的严重副作用。[4]就此事而言，敌暗我明，恕我直言，无论人类对筛检法如何精进如何变革，相较下根本就是瞎子摸象……"

"所以，"导演说，"这是您之所以说，问题其实不在血色素筛检法本身，而在自体演化？"

"没错。"S教授站起身。天色渐暗，一层针状雾气贴上了窗玻璃，"理论上，自体演化原本便极可能拥有优越能力对任何筛检法做出调适；进而摧毁其成果。请注意，是'任何'筛检法……"

"啊……"导演若有所悟，"这么说来，您对现在用以取代血色素筛检法的'**梦的逻辑方程**'（Logic Formula of Dream）的看法是——"

"是。"S教授忧伤地笑了，"'梦的逻辑方程'也没有用。如果

---

[4] "……关于自体演化所产生之副作用，据了解，于施用期间，可能由于植入之类神经生物包裹必须侵入体内细胞之细胞核中以行'天择模拟'，个体必须忍受极大之精神与肉体痛苦；而部分已遭改造之身体细胞，由于极易被原先之个体组织视为外来侵入物，因此其症状则类似人类之自体免疫疾病……事实上，在人类身上，类似之DNA改造程序几乎全因自体免疫排斥作用而失败；但奇怪的是，在生化人身上，'自体演化'之成功率却明显较人类为高……"
以上引文节录自《自体演化：生化人想要什么？》专文报道，见德国《明镜周刊》，2215年2月27日。然而必须进一步说明的是，此类报道资料之可信度或亦有其限制。事实上，由于"自体演化"属生化人阵营机密，人类方对此多有未明之处。举例，如上述之"何以自体演化于生化人身上成功率较高，而于人身上所进行之DNA改造则近乎全然失败"之差异，科学界对其原因即全无头绪。一般认为这可能是生化人免疫系统缺陷所造成；但检视生化人研制之基因蓝图，于免疫系统上，并未发现任何缺陷或异常。截至目前，此一问题尚未获得具说服力之解答。科学界众说纷纭。目前主流看法，多数仍力主生化人族类确实存在免疫系统之缺陷；只是此一缺陷尚未为科学界所发现。而另有少数看法则认为，于"自体演化"之相关科技上，生化人阵营可能拥有超越人类知识水平之发展。2205年，于美国《时代杂志》"狭义相对论300年纪念专辑"之中，即将此一问题选为"十大科学未解之谜"之第九名。

自体演化可以完全击败血色素法；那么可以预期的是，梦的逻辑方程也终将一败涂地。那只是时间问题。"S教授停下，再度看向窗外，"失败，都是必然的啊……"

（咔。）（定格。）

（画面暗下。）

（画面亮起。）

中景。空阔明亮的豪华客房。

腥红大床。框定着光的落地窗。窗外隐约可见一幅俯瞰着城市水泥丛林的幻梦空景。

着黑色内裤的男优自床缘站起，背对镜头套上一件宽大橘色衬衫。他接过一旁工作人员递过来的毛巾擦了擦头脸，边与坐在一旁沙发上的经纪人J说着些琐事。

Eros包着大浴巾坐在床缘，正捧着透明玻璃杯喝水。

经纪人J突然站起，走上前去，低下身与Eros耳语。

（画面定格。）

（黑底白字：Eros演出摄录中。中场休息。）

镜头稍稍拉远。

"一切顺利吗？"面具导演的声音。

"还好……"众人七嘴八舌，"还算可以，没什么突发状况……"

画面中共有三人。Eros与经纪人J相隔一段距离并排坐于床缘。Eros已换上一件粉红细肩带背心，牛仔热裤，白皙粉嫩的长腿并排舒展着。浅蓝色大浴巾被揉成一团丢在一旁。而与两人相对的则是坐在沙发中，着橘色衬衫与黑色内裤的男优。

（定格。）

（字幕：**AV男优伊藤**。）

镜头向男优拉近。面具导演的声音："伊藤先生，请问这是你第几次和Eros合作了？"

"啊，我想想看——"男优说，"嗯，记不清楚啰，加起来可能有八九次了吧。"

"算很多次吗？"

"我想是吧。"

"喜欢Eros吗？"导演语带调侃。

"嘎？"男优也笑起来，"什么喜欢？什么样的喜欢啊？"

"哦——你心虚了对吧？"

"喂喂——"男优尴尬起来，"这，这跟纪录片主题有关吗？"

"有啊，"导演说，"这都是生化人女优的工作，生化人女优的生活啊。承认吧，你很喜欢Eros，对吧？你喜欢她很久了吧？"

"我是喜欢她啊。"男优伊藤双手交握，"呃，Eros漂亮又专业，和这样的女孩子合作，本来就是很愉快的经验。"

"哎，你避重就轻哦。"导演说，"好吧，我这样问好了：在和Eros做爱的时候，你喜欢她吗？"

"呃——"男优迟疑半晌，"她，她是个很有魅力的女孩……身材又好，又很投入，"他突然看了Eros一眼，"我想我每次都有，呃，都有，恋爱的感觉……"

众人都笑了。经纪人J尤其大笑出声。Eros撒娇似的回瞪男优一眼。"好吧，你真会说话。"导演转向Eros，"Eros，你喜欢伊藤先生吗？"

"讨厌，"Eros夸张地双手遮脸，"问这干什么啦！"

"咦，"导演说，"怪了怪了，我怎么不像是在访问工作伙伴，反而弄得像是在访问情侣一样……喂，J！"镜头转向经纪人J，"经纪人先生，他们两个有在一起吗？"

"没有啦！"J笑不可遏，"没有吧，除非他们瞒着我……而且你也知道，理论上，人类和生化人之间是不太可能产生爱情的啊！"

"有鬼，事情并不单纯，"导演笑着说，"你们都相当可疑。好吧，那Eros你告诉我，你觉得伊藤工作表现好吗？"

"还不错啦。"Eros依旧尴尬。她伸出手将颊侧长发理顺至耳后。

"怎样的'不错'？"

"嗯……我想，他还满体贴的。"Eros说，"他很了解怎么引导我。或许是他经验多吧？"

"喂！小姐，"男优笑着反驳，"你经验比我少吗？"

"伊藤，人家姑娘都称赞你了，你还不满意吗？"面具导演说，"话说回来，你确实跟不少女优合作过吧？"

"是啊。"

"你认为，"导演问，"在性爱反应上，人类女优和生化人女优之间有什么差别？"

"差别？"男优想了想，"以我的经验来说，我想，或许差别不大？……"

"是吗？"导演追问，"再想想看。没什么差别吗？"

男优摇头。

"好吧，"导演说，"那，还是来谈谈Eros？"他做了个手势，"你刚刚说，那种……恋爱的感觉？"

"呃——"男优又瞥了Eros一眼，"这，她很温柔啦。嗯，我的意思是说，我们拍片，当然依照各式剧情设定，需要双方配合演出。如果是轮暴或痴女一类的剧情，当然也温柔不起来。但Eros她就是有一种温柔的天分，气质天生；在做爱时，无论是如何粗暴或兽欲式的剧情，她就是让人觉得温暖。那真的，非常迷人……"

"我来说啦，"一旁的经纪人J突然插嘴，"这点从影迷们的反应也是可以知道的。我听到的说法是，Eros很会撒娇，即使是在高潮当下也能自然而然地撒娇。这个呢，影迷们都为此神魂颠倒……"

"哦，原来是这样啊。"导演问，"Eros，你很会演？"

"不是啦。"Eros脸红了，"我没有演，我——"

"对，她没有演，"男优搭腔，"我也觉得她没有演。那是她的自然反应……"

"真的？可以描述一下吗？"导演说，"什么样的自然反应？"

"嗯……"男优伊藤露出无限向往的神情，"当然是会有很可爱娇媚的声音啦。然后除了声音之外……"

"你还说！"Eros伸出手作势要打男优，"要死了，你还说！"

"对，对！"男优伊藤转向导演，"就是要死了。你应该知道吧，她常会主动说她不要了，她快要死掉了之类……很可爱的声音。你有印象吗？"

"是，我记得。"导演说，"之前看作品时是有这样的印象。Eros，"镜头转向Eros，"拍片当下你知道你说了这样的话吗？"

"不知道……"

"你愿意为我们形容一下'快死掉了'是什么感觉吗？"

"我，我不知道，"Eros佯怒，"哎，你们真的很坏呢，怎么都故意问这种问题？"

"噢，这是有理由的。"导演居然一本正经，"是这样：我们一直觉得，生化人女性和人类女性的性高潮反应可能有所不同。你们知道，我们这部纪录片的主题是关于最后一代生化人女优；而性高潮这点也直接相关于她们的职业，所以那当然也是我们所关切的。"

"你是认真的吗？"经纪人 J 显得很好奇，"人类和生化人的高潮反应不同？"

"这方面我不很了解。"导演简短表示，"我只能说，不少人这样怀疑——"

（镜头微微拉远。）

（导演入镜。）

威尼斯面具。

这回导演竟戴着一个华丽而妖异的巨型威尼斯面具。那脸面自中央一分为二，左侧镀金，右侧暗蓝晕染；表情说不清是嘲讽抑或冷漠。而那脸面四周，如孔雀开屏，竟凌空飘浮着一朵朵花苞状黄金小脸。

灿亮天光自导演身后漫淹开来。脸，以及无数脸之重影尽皆浸没于沸腾光液中。

"所以，Eros，"导演说，"可以麻烦你试着回忆一下高潮的感觉吗？"

"呃，你是认真的吗？"

"当然，当然。"

"嗯，好吧，"Eros 皱眉，"哎哟这好难啊，说真的我自己都不确定……"

"确实。"导演鼓励她，"毕竟那是失控状态。但没关系的，就尽量回想，试着描述一下。"

"嗯……"Eros 偏着头，"我想，可以确定的是，多数时候，我脑中总是一片空白……"

"是，这可以理解。"导演低头笔记，"有其他不同经验吗？"

"对，我正在想——"Eros稍作暂停，"啊，我记得好像有些时候，我会觉得我不在那里……我感觉身体是飘浮的，而不确定是在什么地方飘浮着……"

"是吗？感觉飘浮着？有上升或坠落的感觉吗？"

"我想想。嗯，不很清楚呢，就是飘浮着。"

"是吗？"导演问，"你所谓的'飘浮'，是指在空间中浮动的失重感吗？"

"啊，是的……不过，"Eros说，"对，我刚想到，有时也类似某种浸泡……在水中，蓝色的，明暗不定的空间，波浪的韵律……"

"这样啊。"导演思索半晌，"嗯，这听起来倒是满特殊的。"

"如何？"J好奇地从旁插嘴，"真和人类不一样吗？"

"这——"导演说得保守，"哎，我想还很难说……"

"啊，我想到了，"Eros突然说，"我想起来，有一次比较不一样的经验。"

"说说看吧？"威尼斯之脸抬起头。

"还真有些特别，所以我记得比较清楚，"Eros解释，"拍摄地是个类似废弃工厂的地方。说是厂房，其实也只是一处占地较为宽阔的、空旷的水泥建筑。还有些锈蚀的机械装置被弃置在旁。

"其实不讨人喜欢的，阴沉的天气。我还记得那天不知为了什么小事，始终觉得心情很差呢。但很奇怪，那荒僻的场地居然给我一种熟悉感。"

"熟悉感？什么样的熟悉感？"

"不知道呢。我说不上来……无法形容。总之，到了现场，或许因为那莫名的熟悉，我心情立刻就变好了。"

"后来呢？"

"后来当然就开始工作了。那戏不难，就在那废弃厂房的水泥地上，工作人员搬了个薄床垫给我们；自始至终就只有男优和我两个人。很正常的拍摄，也没有其他特殊或变态情节，甚至连些简单的情趣道具也没用上……"

导演打断 Eros："男优是谁？"

Eros 指向伊藤："就是他啊。"

"哦，是伊藤啊。"面具导演的声音听不出情绪，"那——接下来呢？"

"我，我不知道是不是因为那熟悉感，"Eros 微笑起来，"我觉得很温暖，我不太确定……不是很记得了，我好像……很快就到了呢；然后还到了不止一次……"

"感觉如何？"

"我很放松……"Eros 的眼神如梦似幻，"很放松，身体很轻很轻，我感觉我的身体消失了，类似前面说过那样，水中的漂浮……而后开始有些画面，淡蓝色，失焦模糊的叠影，一些空间，非常明亮，直视阳光一般，曝亮的区块……

"那应该是第一次高潮。"Eros 继续述说，"之后，我的意识可能稍稍恢复了，但接着，很快又来了第二次。我记得我感觉很幸福，幸福得想哭泣。有水声，泡沫升腾与碎裂的暗影……我好像被包裹在某种液体之中，被一种有着奇妙韵律的，心跳般的力量所牵引……

"我经过了许多不完整的空间……很快，许多光，许多无光的黑暗，各种色泽与气味，很多很多……它们牵引着我，像是空间本身伸出了无数细密的触手抚摸我……在其中某些空间里，甚至隐约可以辨认出事物的形貌……"

"哦？"导演抬起头，"是什么样的事物？"

"我不记得了……"

"这样吗？"导演停止笔记，似乎陷入某种思索。但他突然笑起来，"呃，我感觉，怎么你像是在描述那种'**濒死体验**'之类的……"

"哎，所以就说是'快要死掉了'嘛——"男优伊藤突然插嘴。

众人都笑了。

"所以，你还记得些什么与这相关的事吗？"面具导演追问，"什么样的都可以。"

Eros 摇头。

"或者说，嗯……之后，还有什么特殊感觉吗？"

"啊，你这样说——"Eros 眼睛一亮，"似乎有呢。我记得在当下，那些空间的流动变幻是很快的；但奇怪的是，在之后，我却有种像是过了好长一段时间的疲累感……"

"嗯，我明白。"导演的威尼斯之脸稍作沉吟，"但高潮过后的疲累感，说起来也并不罕见，是吧？"

"也是。"

"好吧，"面具导演换了个提问对象，"伊藤先生，你记得 Eros 所说的这次经验吗？"

"是。我记得那次工作。"男优点头，"对 A 片而言，那样的外景并不常见。"

"那么在你看来，Eros 当天有什么特殊的反应吗？"

"抱歉我想不起来了。"男优伊藤陷入思索，"应该没有吧？如果有的话我或许就会记得了。"

"啊,这样吗?"导演似乎有些遗憾。他忽然起身,向众人微微欠身,"我去拿个东西——"他走出镜头。

约20秒后,面具导演走回,重新入镜。"是收录在这里的吗?"

三人一阵惊呼。

那是一片A片。外包装已被拆开。虽极破旧,但大致上留存完好。

"怎么,很奇怪吗?"导演问。

"不,不是,"经纪人J解释,"由于片商倒闭,这部片已经完全断版了。而且如果我记忆无误,它们根本是在当初发行后不久就立刻关门大吉了。因为他们当时的财务问题,根本也没有做到正常数量的拷贝,只有极小规模限量发行而已。这是很难买到的一个版本啊。"

"他们还欠我钱呢。"男优伊藤抢着说,"酬劳只付了一半,人就跑了。"

"原来如此。"导演颔首,"我还想说你们怎么这么激动呢。所以,就是这片没错?"

众人点头。

"那我们现在来看看吧?"导演笑着提议,"仔细研究一下——"

"喂,不行啦。"Eros害羞地说,"之前只是说要访问,聊一聊,怎么变成这样……"

"这位先生,"J也笑着说,"你不是在拍纪录片吗?你确定纪录片里面要有个'众人会同AV女优一起观赏其作品'的片段吗?这也太变态了吧?"

"噢,我们看归看,这当然不拍,"威尼斯之脸说,"当然不拍,不过看还是要看的……"导演开玩笑作势指挥摄影师，"来，先把摄影机关掉，关掉——"

（咔。）（画面消失。）

（字幕浮现。）

（白色字幕：**过去，我们说梦。**）

（字幕：**约310年前……**）

快节奏剪接。老照片。络腮胡，法令纹，指间雪茄，目光炯然的弗洛伊德黑白人像（弗洛伊德与母亲。弗洛伊德与妹妹。弗洛伊德与女儿安娜弗洛伊德）。《梦的解析》书影。新闻剪报。影像之交替与溶叠——

（女声：公元1899年，弗洛伊德出版精神分析巨著《梦的解析》，人类开始试著述说梦境、解释梦境。

然而，难以捉摸的梦境仍不属于我们所有……）

（白色字幕：**曾经，我们有梦。**）

（字幕：**约120年前……**）

实验室。白色背景。试管中花朵般的粉色星芒。暗红色血冻。

（女声：2090年代，联邦政府国家安全会议发展出自人类脑中萃取梦境、保存梦境的技术……）

莹蓝色玻璃水槽。黑色水瓢虫。特写。水瓢虫翅翼猛然张开之一瞬。梦境播放器内部，水瓢虫膜翅之急速掀动。风吹纸页之啪啪脆响。光与暗，影像之交替与溶叠——

（女声：我们创造出**取梦者**与水瓢虫两项全新物种。以**取梦者**类神经生物侵入人体，感染中枢神经，撷取梦境；而于人体之外，则以**水瓢虫**将梦境培养保存。

从那一刻起，人类能够复制、备份自己的梦境，并将梦境储存于水瓢虫膜翅上，避免因暴露于空气中而氧化。)

（女声：于是，人类得以持有梦境，储存梦境，随时重温旧梦……)

（白色字幕：*而今，梦将不只是梦……*)

（字幕：**公元2210年。**)

（女声：2210年，Woolf教授成功发研发出"梦的逻辑方程"筛检法，以22型分类成功标志出人类与生化人于梦境结构之差异。)

（女声：梦将不只是梦。借由梦境分析，我们能区辨异类，严格管理……)

西装革履的中年男子："我不再担心生化人伪扮成人类了——"

抱着孩子，穿着白色洋装的年轻妈妈："我不再担心来应征临时保姆的是缺乏爱心的生化人了——"

全副武装的人类士兵："我不再为'生化人解放组织'的恐怖攻击而感到忧虑了——"

穿着围裙，正将小男孩送上校车的家庭主妇："我不再烦恼孩子会与情感淡薄的生化人为友了——"

（女声：梦，将不只是梦……)

（画面暗下。)

（字幕浮现：**正确筛检，完美管控。请支持"梦的逻辑方程"筛检法。**)

（女声：正确筛检，完美管控。请支持"梦的逻辑方程"筛检法。)

（字幕：人类联邦政府国家安全会议。2210年。）

（咔。）（画面消失。）

（画面亮起。）

研究室。坐着的女人。

（字幕：S教授。美国西雅图大学神经演化学系。）

"愿意为我们谈谈'梦的逻辑方程'吗？"面具导演问。这回是日本能剧面具——粉白脸，细眼，血唇，口齿微启。邪恶与茫然并存。

"唉，"S教授摇头，"这，我想很难，这科技并非没有贡献，甚至可说是相当惊人，但把它用在筛检生化人上……这全错了。我说过了，我不乐观。"

"您认为这筛检技术还有改进空间？"

"不。"S教授喝了一口茶，"不是这样。我们这样说吧：依照现行'梦的逻辑方程'筛检法标准程序，首先我们必须先以**取梦者病毒**（Dream Extractor）侵入并感染受测者之中枢神经，采集其睡眠内容，进行'**梦境萃取**'；接着再将梦境抽出，转植入于'**梦境载体**'（Dream Carrier）内。理论上，梦境载体不止一种，但依照现行法规，唯一具法律效力的标准梦境载体，就是**水瓢虫**（Water Ladybug）[5]。"S教授起身向导演递出一透明小盒，"准确地说，是

---

[5] 维基百科"水瓢虫"（Water Ladybug）词条说明（2292年8月21日最后修正），部分节录如下：

"……水瓢虫（Water Ladybug）为此前梦境载体中最为常用之品类，亦为唯一具法律效力之品类。其乃是以杜虹十星瓢虫（Epilachna Crassimala）为原始基底生物，经基因工程培育而成；体型较杜虹十星瓢虫为大，顾名思义，须养殖于清水中……（转下页）

水瓢虫膜翅。你看。"

"水瓢虫？"小盒中，巴掌大小的黑色昆虫。

导演艳白色的能剧之脸映射于其浏亮翅鞘上。

"对，这是干燥标本，"S说，"你可以打开来看看。"

导演打开盒盖，取出水瓢虫，稍作观察。

于导演掌心，S取出大头针两枚，以针尖轻轻拨开水瓢虫的黑色翅鞘。两叠云母矿石般的灰褐色薄片密生于翅鞘下。

"这就是水瓢虫膜翅。梦境微缩图像所在处。"S说明，"当

（接上页）每遇有梦境需培养贮藏之时，则以存录有该梦境之'取梦者'病毒感染水瓢虫。而后，梦境将以微缩图像之形式转植入于瓢虫膜状薄翅之上。长成之后，将膜状薄翅取下，置入特制之梦境播放器中，即可播放梦境进行分析……"

"相较于其他品种之梦境载体，水瓢虫优势十分明显。首先，其寿命长达两年，且养殖容易，仅需以清水培养，辅以少许营养液即可存活。再者，其无性生殖速度极快，颇利于梦境之复制及保存……"

"……'长期保存梦境'与'复制梦境'，即为'梦境载体'之主要功能……相较于'取梦者'品类之类神经生物，'梦境载体'由于不需直接侵入人类之中枢神经以采集梦境，因此其个体积往往庞大许多；原则上，多数与某些自然界常见之昆虫或小型冷血动物（如蜥蜴等）相类……"

"……载录于水瓢虫膜状薄翅之梦境，若经取下，脱离水瓢虫活体，则约数天后便将开始氧化。其氧化之速度则视个别梦境之不同而有些微差异。于氧化过程中，梦境清晰度逐日下降，平均需时仅约50天，梦境即可完全氧化至难以辨识之程度。然而若将梦境豢养于水瓢虫活体，即可避免氧化；直至水瓢虫死亡为止，梦境将永保清晰。此即为梦境培养载体'长期保存梦境'之功能……"

"……由于一般梦境培养载体寿命皆有其极限，因此于其死亡前，对保存其上之梦境进行复制，亦属必须。也因此，一般梦境培养载体均可透过人工方式行无性生殖。一旦经由无性生殖繁衍后代，则于其后代活体上亦保存有相同之梦境。而以水瓢虫为媒介进行'梦境复制'之方法，简述如下：自然状态下，水瓢虫不具生殖能力；然而于需复制梦境时，借由药物（名为R-503，为红色滴剂状药物。'R'即为'replicate'之意）之诱发，水瓢虫即可于10分钟内完成一次无性生殖，繁衍出另一只载录有相同梦境之水瓢虫后代。此即所谓'梦境复制'……"

然，因为水瓢虫已死，现在这上面的梦境已被氧化至难以辨识的程度了。"

导演将水瓢虫放回小盒中。"所以，再针对这样的梦境进行分析？"

"是，"S教授响应，"当然，实际执行时，用的是刚从活体水瓢虫上拔下、尚未氧化的清晰梦境。我们将膜翅由水瓢虫身上取下，置入梦境播放器中读取微缩图像，并对梦境进行分析。"

"如何分析梦境？"

"没错，这是重点所在。"S将大头针放回。窗外天光转暗；数秒后，伴随着雷声，雨点撞击在窗玻璃上，"这样的'梦境分析'其实颇类似于某种叙事学分析。一般而言，研究人员针对梦境之视觉主题、意象跳接、情节演变、人物之个性行为等等进行观察，并载录数据、制成图表。如是反复整理，最终可得一终极之'**梦之构图**'（Dream Pattern）……"

"听来像是分析电影？"

"或分析小说。"S教授点头，"叙事学分析。但重点在于，一切分析，都是为了导出一幅'梦之构图'。此一梦之构图可被粗分为由A型至V型共22类；其中前15种属于人类，后7种属于生化人。由此，理论上即可明确区辨受测者之身份。[6]易言之，若受测者梦境经过分析后，其'梦之构图'被判定归属于由P型至V型的后7

---

[6] 于"梦的构图"导出过程中，最复杂之情况下，甚至可能必须针对其梦境叙事之部分数据进行拓扑学计算，方能确定图像所属类型。根据部分以此为主题的研究论文（截至目前均尚未解密）显示，其复杂或难以分辨、以至于需动用拓扑学计算之程度，与受测者之职业、人格特质等，均可产生统计学上有意义之相关。一般而言，政治人物、艺术家、作家、宗教狂热分子、精神病患者等较易产生需进行拓扑学计算之情形。

种类型，那么便可断定受测者确实是生化人了。"

"嗯——"导演稍作思索，"那么……问题在哪？您对于'梦的逻辑方程'依旧不甚乐观？"

"没错，我不乐观。"S似乎十分笃定。时间推移，她的眉眼落在被雨声笼罩的冰凉暗影中，"'梦的逻辑方程'确实比血色素筛检法更具优势；以初步数据看来，效度也更高。你看过政府那支'正确筛检，完美管控'的倡导广告吧？"

"看过。"面具导演笑起来，"呃，以一个导演的角度来看，并不很高明……"

"广告是一回事。"S也笑了，"但那或许正象征着人类政府对'梦的逻辑方程'的高度自信。这并非毫无道理；因为它依赖的不是别的，正是'梦'。

"这确实是Woolf教授的主要贡献。"S教授指出，"绝大多数的梦都是意识无法控制的。此处，Woolf掌握了技术跃进的关键：梦必然更趋近于人类或生化人心智之本质。比起血色素法，'梦的逻辑方程'是精神性的，它探测的不是身体特质，而是受测者的精神样态。也因此，对生化人自体演化来说，它必然是个更强大的对手。我们或可如此推测：自体演化或许能克服生化人第11对染色体上的基因差异，改变生化人的身体性状；但它能否如同改变身体性状一般改变生化人复杂的内在精神状态，确实是个问题。另一方面，梦的逻辑方程又如此复杂；而既然牵涉到越复杂的性状改变，我们几乎可以断定，自体演化就必须花费更长的时间来试图适应。这也是对自体演化极为不利之处。

"但我并没有像政府那样的自信。"S教授望向窗外，"我依旧认为，只要时间够长，自体演化终将摧毁'梦的逻辑方程'筛检法。

我的预测是，人类将再次败给自体演化。毕竟演化是更基本的规则——"

"对不起，"导演突然打断S教授，"我有个疑问。您的意思是，只要时间够长，自体演化终将使得生化人族群演化出能够欺骗梦的逻辑方程的精神状态？"

"是。"

"问题是，如果时间不够呢？"导演提出质疑，"是否存在一种可能：因为梦的逻辑方程实在过于复杂，导致自体演化所需时间太长；长到在演化成功前，生化人就已全数灭种了？"

仿佛扣下扳机之前的狙击镜画面。镜头快速逼近导演的脸。那能剧面具。

窗外暴雨。室内暗影中，来源不明的光在粉白色的脸上凝止为泪滴。

（定格。）

（咔。）（画面消失。）

6

2219年12月9日。凌晨时分。D城。高楼旅店。

（公元2154年。血色素筛检法。"种性净化基本法"。）
（公元2210年。梦的逻辑方程筛检法。）

时至今日，当K再度回想起这段曾亲身参与之历史，他已完全无言以对。当初信誓旦旦的一切而今看来竟如此令人感到讽刺。政府宣誓言犹在耳（"自体演化即将走入历史。"于竞选连任之募款餐会上，人类联邦政府总理A. Race甚至曾公开宣示，"这是忧虑的终结。这是恐惧的终结。我向国人保证，生化人将永远处于人类掌控之内！"），历史却已成明日黄花。因"梦的逻辑方程"之实施而引起之政治纷扰，而今看来更像是全然徒劳。事实上，正由于其时政府过度强调此筛检法之绝对威力，于立法过程中，梦的逻辑方程反而引起了超乎预期的反对声浪。回顾过往，自2200年伊始，已实施超过一世纪之"血色素筛检法"鉴别度开始下降，于2206年降至92.9%之后略有回升，至2209年则再度崩盘至83%。然而当2209年12月人类联邦政府首次将"梦的逻辑方程"草案提交国会，意图取代血色素法，却立刻遭到反对派议员强烈抵制。人权团体更发动大型群众运动，于国会议场外集会静坐，持续七昼夜。其后，部分具改革形象之执政党议员亦召开记者会，表示无法接受无配套措施之"梦的逻辑方程"相关立法；随后并阵前倒戈，与反对派议员合力将相关草案交付无限期协商。

也因此，自2210年1月伊始，"梦的逻辑方程"草案就此被冷冻长达四个月之久。其后，为了争取反对派国会议员支持，并降低人权团体反对声浪，万不得已下，人类联邦政府终究做出妥协。最后结果是，于草案中明定，须于**第一，持有直接证据足以怀疑其身份**；或**第二，若不施行检验将对国家安全产生立即而明显之危害**时，方能在经由一定行政程序申请后，对个体实施梦的逻辑方程筛检。

易言之，以现行制度而言，于尚未掌握"足致合理怀疑之证据"前，想采用"梦的逻辑方程"也并不容易了。

事实上，这也确实大幅限缩了此一筛检法之施用机会。

但那又如何呢？K想。

现在，这些纷纷扰扰都没有意义了。

都没有意义了啊。

声音。

K回过头。

某种声音。玻璃之敲击。

K踱上前去，将窗帘往两侧拉开。

夜色淡然。旅店客房外，厚重玻璃帷幕上并无任何痕迹存留。

然而K瞥见某种灰白色物事撞击于落地窗上。

砰。

一只巨大的，灰白色的蛾。

砰。又一只。

两只蛾正张扑着翅膀。它们抖索着臃肿多节的躯体，吃力地攀附于这高楼客房的玻璃帷幕上。

K贴近玻璃，细细观察。

那蛾之双眼如此黑亮，几乎就像是人类的黑色瞳眸一般。

某种纯粹的，无生命之黑色瞳眸。

没有眼白。没有虹膜上的放射状纹路或深浅相异的色彩层次。没有表情。不存在任何外界景物之倒影……

K若有所悟：蛾的双眼，似乎无法视物。它们是盲目的（不仅盲目而已——K知道，它们之中的某些种类，于羽化成蛾后，甚至缺乏口器，无法进食。是以于饥饿至死之数天期限内，它们的唯一任务便是繁殖）。而它们的身躯，它们的体节，在直观上，似乎与水蛭有着奇异的相似……

第三只。玻璃上的撞击。

K起身察看。不知为何，落地窗上只剩下一只蛾。

竟仅存一只。方才那两只蛾似乎失踪了。

而这却是只严重受伤的蛾。它巨大的翅翼仅余左侧，右侧则已消失无踪。

这使得它似乎必须耗损更多力气于平衡之上。

蛾显然无法承受，一寸寸向下滑落。

K贴近玻璃，望向远处。蛾的眼状翅翼后，在足以俯瞰整座城市的高空，隔着厚重玻璃，除了极远处那巨型畸变水蛭之行进所磨砺、摧毁或爆破的细微声响之外，K似乎听见了一线模糊的警报蜂鸣。

来自不明确空间中的声音。

然而立刻便消失了。未曾持续。

K踱回客厅，打亮全像电视。

光影散落于空间中。

多数新闻频道似乎才刚刚开始接收到部分水蛭巨兽的相关信息。K切换了数个频道，大部分节目均于画面边缘以字幕揭示此则消息，并表示新闻数据正汇整处理中。于其中两个频道，"Breaking News"版面已被切上，主播尚口头简短播报了水蛭巨兽肆虐之情况，并强调现场画面正在传送，将立刻为观众播出云云。

而另有一频道显然较为特殊。除了类同于其他频道之简单文字信息外，这家总部位于韩国首尔，名为GBM的全新闻媒体直接引用了未经证实的说法。主播表示，根据秘密消息来源透露，此次水蛭巨兽灾害极可能与近日爆发之生化人间谍案有关；而尽管事件尚未明朗，亦不排除生化人解放组织恐怖攻击之可能。新闻播报中，女主播着黑色上衣，左胸前佩戴一亮银色蛇形胸针。她的声音透明，淡漠而遥远。

（……为此，本台为您独家访问了一位权威消息人士。该消息来源分析，透明水蛭巨兽绝非自然界之固有物种，而事实上，目前所知，现存自然界水蛭中，仅有一种拥有全然透明之躯体，名为"马凌诺斯基氏水蛭"，Malinowski's Leech，简称M水蛭，原产于亚马孙丛林。）

（……问题当然就出在这M水蛭身上。该权威消息人士表示，于生化人产制过程中用以"标示"生化人之第11对染色体基因，其差异部分，正是来自M水蛭。换言之，生化人之第11对染色体基因之所以与人类不同，乃是因为生化人身上，该部分基因为正常人类基因与M水蛭基因之混种产物。而这样的差异则导致生化人与人类血色素结构之不同。此亦正是九年前已遭废弃，被现今通行之"梦的逻辑方程"取代的旧筛检法——"血色素法"之作用基础……）

（怪异的透明水蛭巨兽极可能与M水蛭有关。而水蛭巨兽肆虐之地区，正邻近于俗称"第七封印"之联邦政府国家情报总署总部；而该情报机构自然与生化人事务密切相关。最近又恰逢生化人间谍案爆发，时间地点之巧合，亦难免引人联想……）

不仅于此。GBM还剪辑了部分资料画面，试图向观众说明"血色素筛检法"之运作原理。根据字幕标示，画面撷取自该台常态制播，一名为《火线事件》之深度新闻谈话节目。摄影棚内，《火线事件》主持人头戴贝雷帽，雅痞装扮，光笔指向一张定格背景图像——

一只透明水蛭。水蛭躯体透光度极高，内部脏器清晰可见；且即便是脏器本身亦为透明。无论是口器，渠道，腺体，神经结等内部零件或表面体节，均呈现铅笔素描般之淡灰色轮廓。

（……M水蛭，即所谓马凌诺斯基氏水蛭，为自然界现存原生种，原产于南美洲亚马孙河流域，于古典时代1997年被中国台湾生物学家张贵兴发现……）

一双戴着医疗用手套的手出现在画面中。M水蛭被以镊子夹起，而后置于人体上臂。

　　穿过水蛭透镜般之无色躯体，皮肤表面毛孔纹路清晰可见。

　　M水蛭开始吸血。

　　影片快转。如同织物纤维上之湿迹晕染，透明水蛭逐渐转为血红。如一色泽纯净之鸡血石。

　　（……您现在看到的画面，正是M水蛭于人类身上吸食血液之过程。如您所见，透明水蛭的特点，即是周身透明，也因此，我们能自外界直接以肉眼观察血液在水蛭体内的真实样态。经由口器被吸入体内后，人类血液立即透过水蛭体内数万条微型循环渠道散布至蛭体全身；进而使得蛭体全然呈显为血液之颜色……）[7]

　　（……与此同时，M水蛭内神经系统受到刺激，也开始主导消化酵素之分泌。名为Ice-9的消化酵素将与渠道内血液进行交互作用，使得血液中营养成分易于为水蛭所吸收。此一过程耗时约一小时左右。一小时后……）

　　吸饱了血液的红色M水蛭再度被夹起，置入一培养皿中。

　　镜头拉近。白色光照下，水蛭体节极轻微涨缩，一如脉搏。

　　蛭体内部，血色渐向中央缩聚。躯体边缘再度呈显为玻璃般的透明光泽。

---

[7]　由于躯体透明无色，于吸食外界生物体液后，马凌诺斯基氏水蛭（M水蛭）自身将自然转变为该食物体液之颜色。且因原产于亚马孙丛林之M水蛭食物种类广泛，无论是哺乳类动物、爬虫类动物（如鳄鱼、蜥蜴），或是植物等等，均能为其提供养分，因此其颜色之可能性颇为纷繁多样。也因此，自然界中，呈透明状态之M水蛭极为少见，多见其呈现红、黄、蓝、绿等各式色泽。

影片快转。不多时，所有血红色流质均被水蛭吐出体外。M水蛭重回无色状态。

（……一小时后，当血液中养分为M水蛭所吸收，水蛭会将剩余血液吐出；将蛭体重新滤净为无色……）

K起身，灭去全像电视。

是啊，M水蛭。血色素筛检法。于人类主导之生化人制程中，嵌合于生化人第11对染色体内部，用以"标记"生化人之身份的，就是这种怪异生物的基因啊。

而"血色素法"依旧失败了，被自体演化彻底击溃，遭到"梦之逻辑方程"瓜代。

那必然与此刻的巨型透明水蛭有关。然而，K实在亦难以想象，一项固定基因缺陷，加上一次并不新鲜的"内部清查"，最终，竟意外畸变为一如此超乎想象之灾难……

7

2219年12月9日。凌晨时分。D城。高楼旅店。

K身旁，床上的女人正起伏着均匀的鼻息。

女人熟睡着。大片丝缎般的褐发散落在旁。此刻，房内黝黯，那褐发之表面，竟令人错觉薄敷一层透明之荧光。

仿佛他们初遇当晚，果冻般腴软地舔舐着沙滩的大片月光。

（或者，严格说来，那其实并非"初遇"。他们确实相识，但在那之前，他们仅在第七封印新进人员训练课堂上见过一次而已。）

K突然想到，此刻，床上沉睡着的褐发Eurydice正陷落在只属于她自己的梦境中。除了肉体暂时休止之外，她的意志，精神与情感都漂流在某个混乱未明的时空里。而在那时空中，爱与恨，神圣与卑下，光亮与黑暗，赋予与侵夺等等原本对立之概念，可能皆是彼此交错缠结，甚至倏忽即变的。

如同大片空间中飘浮的，不安定的视觉噪声——

K转回视线。

他知道，那所谓"内部清查"之目标，那巨大灾难之祸首，极可能就是K自己。

因为他其实不是人类。

K是个生化人。

或者更准确地说，K是个周旋于人类联邦政府与生化人解放组织之间的，双面间谍。

或者，就另一角度而言，又可以这么说：于K漫长的，藏匿于人类联邦政府情报机构内部之情报生涯中，K其实始终未曾真正理解自己的身份。

初始，K原本以为，只有"决定成为谁"的问题。没有"原来是谁"的问题。

只有促使那决定浮现的"意志"问题。没有"本质上"归属于何种族类的问题。

只有**"意志身份"**。没有**"本质身份"**。

K闭上双眼。

K。人类。男性。公元2179年3月2日出生于缅甸仰光市布克农纪念医院。双亲原居于该市南郊一住宅区。由于出生时还未足月，医师指示暂时留院进行观察。约两星期后，3月15日，一支生化人游击队对仰光市南郊一小型军事基地兼行政中心发动烧夷弹攻击，造成基地设施半毁，行政中心付之一炬；大火随后波及邻近住宅区。K之双亲即死此一灾难中。暴乱平息后，国际红十字会介入救援，成为孤儿的K遂被遣送至美国西岸，于寄养家庭中长大。公元2198年，K进入大学攻读分子生物学专业，表现优异。2201年获硕士学位。2203年以24岁之龄获博士学位……

赝品档案。一不存在之身份。

那正是K最初为自己编撰的，伪扮为人的，所谓"身世"。

时至今日，K依旧能清楚默背其中所有细节。不，应该说，K

必然能完整复诵其中细节。那确实是一利用制度之缝隙与意外事件所构筑的，玻璃沙雕般的精巧骗局。只有K自己知道，这样的资料自始至终来自他的精心伪造。学历与知识素养是真，而出身、籍贯等皆为假。

是的，K其实不是人类。K是个生化人。

然而奇怪的是，他似乎也不是个"正常的"生化人。

他是个被遗弃的生化人。

早在K正式诞生之年（18岁），K已发觉，与其余"正常"生化人相比，自己似乎诞生于一全然相异之制程。依标准程序，出厂之际，除了明了并认同生化人之身份外，所有生化人理应拥有一专属编号，并具备一定程度之知识技能。生化人应确知自己的出厂日期，制造厂，以及即将编入之工作单位。而类似这样的原始设定，均应于标准制程中，经由**"梦境植入"**（Dream Implantation）技术依序导入。

K起身，将灯光转暗。

玻璃映现着这室内的景物。

稍远处的沙发。地毯。立灯。全像电视。床铺。

以及白色床褥上，睡梦中的女人。

此刻Eurydice依旧紧闭着美丽的双眼。睫毛在脸上投下了蕾丝般的细微阴影。

K贴近玻璃，再度看见自己的倒影。那镜像叠映着窗外景物，仿佛其自身正自窗外的广漠黑暗中凌空浮现。

然而随即又被K吐出的湿气所掩去了。

56

18岁。一过早又过迟，独属于生化人之初生。

以及"梦境植入"。生化人制程之关键技术。

K一生际遇之幽暗核心……

8

"你对生化人制程了解多少？"T.E.的声音。

2208年1月25日。上午10时45分。D城近郊。国家情报总署署长办公室。

早晨清朗明亮。K与T.E.正并立于在落地窗前，俯瞰视界中绵延的河流与绿野。稍远处，D城建筑轮廓清晰可见；如一组缩小拟真模型。

那是"血色素法"时代末期，其鉴别率已进入下降曲线。短短两年后，血色素法便将全面失效，遭"梦的逻辑方程"瓜代。

K是突然接到指令，被单独叫进署长办公室里来的。

"嗯，除了我个人专业外，"K谨慎响应，"就是受训时所学。我知道有一部分此刻依旧尚未解密。"他稍停，"署长的意思是？"

T.E.露出了奇妙微笑。"先告诉我你知道的部分。"

"是。"K回答，"……略分为两部分：生化人的身体，以及心智。心智方面属机密，我不了解。至于身体上，历史悠久，可追溯至古典时代——"

T.E.将烟丝装填进烟斗中，"请继续。"

"生物克隆技术以古典时代1996年'多利羊'（Dolly the Sheep）之诞生为滥觞。"K继续，"那是人类史上第一只克隆生物。自此而

始，生物产制技术快速发展。公元2010年，人类制造出史上第一只
人造细菌；这已是无中生有之全新物种，并非来自'复制'。约略
同时，克隆牛、克隆猩猩相继出现。直至2054年9月，史上首名生
化人诞生……"

"嗯……" T.E. 点燃烟斗，徐徐吸了一口。逆光打出他剪纸般的
黑色侧影。"当然了，制造生化人身体一点也不困难。你可以直接
告诉我困难的部分。"

"问题在于，在当时，生化人产制并无实用价值。" K 说，"这直
接牵涉到生化人的'心智'——亦即机密部分。

"相异之处在于，制造他种生物，无论是复制羊、复制鹿抑或
复制无尾熊，均无须考虑其知识教养问题。但若是生化人，那么教
养内容可谓极端重要；毕竟若不具有一般生活技能与知识能力，以
及社会化人格，则即便拥有人类形体，仍形同无用之废人。这正是
人类所谓'文明'之意义。

"而这从根本上阻碍了生化人之工业化量产与商业应用。于人
类成长过程中，漫长的教养过程实在耗费过多资源与时间，完全不
符合社会对人力资源之期待。"

T.E. 看了 K 一眼，而后于沙发上落座。"你应该已经猜到，我打
算告诉你某些事。"烟雾晕染四周空气，发出耳语般的嘶嘘，"就是
机密的部分。"

K 保持缄默。

"第一位重要人物叫作 Daedalus Zheng。" T.E. 放下烟斗，凝视着
K 的双眼，"我们先跳过这个人的生平吧；总之，困难是被他克服
的。自从他解开此一难题之后，我们就不再制造生化人胎儿了。我

们可以直接制造18岁的生化人成人。这正是现今生化人标准制程的做法。

"人类社会确实不需要'废人'。"T.E.的指甲轻轻刮擦着沙发扶手，"但关键在于，如何能在生化人略过童年，于成人年龄（18岁）直接降生时，一并赋予其身份认同、知识技能、社会化人格等必要之'教养'？理论上近乎无解；因为此类教养显然仅能于十数年漫长之童年、青少年成长过程中点滴汇聚而成。

"这位Daedalus Zheng教授当时任职于联邦政府中央研究院神经学研究所。他与第七封印的关系当然是不公开的——第七封印秘密委托他对此进行专案研究。2081年2月，亦即距今约130年前，他向第七封印提报了名为'梦境植入'的解决方案……"

T.E.起身，自西装口袋中取出一份电磁记录，"你先看看这个吧。"

K接过文件。他随即发现，该电磁记录之编码与加密格式均相异于现行通用格式。那格式明显粗糙老旧，四处均可见及磁区损毁或电场不稳之痕迹。

"……解决办法只有一种。仅有在人类或生化人之心智尚未与外界接触前，以某种大脑活动进行'**象征秩序（Symbolic Order）植入**'，方有取代漫长十数年教养之可能。而事实上，所谓'大脑活动'，一言以蔽之，唯一之可能性，即是'梦'。"即使内容文字因电场不稳而持续闪跳，纸面上，Daedalus Zheng之洞见依旧力透纸背，"但这样的'梦'，必须赶在个体心智尚未与外界接触前便充分提供。换言之，应于生化人产制过程中，令其做梦；在生化人接触外界固有之其他'象征秩序'、外界之杂乱信息之前，预先以此类梦境之内容，于其心智内，灌注知识技能，并建立该生化人之身

份认同，执行人格社会化工程等等……如此一来，即等同于以预先
设定之象征秩序，以梦境之形式，直接侵入其心智、占领其意识。
我将之命名为：'梦境植入'……"[8]

---

[8] 关于 Daedalus Zheng 所提出之革命性"梦境植入"概念，由于事涉国家机密，相
关史料皆极难取得；很长一段时间，甚至连 Daedalus Zheng 教授之个人资料也几乎全
遭隐蔽。据了解，当时由于人类联邦政府对"梦境植入"相关机密全面封锁，外界
对于 Daedalus Zheng 此人其贡献，均毫无所悉。经查，"Daedalus Zheng"之名首见于
2225年传记作家 K. Toffler 所著之《启蒙》（*Enlightenment*）一书。根据 K. Toffler 之考
证，Daedalus Zheng 死于2098年。然而由于《启蒙》一书并非以 Daedalus Zheng 为主
角，相关内容亦仅占书中约半页篇幅，仅知 Daedalus Zheng 于某生化人关键技术创发过
程中扮演一定程度之角色。换言之，自2080年代"梦境植入"之概念创生，以迄2225
年 Daedalus Zheng 之名首次曝光为止，其间长达近150年，外界对其人其事几乎一无所
知。而即使是在2225年之后，史家对于 Daedalus Zheng 生年、籍贯等详细个人背景依
旧无从知晓，遑论其余信息。

毫无疑问，这是个历史的缺口。而长期以来，针对相关于 Daedalus Zheng 之议论，人
类联邦政府均采取"不予证实"之冷处理态度，讳莫如深。直至《启蒙》一书出版48
年后，公元2273年，经由当代著名史家 R.L. 锲而不舍之考证与追索，此一历史谜案
方真相大白。于史传《Daedalus Zheng：忧郁的先知》（*Daedalus Zheng: A Melancholy
Prophet*）一书中，R.L. 将 Daedalus Zheng 描绘为一身材瘦小、神经质、多话、聒噪且
性格自大之害羞科学家，同时详述其中年后个性转变之历程。据 R.L. 调查，Daedalus
Zheng 一生尽管绯闻不断，却终身未婚。传闻他是个双性恋者。且 Daedalus Zheng 自始
至终即对人类联邦政府对梦境植入之应用十分不以为然。关键在于，Daedalus Zheng 主
张，梦境植入技术不应仅植入知识教养、身份认同等必要数据，且必须同时大量植入
情感成分，方为正确。根据 R.L. 所掌握之史料，于寄予某同性恋人的私人电子邮件中，
Daedalus Zheng 曾如此写道：

……那与人道无关。官僚政客们总以为我是因为人道理由才主张在生化人的梦境植入
中加入情感因素，其实他们错了，他们错了。我之所以如此主张，是因为那才能使得
生化人"更好用"一些……情绪固然有可能降低人的决策质量，但也并非全然如此；
某些情绪对人的决策与工作效率是有正面帮助的。适度的情绪化很可能有助于紧急意
外状况发生时生化人的正确反应……多数时候，如果你会恐惧，那么表示那造成恐惧
的原因确实有可能产生危险。如果一只野兽的出现令你直觉感到恐惧，那表示野兽确
实有可能伤害你。恐惧帮助你迅速决策、离开现场，避免可能立即造成的伤（转下页）

（接上页）害。这是"本能"的用处。那是基因铭刻于人类脑组织中的印记。如果你缺乏恐惧，如果"逃离"的动作必须经由全然理性冰冷的计算才能产生，那么便可能、极有可能造成时间上的延误……

然而此一概念最终毕竟未被人类联邦政府采纳。根据R.L.考证，Daedalus Zheng似乎对如此结果大失所望；原本个性已十分害羞的他，自此之后，更有严重自我封闭之倾向；甚至与多数朋友断绝往来。据考证，自2080年代末期起，以迄2098年Daedalus Zheng辞世为止，他几乎全无社交活动，仅余二三友人；其中唯一较广为人知者为数学家Paz Carlos。此段期间，Daedalus Zheng依旧聒噪，然而表现形式却一变而为经常性、持续性且旁若无人的喃喃自语。2098年春天，Daedalus Zheng于其情人W家中因突发性心脏衰竭过世，年仅53岁；可谓英年早逝。史家R.L.并高度怀疑其死因，认为不能排除死于他杀；甚至亦不排除W涉案之可能。"各方迹象显示，W的身份相当神秘……很奇怪地，在我搜集史料的过程中，在与W有关的这一块，总是遇到阻碍。"R.L.曾于接受视讯直播节目专访时如此表示，"坦白说，我曾怀疑W可能与人类联邦政府情报机构有所关联……当然因为缺乏直接证据，这点我们无法确定。但总之，若Daedalus Zheng并非死于他杀，那么我想，说是抑郁以终，亦不为过。"

此外，R.L.亦于《Daedalus Zheng：忧郁的先知》中提到，于其主张遭人类联邦政府当局漠视后，Daedalus Zheng日益悲观，极度忧心生化人科技应用之后果。于日记中，Daedalus Zheng引述了古典时代末期某篇来自英国的研究报告，表示"人类的本质应是彼此沟通合作"（该篇论文以人类眼球为观察重点，主张人类的眼白部分较诸其余哺乳类动物普遍占有更大面积，这使得其中眼珠转动更为清楚外显；而此一演化结果，即是为了"便于使他人借由眼神变化而了解己身之情绪与意向"。此外亦有相关研究报告显示，瞳色泽较淡之人，人际关系普遍较差等等），并对当时生化人科技轻忽其情绪部分抒发强烈不满。Daedalus Zheng甚至以"大洪水式的灾难""末日大火"等宗教性字眼预言必将临至的灾祸：

……那不仅仅是一整批人被剥夺了童年，甚或被"置换了一大部分人生"的问题……我可以说，那是另一种常规外的演化；那是一群人杂乱无章的梦境霸道地置换了另一群人原本的面目、那本然属于其自身之人生……人的本质应是彼此沟通合作；毫无疑问，人不应如此相待……或者容我这么说：生而为人，我们之所以能够自然做出皱眉、微笑、流泪、愤怒、愁苦等丰富多样之表情，我们之所以拥有如此强健而复杂的面部肌肉，为的就是表达与沟通……而今，我们竟至于此，竟至于将人产生情绪与沟通合作之本能废弃；其害处或暂且隐而不显，但实际上可能导致之灾祸绝对远远超乎想象。我或可直接在此预言，由于情绪之匮乏，生化人的部分脑叶与面部之（转下页）

"看得懂吗?"T.E.询问。

"我——"K有些迟疑,"或许了解。但梦境内容——"

"这确实需要相关梦境技术配合。"T.E.微笑。他的指尖若有似无地敲打着桌面玻璃,"那时,第七封印苦于此一'生化人心智'问题已久。2081年,Daedalus Zheng为我们揭示了'梦境植入'的解答。问题是,这用以植入的'梦境',究竟从何而来?

"幸运的是,当时'梦境采集'与'梦境培养'等早期梦境技术虽尚未研发成功,但已进入最后阶段;终点近在眼前。"T.E.起身,走近窗边,身形消融于汹涌天光中,"而后我们知道了'梦境植入'。一项革命性的概念创新,巧合搭配了梦境技术之进展,适时提供了形塑生化人心智的关键突破。也因此,约十年后,2090年代,随着'梦境采集''梦境培养''梦境剪接'等技术相继成熟,于人类联邦政府秘密实验下,'生化人梦境植入技术'终于大功告成。大批生化人遂得以经由此种制程量产,提供人类社会近乎无偿、无限之劳动力。"

T.E.稍停,似乎观察着K的反应。"所以你现在知道机密了。"他取回K手中的电磁记录,凝视着K的双眼。

(接上页)表情肌肉组织将会以远高于正常人类之速度萎缩退化,并进而影响其他器官之功能……

针对Daedalus Zheng的此一悲剧性预言,R.L.于书中末章亦表达类似看法:"……事后看来,'生化人情感淡薄'此一事实,于相关历史层面上确实产生相当大的影响……我们不得不承认:自启蒙时代至古典时代,科技进展尽管可能扮演推动时代巨轮之重要角色,然而科学之细节从未对我们身处之世界有过如此惊人且巨大深远之控制力——这一切,可能都归结到一个普遍性的现象:今日科学,已然进展至足以从根本上动摇人类根深蒂固之种性特征的程度;而某些种性特征之根本动摇,又可能无可避免地引发另一些种性特征之创造或崩毁。这确实前所未见。像一个失控的核分裂连锁反应……"

K稍作思索，"署长，我想我不很确定这样的梦境植入是否有效——"

"当然，"T.E.打断K，"Daedalus只是提出基础概念。在实际执行面上，梦境植入尚历经许多后续研究试验，才获致成功。

"这里有一份摘要，关于'生化人身份认同'之梦境植入工序。"T.E.踱回桌前，打开抽屉，取出另一份文件递给K，"你参考看看。"

K细读文件。

梦境植入工序 细项1：生化人之身份认同	
步骤1： 搜集梦境	以"梦境采集"技术大量搜集人类各色梦境，建立梦境数据库（Dream Database）。
步骤2： 剪辑梦境	自梦境数据库中选取与"自我认同为生化人"有关之素材。举例：有人类某甲，梦见自己为一生化人，于某工厂担任某工作。剪辑人员则可采集此一梦境，加以适当剪辑。
步骤3： 剪辑完成	将步骤2搜得之梦境素材彼此组合、剪接运用，成为一完整梦境。而此梦境即传达"我是一生化人"之信息。
步骤4： 梦境植入	于生化人成人产制过程中（应于人体已接近完成阶段，中枢神经系统已生长完成，然尚未具有明确意识时），将步骤3所得之梦境植入生化人人体，令其做梦，并反复为之数十万次。如此一来，于生化人制作完成并"清醒"之时，即自然具有"我是一生化人"之身份认同。
步骤5： 品质管控	于生化人清醒后（意识诞生时），正式出厂前，进行品管检验。根据经验，极少数生化人会有"梦境植入失败"之情形发生。检验后一旦发现此类瑕疵品，则予以销毁。

"了解吗？"

K点头。

64

"这是关于生化人身份认同的部分。其他项目比照处理。"T.E.手中的烟斗柄指向K，"……K，我即将赋予你调阅相关资料的权限。如果你对技术细节有兴趣，你可以在研究中心的文献系统中查到相关数据。对了，"他放下烟斗，"有一点需要补充说明。事实上，除了身份认同、知识技能之外，我们尚且处理了生化人的情欲问题……"

"署长，"K突然问，"您告诉我这些的原因是?"

T.E.微笑。他拍拍K的肩膀。"你很客气。但太客气不见得是好事。你先坐下吧。"T.E.打了个手势，"我可以很直率地说：整体而言，我打算加重技术主管在第七封印业务中的决策分量——"

"意思是?"

"人类历史上，许多突破确由技术进展驱动。"T.E.回应，"古典时代的工业革命即是如此。这是常识，无须多言。但重点是，你必然也注意到近几年来，'血色素法'鉴别率的下降曲线。或许——"他意味深长，"或许在你任期内，我们就需要新的筛检法了。"

K默然。

"你层级够高。况且，我认为你必须知道更多。这也对你的工作有所帮助；尤其是，如果在未来我们需要研发新筛检法的话……

"好了，这样够了。"T.E.刻意结束话题，"我刚提到，我们甚且利用'梦境植入'技术来处理生化人的情欲问题。众所周知，相较于正常人类，生化人情感淡薄。这也是通过梦境植入所处理的。"

"这部分与Daedalus Zheng不直接相关。"T.E.敲了敲烟斗。近午时分，天光角度偏移，室内转暗。干燥的气流吸去了空气中的水分。"那是第七封印后来自主研发的。人有七情六欲，以人为蓝本的生化人必然也有。但若是放任他们拥有全然类同于一般正常人类之情欲，则可能衍生许多问题——感情问题、婚姻问题、生育问题、人口结构问题，甚至可能导致犯罪。相关伦理争议与社会负担必不可免。

"也因此，人类联邦政府决议将'**梦境净化**'纳入生化人梦境植入之制式内容内；换言之，比照一般梦境植入法，将一具有"削减生化人情欲"功能之梦境植入生化人；其意义类同于**潜意识去势**。生化人经梦境净化后，情欲能力已被剥夺。甚至当他们暴露于与'爱'或'性'有关之情境中时，即可能引发身体与情绪上之恶心不适——"

"啊，这么说，"K恍然大悟，"所谓'生化人情感淡薄'的说法确实有其根据……"

"当然。那是事实。"T.E.语气淡然，"且'梦境净化'并非唯一原因。一般看法，这也与生化人缺乏童年直接相关。由于历经梦境净化，且缺乏童年，生化人的情感能力确实贫乏；也因此，政府很少允许生化人从事需高度细腻情感之工作。

"然而我必须说，'梦境净化'仅是一时权宜。"办公室中，光逐渐被暗影噬入，T.E.的声音隐没入周遭的空洞，"目前技术水准仅止于此。尽管实务上看来相当成功，但我个人对此并不完全放心……"

9

2219年12月9日。凌晨时分。D城。高楼旅店。

时至今日，K犹且清楚记得，升任技术标准局局长后，于署长办公室内，首次阅览该份Daedalus Zheng机密报告原始版本的情景。那天光汹涌的早晨。由于年代过于久远（距今已约130年），该份记录电场不稳，破口甚多，呈像模糊，甚且在各处产生了各种深浅不一的铁锈色色偏；然而那完全无损于它所带来的震撼。毫无疑问，"梦境植入"的崭新概念突破了横亘于前数十年的技术障碍，关键的最后一步终告完成；理论创始者Daedalus Zheng居功至伟。其后，公元2091年，人类联邦政府颁行《生化人产制基本法》，宣告生化人量产技术研发成功，并谕令严格控管该技术——仅允许官方产制，制程列入绝对机密。

那是人类"生化人时代"首次临至。自此，生化人量产工业遂逐渐步入轨道。凡依此标准程序产制之生化人，于初生时，均已具有明确之生化人身份认同，历经"梦境净化"以降低情欲能力，并具备一定程度之知识技能，明了自己的出厂日期、制造厂、编号与即将编入之工作单位等等。

此即为一般生化人之产制法。

然而，这毕竟只适用于一般生化人。

在K身上则完全不同。

K显然是个例外。例外处在于，除了明白自己身为生化人，自己的年龄，并具备一定程度知识技能外；对于其余数据，K的记忆始终陷落于一片空无中。

他不清楚自己的制造厂、制造编号，也不清楚自己是否真正归属于任何一个工作单位。他似乎自始至终便诞生于一不完整之制程。K仅隐约记得，意识诞生时刻，他正独自躺在一座古典时代水泥构造的废墟之中。长形空间宽阔，除了斑驳灰墙与直立梁柱之外并无他物。污渍般的不均匀色块在墙面上散布生长。许多锈蚀钢筋裸露着自身，如人体因受伤而被拉扯于外的血脉。而在他身下，清水混凝土地面残留着一摊摊雨后积水……

空气温暖潮湿。泥土的香味。水气与雾霭。高处，天光散射，教堂彩窗般安静照亮了空气中的浮尘。

K坐起身来，定了定神，摸了摸自己完好的身体手脚，弹了弹身上的脏污泥灰。

远处隐约传来孩童笑语。无数细微回声在这梦境般的废墟之中荡漾。他站起来，走近窗边。铁窗后，整片翁翠绿意占据了视野；枝叶间，他看见远处一座小小的游乐场上，几个孩子在西斜的金黄色阳光下奔跑追逐着……

就在那一刻，K突然明白了两件事。

第一，他是个被遗弃的生化人。

第二，即便如此，他"会"成为一个人类的。

他将会成为一个**真实的人**。终究。

　　并不是个多么强烈或急迫的愿望。感觉也不像是"下了决心"。其间意志之凝聚——如若真有所谓"凝聚"——亦缺乏任何迟疑、彷徨、擦撞或转向的痕迹。于那奇异之瞬刻，K仅是突然醒悟，即使身为一位被莫名遗弃的生化人（或许他正是一梦境植入失败，但不知为何却并未被按程序销毁的个案？一个瑕疵品？），那并不妨碍他成为真正的人类。而他，自此而始，便将一步步走向他此刻所预见的，那个崭新的身份与未来……

　　一个伪造的身世。赝品般的人生——

　　人类。分子生物学学者。人类联邦政府国家情报总署技术标准局局长……

　　不，不是。并非如此。他和一般所谓"正常"生化人，并非仅有这么些相异处而已。

　　那不仅仅是无知于自己的出厂编号与归属地而已。那不仅仅是，多出一段神秘难解的初生记忆而已。

　　K高度怀疑，自己的"梦境净化"制程也明显出了差错。

　　不，K并不觉得自己有着严重的情欲负担。他并不强烈感觉"性"或"爱"之索求——他毕竟，终究，是个情感淡薄的生化人。而是，他会心悸，他会恐惧，他感到真实无比之痛楚，仿佛永远失去了什么。多年来他重复着那个恶灵般缠祟着他的梦境：天光晦暗，老旧霉湿的公寓房间，激烈的号叫与哭泣，颈后抚贴皮肤的冰冷枪管——

　　（起来！站起来！转过去！走！继续！）

　　（不要看！叫你不要看你还看！）

（好啊，你爱看是吧？）

（砰！）

无数次无止尽的梦魇（噩梦中，时间如此漫长，仿佛他并不拥有一个梦境外的真实人生，仿佛他的一生仅为了在此耗尽）。隔邻房间的两具尸身。无数次冷汗淋漓的惊醒。每每自梦魇中脱身，他必然感觉心悸过速，搐跳逼近极限，胸腔膨胀，额角胎记涨大为翻腾扭动的紫色蛭虫。

那是什么？为何会做这样的梦？为何K会感到心悸，感到恐惧，感到痛楚？一个正常生化人如何可能有此宿疾在身？一个正常生化人，难道不该是完全健康的吗？

一个历经完整"情感净化"程序之生化人，难道不该免于如此极端，如此暴烈之惊惧？

那令K感到如此宁谧静好之初生记忆（雨后野地，孩童笑语）；与如此恐怖血腥，持续复返之梦魇，为何会并存于他身上？

（起来！站起来！转过去！走！继续！）

（不要看！叫你不要看你还看！）

（好啊，你爱看是吧？）

（锵。）

公元2179年。缅甸仰光。生化人游击队的烧夷弹与电磁场攻击确实摧毁了该地所有户籍数据及相关电磁记录。然而重点在于，一方面由于缅甸政府实质控制力薄弱，近乎无政府状态；二方面其时缅甸政府与人类联邦政府之间关系紧张；因此所有电磁记录均未

70

留下任何备份。是以，利用此一战争破坏留下的制度缝隙，K伪造了自己的**芯片虫**[9]，取得了新的身份。而在学术单位与研究计划掩护下，早在攻读博士期间，于生化人解放阵线尚未发展出用以破解"血色素筛检法"的自体演化之前，K其实早已自行完成了类似的自体演化。遑论那在K被招募进第七封印后方才研发成功的"梦的逻辑方程"——那直接来自技术标准局研究同仁（以Woolf教授为主）

---

[9]　芯片虫又称为随身虫、皮夹虫、ID虫等，由早期证件芯片演变而成，为一以"曼氏裂头绦虫"（Spirometra Mansoni）作为基底生物之类神经生物。其虫身约1厘米见方大小，厚度极薄，可长期寄生于人类之皮下组织或肌肉组织中，于人体无害。

芯片虫之主要功能原为个人资料之载录。由相关政府单位将个人资料记录于芯片虫之神经系统中；主要用以代替古典时代之身份证明、驾照、签证、护照等相关纸本文件，作为识别身份之用。然而为方便起见，至古典时代后期，除身份证明之功能外，证件芯片遂开始整合为具信用卡、商店贵宾卡、车票、笔记本、手机通讯、影音播放等多用途之功能芯片。至22世纪初叶（约2120年代）左右，配合植入技术，"芯片虫植入"遂普遍为社会大众所接受。目前芯片虫之一般植入位置为左手手背。于植入后约60小时，芯片虫即自体内长出结缔组织线路，将虫体完全固定于人类手背皮下组织中；植入后约120小时内，虫体外延之神经系统与循环系统也将与人体固有之神经、毛细血管等组织接合完毕。至此，由于芯片虫内载录之数据已部分转植于人类左手手背之邻近皮下组织细胞中，即使经手术拔除芯片虫，则于一定时间（约13个月）内，尚可经由人体左手手背之邻近组织细胞进行侦测，读取数据。

而芯片虫植入人体之时间则依各国习俗与法令之规定有所不同；多数均于成年时（18岁）或稍早（15、16岁）植入。在某些亚洲与美洲国家，甚至为此一芯片虫植入举办一类似"成年礼"之仪式，父母宴请亲朋好友共同见证其子女之长大成人。此外亦有相关惯用语产生，例如"连个芯片虫都没有，还来跟人家凑什么热闹！""长那么大了，处理事情还这么幼稚，跟个没长虫的小子一样！"；意即乳臭未干，或行为思想幼稚之意。而约自2140年代起，部分特定群体亦对芯片虫发展出相关习俗，例如每十年即进行手术将芯片虫取出，制成标本收藏，作为纪念；再向当地政府申报缴费，领取一新芯片虫，重新植入。10年后则再次进行手术、制作标本收藏，如此反复。另亦有部分新兴宗教习于人死亡后，将尸体中芯片虫取出，同样制成标本收藏，甚至供上神坛，并发展出"芯片虫崇拜仪式"等等，不一而足。

的呕心沥血，K亦曾亲身参与；也因此，对于个中原理、技术机密，K必然知之甚详。

无须多时，K也独力完成了足以克服"梦的逻辑方程"的自体演化。

像一张千变万化的面具。K成功隐藏了自己。

那便是K的"意志身份"——人类。分子生物学学者。人类联邦政府国家情报总署技术标准局局长。他意外的"情报生涯"……

K想起之前在那漫长历程中曾亲身参与的，许多第七封印部门里的秘密任务。确实，K并非正统情报体系出身，而K所属之技术标准局，身处于第七封印此一专业情报官僚体系中，也往往显得尴尬。理论上，他们仅是技术部门，他们担负繁重研发工作；他们的主要任务，其实正是持续管理、监视并优化当下用以区判人类与生化人的筛检法；或必要时研发新筛检法。他们仅负责技术支持，正常状况下，不直接介入情报活动。而科学家出身的技术人员们，确实也并不适合直接参与第七封印与生化人解放组织间的间谍战争。

改变始自于第七封印新任署长T.E.。正如于署长办公室中他对K透露的看法——他认为，高度专业之技术支持于整体任务中不可或缺；而就长期而言，培养技术人员对于情报工作的理解亦绝对必要——在T.E.坚持下，来自技术标准局的特定人员，才开始在短期受训后，少部分参与对外情报工作。

而在K升任技术标准局局长之后，T.E.更修改内规，要求K于第七封印高层会议中固定列席。

这是直接以内规操作之巧门来提升技术标准局的决策位阶了。

是在这样的制度变革过后，他才真正成为一位名副其实的情报员的。

亦因如此，K才有机会主导那些针对生化人间谍的检验与审讯工作……

K再度踱步至窗前。建筑与建筑间，黎明前的黯淡天光下，原本近乎空无一人的街道上已疏疏落落散布了蚁群般奔跑逃窜中的人车。尚有为数众多的人潮自建筑底部如海水般阵阵涌出。而视野边缘，高处，或因光线幽暗，那巨型水蛭形体看来依旧模糊。银白霞色镶嵌在犹有星光闪烁的，深蓝的夜空中。

然而K一点也不想逃。

K转身回到桌边，点起一支烟；而后踱回落地窗前，闭上眼宁静地吸着。

烟雾安静匀散，聚拢。鼻息般细微而均匀的韵律。

他想起几年前，台湾北海岸的那个夜晚。

那时**维特根斯坦项目**（Wittgenstein Project）早已结束，针对Gödel的审讯也已过去一年多了。K在一次例行性长假中独自一人来到台湾北海岸。许久以来，一人独自生活的K早已习惯了每年的单人旅行。对他来说，每一趟寂寞而安静的流旅都是一次自我省思的机会——关于他的身世，他的工作，他的祈愿，他自身往后之人生……

或许也能如此说：那是K给自己的病假。独属于一人之秘密疗养。他当然不能让组织获知自己重复的梦魇。他必须隐藏自己胸腔深处的心悸宿疾。他必然亦无从呈报自己的恐慌，自己的惊惧，自己的愿望，自己对初生记忆无人知晓的乡愁。他也必不能向任何人透露，作为一个情感淡薄的生化人，他极可能并不明白，爱是什么……

然而他想了解。他想知道什么是爱，什么是恨。他想知道，作为一个人——如果，如果真有一天，他真能成为一个"人"——就一个人类而言，爱的暴烈，或恨的暴烈是什么。他想品尝罪疚，嫉妒，残忍，贪欲与傲慢的滋味。他想知道，梦魇中驱使着那贴近他后颈的枪管，驱使着那残虐、暴力与厌恶的，究竟是什么……

不，K并非全然不明白这些。他仅仅是不确定自己是否确知。他只是怀疑，那是否直接关联于他意识中最初浮现的那个想法——弃去、隐匿生化人之身份，成为一个，"真正的人"……

许多年过去了，K并不觉得自己已获致解答。事实上，此刻他几已是全然过着一个真实人类之生活了。但尽管如此，那"成为一个人类"之渴望，却依旧在K的心中徘徊不去。

如此温柔，如此固执。

便是在这样的心境之下，在那异地的旅行中，K意外遇见了Eurydice……

10

2214年10月15日。晚间6时52分。太平洋西界。台湾北海岸。

日落时分。时序已至深秋,阳光已隐没至海平线之下。宝蓝色夜幕犹透着一点乳白色微光。

K正独自步行,离开码头边灯光明亮的鱼市场,沿着无人沙滩漫步,享受入夜后的冰凉海风。滨海公路上方偶有几艘飞行船经过,但次数并不密集;探照光圈如昆虫触角般试探着周遭洞黑的空间。近处,霓虹闪烁,游乐场中,旋转木马的彩色拱顶在黑暗中亮着橙黄色的光。

那是个吸引人的景点,在游人众多的白日里想必相当热闹。但此刻,原先流连驻足的皆已散去。于K所立足的这片海滩上,行走的海风拂去了所有声响,人声或音乐皆已随气流灭失。然而视觉中,于突出于整片黑暗的,光之工笔轮廓上,随着那旋转木马拱顶轴心而流动起伏的众多人影物件,却依旧如此美丽虚幻,仿佛一场集合了所有光之残影的幽灵聚会。

便是在此刻,K突然看见了Eurydice。

而Eurydice也同时看见了K。

仿佛自无意识之深处突然浮现。此刻,海滩上全无人踪。莹蓝色的月牙已在稀薄的云翳间露了脸。月光下，一道道白色浪花规律舔舐着沙滩。K突然看见前方数米处，极近的距离，一名女子独自站立，面朝海的方向。

女子转过头来。月光照亮了她的脸。

K立刻认出她来。而她应当也认出K来了。

那是Eurydice。褐发黑眼的Eurydice。他们初识于两年前的第七封印新进人员训练课程里。地点是香港，模拟案例的小组课程。原先以K的层级，是不可能亲自主持此类课程的；但由于此次新进人员讲习规模极小（仅有学员七位），原定讲师又被临时派往曼谷，是以K便暂时接下了此次教学任务。

Eurydice看来安静。气质优雅。小组讨论时某些一闪而逝的幽默亦令人印象深刻。K犹记得她认真的深褐色眼瞳、她鼻梁的弧度、彼时光泽闪亮的短发。甜甜笑起来时，她原先小动物般的眼眸会闪过一丝狡黠。而那笑容又像是绿色池塘的涟漪，仿佛叶片，很轻很轻地飘进了水里。

许久之后，K才发现，他几乎记得首次见到她时她所有举止的细节。

当然Eurydice相当美丽。但这样的美丽也说不上太过罕见。K那时已35岁，见过的美丽女人不在少数。是以他难免纳闷：是什么蛊惑了他，使他记得了如此多细琐之事？

淡蓝色月光下，他们彼此招手，打了招呼；而后立刻便笑了出来。大约是为了原先彼此表情上的惊愕吧。

"局长怎么会到这里来？来度假吗？"Eurydice问。

"是的，是度假啊。"K笑着说，"风景很美。你呢？也是来度假的吗?"

"算是。"Eurydice停顿了一下,"嗯,其实我是在这附近长大的。是回乡了——"

"真的吗?"K开了个玩笑,"我想你可以直接说实话;据我所知,我们单位正好有个这附近的案子必须处理……"

"不是,不是,"Eurydice十分捧场地笑了,"我来这里,真的只是回家乡看看。"

有一瞬间,K觉得自己仿佛又看见了那个初识的微笑。一轻盈之物悄悄坠入池塘。但此刻的坠落发生在一种比黑暗更黑的阴影中。那使得现时两人面对面的距离并不像实际空间上那般靠近。

"原来你是在台湾出生的啊。"K说。

"是啊——"Erydice欲言又止。

"那,或许你知道其他一些游客不常去的好地方?"K体贴地换了话题。

Eurydice想了一下。"有的。"她又微笑起来,"不过,很难说明是在哪里……"

"是吗?"

"嗯,跟我走吧。就在附近,很快就到了。"Eurydice做了个手势,"但得靠点运气……"

他们沿着海岸线慢慢走去。他们谈论了天气,谈论了堆满了新鲜海产的鱼市场(标榜远洋海鱼的观光鱼市近年几乎吃下了原本属于养殖复制鱼类的半数产值),谈论了月色,也谈论了如同于夜的布幕下镂刻出光之轮廓的,华丽如梦的滨海游乐场。Eurydice向他解释,在他们即将前去的海岸,在外海,或由于海底特殊的暗礁地形，常会有某些固定涡流产生。于特定季节，在潮汐与洋流的推波助澜后，那涡流将会特别强劲；其结果便是造成某些近海软体动物的灾难了。

"它们的祖先是葡萄牙战舰水母。"Eurydice说。

"最毒的那种？"

"对，古典时代里那种毒性最强的水母。现在已经绝迹了。"Eurydice解释，"我们在这里——如果运气够好——会看到的，是葡萄牙战舰水母的变异种。有个很美很可爱的名字，叫蓝孩子。Blue Children。"

"蓝孩子……它还有毒性吗？"

"有，但很轻微。"Eurydice笑了起来，"只要不把它们吞下肚子里去，大概是一点关系也没有……"

K也笑了。"我很确定我没有嘴馋到那种程度。但至于你，我可就不敢保证了。"

"蓝孩子几乎就是一种'台湾海域特有种'了……"笑声散落于夜风中，Eurydice继续说，"特有种，也就是说，全世界其他地方都没有。只在台湾和冲绳出现。而且更罕见的是，整座台湾岛，也仅存在于北海岸近海这一带。它的体内含有某种氮化合物；当这种化合物暴露在空气中时，会立刻氧化……看，那就是了。"

Eurydice指向近处的地面。两三片指甲大小的蓝色荧光栖止于潮湿的深色沙地上。像发亮的玻璃碎片。

"我们运气不错呢。"Eurydice说，"那就是蓝孩子的'破片'了。当海底地形配合潮汐所产生的涡流夺去它们的生命、撕碎它们的躯体，那暴露在空气中，氧化后的氮化合物，便会发出这样的蓝色荧光……"

　　K走近，低下身去，伸手摸了摸那几片安静蛰伏着的蓝色荧光。如预期般冰凉软滑。有些犹可辨认出是属于触手或伞状本体的某部分。它们很亮，亮过于早在百年前便已绝种的萤火虫。K察觉自己的指尖也沾染了些细碎的蓝光破片，粉末一般。

　　（氧化后的蓝光？那等于是某种程度的"燃烧"了？换言之，那是一种当躯体无可挽回地碎裂时，任自身静默自燃的软体生物？）

　　"感觉如何？"Eurydice问他，"凉凉软软是吗？"

　　"是啊，是啊。"K将指掌浸入小潮池中，以海水洗去那荧光蓝粉末，"很新奇……"K抬起头，客套道谢，"谢谢你带我来看这些。"

　　"先别谢我，"Eurydice笑得十分开心。此刻，绿色池塘里已是完全光亮着的春日涟漪了。她的眼睛眯成了两道弯弧，"再走下去，或许会有更多哦。"

　　他们继续往前。沿路果然见到愈来愈多蓝色荧光破片。它们显然都是随着那规律涌来的海潮来到岸上的。月光明亮，沙滩上隐约一道干与湿的界线；而在那界线四周，蓝光破片就像是沿路撒下的荧光花瓣……

　　借由月光指引，他们绕过一处沙壁，来到一个小小海湾。近处平躺着几座大小不一的潮池。海滩上，几节巨大漂流木半埋于沙中，高耸的部分在沙地上投下庞大阴影。如史前巨兽断裂的骨骼。

　　海潮仍规律地舔舐沙滩，发出某种空洞而细索的回响。此处海湾里的海已然亮满了大片水母的蓝色荧光。那蓝孩子水母躯体之破片，有些漂浮于水面，有些正随着一波又一波的潮浪起伏，还有些沉落在那些清浅潮池水底。仿佛夜空中沉静而灿烂地释放着晕光的星群。

K的脑海中突然浮现一个未曾见过的幻象：一只巨型蓝孩子水母正在海水中游动。那是一处极黑暗的海水。除了这只单独存在的巨大蓝孩子之外，没有任何其他事物存在……

（它寂静地游动着。它的身躯像是一颗透明的，搏动的心脏。它的触手妖异款摆，如美杜莎之蛇发……）

而此刻，云翳遮掩，月光已然暗下。两人并行的长长阴影没入漂流木巨骨更为庞巨的暗影中。他们都静默了。月亮表面薄薄的雾气快速流动着。海风变强；仿佛密闭腔室之巨大回音，风的质量灌饱了耳壳内部，毫不倦怠轰击着耳膜。

（K突然想到，这其实是一场死亡的盛宴。死亡尸骸之华丽表演。对蓝孩子而言，也唯有于死亡骤然临至之当下，借由涡流，将自身粉碎裂解后，才得以看见这样的景象了……）

"上次看到蓝孩子，"Eurydice打破沉默，"是四五年前了。很久了。"

"……所以，已经那么久没有回乡了？"

"嗯，是的——"Eurydice又静默半晌，换过话题，"那时很喜欢一位古典时代的诗人。回来时看到这种景致，想到了他的几首诗……"

"什么样的诗？"K问。

"要考我背不背得出来吗？"Eurydice微笑。

"说说看嘛！"K也跟着笑了，"别吊人胃口了。我很想知道那是什么样的诗。"

"顾城。大概是记不全了呢。"Eurydice偏着头想了想，"好吧，我试试看……"

　　Eurydice开始轻轻念诵：

　　"……永恒的天幕后

　　会有一对鸽子

　　睡了，松开了翅膀

　　刚刚遗忘的吻

　　还温暖着西南风的家乡……"

　　"……开始，开始很凉

　　漂浮的手帕

　　停住了

　　停住，又漂向远方

　　在棕色的萨摩亚岸边

　　新娘正走向海洋……"

　　"另一首。"Eurydice微笑着，脸上泛着隐密的红晕。

　　"……门上有铁，海上

　　有生锈的雨……

　　"一些人睡在床上

　　一些人飘在海上

　　一些人沉在海底

　　彗星是一种餐具

　　月亮是银杯子

　　始终飘着，装着那片

　　美丽的柠檬，美丽……"她稍停，而后继续，

　　"别说了，我不知道

　　我不知道自己……"

Eurydice的声音很专注，很沉静；尽管海风强大，声音却如同某种材质坚韧的细微纤维般，清晰地穿透了风，以及风所穿透的那些巨大的，层次繁复的黑暗。

便是在那时，K清楚知觉，某种奇异的不适突然攫取了自己的身体。一无形无色之物，充盈地，钝重地侵入了自己的胸腔；活体生命般随着Eurydice的静定嗓音渗入了体内间隙。K似乎察觉了自己精神上的缺陷或破口。心跳与呼吸加快，但并不轻浅，反而变得温热而深沉。

如此陌生的不适感。或说，那感觉突如其来，以至于K并不真正知道该不该以"不适"来形容……

因为在当下，K其实是愉快的。月光打亮了Eurydice的侧脸。她偏过头来看了K一眼，而后有些羞赧地将目光移开。亮度晦暗，表情原本并不可见；然而K似乎却又看见了那涟漪般清浅的笑。像是下午无风，水面平滑如镜，忽而有某种细小而美丽的昆虫，拍击着一对透明薄翅，于极贴近水面的飞行中踟蹰了。

那或许是他们恋情的初始了。回程他们沿着地上逐渐黯灭的蓝色荧光离开那月光、沙崖与灰白色漂流木巨骨所构成的阴影之地。两人都沉默了许多。

但那沉默毋宁理所当然。因为彼时，K正对自己的反应感到无比迷惑。原先侵入胸腔的无形之物已缓慢离去；但此刻抽去了那充盈，钝重而温热的什么，却令K感到些许寒冷。寒冷自头顶蔓延至胸口，腰际，四肢与指掌。仿佛海风穿透黑暗的吹拂。

（那与他们第二日的相约是多么不同啊。K至今犹清楚记得，第二日，台湾北海岸的艳阳下，细碎贝壳沙留滞于Eurydice白色肌肤上的画面。）

（无云的，纯净无瑕的蓝天。很奇怪地，感觉并不炽热，而竟只是纯粹的明亮。K发现，乍看一片米白的贝壳沙，细看时，并不全是米白色的，而是一些多纹彩，多棱角的细小破片。当它们在Eurydice的肌肤薄薄敷上一层半透明沙膜时，那日光便持续在沙的质地上折射出各种角度的，碎裂的光；而那碎裂的光又会在某个瞬刻曝白漫淹了整个画面。它们带来一次雪盲，稍作暂留，随后又像是摇晃的水波般荡开了去……）

暗夜月光下，他们走回打烊的鱼市场和游乐场。细密沙粒在他们的脚步下摩挲着彼此爱抚的音响。鱼市场原本灿亮的灯火已然暗下；只余下几盏小灯隐约摇曳。

而游乐场里已是全然的墨黑了。仅有入口处霓虹招牌犹且依依不舍般，无声眨动着光的眼睛。

仿佛一只温驯蹲踞着的，无形体的兽……

是啊。那便是他们的初始了。K想。他们的爱情。

当时Eurydice正担任情报总署研究中心的研究助理。而在先前，Eurydice进到第七封印的第一份职务，则是行政局的一般行政人员。研究助理已是Eurydice在第七封印的第二份职务。

开始的时候……

开始的时候，当然都是很快乐的。

开始的时候，即使确有不安；他们不会知道，那样的幸福，仅持续了短短两年。他们不会知道，最终竟是如此。

而在许久之后的此刻，一切都熄灭了。

一切都瓦解了。

11

K：

　　昨日放假，想趁空整理房间，却整理出好多我留下来的，与我们有关的东西。主要都是我保存的。电影票根、你送我的帽子、北海岸相遇那天我偷偷挖回来的沙（它们干了，颜色褪淡，但多彩依旧）、丽江蓝染、叫阿跳的跳舞女孩、蓝色海豚电磁八音盒、你的牙刷和毛巾、我们在圣诞节买了却找不到没警察的地方放的烟火……我把它们都收好。东西太多，我没办法用个袋子或纸箱就把它们打包起来。我到储藏室翻出一个坏掉的旧皮箱（咖啡色的那个，记得吗，跟你在一起之后我还用过一阵子。它坏了，我想那阵子它承载了太多难以负荷的重量），把所有东西都塞到里面。

　　所以票根们还躺在你留在这里的小说封面上。你写的纸条被卷起来，塞在你喜欢的马克杯肚子里（有些我写了自己复制留底的信件也是）。你的牙刷和毛巾被放在蓝色八音盒里，和海豚住在一起。会跳奇怪舞步的跳舞女孩阿跳，我则是转松了她的发条（她也需要休息吧），让她安静站在旧皮箱的角落里。

　　整理好之后，我迟疑了一下，究竟该把这旧皮箱放到哪儿去。当然这问题我事先想过，麻烦的是，也没那么容易找到很好的处理方式（我想起那部古典时代旧小说，主角每天待在地下室用压力机把旧书和废纸压成大型的垃圾方块)。我甚至认真考虑过把这皮箱送到我跟你提过的"Remembrances",租个寄物柜把它丢在里面……

最后我还是把它放回储藏室了。

好吧,我承认这样说是取巧的,其实我并不是因为整理房间才整理到那些东西的,我是铁了心刻意去处理它们的。很多时候我依旧想念你。我多么想把你一起锁到寄物柜里啊。这么说或许奇怪,但每当我看到,或只是无意间翻到那些东西,我难免有些伤心。

尽管放弃也是我自己放弃的……

我把皮箱丢回储藏室。但我很快发现我漏了一些东西。你送我的仙人掌还站在窗台前。但仙人掌又该怎么办呢?

Eurydice

12

2219年12月9日。凌晨时分。D城。高楼旅店。

动物鸣叫。

听见的时候，K正面对窗外。他继续默立片刻，而后把香烟按熄于烟灰缸中。

声音来自房门外。K走近门廊，打开全像窥孔监视器。那监视器约略足以看见门外方圆约5米范围。

由画面看来，此刻门前确实空无一物。

但声音却明显穿透了门板。像是马的嘶叫或象的呼唤。

K回头望了一眼。Eurydice仍未醒来。

他稍作思索，而后向前一步，将门向外推开。

一如预期，依旧是铺着暗红色厚地毯的安静长廊。然而K很快发现，这长廊似乎与他入住时的模样稍有不同。

长度不同。很奇怪地，这似乎是个不可能的长度。不存在的长度。

左右望去，一扇接着一扇的房门列队于长廊两侧。印象中，长廊终止于一扇小小的落地窗，白色天光自窗玻璃后透入，在地面上打亮着一个歪斜的，光的方块。

但怪异的是，此刻望去，这整座血色长廊并无尽头。无数相同式样的房门浮现于走道两侧。仿佛相对的两面镜子所构成的，自我重复的镜像回路。

就在左近，仅约十米左右，K看见了那只发出奇异叫声的动物。

那是只通体纯黑，马一般的生物。然而比正常的马大上许多。或许有两三倍以上吧。它倒卧于地，垂死般发出闷哼的鼻息。方才响亮的哀鸣已不复见。由于躯体确实庞大，它几乎占满了走道宽度之极限。它的双眼上方，额头正中央，一个看不清形状的伤口不断渗漏出深蓝色血液（是独角兽吗？失去了角的独角兽？）。那血液不仅沾染了暗红地毯，在四周壁纸上更留下许多拖曳的深蓝色痕迹。

一近乎全裸的女人跪伏于那生物一旁。她伸出细长的白色双臂拥抱着它的脖颈。由K此处望去，恰恰是女人背面；无法看清那女人的面容或表情。然而她痛苦而剧烈地抽泣着。

那女人一身雪白肌肤，腰背曲线极优美。她全身上下只穿着一件白色内裤。由于肌肤过于白皙细腻，且那巨马般的生物又恰恰通体纯黑；这使得那女人拥抱此一垂死巨兽的画面，在此刻梦境般无止尽之镜像重复中，竟予人以颜色已被抽去，而明暗反差无限扩大的，粗粒子黑白摄影般的印象。

而女人与巨兽四周，仿佛要宣示这场景之虚幻，奇异地浮漾着一圈白色雾气。

K感觉晕眩。然而便在此刻，那女人维持着原先的跪姿，转过了头来。

那是Eros。

K惊吓之余，反射性后退两步。他定了定神。

不见了。场景瞬间消失。女人之哭泣，回眸的Eros，一受伤之巨大独角兽以及无止尽的镜像长廊，全都消失了。

仿佛一场秘密的幻觉——

（啊，是了，确实就是幻觉。他现在知道了⋯⋯）

Eros。K想。Eros与Gödel。

关于那场失落的，虚幻的，于不明确之记忆中，白日梦般的审讯。

K踱回房内，拉上窗帘，将自己掷入柔软的座椅内。

K再次陷入了与那次审讯相关的回忆。事实上，对反于此刻之境遇，也唯有在记忆中与那次审讯重逢时，K才享有某种错觉：仿佛此刻千丝万缕彼此纠葛之一切，自始至终，皆与自己无关。

那段K尚称尽忠职守，未曾背叛第七封印的时光。一个间谍的初始。一个间谍的背叛。那往后在K心中无数次重映的，对Gödel的审讯。他的镜像。审讯时的对话与情景⋯⋯

13

2213年2月28日。夜间9时23分。D城近郊。第七封印总部。

那是Gödel到案后首次审讯。

Gödel，31岁，生化人解放阵线间谍。审讯前14小时恰于北非摩洛哥首府拉巴特一市集中遭第七封印特派干员拘捕。虽则身为生解间谍，Gödel的真实身份却是个如假包换的人类，且早为第七封印所用，长期于美国加州一带从事情报搜集工作；但最终竟意外失联。2213年2月，第七封印接获情报，确知他已然叛逃，且为生化人阵营吸收，为生解搜集情报。

那是个双面间谍的典型故事。资料显示，原本是位年轻科学家的Gödel毕业于美国普林斯顿大学，研究表现极为杰出，专攻领域为"人类神经系统演化"。公元2208年首度被第七封印吸收，从事一般例行性情报搜集。2211年，于K任职技术标准局局长期间，为支持新起之"维特根斯坦项目"，由第七封印署长T.E.亲自批核，特聘为专案情报员。

其时正逢人类联邦政府法定筛检工具由"血色素筛检法"过渡至"梦的逻辑方程"之衔接期。情报显示，由于原先应用于血色素法之自体演化已过时，生化人阵营正为此苦思解决之道，意图研发出足以击败"梦的逻辑方程"之全新自体演化法，以利于生化人伪装；是以亦积极拟定策略，意图刺探"梦的逻辑方程"之技术机密。

这反倒给了人类联邦政府可乘之机。第七封印署长 T.E. 几经思量，决定将计就计，针对此一情势，启动代号"维特根斯坦"之项目反渗透计划。

而此一计划，在人员配置上，即是以 Gödel 为核心。

资料显示，公元 2181 年 11 月，Gödel 诞生于奥地利小城布尔诺城郊一中产阶级家庭；父亲为奥地利籍，母亲则出生于中国台湾。个性海派健谈的父亲担任当地一座知名大型药物代工厂高阶业务干部，长期颇受该药厂犹太人老板器重。身材高大、黑发黑眼的 Gödel 遗传了父亲的机智与深沉，心思缜密，应变机敏，[10] 即便与正统情报训练出身之情报员相较亦毫不逊色。这或许直接关乎其职业经历——于获得美国普林斯顿大学演化发生学（Evo Devo）博士学位后，Gödel 曾任职于生物工程相关业界；也因此对于产业界现况与其商业经营手法，Gödel 必然比从未涉足该领域之其他专业情报员熟稔许多。五年后，Gödel 离开业界，被回聘至母校进行博士后研究；随后则被第七封印吸收，开始以学术身份为掩护，为人类联邦政府进行情报搜集工作。[11]

---

[10] "……反应灵敏，记忆力、推理能力与体能皆属极佳，颇具潜力；唯自主性高，个性急躁，或需细心管束监控……"——见国家情报总署《人员档案：Gödel》，"附录 13：相关注记"一项。签署者为 Gödel 之训练总教官 Changez，注记时间为 2103 年 9 月。经查约为 Gödel 首次训练课程结束后。

[11] 由于"演化发生学"（Evo Devo）此专业之内容直接相关于生化人之自体演化技术；自从自体演化此一逃避人类追踪筛检之方法之诞生以来，与演化发生学相关之研究机构与周边产业，遂普遍成为人类联邦政府与生化人解放组织之间间谍情报活动之热区。

这是 Gödel 的初期情报资历。如前所述，其时由于生化人阵营对"梦的逻辑方程"破解法之迫切需求，较之其他领域，于学术圈内，双方阵营的情报活动确实频繁，堪称热战。几经思考，第七封印高层遂决定以"维特根斯坦"之名另辟蹊径，寻求突破。

署长 T.E. 分析，既然生解方面对全新自体演化法需求紧迫，亟思有所进展，势必无法忍受以学术研究机构为主要战场的情报热战继续僵持。因此，第七封印遂决定采取较具侵略性的高风险策略：放出情报诱饵，试图诱使生化人阵营上钩。

而此一情报诱饵之内容，则直接牵涉**"梦境设计家"**（Dream Designer）此一行业之诞生。

关于"梦境设计家"，这又是另一个故事了。事实上，自从"梦的逻辑方程"于 K 任职技术标准局局长任期内研发成功并逐步施行，且经媒体披露后，一批反应迅速的跨国财团巨头便立即启动游说计划，动用其政经人脉，意图逼使人类联邦政府公开分享或出售如"梦境萃取""梦境载体"等相关低阶梦境技术。而其中运作最积极者，当数出身于美国好莱坞的影视娱乐巨头 Rupert Y. 了。此原因并不令人意外，乃是向来习于以煽色腥八卦材料进行媒体操作宣传的 Rupert Y. 看见了其中无限商机之故。是以经沙盘推演后，第七封印遂顺水推舟，将少数较不具关键性之相关低阶技术（以上述"梦境萃取"等为主）泄露予部分影视制作业者。[12]

---

[12] 那被第七封印所刻意泄漏的部分低阶技术（即前述之"梦境娱乐"或"梦境作品"产业初期核心技术），便是被后来称为"梦境设计家"（Dream Designer）此一行业之最初开端了。而其商机亦在于此。于此初期阶段，因所获技术之限制，此类梦境之设计并未享有足够自由度与弹性，也因此从业人员数量较少。且因 Rupert Y.（转下页）

当然，这自始至终是由第七封印针对生解所布置的技术诱饵。表面上，该低阶技术是由某位兜售商业机密的产业掮客所走私泄露；但事实上，这位名叫J. Bename的产业掮客却是隶属于维特根斯坦项目计划的情报员之一。这么做的目的，是为了淡化技术移转与人类联邦政府之间的关系，以避免生化人阵营起疑。

（接上页）相关事业版图之故，梦境采集技术最初之大量商业应用，色情工业几占有其中90%之产值（当然，即使在今日，所谓的"春梦"或"情色之旅"仍是后起之梦境娱乐产业中产值总量最大之类别）。由于色情工业难免予人阴暗猥亵之联想，是以早期相关从业人员亦多不愿明示其身份。此外，由于专利法规之时间限制，原先由好莱坞少数厂商所独占之核心技术，要在十数年后方才逐渐对其余竞争者解禁。种种原因，使得此一产业于最初发展之时代显得十分封闭。

换言之，此为一颇具神秘色彩之行业。然而如同所有与所谓"色情"共享其性质相异之阴暗身世的其他特种行业，抑或由于Rupert Y.之帮派背景；早期梦境设计业之产业，几有七成以上皆与黑道帮派直接或间接相关。其时由于自政府部门合法获得之相关技术移转极其有限，企业自行研发之速度亦颇为缓慢，因此梦境绝非全凭人为规划设计所能精细制造，而必须由人类真实梦境中采集。由是，其后遂亦有"造梦者"（Dream Maker）行业之诞生。

然而多数时刻，那却等同于一种"强迫春梦"产业；它迫使造梦者从业人员（毫无意外地成为惨遭资本主义无情剥削的廉价劳工）——一如古典时代无数形容枯槁之职业捐精者——必须定时且巨量缴交自身之梦境样本，以供梦境设计家与梦境剪接师作为素材。根据第七封印内部某份类似"造梦者自白"一类之舆情数据，该受访造梦者如此形容他短暂的职业生涯：

……生不如死。我看尽了手边能搜集到的各种A片、色情漫画、春宫图和裸体写真。我必须夜以继日地看它们、熟习它们。各种国籍、各色人种；各种癖好姿势、各类角色扮演与变装示范。我必须忍受所有我觉得恶心反胃的性爱方式（如屎尿之排泄与食入、过于血腥残忍之性虐待手法等）。在毫无间断的色情刺激之下，我每晚必须忍耐着自渎的欲望强迫自己尽快入眠。为了使自己性勃发之能量全然转化为梦境内容，为了让自己"日有所思、夜有所梦"，我必须尽可能接受巨量之性刺激，而后，即便仅是自渎之举皆不被允许，遑论真实性爱行为。我没有在本业外抒压或发泄的可能，我唯一抒压发泄的出口就是我的职业……

此部分执行过程堪称顺利。K当然清楚，人类联邦政府所提供的相关技术其实相当阳春，经评估，于缺乏其余关键技术细节之状况下，几乎完全不可能影响"梦的逻辑方程"之检验效度；却足以诱使生解投入大批人力资源，针对以美国好莱坞为中心之影视产业进行情报搜集。K想起其时内部决策会议上署长志得意满的微笑：

"口袋战术，"署长T.E.以右手末端三指轻敲桌面（这是他心情愉快时特有的小动作），"他们一定得进这个战场，吃下我们给的饵；但又保证学不会新的自体演化——然后我们再给，他们再吃；终有一天，要乖乖把他们布建的情报网全都栽在我们手上。"

而产业掮客J. Bename在完成任务之后，随即消失；轮到Gödel粉墨登场。于此谍报大戏中，Gödel所扮演之角色有二：其一为与J. Bename身份类同之另一技术掮客；其二则为风闻而至的投资淘金者。2211年2月，Gödel携带另一小部分低阶技术打进Rupert Y.的生意圈，并表达投资意愿，要求参与经营。几经折冲，于合作细节初步商定后，2211年4月，Gödel遂以部分自有资金成立一"梦境技术工作室"，与Rupert Y.签订长期技术合作合约；同时亦被安插至Rupert Y.集团旗下一名为"叙事者影业"（Narrator Pictures）之子公司兼任董事与顾问职。

至此，于Gödel之小型梦境技术工作室与Rupert Y.集团彼此交叉持股之后，Gödel可说是于Rupert Y.集团握有相当程度之决策权了。

资料显示，"叙事者影业"隶属于Rupert Y.媒体集团，专事色情片之产制，为该媒体集团之元老级公司，于Rupert Y.之娱乐帝国极盛前即已存在。事实上，于Rupert Y.事业生涯之初，正是叙事者影业之色情片产制所创造的庞大利润满足了白手起家的Rupert Y.后续扩张之资金需求。易言之，叙事者影业可说是他的老巢了。然而近几年来，或由于同业对手竞争力渐强，或由于Rupert Y.早已不再利用黑帮力量介入生意场之竞夺；叙事者影业之影响力逐年下降。无须多时，竟已沦为色情片业界中的二线公司了。

当然，一如第七封印预期，全新梦境技术立刻使得叙事者影业起死回生。此类革命性"梦境娱乐"作品一经推出，随即造成疯狂抢购，该公司之营业额竟于短短四个月内暴增730%，咸鱼翻身，空降重回业界龙头老大之地位。且由于需求持续扩张，现有产能不足，加之以Gödel于内部决策平台上操盘运作；叙事者影业遂向外界放出消息，寻求紧急增资。

这当然是为了提供生化人阵营方面切入的机会——此即所谓"技术诱饵"。维特根斯坦项目进行至此，陷阱已然布置完毕，接下来的任务，无非便是提高警觉，守株待兔了。

然而天有不测风云。正当第七封印好整以暇等着生化人阵营自动送上门来之时，出乎意料地，情报员Gödel竟突然宣告失联。

事前毫无预警。Gödel上呈之例行报告一切正常，无任何蛛丝马迹。随着Gödel消失，人类联邦政府派驻于其住家附近的两名监视人员亦告失踪；事后分析，极可能遭生化人解放组织绑架或杀害（此亦相当罕见，因为近几年来生解势力并不活跃，较之从前，堪称衰弱，已有很长一段时间未直接导致第七封印之人员损失了）。

针对此一突发事件，第七封印总部遂火速展开行动。特派干员侵入Gödel住处，发现所有家具摆设一应俱全，原封不动；然而Gödel之私人物品、相关资料等可能线索却全遭搬空。总部完全无法判断Gödel究竟是叛逃，抑或是身份被识破而惨遭不测。依标准安全程序，情报人员无故失踪，若客观情势难以判断，则当以"遭对方阵营策反"视之；所有相关情报须假设为已然曝光。评估过后，总部别无选择，只好撤回所有维特根斯坦项目相关人员设施，并另起项目进行后续调查。

经此一事，原本进行顺利，被第七封印寄予厚望的维特根斯坦专案，就此前功尽弃。而后续调查亦无所获。对Gödel之消失，总部竟全无头绪。面对罕见的溃败，署长T.E.大失所望，第七封印高层部门亦为此经历了为时数月之气氛低迷。直至整整一年后——

一年后。公元2213年2月。一如当初Gödel失联之突兀，第七封印总部竟意外接获Gödel神秘现身之线报。消息指出，Gödel此刻正藏匿于摩洛哥首都拉巴特北郊贫民区一老旧公寓中；除Gödel本人外，尚有一身份不明之女性与其同住。经布线跟监比对后，确认于2209至2212年间，该名女性曾为叙事者影业工作，为一经合法程序雇用之生化人AV女优，艺名为Eros。

署长T.E.立刻指派K针对该女优之身份进行了解。据查，Eros于2207年出道，开始担任AV女优。初时她以单体女优之身份游走于各片商，并未专属于任何集团；直至2209年方才与叙事者影业签约，成为叙事者影业专属女优。自其出道，以迄2212年宣布引退，放弃AV事业为止，于为期五年之AV生涯期间，Eros虽未大红大紫，但也算是小有名气，发片量尚称稳定。

而关于其引退，亦可说是当时AV女优之常见处境。事实上，自2211年伊始，由于全新早期梦境技术之应用，所有生化人与人类AV女优之工作机会均迅速缩减，薪资水平亦大幅下降。情报显示，其时Eros便曾私下向友人述及职业生涯前景悲观，不如归去云云，并随即向叙事者影业提出辞呈，办理离职手续。

一切手续皆依合法程序办理。叙事者影业对于Eros之去向并不清楚。而Eros随后也并未向申报之后续工作单位办理到职手续，就此消失于茫茫人海中。

大致说来，Eros的职业生涯平淡无奇。调查过程中亦未曾发现她从事情报活动的任何证据。事实上，除了最后行踪不明之外，唯一堪称蹊跷之处，在于一以Eros为主角，名为**"最后的女优"**之纪录片。

顾名思义，纪录片《最后的女优》将主题聚焦于Eros之引退。如前述，其时由于"梦境娱乐"等相关低阶梦境技术已被Gödel以"维特根斯坦项目"为媒介引进色情片业界，是以无论人类女优抑或生化人女优，均受"梦境娱乐"挑战，面临极严峻之职业生涯危机。而由内容看来，该纪录片之意图，显然是借由对Eros相关活动之拍摄，加之以其他相关人士（如Eros经纪人J、常与Eros合作的男优伊藤等）之访谈，记录生化人女优于此一产业革命中所面临的冲击，以及女优们的心路历程云云。

乍看之下十分合理，并无任何怪异之处。

然而事实绝非如此。首先，纪录片《最后的女优》发行量极少，并未于任何院线或其他媒体频道播放，仅以盗拷版本于部分极小规模之独立渠道上流通。再者，根据外包装标示，纪录片制作单位为一名为"1984"之片商；然而查证结果显示此一片商并不存在。此外，无论是在片头或片尾，《最后的女优》并未标示导演姓名，亦未见及制作团队工作人员列表。

K进一步针对影片之内容进行查证。出乎意料的是，无论是Eros经纪人J、男优伊藤、S教授等片中要角，实际上均无其人存在。AV业界并无一名为J之经纪人，亦无一名为伊藤之男优。西雅图大学神经演化学系亦无S教授于该系任职之相关记录。此外，纪录片中所剪接引用之Eros的A片作品片段，竟也查无出处。意即，尽管Eros是个如假包换的AV女优，尽管她确曾于至少十数部A片中进行演出，然而在所有Eros正式发行之作品中，竟找不到该纪录片中撷取之片段。

总而言之，K几可断定，《最后的女优》必然是一部伪纪录片了。如此看来，该导演之所以于纪录片中全程以面具示人，拒绝显露其真实面貌，也就不足为奇了。

而此刻，失踪一年后，于北非拉巴特，谜样的女优Eros竟与叛逃的Gödel同住一处……

2213年2月26日。于相当时日之监控后（确认二两人仅是藏匿于此，并未进行任何情报活动），署长T.E.随即亲自操刀，派出精锐干员将二人一并拘捕到案。

正因如此，才会有后来的这场，K对Gödel的审讯的。

14

2213年2月28日。夜间9时23分。D城近郊。第七封印总部。

黑色电影风格的狭长审讯室。透过整座墙面大小的淡绿色单面玻璃，K监看着Gödel，并以密合于壁面的传声器与他谈话。自长达10小时的昏睡中醒来后，Gödel的神情看来疲惫不堪。然而出乎意料，审讯一开始，尚未用刑，他随即供出了部分颇具价值的情报，并未强力抗拒。

情报多数与先前生化人阵营的伪装方式，以及自体演化的进展有关。那大约已足以让国家情报总署研究中心与技术标准局里的研究员们忙上好一阵子了。K对审讯进度感到满意，同时也评估短期内不致再有太大进展，便决定暂时收工。[13]然而当K起身正欲离开之时，却听见Gödel突兀地提问：

"为什么你不问理由？"

K停下脚步，望向Gödel。他睁开左眼，炯炯有神；尽管右眼仍因眼角与眉轮骨之挫伤而艰难地半睁半闭着。那脸膛上，如版画正

---

[13] 彼时，古典时代常见所谓"疲劳轰炸"之审讯技巧早已走入历史，不再施用；因仅需少许药物或类神经生物便能轻易达致相同效果。

反墨色般之亮度差异，竟予人其左右半脸间彼此切裂，全无关联之错觉。

"什么理由？" K反问。

"在你们说来，叛变的理由。" Gödel回应，"就我而言，离开的理由。" 他稍停，"我自己的理由。"

于漫长间谍生涯中，K众多审讯经验里，此类情形至为罕见。K当然熟悉那告解之预示或前奏——这些被逮住的生化人，或意外叛逃而终究失败被捕的我方情报人员，于某一无法预知之疲惫时刻，基于可能连自己亦无从确知的理由，选中了K，作为他们的倾听者，他们向这一切荒谬处境或自身生命忏悔的对象。然而K同时亦自知，在过往，当他遇见类似情形时，他的响应往往也仅是另一次审问技术的精准实践——因为他很清楚，那些情绪性的告解不见得在情报上具有意义。他所做的，往往是虚情假意地表示理解，而后试着在整段冗长的审讯过程中，多问出一些具体的，有价值的细节。当然，这些心计可能被识破，但K并不害怕；因为即使让被审讯者识破K的虚情假意；那么此种"实质的冰冷"带给被审讯者的信息依旧是：不要抗拒，不要耍花招，我们不吃这一套，乖乖把你知道的全都说出来……

那也具有威吓效果。那必然也对讯问情报有所帮助。K清楚知道，那正是国家机器所意图展示的，某种坚硬，冰凉，带有金属之锋芒的无情性格。

然而直至多年后，此刻，置身于此一仿佛行将毁灭之城市，置身于这仿佛全然无视于外界纷乱，虚幻一如梦境的高楼旅店之中；K才真正确知，自己过往如此行为的原因，其实是因为恐惧。

因为逃避。

他恐惧被告解。他害怕听到那些除了实质利益（无非是金钱，更稳定、更优渥，免于惊惧之生活一类）之外的理由。他害怕那些可能与自己的"意志身份"相抵触之"其他意志"。他恐惧被迫重返自己莫名被遗弃的，意识浮现的那一刻——他的梦，他的心悸，他的额角，寄生物般翻腾搐跳之紫色异变体；他不存在的童年。他始终明白，那些关于背叛的故事就像是一组又一组经过基因工程精密设计，侵入体内，进而导致中枢神经幻变的微型类神经生物包裹。他知道，那虽则仅是一场热病般的暂时性感染，却也有可能在往后漫长时日里，带给他已然疲劳衰败的中枢神经无数难以逆料的后遗症……

他可能变得更残忍。或相反，更脆弱善感。或兼而有之。那或将令他长期以来以中枢神经为媒介细心豢养的，现代主义建筑般规格精密结构严整之完整人格，自壁板与楼层间，管线与气道间，某些陷落于内里之隐秘不可见处，渗漏蚀毁，软化，崩解，宛若流质，面目难辨……

背叛者。面目模糊之人。

K转身走回审讯室站定。他手动调整了单面玻璃的透光度，让Gödel能清楚看见他。

"那与Eros有关，不是吗？"K双手抱胸，"我并非不问理由。我终究会问。但关于那件事，我们是这么听说的。"

淡绿色单面玻璃后，Gödel静定凝视着K；而后低头，沉默半响。"是，但我指的不是那些。"

"什么意思？"

"不单单为了爱情。"Gödel抬起头，"我知道你的想法。我一向清楚你们是怎么做的。我知道第七封印自始至终就是个称职的情报机器，要从俘虏口中挖出有价值的信息，那太容易了。这是标准程序，所以我也没怎么抗拒。反正你们总有你们的办法。但问题不在这里。"

"所以？还是为了Eros，不是吗？"K坐下，"我了解。你和她的事我们知道得很少。我等着听。即使你现在不说，我以后当然也会问——"

"不，我不相信，"Gödel突然笑了，"我的意思是，我知道你并不是真心等着我谈。我知道你没有真的想听。我知道你只想听情报，像我刚刚告诉你的那些……"

"我们必然重视情报。"K神色平静，"这理所当然。国家情报总署原本就是个情报机构，情报工作是我们的天职。你和署里合作了这么久，这点你也清楚。但Gödel，你毕竟算是第七封印的人。我们关心你离开的理由，与其说是为了情报，不如说是为了你，还有我们自己。"K稍停，决定将姿态再放低一次，"我当然希望合作，在任何可能范围内。如果你和Eros有什么其他需求，我们愿意认真考虑。"

"你很坦率。"Gödel礼貌地笑了笑，"但我自己明白，我想告诉你的这些，无论是你、T.E.，或者是国家安全会议里那些坐办公桌成天忙着往另一个办公室找对手打游击挖疮疤的政客，大概都不会想拿什么好处来跟我交换的——"

"没关系。你说说看。"K凝视着Gödel的双眼，"我等着听。我等着跟你交换。"

Gödel垂下眼睑，沉默半晌；而后再度抬起头。某个瞬刻，自微型监视器[14]画面望去，K似乎看见他嘴角牵动起一个神秘的，极轻极轻的微笑；但随即迅速熄灭。仿佛一短暂存在之微细星芒。

"算了。我已经很累了。反正也没有别的选择，这些就当作礼物全部送给你们吧。"Gödel扬起右掌，"免费奉送。算是对我过往的一份心意了。"

K点头："是。请说。"

青白色灯光下，Gödel右脸之衰毁与左脸之锋芒同时陷落于某种诡异的寂静中。"我们已躲了一年多，她也累了，"他的视线焦点凝定于前方之虚空，"有一天我们想，就先放松一下吧。就先放弃一次，去喝一杯吧。就先试一次什么都别管吧。但我们都没想到，那是最后一次我们还能够健健康康地面对这个世界了。"

K打断他："在拉巴特？"

"不，不是拉巴特。"Gödel解释，"那时我们还在马德里。老城区内的圣马特奥。距离后来的落脚处还隔着一道直布罗陀海峡。我们在那里租了间地下室小套房，头上顶着一座砖红色尖塔。冬天冷得要命，暖气也时好时坏——

"那天夜里，我们冒险出门，来到一家老城区里颇有名气的小酒馆用餐。"Gödel说，"是Eros的提议。一家与我们的住处同样隐蔽于地下室里的小酒馆。窄暗阶梯，斑驳老旧的木门，遥远得像是

[14] "微型监视器"为第七封印审讯室标准配备；审讯室之地面、壁面、桌面与单面镜上均嵌入有微型镜头，随时捕捉被讯问者各角度之局部特写，以供记录参考。换言之，审讯者K所得以监看之制式画面为一自各相异角度所捕捉之特写。多数时刻，此类众多特写以分割画面同时并存于显示器屏幕上。

从古典时代里突兀孵化出来的空间；只在外头亮着粉紫色'Blind Lover'的小霓虹招牌。但有名的其实不只是酒馆，而是在那儿驻唱的一位生化人女歌手。"

"生化人女歌手？"K有些惊讶，"现在应该已经很少了吧？"

"岂止很少，几乎都绝迹了吧。"Gödel嘲讽，"那可是我们过去的杰作。相信以第七封印的能耐，一定把她们都列管得滴水不漏——"

K微笑，保持沉默。"她叫作Adrienne。"Gödel继续述说，"四十岁左右吧，大眼，胖身材，紫色唇膏，紫眼影紫睫毛，爵士情调的大卷发。我们坐下不久，她便上了台，先吟唱了一首古典时代玛塔的曲调。……你知道玛塔吗？"

K想了一下，"《英国病人》？"

"是，你知道。"Gödel微笑，眼眸中光彩闪烁，"那位匈牙利女歌手，主题曲的演唱者。《英国病人》。迈克尔·翁达杰的小说，安东尼·明戈拉的导演作品。古典时代1996年的片子，画面是北非撒哈拉，海洋般辽远的沙漠；但玛塔吟唱的却是匈牙利民谣。就是那首叫'Szerelem Szerelem'的歌。

"Adrienne的歌声比玛塔厚实，韵致不同；没有玛塔风沙般的飘忽婉转，但沉郁许多。怪的是Adrienne那有些神秘艳丽的妆扮配上苍凉的曲调，听来却不突兀。我们坐在门边角落静静地听。大厅里人还不多，沿着舞台旁的走道，简单布置了四座小型全像显示器（Panovision Projection Monitor）[15]。我看见头顶俗丽的旋转灯将

---

[15] 维基百科"全像显示"（Panovision Projection Technology）词条说明（2289年7月15日最后修正），部分节录如下：

"……全像显示乃显示技术之一种，其光影效果类似古典时代需佩戴特制偏光（转下页）

无数细小而多彩的光影洒落在四周，雪片般融化在身旁Eros的侧脸上。她的发，她的额，她的眼睫，她鼻弧的曲线。仿佛她也变成了光影。而光影中有音乐。那么美，那么温柔，像灵魂与灵魂的舞蹈。我突然又想起之前那个异想天开的念头——回去，回去继续做

（接上页）眼镜观看之3D立体电影；然成像原理完全不同，亦无须佩戴特制眼镜即可精准呈现三维效果。其乃结合古典时代末期即发展成熟之两大技术——'纳米技术'（Nanometer Technology）与'人工智能环境感知技术'（AI Environment Sensing Technology）而成。其中别名'变色龙'之'人工智能环境感知技术'，初时多数应用于国防工业，以制作掩护衣、掩体、隐形战机、巡弋飞弹为主。其材料能自动感知周遭环境之颜色、质感、形态或温度，自行变化自身之质感、样态，一如变色龙以保护色藏匿于环境中。而'纳米技术'则用以提高材料分子变换保护色或材质之精准度……'全像显示器'即为此二技术之高精密度结合应用……"

"……将全像显示技术与前此之古典摄影技术相较，即可知其差别。古典时代，一般摄影机于摄录画面时，仅能摄录画面中物体'面向摄影机之平面'——举例，当公众人物面对镜头说话，摄影机自然无法摄录该公众人物之背面或侧面，以至于画面必为一平面，而断无立体之可能。然而于全像摄影机摄录时，借由'人工智能环境感知技术'与'纳米技术'之结合应用，尽管亦仅能摄录景物之正面，然而配合拍摄对象或摄影机位置之些微移动，加之以内建数据库与人工智能演算以'推估'或'模拟'呈现该景物之部分侧面或背面成像，即可达致影像立体化之效果……"

此外，知名文化学者哈里·谢顿（Hari Seldon）亦曾于其著作中如此评论"全像显示"技术：

……"超拟像时代"（Supervirtual Era）。毫无疑问，"全像显示技术"之诞生与普及，具体而微地隐喻了"超拟像时代"之临至。此为继古典时代法国哲学家布什亚（Jean Baudrillard）之拟像论以来，"拟像时代"之虚假化、娱乐化、空无化与极端化之表征。于布什亚拟像论中，"影像"已成所谓"拟仿物"（Simulacrum）——拟仿物并无原本，而主要来自"其他拟仿物"，并借此遮掩现实之缺席（The Abesence of Reality）。而于超拟像时代，拟像则非但不见其原本，其来源甚至变本加厉，不再与"其他拟仿物"有关，而竟依赖于人造之抽象规则（人工智能算法）——一抽象之他者（Abstract Other）。眼见无凭。眼见不信。眼见无真……

上述引文见哈里·谢顿著，《超拟像》（Sursimulation），巴黎：Gallimard，2188年1月，页10。

研究，找到让她能直接'变成'人类的方法……"

Gödel突然停了下来。他那衰败的右脸神色恍惚，仿佛夜雾。

"'变成'人类？什么意思？"

"既然自体演化都能演化至足以欺骗测试方法的地步；那么理论上，也有可能找到某种方法，让生化人直接'自体演化为人'，不是吗？"Gödel带着疲倦的微笑，"好的，你也知道……就说，那终究只是一时异想天开而已。那也是我的专业，我当然了解难度，即便只是一点点性状改变都相当困难……否则生化人阵营就根本不用对'梦的逻辑方程'如此如临大敌，认真以对了。

"夜渐渐深了。人越聚越多，场上已是满座了。"Gödel继续述说，"现场乐队也换了曲目。还是Adrienne的场子，但接连轮替了几首轻快热闹的歌。而后，接近午夜，场面却又安静下来。舞台上意外来了一群孩子，大约从七岁到十二三岁都有。那是个儿童合唱团，每一位小朋友都穿着白色水手服，说是要来和Adrienne合唱今晚的晚安告别曲。

"这时我们才知道，这是Adrienne最后一次公开演唱了。全场的灯都暗了下来。小小的舞台上点起了一圈蜡烛。Adrienne却突然不见了，大概是到后台打点服装去了吧。Blind Lover的胖子老板（他是个希腊人）站上台来简单致了辞，无非是说，与Adrienne合作了这么多年，自己都与Blind Lover一起变老了，她的歌声却愈来愈动听；而现在她因为健康原因想休息了，虽舍不得，但终究还是得欢喜送她离开之类的。

"接着Adrienne便再次上台了。淡淡的烛光给舞台匀上了一层晕黄的，温暖的妆粉。Adrienne说了一段话，说她与在座的许多人不同，她是个没有童年的人，因为生化人一出厂便已是成年了；一般认为，这样的人在情感上是有缺陷的，大约很难从事与情感或艺术相关的工作……起初她也没想到自己能成为歌手；因为生化人在出厂后想转业一向相当艰难，近乎不可能，得要面临许多严苛限制；谁知，不知不觉便唱了这好些年，而且受到听众们喜爱……她感谢老板的友情，愿意慷慨资助她成为歌手……

"Adrienne说，从前曾有很长一段时间，非常希望自己是个真正的人类，但后来渐渐不这么想了，因为她觉得，自己终究是个幸福的人……

"几位合唱团的小朋友走下台，到满场的桌间分送仙女棒，而后回到了台上的队伍里。Adrienne说，为大家带来的告别曲，是古典时代卡朋特乐队的歌曲《Sing》。她开玩笑说，她没有童年，从来不知道什么是'小时候'，也不曾有过亲人；她唯一知道的事，就是'Sing'而已。但今天在这里，看着台上的小朋友们，她竟也有了童年的感觉了……她仿佛看到那个不曾存在过的小女孩，别着蝴蝶结，梳着辫子，穿着可爱的公主小洋装站在舞台上……

"然后Adrienne便开始唱了。她唱：Sing, sing a song……Sing of good things, not bad; sing of happy, not sad……

"我突然领悟到，那竟是多么单纯的歌词，单纯到像童言童语，像梦呓，或婴孩无意识的笑容。舞台后方，合唱的孩子们涌动着波浪。他们踮起脚尖吸气，纯真的容颜唱出乐曲，头上的花环细碎晕光闪烁。黑暗中，仙女棒引燃的火花像坠落的群星。我看到Eros将脸转了过去，背对着我偷偷拭泪。我揽住她肩头，却发现她啜泣得厉害。之后她擦干眼泪，回过头来，笑着告诉我说，躲了这么久，很久没有这么高兴了……

"灯光很暗，其实看不清Eros脸上细微的表情。……但不知为何，我就是知道，那正在黑暗中绽开的，她苍白而美丽的脸容，其实是我从未见过的。那是我未曾了解的颜色。清澈透明的暗与亮。或者说，那其实是生化人这个物种不可能出现的心绪，不可能拥有的神情。或许是听了方才Adrienne说话的缘故，我的脑海中出现了一个不曾存在的，古老梦境般的画面——Adrienne的童年，或是，Eros的童年……

"古典时代殖民地风格的大宅院。视野不远处平躺着大片蔚蓝的海。浪潮声如同古典时代凯特·毕卓斯坦的钢琴般即兴弹奏着那个梦境。宅院里，红瓦檐，粉白色质地粗粝的麦秆墙，暗绿色铜雕与金器散布在银白色的喷泉水花之间。庭园中草木葱茏，花朵盛开，小粉蝶翩然旋舞，可爱的小女孩们穿着连衣裙奔跑嬉戏着。整个画面曚暖着一种温柔的光晕……但奇怪的是，那画面中的明暗并不像是光线本身所造成，反而像是某种光的笔触，光的节奏，光的情感，或者，光的视觉残留。草香。柔软的裙裾。像愈飘愈远的蒲公英绒球，无数隐约细微的笑语散落在遥远的海风中。那不曾存在过的，Eros还是个小女孩时的模样……

"歌曲已近终了。Adrienne的眼瞳熠熠闪亮着，如摇晃的水光。孩子们稚嫩童声的衬托下，她低沉的歌声率性而温柔。我们听她唱：

Don't worry that it's not good enough

for anyone else to hear ...

Just sing, sing a song ...

Just sing, sing a song ...

"Just sing, sing a song。其实是首单纯美好的歌。就只是首单纯美好的歌。像乡间早晨，少女侧坐于自行车后座，带着薄荷甜味的空气里，仰着头旁若无人哼唱着曲子的感觉。

"此刻Blind Lover地下室的座席里，影子远远近近，仙女棒火花一簇簇闪烁着。孩子们的脸都被照亮了。我们都湿了眼眶。渐次模糊的画面里，我握着Eros的手，看着舞台上的Adrienne唱完了歌，向观众深深鞠了个躬。聚光灯下，她拿出手帕轻轻拭泪，微笑挥手，只简单地再次向观众道谢、道别之后，没再多说什么，便进到后台去了。合唱团的孩子们也鱼贯走下舞台，隐没入场边深海般的黑暗中。舞台也暗了下来……

"那时，在Adrienne离去之后，似乎有某个瞬刻，某个极短的时间跨度，四周的空间都被吸去了所有关于声音的质素。地下室里，整座Blind Lover陷入某种静默，某种声音的酣眠……

"而后，突然有人喊起了安可。原本只是几位观众的此起彼落的叫喊，后来渐渐汇聚成一致的声浪。似乎全场的观众都不敢相信Adrienne就这么离开了，就这么简单告别了她的歌唱生涯。大家都舍不得了。像是以为那响亮的安可声就能够将Adrienne从她未来退隐的生活中再度召唤出来一般。

"但我们永远不会知道Adrineen后来到底有没有再度出场演唱安可曲了。因为就在那时，在满场躁动间，在残余的，晦暗的细微烛光里，在那像是被老旧胶卷蒙上了一层暗黄色薄雾的空间中，Eros昏倒了——"

Gödel突然停了下来。监视器上，他伤毁之半脸陷落于困惑与迷惘中，而另半脸却平静如常。K站起身，双手抱胸，隔着玻璃凝视他。

"怎么回事？" K问。

"她昏倒了。" Gödel说，"先是瘫软在座椅上，而后整个身躯又滑了下来倒在地上。我吓了一跳，跪到她身旁想叫醒她，却发现她嘴唇泛白，整个人剧烈颤抖。冷汗湿透了她的衣领和前襟。她的呼吸很不顺畅。虽已失去意识，但她的胸口明显剧烈起伏；而后又反射式地呛咳起来。我摸索着她的脉搏，发现她似乎心悸严重。我当下立刻抱起她往外疾走，穿越一簇簇人群，推门离开 Blind Lover，小跑步绕到另一条街上，拦了车便往医院去。

"原先我怀疑是有人趁乱对 Eros 下了毒手。" 审讯室灯光下，Gödel的眼神迷蒙而苍老，"夜里。那真是寂寞。古城区的深夜完全没有马德里另一边新城的热闹，反而孤身陷落于大片清冷中。一阵阵被风吹乱的，细小的雪片旋飞在夜空，街灯被无数间歇性黑暗持续分割着。透过车窗，橙黄色灯光规律曝闪。我发现 Eros 的呼吸似乎愈来愈微弱……

"天气寒冷，我们都穿着厚重冬衣；潮湿的白色雾气安静匀散在幽暗的密闭空间中。我细细检查了 Eros 裸露在外的肌肤，包括手掌、手背、颈部、耳后等处，没有发现任何伤口。

"到了医院，利用身上伪造的芯片数据，我们顺利完成了就诊手续。然而在基础仪器检查过后，Eros 依旧昏迷不醒。我在她身旁守了一整夜。病房中灯光昏暗，时不时听见护士们在门外亮晃晃的走廊上推着手推车经过。我听见推车车轮摩擦地面的声响。我听见推车上堆满的针剂与玻璃瓶罐相互碰撞。深夜寂静，那些声响竟特别清晰；像某种韵律，某种关于生命的，残酷的秘密……

"隔日清晨四点，Eros 突然醒了过来，只说感到疲倦，除了些微畏光与心搏过速之外，并无其他症状。然而我们赫然发现，就在这短短几小时之间，Eros的头发，大约有三分之二左右，色泽竟已明显褪淡了。

"初步检验结果是'病因不明'。我告知医师 Eros 发色淡化的现象，医师沉吟半晌，也只建议我们先办理住院，等候排定进一步的**方程式测定仪**（Equation Measurement Instruments）[16]检查。我们

---

[16]　维基百科"方程式测定仪"词条说明（2293年8月9日最后修正），部分节录如下：
"……方程式测定仪所应用之'**基本粒子打击技术**'正是标志了古典时代之结束的医疗技术关键性跃进之一。其原理，即以多种基本粒子束直接打击人体中欲检定之部位，并依据撞击后基本粒子之位置分布、路径、速度等数据，推估被检定部位之图像……其方法类似古典时代之'扫描式电子显微镜'，而其误差则主要来自'测不准原理'（Uncertainty Principle）……由于基本粒子种类之选择十分多样（如左旋魅夸克、左旋奇夸克等基本费米子群、W玻色子、Z玻色子、希格斯玻色子等），因此可视被检测组织之成分、质地疏密与细胞性质等差异随时调整，弥补测不准原理所致之误差，借此获致最佳检测结果……比起古典时代之类似检验技术，如核磁共振造影（MRI）、计算机断层扫描（CT Scan）等，灵活度与准确度均有长足进展……"
"……于此一'基本粒子打击技术'发展成熟后，仪器甚至可精细至以基本粒子束之打击所获之数据、图像分布进行运算，而直接推定参与化学反应之化合物分子式、化学变化过程（化学方程式）、DNA区段之转录、转译等情形……换言之，由于该技术之精密前所未有，诸如 $CH_3CH_2OH+HO-NO_2 \rightleftharpoons CH_3CH_2O-NO_2+H_2O$ 此类一般化学方程式，均可经由'基本粒子打击技术'，直接针对个别单一分子之形状、键结变化、中间产物等进行准确测定……科学家们从此不须再以古典时代各种间接方式去'推测'在那混沌的烧瓶之中究竟发生何种化学变化了。'方程式测定仪'之名即由此而来……此确为一医事检验技术之重大突破，亦为实验科学领域之里程碑……"
此外，关于方程式测定仪，亦另有一事颇值一提。"基本粒子打击技术"之主要研发者为日本东京工业大学物理系研究团队；由森山和正教授领导。森山教授亦因此荣获2194年诺贝尔奖生理学暨医学类奖项，可谓备受肯定。然而，于此一技术已成功广泛应用于临床医学，且森山教授亦已辞世达10年之久时，2225年9月，《读卖新闻》记者Y. Connolly却出乎意料地撰稿揭露一相关秘辛。
Y. Connolly于该报道中表示，于多方追索，并对森山教授生前情妇小田久子进行多次访谈后，他已独家取得一批森山教授于2213年前后撰写之私人笔记与电磁记录。根据该份私人笔记，2212年森山教授之母亲与妻子（大冢理纱）相继病逝之后，（转下页）

（接上页）森山教授即陷入一长期持续性之忧郁症候中。且该份资料亦透露惊人内幕，即森山教授曾于未告知其研究团队其余成员之情况下，以方程式测定仪私自进行两次秘密实验，实验内容为试图以基本粒子打击技术测定人类临终时刻之生理状态变化。但该秘密实验似未获得具体结果。即便如此，Y. Connolly 于报道中引用之某笔记片段却于物理学界、生理学界均引发轩然大波。该片段内容如下：

……灵魂的秘密。我不明了灵魂的秘密。一如我不明了爱，亦不明了无爱。如今我明白，于我长年的实验室生涯中，我从不曾真正解释或论证过什么。那"死"的意识。"死去"这件事所经历的时间。死。冷漠……（此处字迹不明）……那些秘密实验里，我所能掌握的，也只有一项概念：于普朗克长度下，关于生的气息、关于死的所谓"本质"，那是存在于另一个不可见维度里的事。而那个多余的所谓"维度"，竟只是我们这个世界里，基本粒子之间不稳定的交互作用而已……（此处字迹不明且电场不稳）……在那个维度里能够被某些物理定律计算证实的"生"与"死"，在我们现存的此一世界——以古典观点而言，三维空间与一维时间；以弦论观点而言，10或11个时空维度——其等价换算之物，竟只是一永恒且随机之空无……

资料见报后，舆论声浪随即涌现，强烈要求 Y. Connolly 应立即公布森山教授之该份私人笔记中与两次秘密实验相关之部分。舆论所持理由为，此为人类珍贵智慧遗产，不应由私人限制持有。记者 Y. Connolly 与森山教授之情妇小田久子遂共同召开记者会，响应表示将遵照森山教授之秘密遗嘱，不予公开。而教授之子森山茂亦于一周后决定控告 Y. Connolly 与小田久子，并主张自己才是该份私人笔记之合法所有权人。与此同时，坊间则有八卦媒体报道指出，森山教授所做两次秘密实验，所谓"人类临终"之实验样本，正是森山教授本人之母亲及其妻大冢理纱。关于此项传闻，情妇小田久子不予回应；而森山茂则以加重诽谤罪控告该八卦媒体。

然事件并未就此结束。就在《读卖新闻》最初之报道过后约一年，某日，教授之子森山茂突因原因不明之猛爆性肝炎紧急送医，次日即宣告不治。四日后，撰稿记者 Y. Connolly 竟又被发现陈尸于其东京寓所。法医相验结果，判定死因为心脏麻痹，无他杀嫌疑。"森山诅咒"之说，遂不胫而走。二周后，情妇小田久子发出新闻稿再度公开私人笔记部分内容，并解释此举亦为森山教授遗嘱中所载明之要求。然而此次公布之笔记内容竟简短至仅有数行，分为两小段。首段仅有一句：

诅咒存在于第七维度。

而第二段则为生前便十分喜爱俳句创作的森山教授所作俳句一首：

无时间者，亦无空间者。维度之外，如死如生。

六根所见，皆量子泡沫尔。

担心身份曝光，但似乎别无他法，只好决定暂时冒险住下，之后再见机行事。

"我们在医院里度过了心惊胆跳的第二夜；很幸运地，第三天早上就等到了方程式测定仪。检查过后，控制室里，医师直接告诉我，Eros 罹患的是'科凯恩综合征'（Cockayne Syndrome）。他淡淡地说，这种遗传性疾病是 DNA 自我修复能力缺失所造成，多于婴幼儿时期发病，在人类身上十分罕见。如果是成年后才发病，以目前医学界确诊的少数病例看来，患者都是生化人……"

"你说，'DNA 自我修复能力缺失'？"K 打断 Gödel，"Progeria？"

"是。"Gödel 回应，"当然你也清楚。那虽不完全属于我的专业范畴，但也算是相关领域，我也稍有了解……医师说，那是一种'类早老症'。Progeroid Disease。和典型的早老症（Progeria）症状大致相似，只是过程稍有不同。在人类身上，患者会在正常的婴幼儿期发育之后，突兀地跳接至老年期，直接步入衰老——"

"我了解了。"K 点头，没再说什么。审讯室的黑色空间沉落入一阵短暂的寂静。

"那时听医师提到生化人，我吓了一跳。"沉默半晌，Gödel 开口，继续他未完的叙述，"我感觉他并无恶意，但也明白该是离开的时候了。我设法通过我的联络人向生解方面求援。事实上，自从我带着 Eros 离开叙事者影业，我已许久未和组织联络。我们算是有着这样的默契；或许他们也觉得我已经帮了他们够多忙，不再具有更多情报价值了。我和他们的关系其实原本就不亲近，而且我早就不想再干情报这一行了。断绝联系或许更安全些。我想他们也明白我的意思。逃亡以来，我与组织方面唯一的交集，可能仅限于使用他们提供的伪造芯片数据帮 Eros 办理入院而已。

　　"于是我们就来到了拉巴特，找到了组织指示的医师，开始为 Eros 进行治疗。"Gödel 低下头，注视着地面，"我们当然知道固定停留在一个地方是很危险的——我甚且怀疑，为了防止泄密，生解方面可能意图将我们灭口。但，似乎也没有别的办法了……

　　"她愈来愈衰老，愈来愈虚弱……"Gödel 眼眶泛红，"医师告诉我，这种疾病的盛行率在生化人身上比在人类身上高出许多；目前致病原因不明，但推测与部分生化人族群对类神经生物的长期滥用有关。[17] 他还说，基本上这种病是无法根治的；唯一根治的可能性在于，'换'一个相近的物种——或许，有机会把她过去那些职

---

[17]　大体而言，生物体于行日常运作之时，常因辐射暴露、自由基、化学物、自然老化等因素，而导致 DNA 之局部细胞缺损。于正常个体之中，此类细微缺损会在短时间内被迅速修复。此即所谓 "DNA 之自我修复能力"。然而自类神经生物包裹普遍使用以来，外界即有质疑，认为类神经生物之暂时性感染若遭滥用，极可能对此一自我修复能力有所损伤，进而致病，以导致职业伤害。于此节录相关学术文献如下：

"……流行病学研究显示，类神经元素包裹滥用或类神经生物包裹滥用……可能导致职业伤害。常见于从事性服务行业者，尤常见于从事色情行业之生化人族群。以 AV 女优为例，或者由于需于性行为时提高性敏感度，以求表现强烈反应，取悦男客（此类个案较少）；或者由于性行为频率过高，需降低性敏感度以减少体力精神之耗损（此类个案较多）；因此选用某些特制类神经元素包裹，以改变身体之性敏感度……然而一如预期，常有滥用之情形发生。"

"……目前对于此类滥用导致职业伤害之致病机制尚未查明，仅于统计上显示高度正相关（见表62）。推测可能与过度使用类神经元素包裹，致使中枢神经系统常时处于'暂时性感染'状态，进而损伤个体 DNA 之自我修复能力有关……其症状不一，但多牵涉短期内急性之器官、组织或心智退化。部分症状类同于人类之早老症或类早老症（科凯恩综合征）……"

以上两段引文均见于蓝仪蓉，"附录二"，《老去的青春：新形态职业伤害流行病学研究》，台湾大学公共卫生研究所博士论文，台北：台湾大学医学院附设医院，2289年3月修订二版，页533。

业伤害致病因子全数去除。替换一个人生，一种类同于'新生'的方式……

"对生化人而言，最接近的物种，当然就是人类。但这些都是现在的技术尚难以办到的。

"我每天在病房里，看着她一天天掉发，一天天长出皱纹；有时候，也渐渐忘记一些从前的事。每个夜晚，像个害怕而惊惶的孩子，因无法承受身体的急速衰败而从噩梦中惊醒过来……"Gödel哽咽起来，用手背擦了擦眼泪，"后来被你们发现的时候，她的眼睛已经快要看不见了。每天在不同的器官发生不同的并发症……一天晚上，她把我叫到病床边，伸出枯瘦的手来摸我的脸；她说如果这辈子还有机会康复，希望能再用自己的眼睛好好地看看我……而现在，希望能好好地记住我，记住我的样子……"Gödel已全身颤抖，泣不成声，"在更早之前，我们都不敢想未来的事，我们不敢想……我想，只要我们还能安安静静在一起，或许以后还有机会……或许……

"她需要的不是自体演化，从来就不是自体演化……你们成天斗来斗去不就是为了这件事吗？你们成天不就担心她完成自体演化吗？"Gödel抬起头，脸上泪痕纵横，"你告诉我……我不需要梦的逻辑方程的自体演化，也不需要能够骗过血色素法的自体演化；真要自体演化，我们都可以学会，或者去偷……我可以教她，我愿意花上我一辈子的时间去研究自体演化，去研究如何骗过他妈的这些鉴定生化人的鸟方法；但你告诉我，要怎么演化才能让她变成真正的人？"Gödel突然挣扎起身，以蛮力掀翻了桌椅吼叫起来，"要怎么演化才能救她？你说啊！告诉我，你告诉我啊！……"

时至今日，尽管那审讯之情景（Gödel的脸，他的细微表情，每一刻当下之语气动作，那因单面玻璃之折射而扭曲偏移的，现场画面之笔触；一切都像是某种光亮或幽暗本身的叠影或蚀刻）仍如同某些蛰伏于脑中的虮虫般，不时冷然蹿入意识之中，K却已不再记得自己是怎么离开的了。

他忘了。或许他关闭了单面玻璃？或许他曾下令其他人员将激动而绝望地号叫着的Gödel架离现场？或许他曾亲自为Gödel注射镇静用类神经生物？事实上，即使在往后一段时间中，K与Gödel依旧历经数次晤面审讯；即使在那数次审讯过程中，K曾再行讯问关乎此一叛逃事件之众多细节（情报之传递，中介联络人之身份，逃亡时机，伪情报之杜撰编造；那蒙骗监视人员的方式，逃亡路线，藏匿地点，医治Eros的痛苦疗程，动念之瞬，甚至，与Eros之间，那炽烈而寂寞的"爱之初始"……）；然而，关于那首次审讯之最后收场，关于那失忆时刻之种种可能，竟都像是被消磁一般，仅仅留下脑中一块不明不白的坏轨空缺而已。

仿佛许久之前的最初。雨后野地，青翠绿意环抱中的废屋。作为一位被遗弃的生化人，K开始拥有意识的那一刻。甚或，于意识浮现之前，那沉落隐蔽于黑暗幽冥中的时间……

（阳光。曝白的画面。光线偏移，那薄薄一层，沾滞于Eurydice白色肌肤上的，多棱角的贝壳沙……）

K全都不记得了。

之后很长一段时间，K曾反复追索那段失忆的、奇异的空白；然而除了身体轻微不适的模糊记忆外，却近乎全无所获。他当然无法征询部属或同事的意见，因为他始终怀疑，之所以会有那段空白产生，最根本之原由其实来自他真正的身份——他确实，就是个没有童年的生化人。他害怕泄露与自己的身份相关的线索。他怀疑那是自己的心理缺陷或情感缺陷，因某种境遇刺激而突然扩大了；又或者，那暂存的晕眩不适，那某种流动于胸腔中的虚无与温热，却仿佛不存在的童年里曾丢失的某些什么，意外地回访此地，又温柔地重访了他……

甚且，在许久之后的后来，K将会明白，那确实并非"空白"；反而像是某种"充盈"，某种"填满"，某种难以言说的，悬宕在体外的心跳——

然而于当下瞬刻，K将不会知晓这些。有更长的时间，K将持续陷落在一种关乎失忆与晕眩的困惑里。

在那时刻，K只会知道，在被逮捕后第五天，Eros便因病亡故了。

15

也正是从对 Gödel 的审讯之后，K 才开始成为双面间谍的。

K 开始主动将某些重要情报提供给生化人解放组织。一段时日后，在 K（以自身为实验品）破解"梦的逻辑方程"筛检法之后，K 也逐步断续地，技巧性地向生化人阵营透露了此一破解法的片段内容。为了避免对方疑虑，K 亦收下了来自生解的金钱报酬。通过化名，K 以不出面、不透露身份的方式，向一位代号为 M 的中介联络人执行情报传递；而对于情报内容与顺序，K 也特意搭配设计，务使生解难以借此判断情报来源之身份或位阶。

他们通过 D 城每日出刊的三份地方性小报传递信息。他们轮流在《哥德巴赫 Goldbach》《地下社会》《电獭》等报刊网站刊登每日小广告，并共同遵行一套执行规则：周一、周二是《哥德巴赫 Goldbach》，周三、周四、周五是《地下社会》，周末则是《电獭》。初期他们在 D 城磁浮轻轨系统橘线 O12 站共用一个约定的车站公共置物柜。置物柜以最普通的电磁锁锁住，他们各持一枚指纹钥；所有文件与物品皆以该置物柜交换传递。其后，同样方式、不同地点，他们再复制一枚新钥匙，交换对象与酬劳之空间则转移至蓝线 B7 站公共置物柜。数次之后，再替换为红线 R19 站公共置物柜。

K 同时隶属于两方阵营。K 同时又不隶属于任何阵营。当然，亦可如此理解：K同时背叛了双方阵营。

背叛者。面目模糊之人。事实上，甚至连K自己亦无从确定，那是否正是他此刻之意志身份。

此一双重背叛者之身份，对曾长期参与第七封印审讯工作的K而言并不陌生。K见过几位类似双面间谍；他们的情况多数并不如此复杂——不为此方，不为彼方；无非是为了自己。

是的，为了自己。然而，K是为了自己吗？

他配得上"为了自己"这说法吗？他有"自己"吗？他的"自己"，究竟是什么呢？

一个被遗弃的生化人？但生化人一旦被遗弃，还算是生化人吗？一个无工作单位归属的生化人，还算是这此刻社会中，"可被视为正常生化人"的生化人吗？

而一个生化人，又如何可能拥有如此奇怪的，完全不属于生化人的多余记忆？

他的初生记忆是真的吗？他反复梦见的杀人现场，是真的吗？

他的痛楚，他的乡愁，是真的吗？

（他该不会是人类吧？但，这不可能啊——他早就自己做过血色素筛检，也确实分别完成了抵抗血色素法与梦的逻辑方程的自体演化……）

许多时候，K当然亦曾自问：于最初时刻，背叛之伊始，难道仅仅肇因于那场意外的审讯？

真的只有"意志身份"，没有"本质身份"吗？

他的背叛，难道，不也与他的身份密切相关吗？

16

2219年12月9日。凌晨时分。D城。高楼旅店。

K弹了弹烟灰，将烟凑至唇边吸了最后一口；而后随即将烟头按熄在烟灰缸里。

玻璃器皿中已堆满了灰白色的新鲜烟尸，有些甚至还微微挣扎着。仿佛毛虫一类尚未死透的生物残骸。

K再向地面望了一眼。自如此距离，观看如此个体数量，已无法清楚辨识一个又一个"个别的人"。人成了某种不安定的、闪烁的粒子。

而街道上大片群聚之粒子则回流成了无数彼此撞击的旋涡。K忽然觉得，那几乎就像是某种流体力学或基础热力学中所描述之分子模型——那样的运算法则中，个别粒子运动之不稳定度极高，随机而不可测；但整体而言，当粒子数量积聚至极大，则存有某种"可度量集体行为"之可能。

如此说来，当数量趋近至极大，对一旁观之观测者而言，单一粒子之面目不仅是模糊的，甚且是无意义而全然无须考虑的了。K突发奇想：如若上帝真实存在，如若这世上真有所谓"唯一真神"，那么，作为一"人类行为整体"之旁观者、"人类全景"之窥视者，这会不会正是上帝的思维模式？

上帝仅试图观测、度量、调控人类之整体，而不在乎个体？

K踱回桌前，再次扭开全像电视。

新闻节目正引用不确定的消息来源试图确认水蛭巨兽首次遭到目击的地点。画面中，女记者正立于一片深灰色调，或因夜视技术之误差而显得迷蒙荒僻的旷野上。她的乱发在狂风中飞扬，近处灌木丛与枯树枝桠在高速气流拉扯下猎猎作响。而在她身后稍远处，数栋残破农舍并立。燃烧的火光照亮了夜空一角。

但隔着一段距离看来，那焚烧并无惨烈之感，反而像是某种寂寞的余烬。

（……关于这场怪异的意外灾害，人类联邦政府发言人N. Balenstein表示，政府正竭尽全力进行损害控管，除加速对已受灾地域进行救援外，并同时对事件原因展开调查。而对于此地是否正是水蛭巨兽最初肆虐之区域，以及事件原因是否与生化人解放阵线恐怖行动，或相关间谍案有关等传闻，N. Balenstein皆不愿证实。他表示，灾害已获初步控制，调查仍持续进行中，于获知最后结果前，任何揣测均无助于灾害之平息。N. Balenstein并再次强调，联邦政府恳请国民保持冷静，切勿惊慌，静待调查结果公布……）

而下一组画面则是周遭地域之空拍。农舍另一侧，数座足球场大小的范围边缘已布置了激光封锁线。禁制区内，地面如陨石坑般陷落，无数瓦砾残骸填满了底下深不可测的空间。

然而周遭并未见及任何搜救队或看守人员，而竟只是空无一物之旷野。这使得那显然历经严重灾变之地域显得如此虚幻清冷，仿佛—梦境中的废墟坟场一般。

然而K知道，那正是第七封印总部所在地。

第七封印，终究毁于由人类联邦政府自身所发动的内部忠诚测试中。

"**全面清查**"。驱动此一巨兽灾害之原始核心。如受精卵复制分裂，于一秘密机制主导下，一分为二，二分为四，四分为八；如此复制，分化，繁殖，终究长成一前所未见之庞然巨兽……

事实上，这所谓"全面清查"，最初仅以一难以证实之谣言形式存在。早在2219年10月，亦即距今约两个月前，K便已获知此一传闻；大意为：国安会怀疑第七封印已遭生解间谍渗透，是以正评估于适当时机，对第七封印内部发动全面清查。而此所谓全面清查，将以血色素筛检法为之。

这当然令人不解。为何不是"梦的逻辑方程"？为何是一早于2210年便遭到取代的血色素法？

这使得K当时高度怀疑情报之真实性。

K细细推演。时至今日，K依旧无法确认，是何种因素驱动了此一内部忠诚测试。K不知国安会高层究竟掌握了何种情报。然而确知的是，国安会对第七封印的不信任早已不是新闻；事实上，近年来第七封印内部亦始终盛传"国安会已支用秘密经费，另行建置一小型情报办公室"之说法。

何以至此？以权力平衡角度而言，并不令人意外。由于第七封印长年以来绩效卓著，遂导致上至联邦政府内阁总理、下至国安会主管官员，旁及朝野政党政客、媒体名人等等，均对第七封印十分忌惮，生怕此一情治单位掌握了他们某些不欲人知之秘密。这几乎是重演了古典时代冷战时期美国联邦调查局（FBI）局长J. Hoover

与美国总统间之紧张关系。也因此，另立一情报中心与第七封印彼此监视，以恐怖平衡之方式围堵其权力扩张，也就理所当然成了联邦政府高层的选项之一。

是以，基于政府高层对第七封印的疑惧，"全面清查"确有可能。对当下正隐身于人类群体中的生化人K而言，这确实带来了压力。但话说回来，K亦并非全无应付之道。关于"藏匿于人类群体"一事，K已是个中老手——2210年，于"梦的逻辑方程"筛检法全面施行时，K已任职于第七封印；而于该筛检法施行后约七个月，K个人便已然以自体演化将之破解完毕。至于更早的，早已全面失效的血色素法，当然就更不构成任何威胁了。

此外，国安会高层亦非能够为所欲为。由于法令明确限制了梦的逻辑方程之施用条件（须于有直接证据足以怀疑受测者之身份，或若不施行将于国家安全产生立即而明显之危害时，方能对个体实施检验），是以诸如此类大规模之内部集体筛检，理论上，至少还得经过行政程序申请，并经提报"足致合理怀疑"之明确证据才行。否则一旦风声走漏，自由派阵营、媒体与相关社运人权团体必然大加挞伐，可能对人类联邦政府之统治正当性造成伤害。

这是当时"内部清查"于程序上可能面临之政治牵制。

然而即便如此，理论上，无法完全排除国安会违法发动奇袭，先斩后奏之可能性。总之此刻，于各方正反因素彼此拉扯下，"全面清查"能否顺利施行，变数颇多。加之以"血色素法"之说令情报真实性大打折扣，是以在第一时间内，K倾向于暂不相信此一情报……

K抬起头。新闻节目中，主题依旧，但画面换了个角度。K认出那是自另一方位稍远制高点拍摄的，已被夷为平地的第七封印。视线毫无遮蔽地穿透了原先被第七封印建筑所占据的梦境坟场。画面外隐约回响着远处微弱的爆鸣。K突然有种奇异联想：某一瞬刻，他竟觉得那坟场，那建筑之尸骸，几乎像是在之前犹毫发无伤之状态下（于平日正常运作之时，忙碌办公中的第七封印总部总能让K感受一生命之实感，活体巨兽运转代谢中的腥膻气味），毫无预兆，突如其来地领受了当初那令他不寒而栗，施用于生化人间谍之身的恐怖极刑一般。

"退化刑"。人类联邦政府最高层级国家机密之一。

那会是K自己的最终结局吗？

一如"梦境植入"，那必然不是低阶人员所得以知晓。事实上，也确实是在署长T.E.令下，技术标准局局长决策位阶获得提升之后，K才有机会真正见识到那刑罚之实质内容的。

那些超乎可能之残酷想象。那些技艺繁复精致，阴森可怖皆难以形容的，人类高度智慧与无情心性之矿石结晶——

17

"局长，这边请——"典狱长 Dai 做了个手势。

2207年10月27日。正午12时49分。西伯利亚。贝加尔湖北侧地底。联邦政府重犯流刑监狱。

那是 K 升任技术标准局局长第二年。于第七封印署长 T.E. 指示下，K 以代理视察名义来到此地。T.E. 的用意不难明白：决策位阶既已提升，身为技术标准局局长的 K 自有义务对某些核心机密进行深入了解。而当天，于听取简报（那是个十分简短的简报，简洁得令人怀疑典狱长 Dai 全然无心于此）后，K 接受 Dai 的邀请，进入此一流刑监狱之核心建筑群进行视察。

时序已入冬季。西伯利亚冻原上仅少许地衣残存。视线可及处，每一分湿气都酝酿着冰的结晶。

他们很快离开地表，乘电梯沉入了2500米深的地底。通过监视岗哨后，他们穿越机械控制室，来到了外围牢房。

"基本上，"典狱长解释，"本层监狱并不收容被处以一般刑罚的轻刑犯。您在这里所看到的人犯都是接受特殊刑罚的。由于特殊刑罚设备以及技术需求远高于一般刑罚，因此我们将所有接受特殊刑罚之人犯集中于本层，方便管理。"典狱长看了 K 一眼，"……局长，您知道本监狱的历史吗？"

"你是指关于'**盲侏**'（Blind Dwarf）[18]那段过去？"

---

[18]　据史家R.L.考证，关于"盲侏"一事，系于公元2114年7月间首次出现于一英文博客文章中（仅知该博客作者署名"Charlie Brown"，然无法确认该作者之真实身份）。于该篇名为"异兽考"（Cryptozoology）之文章中，作者罗列数种自古典时代以来即流传于世之异兽传闻，包括尼斯湖水怪、喜马拉雅山雪人等著名传说，并旁及其余较不为人知者。而"贝加尔湖地底'人形盲侏'"亦列名其中，为所有异兽传说中年代最为晚近者。其中每种异兽仅以约150字作简单描述，甚多语焉不详处。

此为"盲侏"一词首次出现于公开传媒之上。然而奇怪的是，其后百多年间，尽管关于"盲侏"传闻始终不断，但于可考之文献与电磁记录中，均以出现于个人网志、网络微型媒体、同人刊物等小型传媒为主，未曾出现于任何发行量较大之公众传媒上。也因此，"盲侏"之事并未如古典时代"雪人"等传说大规模流传（然据考证，始终确有少部分人坚信盲侏之存在。史家R.L.曾怀疑若针对此类群体进行分析访谈，当可准确追索出盲侏传闻之来源，然而由于难度太高，终究功亏一篑）。直至2282年，人类联邦政府官方档案首次解密，世人方才知晓所谓"盲侏"之真相。于接受Discovery频道《会说话的动物：盲侏之谜》专访时，史家R.L.表示，自己早在17年前就开始追踪有关"盲侏"之真相，并对部分相关人士进行口述历史访谈。"那确实是从一个矿坑开始的。"R.L.表示，约于160年前，西伯利亚贝加尔湖北侧该处原本只是个普通的铁矿矿区，隶属于人类联邦政府国营之西伯利亚矿业公司所有，"据调查，当时开采的全盛时期已过，铁矿矿砂产量已萎缩至最高峰时期的四分之一。然而'盲侏'的发现却为该地带来了大规模的意外变动。

"'盲侏'的存在，最先是以鬼怪轶闻形式于矿工间流传。"R.L.向节目记者说明，由于铁矿产量自然下降，当时矿工数量其实已经不多，少数是来自中亚地区的农家子弟，多数则是生化人，"当然，时代已变，实际上地层开挖的工作也已由机械人取代；多数时候，生化人矿工仅负责操作这些采矿机械人。"R.L.强调，"但有趣的是，关于'盲侏'的最早传闻，竟是由这些生化人矿工开始的。

"矿工间开始流传地底存在不明'人形鬼兽'的传言。"R.L.表示，"传言内容绘声绘影，甚至提及该生物之外形细节。顾名思义，这所谓'人形鬼兽'十分近似人形，四肢与躯干类同于人类；但直立似乎并不完全，脊柱微弯，皮肤黏滑，颅形则较一般人类更为尖长……

"一开始，矿业公司资方完全不当一回事；认为此纯属无稽。但据说后来在一次公司管理阶层与联邦政府高层官员的餐宴之间，该管理阶层人员无意间将此事提出，引为谈资。"R.L.表示，此部分史料较为模糊，过程不敢百分之百确定，但结果倒是(转下页)

（接上页）相当清楚。"意外的是，官方对此一'流言'之态度颇堪玩味。一段时日之后，联邦政府竟大张旗鼓派出一工作小组进驻矿区，展开探勘调查，并开始对许多废弃坑道进行地毯式搜索。"R.L.指出，"这确实出人意表。然而更令人意外的是，三个月后，调查结果出炉，竟宣布该'鬼兽'确实存在……

"据当时官方记录——我必须强调，那只是官方记录，"镜头前，R.L.露出暧昧的笑容，"……那'鬼兽'是某种在演化上与人类关系极为亲近的类人生物；约于距今90万年前与人类在演化歧路上分道扬镳。据推测，于某些特殊机缘下，它们偶然经由岩层缝隙进入了地底，而后便于此孤立环境中独自演化，形成今日所见之物种……同于其他地底生物，此'人形鬼兽'之双眼并无视力，且或由于脊柱弯曲且直立不全，其身量看来较人类矮小。因此取'盲眼侏儒'之意为其命名，简称'盲侏'。

"经调查，'盲侏'族群数量十分稀少，共约三十余只……调查完成后，人类联邦政府表示未来将全数移置这三十余只'盲侏'，作为国家科学研究之用。而由于先遣研究团队必须进驻，加之以铁矿产量已少，遂决定关闭铁矿矿区……"R.L.稍停，"我现在所说的这些，均来自我个人之考证访查。在当时，'盲侏'这件事是对外保密的，知情者仅限于人类联邦政府与西伯利亚矿业公司少数决策高层。有趣的是，我只查到政府决定'移置'这群盲侏为止，之后，从原先既有管道就查不到任何资料了。

"我查不到这群盲侏的确实下落。它们究竟被'移置'到了何处？政府说作为科学研究之用，那么，到底是有哪些研究单位接收了这群盲侏？"R.L.做了个手势，"完全不清楚。17年前，我追到这里，后来就完全卡住，找不到线索继续追下去了……

"直到去年，官方公布了相关历史档案。这些文件与电磁资料罗列了当初接收'盲侏'的研究单位……但我必须说，对于档案真实性，我依旧高度存疑。我不明白官方为何选择公布这些档案。但总之，截至目前，我依旧查不到关于这些研究单位的翔实数据。或许那毕竟是很久以前的研究单位了？但即使如此，在160年前，这些研究单位是否确实存在？我认为非常可疑。本于追求真相的学术良知，且容我大胆假设——"R.L.强调，"根据我所调查到的一些周边资料（换言之，就是间接证据），说是将'盲侏'送去作为科学研究之用，可能是个完全颠倒的说法。实际上是，'盲侏'很可能根本不是什么演化的自然产物，而是人类某种生物实验的结果！……推测起来，可能是实验失败的产物（劣质品、副产品或未完成品）；而后不知为何，有所疏漏，并未将这些劣质品销毁，却让部分'盲侏'流落在外——

"目前我已掌握了一些暧昧的证据……"R.L.表示，"是关于'盲侏'的语言能力。这些证据显示，尽管状似野兽，但它们居然具有一定程度的抽象语言能力。换言之，那是一种会说话的类人动物。更惊人的是，这些证据甚至暗示'盲侏'所使用（转下页）

"是，"典狱长 Dai 微笑，"看来或许不需要我多做说明了？"

"您客气了，其实我不很清楚。"K 表示，"我知道这里就是盲侏最初的发现地；但对内情并不了解。"

"嗯——"典狱长点头，"我理解。理论上这也算是机密的一部分，只是相较于流刑监狱的特殊刑罚，密等并不高就是了。"

环顾四周，如蜂巢内里，他们身处众多狭仄单人牢房的巨大集合之间。那与古典时代的牢房并无二致；所不同者，绝大多数身着制式囚衣之人犯似乎皆遭禁锁于某彼此相类之精神状态中。他们眼神呆滞，动作迟缓；其中有些甚至如石化人像般全无动作。那景象，仿佛同时将许多患有僵直性精神分裂症之病人集中安置于一处……

（酷刑。或者，该说是"酷刑之集锦"？长期以来，于 K 已被招募进入技术标准局，但尚未能参赞高层决策之前，他原本以为，这些被人类政府以国家机密之名秘而不宣的，处决"生解"成员或其他政治犯之方式，虽必然残忍血腥，但终究并未超乎想象。他原本以为，那一切处刑之方式，长期以来其实未有本质上之变化——无非是那些古典时代的惯用伎俩：电椅，药物注射，枪决，吊刑；或者更早期的古代东方风格：凌迟，断头，五马分尸……）

（又或者，可能会是某种古典时代"晚期现代性"——所谓 Late

（接上页）的语言与英文十分类似！……一个简单的推断是，如果盲侏真如官方所说，是距今90万年前演化歧路的自然产物，那么在自然演化、隔绝环境之下所产生的语言，将必然与现有人类语言有着相当差异。若真与英语相似，那也未免太过巧合……"
以上数据均见于 Discovery 频道《会说话的动物：盲侏之谜》节目。该节目首播时间为公元2283年1月25日。

Modernity之表征。更大规模的神经毒气或煤气室毒杀。更为残暴，形式却更为简洁优美的微型核弹爆破，等等等等。于亲身临至此一流刑监狱前，K原本以为他将会看见，那在行刑室的昏暗灯光下，惨白黯淡的生化人躯体，于死亡骤然临至时，悲愤、绝望或木然之表情。K以为他会看见，那生化人大片裸裎之肌肤，因含有某种自体演化失控变异的不明成分，于幽暗冷光照拂下，呈现一诡异的金属光泽之幻觉……）

K从未想过，真相竟是如此。

光线晦暗。寂静填充了空间。无声的，难以想象其幽暗内核的迟滞心智。典狱长、K与其余随行人员正沿着如地底河流般的甬道穿过这些外围的单人囚室。

"您知道，"典狱长Dai说，"其实本监的'特殊刑罚'可说只有一种——"

"'退化刑'？"

"是，就是'退化刑'。您现在看见的外围囚室，收容的都是刑度较轻的退化刑人犯。他们执行的是'**轻度退化刑**'。

"我们刚才简报已提及，"空间中，Dai的声冰凉一如穿行的气流，"原则上，我们是经由静脉注射，将导致心智与种性双重退化的类神经生物包裹植入至受刑者的脑干、大脑皮质与脊髓中。该种类神经生物，躯体微细，小至足以穿越人体循环系统与中枢神经系统之间的血脑屏障（Blood-Brain Barrier）[19]。它们将于静脉注射后48

---

[19]　血脑屏障（Blood-Brain Barrier, BBB）为存在于人类或生化人循环系统与脑组织间之特殊结构。相较于循环系统与其余一般身体组织间的通透性，由于血脑屏障之存在，遂使得循环系统与脑组织之间之通透性大为降低。而此一通透性之降低，（转下页）

小时至112小时发挥效用，立即导致受刑人（此处以生化人为主）之双重退化——"

"这我明白。"K回应，"典狱长，是这样的，我有个疑问。"

"您请说。"

"理论上，'退化刑'本身仅导致退化，并不直接致死。"K表示，"我的想法是，由于未至于剥夺生命，比起古典时代众多'致死'刑罚，退化刑之刑度是否大于死刑，或尚有可争议处。但据我了解，我们却往往将退化刑视为刑罚之极致，毋庸置疑重于死刑……"

"我理解。"典狱长Dai微笑起来，"您现在看见的只是'轻度退化刑'。刑度轻重与执行技术面高度相关，这也是我们之所以获得上级机关信赖的原因。您很快就会了解……这边请。"

光在他们身上制造了重重暗影。他们绕了个弯，穿越两道厚重金属闸门。

K很快发现，他置身于一处极长的，近乎无止尽的甬道中。而甬道两侧，原先彼此分隔的，巨兽复眼般的巢状小型单人囚室已不复见；取而代之竟是一间间被弃置的，未完工的巨型建筑废墟。大面积之集体牢房，如一粗粝的，结构松散之空旷梦境。

鬼魅般的号叫在K耳际回响。

"这就是'**重度退化刑**'。"Dai简洁表示。

K不敢置信。

（接上页）主要是由于脑内微血管之内皮细胞排列方式特别紧密，且内皮细胞之外又有连续性基底膜（Basement Membrane）覆盖所致。其用意主要在于保护脑部免于受到体内血液中某些化学物质（如荷尔蒙）之影响。

他愕然发现，此一区域中，刑罚之实质执行，竟是将发病（亦即退化）后之生化人随机分组，**自然弃置**于集体牢房之密闭空间中。

较之于此处之"重度退化刑"，之前那施行于单人囚室的"轻度退化刑"简直如同儿戏。于轻度牢房中，原先被单独囚禁的，表情肢体皆忧郁僵直一如皮影戏偶的，一个个成熟生化人，于此地，终究由于类神经生物剂量轻重不同，而各自产生了程度相异之退化。其轻者，退化至等同于人类婴孩之生存模式（心智退化）；而其重者，则退化至全然一如野兽——

一种超越不同生物间，"种"之界线的，**种性退化**。

于是，在那些灯光晦暗、因陋就简，以古典时代粗糙水泥，沥青与钢筋土石所构筑而成的大型废墟囚室之中，率兽相食。K看见他们，那些原本面容沉静或木然的生化人（他不知该视之为人类或兽类，他不知该给予其"人性之同情"或"动物性之同情"），于类神经生物摧残下，面容扭曲，如婴孩或野兽般爬行，猎食，啼哭，号叫。K看见，那些心智或种性急速退化至全然纯真，却依旧带有某种无法言说之华丽妖性的生化人，如大群野放之精怪或成兽，无意识、无规则、无限制，天真而本能地相互亲吻、爱抚并持续交媾。

又或者某些剂量更重者，皆已彻底退化至更低等生物之样态，亦因之而产生某种协调性错乱。K看见他们，上一秒钟才疯狂拥抱交媾，而下一秒钟却又像是全然忘却未及完成之野合一般，无情地彼此啮咬撕裂。他们的躯体像是一柱柱柔软的弹簧，瞬间迅疾压缩，曲张，弹跃，如同被剥去了皮毛的光裸的豹。然而诡异的是（这或许亦是中枢神经毁坏之征象），在他们彼此汁血淋漓地撕裂吞食之时，他们的脸容，居然并不必然呈现某种龇牙咧嘴的凶相——

他们或许面无表情。他们或许正陷入某种情绪的黑暗空茫之中。又或者，基于意识之空无，基于某种心智种性皆退化之后的，高等人类无从理解之兽性欢快；他们沾染着大片血渍与同类生化人筋肉碎骨的脸，某些时候，竟带着一种微笑，一种舒缓，一种吸毒者恍惚迷醉之神情。在那青白色冷光笼罩的刑场上，那一群群失却其本性之退化生化人，竟如同意图以其躯体表面贪婪吸取来自各种方位的晦暗光源般，以各种不可思议的姿势角度，盛开花朵般翻转其自身……

（无铁链。无手铐。无脚镣之扣锁与拖行。没有古典时代里，拂晓时分被点名赴死前，受刑者苍白或沉静的面容。没有金属与地面的冰冷交击。没有枪声。唯一存在的，是退化状态下，绝对远离文明的"自然弃置"——）

K几可断言，此"重度退化刑"之实质内容，明显带有原初设计者的炫耀性格，一全无必要之冷血。

难以置信。K不敢相信这便是人类联邦政府用以秘密处决生化人间谍的，多余的残酷。就实务而言，既须保密，也必然无法收得杀鸡儆猴之效。何以竟需于此事上大费周章，虚耗资源？

K极为不解。

等等。K停下脚步。等等。

K看见熟悉的脸。

那是Iris——

Iris并非生化人，而是人类。原本只是个大学女生。公元2186

年出生于埃及开罗，2204年入英国伦敦大学攻读文化人类学学位。2207年，因被控散布阴谋思想、秘密资助"生解"而遭到逮捕起诉。2207年8月，于初步侦讯后，Iris被暂时移置于位于D城的政治犯看守所。

而K则在彼处审讯了她。

讯问并不顺利。Iris完全拒绝合作，自始至终保持缄默。90分钟期间，她只是木然而平静地望向别处。少数时候她会将眼神收回，望向K的瞳眸。K感觉那眼神中似乎带着讥讽。然而那信息极轻极轻，多数时候都被更为巨大厚重的，沙尘般的漠然所掩盖了。

但意外的是，最终，于审讯行将结束之际（K已起身准备离去），像是终究厌倦了自己的漠然，Iris突然开了口。

"你的组织是个残忍的组织。"她说，"我看得出来，或许你与你的组织一样，也是个没有心的人。"她微笑，"下次，请找个有心的人来审问我……"

而现在Iris在这里，正与其他三名受刑人彼此交缠。其中一名男人正骑跪于Iris后臀处，将挺立的阴茎送入Iris体内。他的左腿歪斜成一种不可能的角度，显然已遭折断。而另两名生化人（应是一男一女）则撕扯着Iris背部与颈部的筋肉。Iris美丽的脸上沾满了艳红色黏液，正将一段手指一类的残肢自口中唾吐至地上。鲜血在他们的脸、他们光裸的皮肤上攀爬。那皮肤表面满是疮口，蓄养着无数蛆虫。苍蝇在他们四周嗡嗡旋飞。许多不知名的细小虫蚋停留于四处碎散的血肉之上……

受刑人们发出凄厉的号叫。

如同某一具质量感之不明实体突然侵入K头部，且暂停于彼处。K的呼吸钝重起来——

他头痛欲裂，本能性地后退，却因典狱长Dai的神情而停步。

Dai没有说话，亦无任何动作。仿佛突然终止了自己作为一位下属，一位接待者的身份。K看见他皱起眉头，专注地凝视着受刑人们彼此交媾、撕裂吞食。亮度晦暗，无数透明倒影占据了他的黑色瞳眸，仿佛那倒影本身已取代了Dai自身之灵魂实体一般。

K突然领悟，那水面倒影，此刻Dai脸上幻梦般的神情，竟与那受刑中的退化生化人并无二致……

然而K将很快了解，这并非特例。于K往后的情报生涯中，在他偶然会同其他相关官员再次"检阅"此类行刑过程时，K竟发现，他们脸上呈现的神情，或恶心不适，或恍惚迷醉，或二者兼而有之——看来竟与Dai全然相同。

（所以，那是人类的制式反应吗？……在人类心中，罪是什么？刑罚是什么？仇恨又是什么？什么才是他们认为不属于人的？）

那与K自身观感何其相异。事实上，在亲眼得见"重度退化刑"的当下，K的第一反应，是"嫌恶"。

他嫌恶那些炫耀式的刑罚。他嫌恶那些人类联邦政府之高官政客。他嫌恶他们恶心与迷醉并存的面容。然而他同样嫌恶那些生化人受刑者，无论退化前后皆然。他嫌恶、排斥所有关乎此刑罚之一切——无论是设计者、执行者、受刑者或观看者，甚或刑罚本身，一切皆令他昏眩欲呕。

那是否与他后来的背叛有关？

那是否是除了Gödel审讯事件之外，在更早之前，另一个促使他背叛人类联邦政府的远因？

　　"这是本监狱最重的刑罚。"典狱长Dai回过神来。方才迷醉之瞬刻像是未曾存在，"所以说，如我刚才跟您报告，执行细节上，剂量与空间配置是很重要的。那直接决定了刑度的轻重。"Dai简短地结束了他的说明，"局长，我带您出去。这边请。"

18

2219年12月9日。凌晨时分。D城。高楼旅店。

新闻节目此刻正播放着此地一角的空照画面。那显然来自D城某座未知建筑的制高点。

K比对着全像画面与现实之场景，试图推测镜头方位。望向窗外，他看见遥远的天际线似乎浮现了第二只水蛭巨兽的形体——

第四只蛾撞击了落地窗。

K再度灭去全像电视，坐了下来。

原先凌空浮现于这斗室中央的立体光影成像如瞬间绽开的花火般坠落，碎散消失。

（他们应该立刻就会找来了吧。K想。）

（所以，造就这一切的，导致他无可挽回同时背叛双方阵营的，其实不仅仅是Gödel，不仅仅是K自己，亦不仅仅是他与生俱来的，暧昧不明的身份；尚包括了那因超乎想象之退化刑而来的，对"人"之神秘残忍心性的迷惑与质疑？）

一朵黑花。

K突然感觉到指缝间奇异的潮湿感。他下意识以掌心轻抚身旁的绒布座椅扶手。

他擦出了一大片黑色的湿迹。

K翻过掌心。

仿佛由朽木上长出的妖异品种，K看见一朵墨黑色花朵在他灰白的右手掌心中盛开。他有些慌乱，连忙以左手试图摘取它。然而如同某种接触传染的瘟疫般，左手指尖竟也开出了几点斑疹般细小的黑色花朵。

花朵与花朵持续晕染盛开着……

K恐惧地甩动双手。然而K随即发现，不知何时，四周景物竟已发生异变。他已离开D城高楼旅店的豪华客房，置身于一清冷洁净之白色房间中。

他坐在一张简陋铁架床上。

更奇怪的是，异变似乎也侵入了K的视觉感官。此刻K眼中所见，尽是不同灰阶之黑白色调排列。所有景物瞬间失去了彩度色泽。仿佛置身于一古典时代的黑白显像管电视中。

（幻觉？这又是幻觉吗？）

而坐着的自己，此刻亦已变成另一副模样。

长发。满腮胡楂。衣衫褴褛，污秽不堪。手心里长满了劳动者的硬茧。

不变的是，那手心中墨黑色的花朵仍缓慢绽开着……

K突然领悟，他变成了精神病院中的病患。而那盛开中的黑花，是血。

血花在他的掌心盛开。血花在他的指尖盛开。（他手中握着尖细铁条。）血花沾滞于他的脸、他的衣物、他的身躯。（一个女人倒卧于他身下。）血花喷溅于床缘、地板与满是壁癌的白色墙面上。（女人双眼圆睁，异物没入胸口。）黑白默片快转，大大小小的黑色血花持续地盛开着……

（……1984年2月你出生于台湾。2000年6月你开始将自己关入房间。你不再出门，三餐均有赖母亲送至房门口，并拒绝与任何人交谈。2001年12月你突持榔头攻击母亲，被制伏后送至精神病院。入院后你继续保持沉默。2004年4月你持尖细铁条攻击疗养院工作人员，造成护士一死一伤……）

K睁开双眼。

幻觉黯灭。他再度置身于高楼旅店豪华客房中。

他再度听见了自己的心跳。

他抚摸自己的额角。暗红色犹胎记维持原貌。然而他感觉，那此刻正蛰伏于胎记内里之紫色蛭虫，似乎亦隐约应和着这属于一个间谍的，心律之搏击……

间谍。背叛者。面目模糊之人。《哥德巴赫Goldbach》。《地下社会》。《电獭》。2213年他通过中间人M开始与生解的情报接触，持续六年。而这样的状态结束于距今三周之前——

11月。2219年11月，第14次传递任务。磁浮轻轨红线R19站。K想起在那最后任务中现身的流浪汉。他神秘且意指不明的话语。那确实极可能是用以传递特殊信息的手段——即使信息本身可能仅需被简单约为一句："我们在监视你。"

我们在监视你……

K当然不曾预期，那竟会是他首次接收到关于前女友Eurydice的一些不寻常情报。

那些Eurydice所记录的，与K直接相关的"梦境报告"。

他原以为，那仅是另一次为收取酬劳所做的例行性接触而已。

19

2219年11月17日。夜间9时30分。D城。磁浮轻轨红线R19站。

晴朗寒冽的冬夜。气温已落至冰点以下。冷风刺骨，无雪，但空气中似乎飘散着雪的气息。

K竖起铁灰色大衣衣领，快步走下由地面深入地底楼层的阶梯。

R19是个大站，位处磁浮轻轨红线与绿线交会点。整座车站共构于一24小时营业之大型精品百货北侧。夜间人潮虽无法与尖峰时刻相比，然而除旅客之外，尚可见到许多购物者在车站与商场间穿梭来回。他们或单独一人；或有些男女结伴推着婴儿车，显是下班后合家外出购物的年轻夫妻。

时间已有些晚了。商场漫溢着一种疲惫的，百无聊赖的气氛。

K戴上墨镜和呢帽，只身越过一排排明亮的灯箱与精品橱窗，穿过一处角落甬道，而后进入洗手间。

他在洗脸台前稍作停留，脱下手套，按了点洗手液，洗了洗手。

一个正在一旁烘手的男人看了他一眼。

K进入浴厕隔间。

五分钟后，他变换装束走出洗手间。铁灰色长风衣已然消失，取而代之的是一件式样简单的黑色毛衣。鸭舌帽帽檐下，周遭线条清晰的景物倒映于墨镜银色镜面上。

人声起落。人群像是各自被定影于黑色胶卷上的虚像一般，以彼此相异的速度卷动着。或许是由于商场内空间之荡阔，所有的声音都拖曳着某种空间的共鸣或回声。

K搭上电扶梯，在二楼、三楼与四楼各逛一圈，而后搭乘电梯回到一楼，找到安全门出口，由楼梯间下行至地下一楼，进入轻轨车站。

那并不算是车站的实质中心。那其实是个被规划作为方才精品百货之延伸的、较低层次的边陲区商店街。与全天候营业的精品百货不同，此处的店家已然陆续打烊了。

K穿过售票区和月台闸口，走过几家已过营业时间的次级品牌时装店［那些橱窗里的**生物模特儿**（Organic Model）[20]尚不时摆摆

---

[20]　"生物模特儿"（Organic Model）一词泛指被用以取代古典时代塑料制橱窗模特儿之各类生物。其种类约可粗分为植物类和动物类这二大类；而以植物类较为常见。约自2070年代起，此类生物模特儿即开始普遍使用于商店橱窗、展场展示等；古典时代原本通行使用之塑料假人模特儿原则上已遭到废弃。根据韦氏在线辞典（Merriam-Webster Online）2297年新版载录，目前多数人所称"生物模特儿"即意指"植物类生物模特儿"。

如上所述，"生物模特儿"品类繁多，而以仙人掌作为基底生物者为最大宗。用作此类模特儿之仙人掌品种则被称为"模特儿仙人掌"（Model Cacti）。其设计者取合适仙人掌品种进行基因改造，将其表皮处理为近似于人类皮肤之质感，将其枝干设计为仿人类四肢与肢体姿态之生长模式（如单一主干往上长出后，第一处分叉必然往下斜长，以模仿人类之下肢；第二处分叉则必然一分为三，分别模拟人类之左手、右手与脖颈头部；同时并于上下肢末端岔开为指状，以求拟似于人之手指脚趾；于脖颈末端膨大如头部，并使头部末端之仙人掌针刺软化、拉长，模拟人类之五官与各色毛发等等），并于其染色体中注入部分动物神经基因。此类动物基因意在使生物模特儿具备主动运动之能力。也因此，橱窗中的生物模特儿能够在一定范围内做出挥手、微笑、整理服装、搔首弄姿等动作，以吸引路人注意。

（转下页）

（接上页）一般而言，制作完成之"生物模特儿"类同于其适应沙漠环境之先祖——仙人掌，仅需每30天浇水一次即可存活；除浇水与清洁外，几乎不需其他保养，十分方便；是以亦普遍受店家喜爱。

然而此类生物模特儿并非全无使用上之顾虑。与其直接相关之意外事件，以2084年发生于日本之"**乐天百货恐怖僵尸事件**"最为著名。于此简述如下：乐天百货位于日本东京，为日本乐天集团旗下大型精品商场。2084年2月27日上午，10时50分左右，乐天百货一楼陆续有香奈儿、路易威登、Kumiko与施华洛世奇等四家名牌精品店共五位女店员抵达，打开店门预备开始营业。然而五位店员却几乎同时发现，一夜之间，橱窗内原来外形美丽、打扮新潮的生物模特儿居然产生了令人不寒而栗之变化——不知为何，四家精品店内共计19具生物模特儿尽皆面容扭曲、全身皮肤四处溃烂、五官破损；原先应持续进行的挥手、微笑、搔首弄姿等动作均消失不见，代之以僵硬而不自然的肢体痉挛。其中有两具模特儿甚至开始微幅移动自身原先固定之下肢，似乎意图开始行走。然而由于整体肢体动作无法免于抽搐，其走动并不顺畅，节奏有如僵尸；加之以其面部皮肤溃烂、五官残缺不全，至为恐怖。

店员们大惊失色，四散奔逃，直至商场门外方才惊动保全，报警处理。然而由于营业时间已然开始（上午11时），于现场封锁之前，陆续已有零星消费者进入商场中，部分惊叫逃出，导致现场一片混乱。

日本警方到达后随即封锁全栋乐天百货，并派遣干员全副武装入内侦查攻坚。于一名干员因过度紧张而开枪击毁一具模特儿后（该处现场四散残余衣物布料、仙人掌枝干碎块与黏稠汁液），干员们很快发现，皮肤脱落、变成僵尸的生物模特儿们不具任何攻击性，似乎无害于人。警方攻坚行动遂暂且打住，另行请求技术支持。半小时后，两名刑事鉴定专家会同三位科学家到达现场，分析生物模特儿之异常情况极可能肇因于前所未见之植物病虫害。于采取适当防疫措施（隔离全栋乐天百货）后，将残存18具问题模特儿及同楼层其余模特儿打包装箱，带回实验室进行分析。

化验耗时三天，乐天百货也因此被迫停业一周。三天后化验结果出炉，证实该批生物模特儿表皮溃烂、肢体痉挛等症状乃因一变种病毒作祟；遂将之命名为"僵尸模特儿病毒"。此一病毒系由犬瘟热（Canine Distemper）病毒——即Morbillivirus——突变而来。犬瘟热病毒原本仅感染幼犬，由于极易侵犯犬只中枢神经，常引发受感染幼犬麻痹、四肢不协调等神经症状。而僵尸模特儿病毒对犬只所引发之症状虽与犬瘟热病毒类似，程度却有相当差异；前者之症状十分轻微，亦不易对犬只造成严重伤害；然而却能经由空气感染"模特儿仙人掌"，致使模特儿仙人掌出现表皮溃烂、痉挛、不协调等神经症状。

（转下页）

手，拨拨头发，挤眉弄眼地吸引路人注意]、一家咖啡馆（近满座；吸烟者身旁缭绕着多彩的，幻变中的光雾）、一家饰艺品店（围裙女店员正百无聊赖地使唤微型机器人帮自己美甲；一个瘦小而面容俊美的棕发男人流连于货架上成排瓶瓶罐罐前）、一家临时皮件畅货中心（过季的皮包皮夹被散乱堆置于平台），而后往车站的边缘处走去。

K来到置物柜前。

接近一整面墙的大型置物柜。仿佛由相邻制式空间无性生殖复制而来；除了位置相异外，一格格置物空间皆不存在任何独特印记。灵骨塔一般。K注意到头顶的青白色灯光故障般明暗不定地跳闪着。

不规则气流正卷动着纸张，擦刮出薄脆声响。远处约20米外，四个青少年一身花俏装束，围坐在地上打扑克牌。疏疏落落的笑语。一个穿着暗红色厚夹克的流浪汉瘫坐于置物柜旁的墙角，夹克帽缘盖住眉心，前襟几撮花白须发垂落。

他低下颈子，整个人瑟缩于臃肿而脏污的衣物中。

K对那流浪汉稍作观察。伴随着混浊的鼻息，那流浪汉的躯体规律地一起一伏着。像是睡着了。

（接上页）经查，原来在"乐天百货恐怖僵尸事件"之前日（2084年2月26日），乐天百货曾与一狗饲料制造商合作，于一楼中庭举办"狗宝宝障碍赛"；由狗主人们携带家中幼犬参赛，若获得名次，则可获赠六个月至一年份不等之狗饲料奖品，狗宝宝并有机会成为广告明星。推测可能其中有幼犬受到变种"僵尸模特儿病毒"感染；于赛后，狗主人们牵着幼犬逛街，进而再将病毒传染给橱窗中之生物模特儿。
史称"乐天百货恐怖僵尸事件"。

似乎未有任何异状。K自口袋中掏出指纹钥，打开最左侧下数第四格的置物柜电磁锁。

并非K预期中装着现金的小信封。

是一个约略半个枕头大小，颇具分量的深色纸袋。

K有些惊讶。他将纸袋卷成筒状，插入裤袋，锁好电磁锁，立刻转身离开。

便在此时，流浪汉醒了过来。他突然动了动肩膀，仰起脸（那脸因满是须发而难以辨识五官），颤巍巍伸出右手。"先生。"他喃喃说着，而后又大声起来，"先生。先生！"

K被吓了一跳。他本能停下脚步，回过头去。似乎是个有着绿色瞳眸的老人。"先生！"流浪汉坐直了身子，"先生，施舍一点吧，上帝会祝福你的！……先生，那些，火，火与光……施舍一点吧，先生，真的！"

K正想脱身；然而看似疯癫的流浪汉不给他任何迟疑的机会。"先生，给点钱吧，"流浪汉掀起了连衣帽，说着说着便要站起身来，"给点钱，你会有好报的——"

K紧张起来。然而他明白，以目前状况，不应作任何停留。"先生，你不能就这样走掉啊，先生！……"流浪汉仍在他身后没头没脑地喊，重复着怪异的语句，"你走了，我们的，那些行走着的人们，那些来来去去的灵魂……怎么办呢，先生，再给一点钱吧，"流浪汉并未起身，坐回地上，"施舍我吧，先生，给我钱，别看那纸袋里的东西，别管它了，那不是你应得的，不是你该知道的，先生……雪呀，那是雪，宿命的，雪的话语，听……"

K悚然一惊，几乎就要停下脚步。但毕竟没有。快步疾走的同时，K依旧清楚听见流浪汉颠倒难解的话语："先生，下雪了，光与火就要黯灭了，那些潮湿的气味，潮湿的火，先生，雪愈来愈大了，窗帘被风吹动，纸牌就要被掀过来了，先生，施舍一点吧……你不能走，别看，不该是这样，那不是你能承受的啊……"

　　三分钟后，K穿过宽阔廊道，先至月台闸口旁一间洗手间换了上衣；而后转回精品百货商场，搭电梯至五楼，连着五楼、四楼各绕一圈，再下至三楼。他找到另一处洗手间，进入隔间，换掉长裤、墨镜、皮鞋，最后戴上一顶鸭舌帽。

　　换装完毕后，K翻出纸袋，就着洗手间中的鹅黄色灯光快速翻阅了里面的文件。

　　K走出隔间。洗手台前，一位大浓妆小丑正盯着面前的圆镜。虽说是小丑，那男人已一身领带衬衫，显然是刚卸下小丑身份。起初他似乎完全没注意到K，只是看着镜中自己的脸。他先是摘下鼻尖圆球，而后拿起毛巾专注地搓揉着自己的嘴角；不多时，又从鼻下卸下一条假须。

　　小丑看了看镜中的K，向他挤挤眼，淡淡做了个鬼脸；而后转回视线，开始搓揉自己的眉毛。

　　K走出洗手间，穿过大门离开R19站，隐没入城市的夜色之中。

　　夜间10时22分。D城。零下一摄氏度。

　　细雪正无声地下着。

20

梦境编号：006

梦境内容：

我在一个房间里醒来。

时序是清晨。约略三分之二个房间的宽度里，几个明亮的、光的方块停滞于空间中。我睡在一张床上，身旁躺着一个男人。他还在睡，脸半埋在枕头里，鼻息均匀。我看不清他的脸，但我知道他并不像K。不，应该说，我知道那男人的容貌并不是K的容貌。

然而我明白，我在梦里清楚知道，那男人其实就是K。

一个有着相异于现实中K之容貌的，真实的K。

我还知道些别的。我知道那是古典时代。二战末期。似乎为了躲避战事，我与K同住已有一段时日。这是间隐蔽于地底的斗室，唯一对外的气窗仅是接近天花板处，接连着外界道路边缘的一道空隙，隔着铁条和脏污老旧的窗玻璃。我有个印象，似乎在之前无数个的早晨，我总是听见外界的车声人声；看见车轮、坦克车履带，以及人的腿、裤管、马靴与步伐。

甚至在某些时刻，或者还能听见炮声隆隆。震动（邻近气窗的高处，总有细沙簌簌落下）。轰炸机之低鸣。机枪连续击发。杂乱的驳火。人群的奔跑与叫喊。伤者凄厉的哭号……

很奇怪地，在梦中，我甚至能够精确回忆起气窗外那条街在战前的景象（对街，由远处记数，依序是修鞋店、布庄、钟表坊、杂货商、歇业店家与银行）。我也能清楚看见它现在的模样。约半数建筑都已坍倒在灰白色的瓦砾堆中。

然而今天清晨似乎异常宁静。

我不很明白我的身份。在梦里的感觉，我和K确实是一对爱侣。

后来我开始听见声音。大提琴的乐音片段。萨拉邦德舞曲。然而仅在片刻后，乐音便淡去了。

而后，十分突兀地，梦境忽然换了个地点。

那同样是我，与方才地下室房间中相同的我。此刻却走在一条人群熙攘的街道上。我领悟到这条街正是方才那地下室房间气窗外的街道。同时我也确知，那是过着**另一个人生**的我。在那个人生里，我没有遇见K，也从未到过那间与K躲藏着的地底斗室。我只是戴着顶宽边帽，一身陈旧灰呢长大衣，提着个表面磨损起毛的皮箱，在这条清晨时分的街道上走着。

天光洒落。穿着制服的兵士们正在街道的一侧列队行进。店家们照常营业。孩子们被妇人牵着手，一边回过头来望着我。天气很冷，每个人的口鼻四周都晕染着白色的雾气。

然而我走着走着却惊讶地发现，此刻所置身的街道，竟莫名其妙变成了一处军事隔离区。在梦中，我清楚知道那确实就是原本的地点，只是落在了一个不同的时间刻度上——在某个相异的时点，此处变成了可怕的隔离区。军方的指令是此地必须净空。气氛肃杀。许许多多人提着大包小包的行李细软（多数以麻绳绑着行李箱，甚且有许多更贫苦的人们没有皮箱，只能背布包或藤篮），一簇一群挨挤在路旁，缓慢地彼此推搡着向前。

荷枪的士兵们拉起了封锁线，凶恶的军犬来回逡巡。小孩们都被吓哭了。大人们忧愁互望，无奈地低声说话。

我置身于人群中。然而我是独自一人，并无任何同行亲友。那孤单的情绪十分强烈。我注意到人群中似乎有些脸孔令我感到面熟，但我想不起来他们是谁。

而后我突然知晓，就在前方不远，某处看不见的街角，士兵们正用机枪屠杀着这些人。

尽管并无任何声音传出。

我恐慌起来，转身就跑。跑着跑着，我发现我飘飞了起来，轻盈地越过了人群上方。像是被包围在某种黏滞流质中，我奋力游动着四肢。但四周人群与士兵们似乎没有发现我。尽管仍处于上升状态，我的身体却有种自空中坠落的感觉。

我想到有一双手套被我遗忘在那地下斗室之中，我另一个人生住处。我想要回到那斗室中去拿。我同时有种念头：似乎我应该赶快通知此刻正在那斗室中沉睡着的男女（另一个人生里的我和K），警告他们快点逃跑。然而我的身体被困在人群头顶的浓稠流质之中，方向难以控制；尽管几乎气力放尽却依旧如此。

我只能眼睁睁看着自己飘飞过街道边缘那扇模糊的气窗上方。

此时有个士兵发现了我。他指着我大声斥骂。我感到恐惧，用力挣扎，摆动手脚想降落回地面，却无法控制自己愈飘愈远的身躯。人们议论纷纷；士兵们似乎正打算将我击落，举起枪对准了我。

这时我突然领悟到，即使我能够回到那地下斗室中，我也无法叫醒K。我或可唤醒在那另一个人生中沉睡的我自己，但K却是叫不醒的；因为K也像此刻的我一样，正陷落在他的另一个人生之中。

我醒了过来。梦境结束。

自我分析：

与K交往也已有一段时日了。我们相处没有问题，仍旧甜蜜。但编号006的梦却是一个忧虑的梦。

K的相貌并不是K。这表示我对于K的真实面貌有所疑虑。所谓"真实面貌"不见得是指K的身份；也可能指的是K的个性、习惯、人格等等。又或者我渴望获知K内里的，那些只属于他、只有他自己知道的秘密。我可能十分渴望认识那个"真实的K"。我期待他对我毫无保留，并因此而焦虑。

生日那天，K做了蛋糕给我。蛋糕上有个奶油画成的漫画人偶。大头小身的可爱造型。那其实就是我。K说那是他向蛋糕店定做了"空白"的蛋糕，而后用附送的奶油、巧克力酱、薄荷酱等材料自己画的。我告诉K他其实画得不怎么像我（我想损他）；K难得露出羞赧的笑容说，他原本画画就不太行，他可是练了很久。后来我们开玩笑地拿巧克力酱给蛋糕上的我画上胡子、围上围巾（我比他会画）；而后，当然，开心地把蛋糕吃了。

隔天晚上我便做了这个梦。我想，我与K关于蛋糕上"我的相貌"的讨论也可能是导致梦境中出现与"相貌"有关的内容的因素吧。

梦境中，地下斗室的气氛十分安详静谧。或许那便是我所期盼的爱情样貌。然而斗室外残忍而惨烈的战争却暗示了外在环境的艰难。

我认为那些荷枪的士兵、封锁线、强制迁移重置（Relocation）的意象可能代表着某种"自我审查"。我想了想，事实上，外在环境或许不友善，然而我更该惧怕的是我自己。与K在一起的日子以来，尽管大致上K似乎表现得与常人无异，但我似乎无法全然放心。我总是怀疑他那些看来充满爱意的举动其实并不完全符合他真正的心意，或者，他的心意并不如他所表现的那么多。我为此焦虑，而这样的怀疑与焦躁，或许就是一种对我们之间的感情的"自我审查"……

飞行或坠落的意象可能与死亡有关。然而那象征什么人或事物之死？那是种什么样的死亡？目前我无法解读。或许那暗示着，尽管我能够在空中飘飞，但依旧无法全然脱逃于所有人皆无从幸免的死亡之外？那是对我与K的情感的悲观预示吗？

"飘飞中的我"与"斗室中与K同寝的我"处于不同人生。那可能暗示着"我想望中的爱情"与"现实中的爱情样态"之间难以跨越的鸿沟。它们各自存在于不同接口，难以相遇。

梦境中，被我遗忘在地下斗室中的一双手套或许可作性方面的解读。一个古典精神分析的说法是，手套可能是女性器的象征。或许手套的出现明示了我对爱情的担忧可能造成性的困扰？

当然另一个可能是，在此，语言机制依旧主导了意象的发生。毕竟glove与love仅有一个字母之差。雅克·拉康的话："征候是陷溺于身体中的语词"——潜意识可能受语言影响而借此编排梦境内容。但无论是将手套解读为性之象征，抑或将glove与love作联结，总之，应当还是我个人对情感的忧虑根本上主导了整个梦境。

在飘浮中的我被发现之后，士兵的举动（斥责我，意图将我击落）是理所当然的。然而我的感觉是，在那情境中，周遭人群的态度与士兵其实是颇为接近的——士兵们无法容忍脱序；然而周遭同为受害者（被屠杀者?）的人们也同样无法容忍我异于常人的飘飞。他们的指指点点充满了敌意与不信任。士兵手上指着我的枪同样可以解读为男性性器；但我想另一种解释应该更合适些，因为面对枪口，我直觉想到的是另一段经验。

那是童年时期。我的父母尚未离异。我们依旧居住在T城郊区。印象中，也正是那段时期，父亲与母亲之间开始有些争执。细节我已记不清楚了，似乎是有一次剧烈争执把年幼的我给吓哭了。我被哄睡；而后，在一个安静午后醒来。我迷迷糊糊穿过客厅，走进母亲的工作室，福至心灵地打开了一格抽屉。

抽屉中居然放着一把手枪。不知为何，当下我并未感到害怕；反而好奇地拿起手枪，甚至往枪口里瞧。或许是我不明白手枪是什么东西。而后我很快把手枪放回原处，也不曾对任何人提起此事。

梦境最后，我无法叫醒K；且突然领悟到熟睡中的K也陷落在他自己的另一个人生里，在地底斗室之外。尽管在那斗室中，他便在我身旁安静地睡着……或许我不该说那又是个哀伤的预言；然而在目前的处境里，在我的忧虑中，确实没有比"永远无法被唤醒的，另一个人生里的K"更令人沮丧的了……

21

梦境编号：013

梦境内容：

K开车送一个女孩回家。

那女孩不是我。我并不存在那个时空里。我只是看见。

那是个长相甜美的女孩。浅褐色的短发，大眼，鲜嫩的红唇。她长得有点像我，但看来似乎比我年轻。她坐在副驾驶座，K的身旁。一路上他们有一搭没一搭地低声说着话。

他们似乎临时改变了计划，并未回到女孩的家，而是开进山里，来到一家温泉旅店。

那是我与K曾去过的小型温泉旅店（在梦里我认为我与K一起去过。但现实中并没有）。古典时代老式木造两层楼建筑，躲在僻静山坳中。四周环绕着许多颜色奇异的、不知名的花朵。史前生物般巨大的蜻蜓飞舞其间。有着巨型树盖的林木将整座破旧的建筑掩蔽环抱着。

似乎是下午时分。但由于林荫过于翁郁浓密，光线昏暗，给人一种黎明前或即将沉入黑夜中的印象。

他们一如预期下了车，牵手走进旅店，开始办理登记入住。

这时我突然领悟到，他们的所有举动，这个梦境中的任何细节，都将与那次我与K共同来到这温泉旅店的经验一模一样。

时间相同。停车位置相同。下车次序相同。走位相同。牵手时同样亲密而惬意地勾着无名指与小指。在相同时刻说出一字不差的对话。一样的空气，一样的手势，一样细微的表情牵动。他们将在同一位服务人员的带领下被分配到同一房间（三具人体在空间中复制完全相同的移动轨迹），重复我与K之间所有经历的细节……

如一立体影片之回放。时光之复返。

只是我被换成了她。

我恐慌起来，但无能为力。我知道我并未于此处存在。我并不具有实质形体。我只能眼睁睁看着K与女孩步入客房，而后依照我记忆中的步骤（K卸下她的耳环，亲吻她的耳郭，她闭上眼睛用手摸索着他的手……），无比熟悉地缱绻欢爱起来。

我感觉全身发冷。而后我开始哭泣。

泪水自脸庞不断滑落。我感到泪水的温热与冰凉。但这时，或许由于这触觉之诱导，我的形体突然出现了。我清楚看见自己的肢体，看见自己正蹲坐于那旅店客房一角。

我伸出手，试着摸索四周事物，但并未成功接触到任何物品。我的指端像是某种具体的空无般穿过了存在的所有事物。

我张开口，但无法发出任何声音。

K与女孩仍继续着他们的欢爱。那欢爱的程序确实仍与我记忆中的欢爱全然相同。他们在彼此肩颈处留下淡淡的齿痕。他们完全没注意到我。我推想他们不仅看不见我，也无法以任何方式知觉到我的存在。

这时，突然有人敲了敲玻璃窗。

仿佛于睡眠中突然惊醒，K与女孩停下了动作。然而奇怪的是，他们并不望向那被敲响的玻璃窗（窗外是一片黑暗，仅存在室内景物之隐约倒影），反而望向我的位置。

他们的表情十分惊愕。似乎是突然看见了我。

时间凝止。如同两尊活体雕像，K与女孩的表情与肢体冻结在那一刻。我忽然领悟，在此一房间之外，时序已然发生变化。我知道旅店中的其他人都已在时间的轮转流逝之中死亡，化为枯骨，化为齑粉。我知道旅店之外那广漠的原始森林已然消失，成为沙漠。我知道在沙漠中，无数沙丘必然持续因为风的力量而变化着自身的形貌；然而那变化又不确然是变化，更像是某种重复，某种回归或折返……

我知道时间已然经过了一亿年。

自我分析：

这是个难解的梦。

首先我必须讨论那家隐藏于深山中的温泉旅店。那是一家陌生旅店，至少在我记忆中并不存在。旅店四周那广漠阴暗的原始林环境也令我迷惑。但在试着对此一场景进行自由联想时，我发现一个似乎较为强烈的联想是：母亲丧生之地。

那场夺去我母亲Cassandra生命的，神秘诡异的旅馆大火。那家位于伊斯坦布尔的旅店。我当然不会知道那现实中的旅店是什么模样（合理推断，不可能是个隐藏于密林中的小旅馆），但梦境中的温泉旅店确实令我思及此事。

如果暂且假设那温泉旅店就是我母亲Cassandra的丧生地，那么我的猜测是，四周奇异而巨大的动植物品种所构成的"古生物氛围"，可能意味着此一地点的神秘与禁忌。毕竟"时间"（一亿年）是道难以跨越的鸿沟，而母亲的死亡也确实是个未解之谜。这可能暗示着我对母亲的死亡事件始终有所怀疑，而这怀疑的强烈比起我所自觉的更为隐晦而幽深。

怪异的是，我与K的爱情居然被牵连进我母亲的死亡事件之中。这难以解释。或许这只是个随机巧合？然而如若不是巧合，那么我可以试着做如下分析。

陌生女孩与我相像。这表示女孩至少象征着我个人的部分自我。K与陌生女孩间的亲密举动以及欢爱细节，有部分是在现实生活中我与K确曾经历的。虽则并非全部，但同样暗示了这陌生女孩与我之间的关系。总之，陌生女孩应是"我自己"的部分投射。

接下来我试着分析这梦境中最诡异的部分：那神秘的"重复感"。往日重现。我是在K与女孩办理登记入住手续时，突然领悟到"他们在重复着我与K曾经历过的所有细节"的。我认为登记入住可能象征着某种"开端"。一重大事件、重大阶段之初始。然而奇怪的是，这重大"初始"所直接启动的，竟是某种对过去的重复。

我倾向于把这样的"重复"解读为我的个人愿望。原因之一是，此刻当我回想梦中情境，当我回想K与我之间互动的细节，我并不觉得那众多亲密细节带给了我任何负面感觉。相反地，那些K与女孩之间的举动（无论是现实中K与我共有的记忆，或只存在于梦中的记忆），带给我的感觉都是宁静而美好的。如果可以，我其实非常愿意再次经历那些。我期待再次与K轻轻勾着无名指与小指在林间散步。我还记得他摸着我的脸说我像个天使，摸着我的背问我把翅膀藏到哪里去了。我还记得他曾开玩笑说要把我们在台湾北海岸相遇的日子定为天使节……

当然在梦里，K终究是和别人在重复这些事了。这令我伤心。这不是个全然美好的梦。但总之，那些举动，那些细节依旧令我感到甜蜜。

房间的玻璃是黑色的不透光玻璃，自室内无法清楚看见室外景物。但室内光线亦十分昏暗，理论上，亦无法自外部窥见室内陈设。如我所述，窗玻璃上所见的只有室内景物极淡的倒影。换言之，这是个"内向空间"。即使试图向外窥视，但能被看见的始终只有自己。甚至当外界有人突然敲响玻璃窗时，K与女孩的反应并非向外探视，而竟是看向蹲踞于室内一角的我。

我认为这意味着"自我"的晦涩与黑暗，以及此一梦境的隐秘性质。这梦境在暗示着，一切内容都直接指向我自己的私密情绪。

此时，在K与女孩的凝视下，我的形体忽然出现了。此点亦十分难解。我所能想到的唯一解释是：这是一种对"自我凝视"（那黑色玻璃窗上室内陈设之倒影）的正面回馈。若尝试做更进一步的引申，或可如此解释：女孩代表了"一部分的我自己"；而在K与女孩（一部分的我自己）的关系中，如果出现了某种外在契机（玻璃窗上的敲打），而我又能够把握这样的契机，对自己进行更为深沉的省思的话，那么我将能够更了解自己。我的形貌将更为具体。

或说，我将更清楚自己在这段爱情中的模样。

这也算是某种愿望的投射吧？当然，我依旧对自己在这段爱情中的角色感到迟疑……

而若是接受这样的解释，那么梦境的结局或许正暗示了"凝视自我"所可能得到的答案。梦里，在K与女孩望向我、我的形体突然出现后，我领悟到"时间已然经过了一亿年"。且这并非单纯只是我心中浮现的概念而已。我尚看到了那一亿年间时光流转的心像。那无数风物之变幻。我试着针对那样流转的心像做自由联想，然而我想起的却是一个表面上毫不相干的场景。

那同样来自我的童年经验。四五岁吧，在那段我与父亲、母亲共同生活的短暂时间里（地点是在台湾北海岸），我所存留的另一段关于温泉旅店的记忆。我们一家人投宿于离家乡不远的温泉旅店中（依地缘推断，或许是台湾北部草山中的温泉旅店）。隔日清晨，我在床褥上醒来，父母尚在熟睡，窗外光线昏暗，雾露弥漫。如同水面油花，空气中浮漾着淡淡的硫磺气味……

我清醒了许久。而我的父母始终不曾醒来。

这是我所联想到的记忆。奇怪的是，印象中这样的过程似乎发生了许多次；甚且每次都重复着同样的程序：温泉旅店的隔日，将醒未醒的光线犹且被拖曳在黑暗的边缘；我在清晨的硫磺气味中独自醒来……

坦白说，我想我实在没有能力解释这样的自由联想的结果。表面上，这样的记忆与"时间已经过了一亿年"的梦境结局彼此连接；然而事实上它却像是与梦境前半部的细节更有关联。无论是"温泉旅店"这样的地点，抑或是"相同程序之重复感"，都十分类似。而父母的沉睡则意味着他们的死亡。如此宁静而孤独。我想梦境中沧海桑田的变幻（人化为骨，森林成为沙漠）也是一则悲观的预言。在时间流转中，"我"终究会是孤独的。那旅店房间终究会是孤独的。无论是K、我的母亲、我的父亲，一切都将被隔绝在一亿年的时光之外……

最后我想抄录一段K写给我的信。那或许称不上信，只是一则短笺，叙述的是他的梦境。近来我偶然会收到K这样的短笺。那是他在生活中或差旅空当随手写给我的。

Eurydice:

昨晚做了个梦：我们在一座游乐园里玩。阳光灿亮，园里熙来攘往都是游人。你或许在休息，或许做什么去了，是我独自一人在排队等着买摊位卖的冰淇淋。你在某处等我。我买了两支甜筒（其中一支是你喜欢的巧克力薄荷口味——我喜欢你看喜欢的食物时发亮的眼睛，我喜欢你贪吃），转身想走，然而人太多了，我挤不出去。

太阳很大，甜筒开始慢慢融化了。我着急起来，试着绕开人群，但徒劳无功。

这时我突然看见你的背影。我出声喊你，但你没听见。四周实在太吵了。

我手上汁水淋漓。我开始试着往前推挤，但人群似乎自动形成了某种圈围着我的涡流。他们看似若无其事地在我四周行走，但却阻挡着我的前进。我想再叫你，但你却不见了。

我突然感觉我的大腿很痛。有什么东西撞了我一下。我低头一看，是个小孩。

这时我才想起我是自己一个人。你并没有和我一起来。你其实不在我身边。

K

22

2219年12月9日。凌晨时分。D城。高楼旅店。

房里竟多了一个人。

男人的背影。男人一头稀疏白发，背着手站立于落地窗前，面向黎明前浸没于黯淡微光中的整座城市。他身形瘦小，略略伛偻着背脊，双手上满是皱纹。

他转过身来。

确实是个老人。老人鼻梁挺直，鼻头略微下勾，面目阴沉。他坐下来，一张扑克脸凝视着K。

K突然醒悟：这是面具导演啊。

就是在《最后的女优》纪录片中，那始终戴着面具，自始至终未曾以真面目示人的面具导演——

"导演先生？"K开口试探，"面具导演？"

老人点头。面无表情。"你想看我真正的模样吧？"他突然说。

"真正的模样？"

"真正的模样。"

K感到困惑，"你的模样，不就是这样吗？"

"不。我是说，我的真实面貌……"导演老人开始动作。仿佛古典时代之易容术手法，他搓揉着自己脸面边缘，慢慢剥下一张人皮面具。那满是皱纹的老人脸。

干枯树皮般，死灰色的脸在他手中塌瘪萎落。

然而令人困惑的是，在那老人之脸底下，依旧戴着另一张能剧脸谱面具。

"这就是我真正的模样。"导演说。

"可是，你还戴着面具？"K问。

"没有了。"导演语气淡然，"这不是面具。这就是我本来的模样。真正的脸。"

K睁开双眼。面具老人消失了。

（又是幻觉？）

（像是……走廊上的Eros与巨马？受伤的独角兽？掌上盛开的黑色血花？）

（是的，一定是，因为事实上，他现在不早已知道面具导演的身份了吗？）

K拉开窗帘，复又拉上，踱回桌前。

他想起那几份梦境报告。那些Eurydice所写，关于K以及她自己的梦境报告。那些在第14次，亦即是最后一次资料传递中意外取得的梦境报告。尽管所陈述者即是梦境本身，却与他此刻之幻觉如此相似……

在当时，K自然无法确认那些报告最初的呈报对象究竟是谁。然而由于其中直接牵涉K与Eurydice之间的私密情事，K已确认，情报真实性毋庸置疑。

公元2219年11月17日。K想。距今仅短短三周。当然，那直接导致了K对Eurydice的怀疑。而这样的结果，必然也是将此份数据刻意提供给K的组织所期待的。

"他们"希望K开始怀疑Eurydice。"他们"希望K重新思考Eurydice的身份、Eurydice的行径。"他们"希望K知道，Eurydice正在，或至少"曾经"监视着他。而此处所谓"他们"则身份未明，面目模糊；就K所知，唯一可掌握者，仅有一代理人——M。

就是M。K与"生解"之中间人。通过M，"他们"将这份梦境报告交给了K。

M究竟是谁？她还知道些什么？

"他们"又是谁？就是生解吗？

但在当时，即使已收到此份警告，K依旧打算按兵不动。原因很简单：第一，关于Eurydice之梦境报告，由于所知极为有限，M身份未明，难以精准分析局势，也因此无法判定如何因应。第二，那段时间里，那关于"全面清查"之传言依旧尚未获得证实或否证。

亦即，对K而言，无论是针对"Eurydice神秘的梦境报告"此事，抑或"以血色素法进行内部全面清查"之传闻，即使此二项事态皆可能使K置身险境，K依然有充分理由按兵不动。或者亦可如此说：在当时，客观说来，除了观望、等待、保持警戒外，K近乎别无选择……

K站起身，踱步至方才幻觉中面具导演现身之位置。

四下寂静。窗外白昼之光未醒，黑夜残迹尚存。K感到一阵凉意。仿佛在更早的幻觉中，黑色巨马与Eros周身缭绕的白色雾气并未散去，而只是聚拢，扭曲，变形，化为某种魂魄，侵入了此刻K所置身的客房内……

K低下头，赫然发现，在这D城高楼旅店中，脚掌下，深红地毯上，竟是两个不属于他的脚印湿迹。

那是谁的脚印？

是面具导演的脚印吗？

但，那不是幻觉吗？

他终究，终究踩进了一双，不属于自己的脚印？

仿佛感觉背后目光之利刃，K猛然回头。

空无一人。依旧空无一人。幻觉中的老人早已消失。Eurydice之外，客房的寂静与冰冷陈设如一帧静物画，画中事物悄无声息，一切如同死亡。

难道，其实K自己，就是面具导演？

K挪动双脚，发现脚印湿迹亦已消失不见。他发现自己脸上似有若无的泪水；而他的右手正无意识向前挥动，仿佛正向前方一虚空之物发动攻击。

（不，不是泪水。那感觉并不像眼泪。反而像是，自脸面上不知何处的伤口汩汩而下的，温热而透明的血。）

（是了，此刻，若手持利器，将那以能剧脸谱为"本然之脸"的导演老人刺伤；那么他所喷流的，或许，也就是这般的无色之血？）

K再度想起那个挥之不去的，不断神秘复返的杀人梦境，感觉枪口冰冷的金属气味如海水般呛进他的鼻腔，呛得他眼泪直流。

（起来！站起来！转过去！走！继续！）

（不要看！叫你不要看你还看！）

（好啊，你爱看是吧？）

（砰！）

23

“全面清查”已确认执行。其预定时间为2219年11月27日上午。筛检将以全新研发之二代血色素法执行。特此告知。

你的盟友

2219年12月9日。凌晨时分。D城。高楼旅店。

第五只蛾。

第六只蛾。

第七只。第八只。第九只。

短短十数秒内，五只巨大的蛾撞上了落地窗。

K贴近玻璃窗探看动静。他注意到，玻璃帷幕间，窗框之上，一只垂死的蛾正在彼处挣扎。

K取出照明器，隔着玻璃投射光源。

光圈中，垂死的蛾啪啪拍击着残断的翅翼。它的触角剧烈颤动着。

（奇怪。在城市里，于此离地数百米之高空，怎会有蛾类存在？）

（这是……某种警示？某种窥看？）

K向外眺望。并未见及任何其他蛾群的迹象。

警告。连锁反应之一环。逻辑上，那直接决定，甚至唯一决定了K的下一步行动。

K思索着。确实，在当时，即使他已截获Eurydice的梦境报告（"二战"斗室之梦、温泉旅店之梦），即使他已知晓Eurydice确有其不欲人知之秘密，然而若是未曾收到那则来源不明的神秘信息，在那时，"侵入Eurydice住处进行搜索"的选项，是完全不可能存在的。

那是2219年11月26日凌晨3时17分。K在家中被通讯器的鸣响叫醒。他起身察看，就此读到那则署名"你的盟友"的信息。

理论上，信息内容真假难辨。由于情报来源暧昧不明，难以推断"全面清查"是否真将提前实施。但更可疑的是，信息中提到的**"二代血色素法"**。

"二代血色素法"是什么？

没有实质信息。缺乏技术细节。然而问题不在于此。重点在于，如果"全面清查"确实是以一K未曾预期之全新筛检技术执行，那么这一切就完全合理了。

寒意爬上K的脊背。他立刻想到，或许，或许这所谓"二代血色素法"，正是那传闻中用以钳制第七封印的另一秘密情报工作室所研发？

又是谁好意，或不怀好意地传来信息，意图事先警告K？

是"他们"吗？将Eurydice的梦境报告提供给K的"他们"？

（如果"他们"竟知道得如此之多……）

K冷静整理思绪。首先，"他们"的现身始自于K与中间人M之间的第14次传递任务。易言之，他们极可能与M、与"生解"有关。或许他们就是生解。他们试图引发K对Eurydice的怀疑。或许他们意图传达的是，Eurydice其实曾受托于人类政府，对K进行贴身监控？

但由于状况不明，K决定暂且按兵不动。

或许"他们"此刻正百般不耐于K的无所举措？

"他们"也未免知道得太多了。

是的，这是一种指示。K想。

他必须采取行动。确实，"他们"正是在迫使K采取行动。确实，这可能是"他们"精心布置的陷阱；但问题在于，情势已然生变——"二代血色素法"的说法大大提高了"全面清查"的概率。K的决策可能性已遭限缩。他没有坐以待毙的空间了。意外的神秘信息已串联了"全面清查"与"梦境报告"两则原本毫不相干的情报。他必须开始行动——任何有助于确认情报真伪，以及全面清查是否真将付诸实施的行动。

而"他们"的意思很明白：Eurydice是唯一的线索。

K看了看时钟。

11月26日凌晨3时32分。距离"你的盟友"所言全面清查之表定时刻，仅约30小时。

K决定立刻展开侦查。

并且，当然，别无选择，必须亲力为之。

24

2219年11月26日。下午4时28分。D城近郊。

于确定Eurydice将会在第七封印总部处理行政流程直至深夜之后，K只身外出，前往Eurydice住处。

一块河滨小区。围绕的人工绿地之中，十数独栋小型住宅如稀疏群星般面对着Lethe River荒芜的河岸。隔着宁静无声的绿色河水，几座废弃牧场远远近近地散布于对岸广阔的地域之中。

此刻，背向河岸的道路正停置着三艘飞行船与两辆车。其中两艘飞行船是空船；而剩下的一艘中，隔着蒙上一层白色薄翳的玻璃窗，可以隐约看见一个女人正在驾驶座上忙着进行通话。

女人的神情姿态并不平静，似乎在与通话的对象争论着什么。

冬日黄昏。阳光缺席。天空一如灰烬。河面升腾起一片淡蓝色的薄雾，仿佛无数魂灵之聚合。那潮湿的雾霭部分遮蔽了对岸废弃牧场中的零星景物（残破的农舍、墙垣、围篱、那再无人或动物践迹其上的牧草地）；远远望去，众多景物都轻盈得像是河面漂流物的倒影。

K当然毫不费力便成功地侵入了Eurydice的住处。简单的单人小公寓陈设依旧十分素雅，与他记忆中的模样并无差异。时间滞留的怪异感——仿佛时序永恒被遗弃于他们分离的那一刻，又像是他们原本便未曾共同拥有过对方的爱情一般。K想起与Eurydice分手之后，对于她的感情生活或日常生活，他几乎便没再问起。之于他，除了免于尴尬之外，或许他也觉得那是一种必要的分寸，因此也特意不去触碰相关私人话题。换言之，在分手后，他们的关系其实已然退化成一种单纯同事之交谊。或许连普通朋友也称不上了。

然而此刻，分手两年之后，K竟再次置身于Lethe River河岸这独栋小公寓中。

且竟是在如此荒谬之情况下。

（K甚至觉得，或许那"内部清查"之高层命令，他个人涉入之"梦的逻辑方程"与血色素法之自体演化，那意外获得的，Eurydice的梦境记录……这许许多多在短时间内彼此串联接踵而来的异常事故，皆非偶然。或许它们之中的每一项，都是一则又一则向K敞开并求索意义的，神秘的寓言……）

当然此刻K无暇多想。简单环视过这寻常的单人公寓后，K决定自书房开始。

一如预期，个人计算机操作系统被封闭在一道量子密码锁之下。这原本并不构成什么阻碍，但在缺乏必要工具支持的情况下，孤身一人的K是束手无策的。

K决定放弃。

只有土法炼钢了。

以书房为起点，K开始进行搜索。

他很快有了新发现。书桌内里，一如预期堆满了Eurydice的各式私人文件和电磁记录。K当然也发现了显然像是Eurydice与其他从前男友彼此往返的信件，数量不多。在这时代，不带电磁场的纸本文件已十分少见，多数代表特殊意义，作为馈赠、纪念或装饰之用。当然，时间紧迫，此刻K仅能快速将之浏览略过。并无特别收获。

但重点并不在此。重点是，在由活页夹、长尾夹、装订机、打孔器、电磁场修复器等众多老式文具与杂乱文件所堆砌遮蔽的抽屉底部，K发现了一纸装了几张照片的黑色信封。

信封并未受到特别保护，仅是若无其事地夹杂于其他信件中。信封口甚至未经密封。K原本以为那仅是一般私人生活照；然而在打开之后，却发现并不寻常。

就着灯光，K细细察看起来。

两张相片，皆以老旧向量偏光加密。K取出工具，很快撤下了贴膜上的加密保护。

K以指尖轻抚过那照片表面的纹路。由偏光加密之形式、相纸材质与折旧度看来，照片年代并不晚近，至少已在十多年以上。

但更令人疑惑的则是照片中的物事。

乍看之下，第一张照片可谓莫名其妙。像一张拍坏的生活照。画面中央，人形之部分肢体陷落于周遭浓稠的黑暗之中。那黑暗色泽深邃，仿佛有种沉落于湖底的重量感。然而或因其肢体跃动、镜头摇晃或快门之失误，前景显像效果不佳，完全无法分辨照片主体正进行何种肢体活动。而周遭背景，亦由于光线微弱（层层湖水之遮蔽），无法辨认出任何事物。

然而即使同样亮度晦暗，第二张照片倒是相当清楚。同是一张以人体侧面为被摄主体之照片。一年轻男子之裸身。他弓背屈膝，双手拳起环抱着自己膝盖与胸口。胎儿般的卧姿。但尽管醋睡蜷缩着，那男子的肢体并不瘦弱，微光下隐约可见筋肉虬结之纹理。而在那裸身四周，则是一整片胶质泥泞般暗红色的背景。

细看之下，那深深浅浅的暗红色泥浆有着奇异的丝绒质感（不知是原本如此，抑或是摄影或显像之误差）；而于少数亮度较高的部分，尚可见及类似疤痕、血管、筋脉、毛发或电路般隐约的曲线……

拍摄角度是背侧面。这已直接避去了那年轻男子之脸容。画面视野亦极狭小，仅呈现自头部以至腰部之特写。或许亦因其距离之迫近，反而使那人体轮廓失去了正常距离下的真实感。

腰部以下及四肢，则全数浸染在那暗红胶质血冻中。

亮度稀薄。年轻男子的皮肤呈现一青灰干枯，皱缩落叶般的色泽。如血泊中之尸身。

K感到怪异，遂将之仔细端详了一番。

蛇一般的冰凉冷然蹿上脊背。

尽管无法辨认男子面部特征，然而从那熟悉的躯干四肢以及右臂上的疤痕判断，K知道，那便是自己。

那是年轻时的K。

而且，竟像是一具死尸！

K轻按自己右侧太阳穴处的隐藏钮，迅速将这几张照片翻摄入眼底。[21]

---

[21] 此类眼球植入式相机约于22世纪中叶研发成功，然而由于造价过高，并未普及，主要用户仍局限于情治单位或特种部队。其所运用之主要技术原理有二：其一为"平行分散处理系统"（Parallel and Distributed Processing System, PDPS）；其二则为常见的纳米技术。关于此二大原理之合用，印度著名小说家T. Salman于其惊悚作品《埃及幻视》中曾有精彩描述。于此节录其片段如下：

……"你的意思是说，那些我看到的异象，那些海面的薄雾，月光下的沙漠，那些战争、木乃伊、考古学者、异国街道上包着头巾的蒙面女人……全部，全部都（转下页）

（接上页）不是真的？"R. Zukerman 大惑不解。

"是。"女人顿了一下，"这样说吧，或许从比较严格的角度看来，有些人认为那不是真的。"

"为什么？我人好好的在这里，我醒着，没嗑药，神志清楚，也没接受任何类神经生物包裹的暂时性感染……凭什么我看到的不是真的？"

"类神经生物包裹感染的是中枢神经。以人类而言，就是脑或脊髓。在这里，我们有不一样的用法。"

"什么意思？"

"我们用的不是类神经生物。"女人解释，"所以也无关乎那暂时性感染的伎俩。我们不用暂时性感染来欺骗你的中枢神经。"女人轻轻摇晃着手上的绿色玻璃瓶。那瓶中盛装约略四分之一的灰色流体；随着玻璃瓶的晃动，瓶中的灰色流体摆荡出波浪的不规则曲面。但可疑的是，于摆荡同时，那流体表面，竟完全没有任何一丁点被激起的、脱离流体之整体的微小水滴或浪花。换言之，那不规则的曲面呈现出一奇特现象，完全不像自然物，反而带有某种难以言说的、几何上的对称与完美。

R. Zukerman 很快就会知道，那几何上的对称与完美，那奇异的人工感，正是"平行分散处理系统"的杰作。

"这些就是薄膜粒子。它们可是相当沉重的，比起一般常见的流体要重得多。"女人继续说明，"薄膜粒子是纳米尺度下的固体。你现在看到的这瓶流体，其实是由许多极细小的、沙粒般的固体粒子汇聚而成。而在这样的粒子之中，我们为它们设计了平行分散处理系统的人工智能。你不妨把它们想象成一群蜜蜂或蚂蚁——"

"平行分散？"R. Zukerman 打断女人，"那是什么？"

"蜜蜂和蚂蚁的中枢神经系统都很小，构造简单，智慧程度相当低。"女人说，"然而成群的蜜蜂或蚂蚁却能准确完成类似筑巢、分工、合作觅食、信息传递等需要高度智能、结构性与精密操作的工作。这就是'平行分散处理系统'的由来。

"让每一成员均拥有智慧——这智慧无须太高，仅需达致低标即可——而后给它们设定目标。这些彼此平行的智慧个体，自然便能想出办法、自动形成组织分工，去完成目标。"

"你是说，"R. Zukerman 问道，"……我所看见的那些幻象，其实都是这些粒子所组成的？"

"是。"女人不带感情地回答，"正是那些薄膜粒子。纳米尺度下的平行分散处理系统。我们将这些具有低度智慧的薄膜粒子以一般静脉注射的方式注入体内，它们会自动穿过循环系统与细胞间隙，在视网膜前汇聚，形成一层薄膜，遮蔽由瞳孔所看见的外界真实影像。而薄膜粒子自身也能产生光线，彼此合作组合成另一个影像。你（转下页）

（接上页）看到的那些异象，本质即是如此。"

R. Zukerman感到不寒而栗了，"怎么会……你们怎么会……怎么能造假成这样呢？"

"恰恰相反。"女人语气淡漠，"个人意见，我从来不认为那是造假。那毕竟不是暂时性感染。我们并没有全面性地欺骗中枢神经。这完全与神经系统无关。只有中枢神经才具有所谓'意识'，只有对意识的欺骗才算是造假。"女人顿了一下，"就光学角度而言，薄膜粒子所形成的影像全属真实。光线确实组构了沙漠。光线确实组构了海。光线确实组构了日光或月光。视网膜确实接收了薄膜粒子所发出的真实光线所形成的影像。这与视网膜平时接受外界射入瞳孔之内的光线，而后透过视神经传送至大脑，进而形成视觉的过程完全相同。"女人有些轻蔑地瞥了R. Zukerman一眼，"这就是'视觉'的本质。没有什么是假的。全部都是真的。"

"怎能说不是造假呢？"R. Zukerman抗辩，"有这样精密的技术，就只为了让你们制造足以欺骗视网膜的影像吗？"

"当然我们还有其他用途。这用不着你费心。"女人语带讥讽，"举例而言，譬如'植入式相机'或'植入式摄影机'。智能薄膜粒子于视网膜前形成一层紧贴着视网膜、具底片功能之透明薄膜。如此一来，视网膜上看见了什么，都能被实时拍摄下来……"女人停了下来，用地绿色的眼睛睽视着R. Zukerman。那眼珠的浅绿色调如此淡薄，几乎就像是一片透明玻璃。某个凝止的瞬刻，R. Zukerman突然有种错觉，似乎眼前这有着绿眼珠的女人也并非真人，而只是某处物体经折射后所形成之光学残像而已……

沉默半晌之后，女人又开了口："事实上，也正因为我们并无造假，这一类的植入式相机或植入式摄影机才有正常运作的可能，不是吗？"

"一切的光都成立。一切的光都是真实的。"女人说，"真实的光在底片上形成影像，那再自然不过了。那完全不是造假。如果那只是一种欺骗，植入式相机就什么也拍不到了……"

"不，"R. Zukerman随即出言反驳，"我不认同你。尽管你们并不'直接'欺骗中枢神经，但你们毕竟是利用人的心理预设造成了欺骗的效果。人们总会预设它们看到、听到、闻到的东西是真的。你们同样欺骗了人们，只是那欺骗的程序不同而已……"

R. Zukerman等待着女人的抗辩。然而女人似乎对这样的论辩感到厌倦了。她站起身来说："走吧，我们还有别的行程要赶呢。"女人带着R. Zukerman离开了那小小的房间，而后转身将手掌贴印在扫描锁上。在接受掌纹扫描的同时，女人又回过头来看了站在一旁的R. Zukerman一眼……

以上选文摘录于T. Salman《埃及幻视》（*The Egypt Illusion*），英国伦敦：Trick or Treat，2179年7月初版，页156~158。

接下来，将卧室搜索完毕后，于小客厅窗台边的水生盆栽里，容器底部清水中，K又意外发现了三只水瓢虫。

活体水瓢虫。它们正兀自在水底缓慢爬行，时不时活动筋骨般张合着翅鞘。仿佛自身即半睡半醒地陷落于一个慵懒的梦境中……

水瓢虫属管制生物，自然并非一般闲杂人等能轻易取得。而理论上，若是并无取梦者病毒体内梦境需进一步贮藏，或其他亟需长期准确保存之梦境，光是持有水瓢虫毕竟毫无意义。换言之，若是Eurydice所豢养的这三只水瓢虫真有其作用，合理推论即是：Eurydice必然持有某些重要梦境——

那又会是什么样的梦境呢？是Eurydice自己的梦吗？

K自清水中捞起水瓢虫加以审视。他剥开水瓢虫表面的黑色翅鞘，对着光检查内里的膜状薄翅。

那膜状薄翅已然像堆栈的幻灯片般厚厚密生了数十层之多。三只水瓢虫皆然。由色泽来判断，培养储存之程序应已完成。

换言之，已有三个培养成熟的梦境被精准记录于这膜翅上。

K决定将这三个梦境带回第七封印总部进行查验。然而为了减少被Eurydice发现的概率，无法直接将水瓢虫带回。唯一的选择，只能是在此当场复制梦境了。

K取出R-503滴剂，将药物直接滴入水中。

水瓢虫随即启动自我复制程序。如同涡虫，它们自头部中央自动分裂，而后以身体中线为准，向两侧各自生长出完整的另一半。

七分钟后，三只水瓢虫同时在容器底部完成了一次无性生殖。

K自清水中捞出三只复制版水瓢虫，将它们依序摆上厨房流理台。

K取出工具。借由器械之助，K以左手缓缓施力，按住其中一只水瓢虫头部，逐渐加压。

金属夹板下，黑色水瓢虫痛苦挣扎，慢慢张开了翅鞘。除了翅翼之摩擦，由于腹腔体节中气室之共鸣，水瓢虫尚发出了某种细微的嘶叫。如同黑暗长颈壶腹中一名婴孩的啼哭。

于锁上金属夹板固定完成后，K随后以镊子小心翼翼拔下那被遮蔽于展开翅鞘下的一叠膜翅。

像是突然自某种绵长持续的痛苦中惊醒，水瓢虫抖索了一下，随后便合上翅鞘，恢复了沉寂。

另外两只也依同样程序进行处理。

三个梦境全数取出之后，K将三只复制版水瓢虫置入水膜袋中。

水膜袋底，它们的爬行稍稍缓慢了些。这是水瓢虫被拔去膜翅后的正常反应。或者以一象征性语言重述：这是水瓢虫失去梦境后的正常反应。K尚记得年轻时在实验室里首次目睹此事时的奇想：这暂时性的迟缓，竟予人一"水瓢虫会因为失去梦境而悲伤"之错觉⋯⋯

但K也知道，仅需约一个小时，它们就会恢复原有的活动力了。

夜幕低垂。K掀开客厅窗帘一角，向外窥视。路上多了几位归家行人。原先停置着的三艘飞行船则少去了一艘。银色灯光下，风拂动着夜雾，如某种质量极轻的液体。有一个片刻，K且看见那原先通话中的女人自她的飞行船上走下，匆忙走向远离河岸的方向。

（监视者？那会是监视者吗？）

女人走远之后，K佯装无事走上前去，于飞行船所在位置模拟了一下监视的状况。夜雾中，河岸公寓看来朦胧，一扇扇窗都像蒙上了薄翳的，失神的眼睛；自外界应当无法看见任何人影，仅能约略判断灯光明暗。而公寓对侧，日间碧绿的河水此刻已沉落入一片昏冥黑暗中。轻微的水流声在无光的视野中残留，像被某种巨大神灵所遗弃。

彼时K无从预知，他随身的水膜袋中，那水瓢虫膜翅内之梦境映像，竟会导致那往后一连串意外的发展。他不会知道，那谜样的巨大危险将迫使他在12小时内重临此地。

当然，他也不可能预期，那梦境之查验，可能便是他此生身在第七封印总部的最后一晚了。

25

2219年11月26日。夜间9时36分。第七封印总部。技术标准局局长办公室。

照明已被尽数关闭。在结束了傍晚对Eurydice住处的搜查之后，K将方才带回的三组水瓢虫膜翅置入梦境播放器中。

第一个梦境。

仿佛黑色眼瞳中的一点亮光——

大片浓稠的黑暗中，星点般大小的霓虹光色。然而那光色中有景物，像是时光万物全被缩聚至针尖一点。画外音里，近处人声嘈杂，海潮般迟疑地抚摸着夜的海岸。

女人。有女人在吟唱着。

景物自梦境的黑暗中浮现。

古城。东方水乡。华灯初上，石砌小拱桥，绿柳垂挂。小河窄窄，整排红灯笼临岸列队，微风中摇摆着。

茶楼，酒肆，客栈。剪纸般的人形在潋滟多彩的河水倒影中行走。游人们饮食笑闹，姑娘们在路边弹唱揽客。K看见他自己与Eurydice牵着手悠闲地漫步在石板路上。他们被两株并生的绿柳挡住了去路，Eurydice正伸手拨开那低垂在面前的枝叶。穿着纳西族传统妇女服装的小贩缠了上来，嘴里嘀嘀咕咕不知在向他们兜售些什么……

那是在大陆。云南，丽江古城。在K与Eurydice刚刚成为爱侣后不久，他们曾结伴去那儿度假。

K所经历的第一个中国新年。晚冬初春，高原气候凉冷，但在那几日里恰恰是例外；空气中甚至飘散着一丝温暖如初夏的气息。沿路许多穿着厚棉袄的孩子们成群嬉闹，围聚起哄，四处乱掷着小型幻火[22]。幻火在地面上炸开一朵朵拼组成各种图案的细小火花，水

---

[22] 维基百科"幻火"词条说明（2295年10月12日最后修正），部分节录如下：

"以历史观点而言，幻火为古典时代鞭炮、烟火等之替代物，约22世纪中叶左右开始普及……其制作之原理普遍被媒体界以'水火同源'昵称之。此类火焰造型技术主要为纳米科技之某一分支，目前广泛应用于大至巨型幻火，小至微型幻光、灯花等火焰装饰物之领域……"

关于"幻火"技术原理，斯里兰卡籍著名犯罪小说家E. Basu于其作品《重金属黑暗》（*Heavy Metal Darkness*，澳洲墨尔本：Magic Candle，2139年12月二版）中曾有详细描述。节录如下：

……高大男子一身红衣，两撇整齐八字胡，颧骨高耸，一对狭长而细小的鹰眼。像是脸面上两道歪斜的缝隙。那给人一种严厉的视觉印象。Aladdin立刻认出，他就是最初将自己绑架来到此处的三名绑匪之一。

然而自从来到此地之后，有整将近300天的时间，Aladdin没有再见到他出现过。

男子走近，出乎意料地递给Aladdin一把沉甸甸的银色手枪，而后回身走了几步，站定，面对着他。

"来。"鹰眼男子指着自己的胸口，"开枪杀了我吧。"

Aladdin感到错愕，一时之间竟说不出话来。

"枪在你手上。用那把枪杀了我吧。"

"杀了你？"Aladdin握着手枪，紧张得连声音都开始发抖了，"为什么……要叫我做这种事？"

"难道连你也被我们'驯养'了吗？"男子哈哈大笑，"你不是梦想这一刻很久了吗？你当然记得，就是我把你给抓到这里来的。现在我还可以告诉你，这整个计划的主谋就是我。你不是一直想调查出到底是谁限制了你的行动自由吗？"鹰眼男子说，（转下页）

（接上页）"虽然我让你吃得好、穿得好又住得豪华舒适，显然也已把你豢养得十分习惯了；但再怎么服侍你，我可不敢自以为讨得了你的欢心。"男子轻蔑地说，"开枪吧。"

虽然依旧感到恐惧，鹰眼男子的挑衅倒是激起了Aladdin的愤恨与好奇。他双手握紧枪托，鼓起勇气，对准男子胸口扣下扳机。

巨大的枪响回荡在这空阔的室内。烟硝与火光中，Aladdin发现了两件事：第一，与过去在受训时开枪打靶（那是个多么遥远的记忆啊）的经验相较，这把枪的后座力似乎稍小；第二，红衣男子竟看似毫发无伤，依旧冷笑着站在他面前。

Aladdin的第一直觉是：这难道是个空包弹？

说时迟那时快。男子突然向前走到Aladdin面前，不知用的是什么古怪的擒拿手法，就在Aladdin未及反应之时，伸手便夺去了那把银色手枪；并且立刻瞄准Aladdin近距离直接连开了三枪。

一瞬间，Aladdin几乎以为自己已然命丧于此。然而在一阵模糊痛感后，如同被某种腐蚀性酸液灼烧了神经，他感觉到大片分不清温热或是冰凉的液体自他的胸口、腹部，甚至脸颊漫流而下——

但他很快发现，那无声漫流而下的液体，竟透明稀薄仿佛清水；而痛感也已不复存在。Aladdin感到困惑。而鹰眼男子却再度微笑了。

"奇怪吗？这可不是空包弹。"鹰眼男子说，"这是另一种'水火同源'。"

"你看，"男子继续解释，"扳机扣下的那一刻，射出枪管的是货真价实的铅制子弹。然而只要子弹射程距离枪管口超过10厘米，铅制子弹就会完全转化为'水制'子弹——一颗用等重的水所组构而成的子弹。当然，同时拥有速度与质量的水制子弹仍可伤人，只是效力与射程大打折扣而已。我现在已经可以看见你额头上的瘀青了……"

Aladdin轻抚疼痛的前额。

"……至于铅制子弹究竟是如何直接变成水制子弹的，那当然就是技术关键了。"男子说，"其实很简单。这依赖的还是纳米技术和平行分散处理系统（PDPS）。在工业技术上，从能够制造以单一分子，甚至原子为基础单位材料的纳米技术发展成功以来，'瞬间改变材质'就已经相当程度成为可能了。这把枪只是我们总部工厂的一个半成品而已。之前你曾见到的'幻火'，也是用差不多的原理所制成。或许以幻火作例会更容易解释……

"在'幻火'中，磷、碳、硫等火药燃料被引燃，幻化为缤纷的光焰；而燃烧后残余的气体与灰烬则于平行分散处理系统的人工智能引导之下，自动重构其原子排列、改变其原子性质，全数变化为氢原子与氧原子——最后，氢与氧再化合为水。水（转下页）

（接上页）气逸散于空中，不会留下任何污染……"

"……水火同源？"Aladdin挤出第一句话。

"你懂了。"鹰眼男子又笑起来，"'幻火'和这把枪应用的正是同一种原理。"……

如前所述，上述引文乃由犯罪小说《重金属黑暗》中节录而来。《重金属黑暗》一书为E. Basu早期著名作品之一，时值"水火同源"技术已实验成功，然尚未进入工业量产阶段。约90年后，越南科普作家阮晴日则于科普散文《科学的36张笑脸》（The 36 Smiling Faces of Science，越南胡志明市：Mystic Forrest，2258年4月初版）中直接述及因此一技术日渐普及进而衍生之有趣争议：

……科学进展至今，大者愈往巨观层面扩展；而其微小者，技术之精细亦属必然。然而无论是巨观尺度或微观尺度，由于与人们平日习以为常之世界大不相同，即使是科学定律，也可能在截然不同的尺度之下发生意料之外的异变，从而引爆争议，或获致进展……

此种现象由20世纪初期的相对论揭开序幕（于广义相对论中，爱因斯坦论证了古典力学只是广义相对论在某个范围尺度下的特例表现），其后则层出不穷——较著名者，如古典时代末期M理论与几种不同弦论之间的关系即是……

事实上，这也给多数人们于其基础教育中粗浅理解，且朗朗上口的某些古典科学定律带来了纷扰。加之以一般大众并不见得具有专业素养，一知半解之余，遂不免误会频生。

……举例而言，于部分国家节庆时所使用之鞭炮、烟火之替代物——幻火——即曾引发争议。近日报载，美国某名为"物质光明教"之新兴小型教派即强烈反对幻火之使用。"物质光明教"教主George Titor于接受《田纳西纪事报》访问时表示，万物皆由物质所组成，即便是诸如爱恋、感动、烦恼、仇恨等人类抽象情感，无一不是脑中电流或化学物质的某种传导样态而已。"物质就是一切。物质永恒不灭。"George Titor说，"我们反对幻火的原因是，尽管它确实遵守了物质不灭定律，但由燃料转变为造型火焰，最后却转化为肉眼不可见的水蒸气逸散于空气中……这样的过程实在太过虚幻，太容易对一般民众产生误导，使一般民众低估了'物质不灭'的真理。"George Titor进一步表示，"物质光明教"已对所有信徒寄发通知，谕令应避免使用幻火。

然而相反地，也有老牌宗教大力支持幻火的使用。在得知"物质光明教"禁绝幻火的举动之后，柬埔寨某"东方佛陀修行会"（为大乘佛教分支修行组织）会长Varma S.即公开批评"物质光明教"，痛斥其为邪门外道；并引用《金刚经》以为佐证。"凡所有相皆是虚妄。若见诸相非相，即见如来。"Varma S.表示，幻火本身即"诸相非相"之最佳阐释；造型火花图案固然短暂绚丽，其后则化为水气彻底消散于（转下页）

上蜻蜓般低低地飞行了一小段距离，而后便四散熄灭了，什么也不曾留下。

（或者说，若是在那花火之图案灿烂闪耀的短暂片刻闭上眼，那么会留下的，就只是在那纯粹的黑暗中，如风中萤火般，紫绿色的光痕残留而已。）

（那就是记忆，不是吗？）

他们聊到了彼此的过去。一如往常，K仅能以先前自己杜撰的那套说辞为基础，虚构出更多个人历史来欺骗她。当然K已查核过，也听Eurydice说过关于她出身的某些简单信息：她的母亲Cassandra出生于北海道札幌，而父亲则出生于台湾；两人早在Eurydice尚年幼时便因故离异。而在她七岁时，母亲Cassandra则于一场旅馆大火中意外辞世。

这是K原本就知道的了。然而彼时，在那已因过度观光化而显得矫情的古城，于他们台湾北海岸的相遇后，第一次，Eurydice提到了自小在台湾北海岸长大的某些童年琐事。

"小时候，在那长长的成长过程中，每逢独处，莫名其妙地就会开始想：回忆，究竟是什么样的一个东西呢？"他们越过石砌小桥，经过窄院，走向远离喧嚣的古城深处。离开了背后的光，黑暗如同雾气般渐渐聚拢了上来。

（接上页）空中，"其相为火，然实不为火；其相为水，然实不为水。诸相非相，如来便在其中。"Varma S.并征引经句"一切有为法，如梦幻泡影，如露亦如电，应作如是观。"于接受《柬埔寨时报》记者访问时，这位年近80的僧侣强调，幻火如露如电，证实诸法皆空；佛法种子体现于一切众生众相之中，并非外道妖言惑众所能只手遮天。"'严禁使用幻火'也只是无谓我执，大可不必。"……

"我的爸爸和妈妈，在我七岁的时候就分开了。"Eurydice说，"小时候的我当然对他们的婚姻问题并不了解。我直觉知道他们的感情有异，但倒也没什么关于他们严重争吵的印象。而且就在他们分开后不久，母亲就在一场旅馆大火中意外死亡了。

"那是母亲在一趟土耳其差旅中所发生的事。起火原因不明。甚至直至现在都还没调查清楚。在小时候，甚至会有种错觉，似乎使得父母分开的，并不是婚姻的失败，而竟是那场可怕的旅馆大火。现在回想起来，之所以会有这样的错觉，其实是因为自己在心里底层，依旧不愿意接受父母离异的事实吧。毕竟那时，只是个那么小的孩子啊……

"然而，即便孩提时不明白，长大以后也理当理解，与其勉强维持不幸福的婚姻，成天吵闹，不如还是两人分开来得自在，对双方都好，对吧？

"但对爸爸而言，却不像是那么一回事。"Eurydice凝视着远处。潮湿的地面上霓虹闪烁，眉睫在她脸上形成了虚幻的暗影，"后来我就跟着爸爸住了。从八岁开始，在台湾北海岸，一个叫作金山的地方。离我们之前看蓝孩子的那个小观光区只有几公里。我与父亲便住在那里，直到我17岁离家出外读书为止。

"那是个叫作绿水湾的小村子。我后来知道，最早前，那里叫作'淇澳'。面海的小山坡上，古典时代的小渔村。从前也曾发展成富人们聚居的度假别墅区，'绿水湾'的名字便是那时取的……后来不知怎地，又变成了艺术家们群集的小型艺术村了。便是在那里，我父亲设置了他的第一间个人画室。

"那是个景致怡人但长年湿冷的小村。平日在家中，若是天气清朗，背山的窗前就是一整片绮丽辽阔的海景。春天的时候，面山的方向，山坡上还会开满蓝紫色的，细小的鸢尾花。很美很美。像一个模糊的，蓝紫色的梦境……

"然而以当地气候而言，那样的时刻几乎必然是短暂的。一无例外。在冬季，海风刺骨，毫不留情从窗框的缝隙灌进来。整个空荡的家都饱涨着海与风的腥湿。那其实不是很令人愉快的。或者说，愉快与否得要看天气。然而在那里，冷天时，总是蒙蒙细雨居多——

"父亲工作的时间很长。在我的印象里，每天醒过来，总看到父亲已然坐在面海的画室里作画了。我很难形容那是什么样的气氛。天光明亮；然而那明亮却仅是某种无血色的苍白，像一个乏味的习惯。隔着大片落地玻璃，在灰色的天空下，浅灰色海域与深灰色沙岸外，几乎总是，也只有大片大片的空旷……那空旷使得落地玻璃并不像是个窗户，而只像是一个面向远处，更荡阔地域的开口而已。许多时候，那空旷甚至透过玻璃侵入室内，带给这面海的画室一种凄冷空寂的感觉……

"巨大的凄冷空寂。冰凉潮湿，带着流动的雾霭与海水的气味。许多时候，在那盘踞着无色调空间的大片沉默主导的时刻，还能听见鸥鸟们在遥远的天际孤独鸣叫着……

"在我的那段记忆中，无论是在工作时或平时，父亲总是眉头深锁的时候居多。我能够清楚感受到他那种恒常性的忧伤。那些恒常存在着的，有着确实量体的情绪。像是时间本身。我明白，他原先是个爱说笑的人，或许在与母亲分开之后收敛了些，但本性是不会变的。譬如在一起吃饭的时候，还是常听到他的笑话即兴。但笑话说完了，笑过了，父亲便又很快回到那像是被一层薄膜闭锁起来的忧伤中……"

Eurydice稍停，似乎陷入了某种不明确的思索。

"你的父亲——"K开口，"在那么长的时间里，总该也有过其他女人吧？"

"噢，是，那当然也是有的。"Eurydice想了一下，"……那段期间，父亲也曾带过几个女人回到家里。印象中她们都很美丽。或许是谨慎，生疏，也或许是不知该如何对待我吧，我觉得她们总是太客气了些。我们常一起吃晚饭。而后父亲并不会留女人住下。他总是送她们回去；或者稍晚一点，父亲便与她们一同离去，而后彻夜不归。

"我可以清楚感觉到，那些在父亲身边来来去去的女人，都不是认真的对象。对我而言，她们出现的时间都太短暂，无论拥有什么样的面貌性情，长远说来，都毫无意义。我想对父亲而言，母亲的形象可能还像是个巨大的影子，占据在生活之中吧。

"我记得在还小不懂事的时候，我有时会闹着父亲，说想看妈妈从前的东西。似乎若不经由这样的仪式，便像是妈妈不曾存在过一般。现在想起来真觉得可笑。说起来，其实那些物品，不就是古生物学上所说的'生痕化石'吗？那些恐龙的脚印，被突如其来的死亡遗弃在原处的，生的气味，生的痕迹……

"后来父亲被我闹烦了，就直接告诉我，说把母亲曾留下的遗物，全都锁到一个大箱子里去了。我问父亲箱子在哪里，他却神秘地告诉我，说箱子不在他身边，而是放到一个安全隐秘的地方去了。'等你再长大些，再带你去看吧……'他总这么说。"

"那是真的吗？其实只是拖延骗小孩的话吧？"

"不。"Eurydicedie摇摇头，"不是。他说的都是真的。当然，那是我后来才知道的。"

　　"那是台湾东北角一家滨海的小店。"Eurydice继续述说,"店名叫'Remembrances'。坐落在灰扑扑的小镇公路旁,装潢得却十分有品位。连着店面还设置了一间透明的玻璃屋,一间温室花房……

　　"店主是个四十岁左右的台湾人。说是家小店,卖的究竟是什么还真是一点也不明确。像一般的咖啡店一样供应简餐、下午茶、咖啡饮品与一些轻食点心。也兼卖些花草盆栽和小手工艺品。甚至还有五六个小小的民宿房间。当然,最奇怪的是,它甚至出租'回忆的空间'给客人……

　　"一整面玻璃墙。就在玻璃屋花房一侧。面海的墙,自底至顶,都是由一格又一格的玻璃砖寄物柜拼组而成。"Eurydice陷入了深沉的回忆,"柜门尚是巨型车轮贝扇形大壳的镶嵌加工品,设计得非常别致。但用的却是最古老的,古典时代的金属钥匙和一般的机械锁——

　　"店主说,那是个专属于回忆的私人空间;当初之所以设计这样的寄物柜,并用超乎想象的便宜价格出租给客人,都只是为了他自己的一个概念,一个梦想。

　　"他说,有些回忆的性质是,如果无法抛去,那么被回忆所包围禁锢的人,确实就无法继续如常生活了。但人不就是由一件又一件的回忆构成的吗?尤其是,那些深刻的,阴暗的,实实在在影响了人的回忆啊。如果所有的回忆都不见了,如果没有回忆所能存留的空间,那么人本身,又算是什么呢?

　　"但话说回来,如果无法将那些回忆抛去,却又实在无法继续好好生活下去了。该怎么办呢?

　　"唯一的方法,无非是找个地方,把回忆摆在一边暂时收藏起来了。"黑暗中，Eurydice的声音纯净而幽远，"店主还说，有许多人向他租用了回忆的寄物柜，领走了钥匙之后，每几个月、每年，或每两三年，会定期或不定期回来打开寄物柜，就在店里翻翻看看里头的东西，而后再将它们放回去。当然，也有些人把自己的回忆放进了寄物柜里后，就再也没回来过了。

"店主说，每个人对待回忆的方式不同；但总而言之，这些玻璃寄物柜，就是为了那些无法抛却的回忆、无法抛却的时间而永久设置的。只要他还在，只要温室花房还在，只要海与海的浪涛声还在；那些玻璃寄物柜，那些贝壳中的回忆，就会被永远留置在那里……"

Eurydice暂时沉默了下来。他们正穿过一条寂静的青石小巷。这是主街上那些茶楼酒肆的后巷；小城中阴影晦暗的，背过身去的另一面。门缝里隐约可听见锅勺杯盘之撞击。人声。凌乱的乐音。小门推开，少女提着一小桶水泼洒在路面上。前方院落无人，一匹接着一匹，五颜六色的蜡染布巾晾满了整块空地。路灯昏黄，多彩的布巾在风中一掀一掀地拂动着，像幽魂，又像是某种迟疑的心绪。

"……我记得那次旅行。我记得那次造访。"Eurydice继续述说，光影在她脸上刻印出无数流动的，明暗纵横的线条，"在我17岁离家前不久，在某个短程旅次里，父亲突然带我拜访了那家小店。那间滨海的'Remembrances'。事后回想起来，或许那是父亲为我预备好的、我长期离家前的仪式吧。

"我们到了'Remembrances'，穿过温暖的花房，穿过那一整片翁郁的美丽花草，穿过某些会发出声音的植物品种，穿过那些聒噪的啁啾鸣叫，来到那堵玻璃砖墙前……远处可以看见湿冷的海。规律的浪潮声与透明的光线在空间中来回移行。像一个巨大梦境的一部分。父亲拿出钥匙，打开了贝壳柜门，搬出了一个木箱子……

"我们把箱子搬到小店的民宿房间里。打开木箱的那一刻，我记得我心跳得很快，手心里都是汗。毕竟对妈妈的记忆已是那么久远之前的事了，毕竟我曾经在意这件事，在意了那么久——

"打开之后，我将里面的东西一件件拿出来摆好，仔细看过……然而我立刻就失望了。我不明白那和其他任何一个女人，在旅行时所携带的私人物品有什么不同。不过就是几件衣服、两本小说、两张模糊不清的照片、一把梳子、一只死去多时的干燥芯片虫标本一类的东西，再加上一张尺寸很小，大概只有巴掌大的炭笔素描……简略几笔，像是母亲在无聊旅途中的随手涂鸦……

"原先我以为或许能找到一些和父亲与母亲的婚姻或爱情有关，或是与我有关的纪念品；却什么也没有。然而更令我沮丧的是，在打开这个箱子之前，那么漫长的时间里，我究竟是在期待着什么呢……"

Eurydice低下头，终止了她的述说。她的声音听来还算平静，听不出太大情绪波动。暗巷中，亮度微弱，巨大的烟花在Eurydice身后的天空中突然炸开。Eurydice的脸沉落入逆光的黑暗。是以即使在那光亮的瞬刻，K依然无法清楚看见她脸上的细微神情。

然而关于双亲的事，Eurydice也没再多说些什么。或者说，至少就K记忆所及，彼时细节便是如此了。

这必然与K此刻在技术标准局局长办公室里所经历的景象全然相异。梦境播放器中，安静而黝黯的梦中并无任何声音留存。整个

梦境只是一个在古城青石板路上漫步的过程，冗长而单调。那与K
的记忆大致相符，没有任何意外歧出。而后尚无声无息地结束了。
甚至可以说，那梦的残缺性格如此明显（相较于真实经验，那梦
境显然有种摹本或赝品的，实体感匮乏之暗示），以至于在透过梦
境播放器观看当下，K并不感受到当初在那座小小的古城里，聆听
Eurydice述说那些幼时琐事时的情绪印象——

那罕见的，关于Eurydice的黯黑之印象。那与Eurydice日常的
甜美笑颜何其相异。像一个黑洞。一个藏匿于时间之流中，倾向于
将人之意识吸噬其中的，记忆的黑洞。K尚清楚记得，在彼时，那
座古城的新年，在Eurydice那清冷的叙说中，他几乎就要将那从来
无法启齿的秘密给说出口了——

（其实……我并不是……一个人类……?）

但终究没有。或说，当然没有。K只是搂住了她的肩膀，小
心翼翼地问她："你还好吗?"他停顿了一下，"现在还会……很难
过吗?"

Eurydice轻轻笑了，小声地回答："不会了。不会了。都是过去
的事了……"

而后她沉默了下来。K看见她突然回头，望向方才烟火的方向。
刚刚染红了夜空的烟火，现在看来却一点痕迹也没有，仿佛从来不
曾发生过一般。

26

第二个梦境。

失焦的视野。

主观镜头。频道跳换。小小窄窄的木门后，绵密的雨声被覆盖在一种午后阴霾特有的混沌黝黯中。

然而不久后，雨便停了。

这似乎是个清澈而寂寞的梦境。随着雨之休止，视野暂时安静了下来。门外长廊上，零星坠下的水滴疏疏落落回响着，空洞悠远，仿佛隔着一层鼓皮般的薄膜，与储藏于另一腔室里之梦境共鸣一般。

然而镜头近处则是无雨的室内。古典时代小学课室的模样。十几张废弃的小学生课桌椅散置于空间中。台前讲桌后，占据了整座墙面的黑板沉入了壁面。一种雾蒙蒙的，像是被因时间久远而层层积累、无法拭净的粉笔灰所沾滞遮蔽的，毛玻璃般的印象。

此时镜头再度旋转起来。K注意到，有两三个小小的白色人影自画面边缘一闪而逝，幽魂一般。

一方低矮简陋的水泥门洞出现于焦距之外。

天色倏然暗下。雷击轰响后，窗外的雨势又大了起来。

门洞另一侧是个光线稀薄的低矮空间。像个几乎完全隔绝于外界之密室，唯一光源仅来自侧边高处几道狭长的气窗窗口。如碉堡之观测窗。也正因如此，除了雷击时的瞬间电光之外，多数时刻，这墓穴般的空间皆陷落于一片黑暗之中。那盘踞腔室之黝黯以一种古典时代八厘米影片之粗糙画质呈现。仿佛于完全墨黑的环境中，无法吸取任何光线的人眼之视觉——近于绛紫，黑暗中如群聚花朵般，变形绽放却又随即敛聚消失的，粗粝的像素图案——

是以，持续移行中的主观镜头完全无法照见那空间中之物事。

仅仅在少数青白色电光连续曝闪之瞬间，才得以看清那空间之约略配置。

（啪啪。啪。啪啪啪——）

K看见了。那是众多灰白色的人体。（啪啪。啪。）如同被整批丢弃的，未完成的塑料假人模特儿一般，一具接着一具，远远近近平置排列于水泥地上。

镜头突然跳接至人体之特写。（啪。）灰白之胫骨。灰白之手掌。枯瘦细小之指端。灰白之发。灰白之耳际。（啪啪。）那一张张静态肢体面容之细部特写，仿佛于一急速放映之器械操控下，以极短极快之时间差彼此轮替剪接着——（啪啪。啪。啪啪啪。啪啪啪啪——）

曝闪之间，K赫然发现，那众多之人体，竟全都是没有脸的。

无脸之人。无五官之人。在他们面部，竟似是背部，颈部或头皮等其余缺乏孔窍褶曲的平滑人体部位，仅是一张被毁去了一般肌肤纹路的灰色表皮。坏毁如同一烧烫伤之人……

然而K注意到，部分无脸之人的面部肌肉，于强光曝闪时，于灰色表皮下，竟有着活体生物般凶猛的搐跳抽动——

所谓"表情"。但由于五官之阙如，对一旁观者而言，那持续流转变幻之"表情"完全无从分辨出任何喜怒哀乐；如此单纯、荒谬而莫名所以。

如脸皮之下，一失控异形生物之冲撞。

无脸之人。无脸之人。无脸之人。无脸之人。

然而，在那众多被弃置于地的无脸人之间，于那强光曝闪搐跳之瞬刻，K终究看见了——

竟有一具人体，是有脸的。

有一具（焦距急速拉近——），且只有一具人体，（啪啪。啪啪。啪啪啪啪啪——）是全然具足其五官孔窍的。

K认出来了。那正是K自己。

或说，K自己的脸。

霎时，画面焦距再度急速后退拉远。中距离镜头凝视下，K看见，那阴暗斗室中诸多不明人体之面部抽搐，竟如涟漪渐次扩散，自其无五官之脸面，迅速爬行向外。原先小规模之面部筋肉抽动，此刻迅即翻转扩大，化为那众多无脸之人暴烈的全身搐跳。

仿佛一室皆平躺于地的、颤抖着的舞蹈症病患，均误以为其自身犹处于一正常直立运动状态般，无意识，无规则地大幅度屈曲弹动着他们光裸的躯体……

竟如此雷同于K记忆中的印象：于监狱中领受着退化刑，痛苦又欢快地号叫着的，一个接着一个的生化人们……

（停下来了。画面与光影之剪接跳闪。）

（雨声连绵。整座墓穴般的狭小腔室再次沉落入黑暗。）

梦境结束。

K取出膜翅，稍作沉思。随后将膜翅置入梦境播放器中再次播放。

K将梦境快转至那腔室中唯一的有脸人之片段。

他将画面放大，慢速格放，并仔细检阅那有脸人与自己全然类同的面容五官。

K恍然大悟。黝黯的梦境画面中，紧闭的眼皮下，那有脸之人（K自己？）的眼球，正快速而激烈地滚动着。然而那滚动明显淹没于整张面皮剧烈的扭曲痉挛中。振幅极大的抽搐使得那隐蔽于眼睑下的骚动显得微小而易于忽略。

K拉回梦境，调整至其余无脸人的部分放大检视。电光跳闪，彼此快速剪接的众多残断画面中，K特意仔细观察那众多无脸人的面部特写。他很快发现，梦境里，在这狭小水泥腔室中堆栈搽跳中的诸多人体，无论有脸无脸，几乎都毫无例外有着极暴烈的眼球滚动。

是了。快速动眼期。REM（Rapid Eye Movement）。眼球运动正是做梦的特征。换言之，在这第二个梦境中，在那众多平躺于地的灰白色躯体之内，其实尚孵育了更多的梦。K突然有种奇想：是否在那诸多无脸人的脑内梦境中，如同此一梦境般，接续豢养着更多更多的梦？会不会这一切，其实类似某种"梦之卵泡"的大量生殖，对立镜面中无止尽自我复制之无数虚像，可以衍生再衍生，翻版再翻版，复制再复制；直到所有种种，皆被包裹进一巨大无匹，如成串增生宇宙的"梦之串列"内部？

但这仅是一时臆想。根据K的专业，他高度怀疑，梦境中那狭小腔室之场景，其实正象征着生化人集体之"梦境植入"。

K当然曾于生化人工厂中亲见生化人之"梦境植入"。一巨大厂房，一列列沉睡于软质玻璃胶囊内的成熟生化人躯体。于接受梦境植入时，紧闭的眼睑下，他们的眼球确实是快速滚动着的。然而除了某些零星而微小的肢体动作（如正常睡梦中的梦呓或翻身）外，并未见及如此刻第二个梦境中，肢体大幅度抽搐弹动之现象——

当然这仅仅是个梦境。梦境并不完全复制现实世界；总有许多变形、凝缩、碎裂、不符现实之可能。若是持有适切仪器，梦境甚至可能经过人为后制剪接。然而以K之初步判断，无论是第一个梦境或第二个梦境，看来都颇像是原初的完整梦境，并无明显剪接痕迹。

总之，K的初步判断是，在这第二个梦境之中，那众多无脸人的举止，即可能颇有梦境植入之意涵在内。

关于"植入"的隐喻。而那生化人们（姑且假设其为生化人）之"无脸"是否有任何象征意义，抑或仅是一意象之随机组合，以此刻现有之资料，难以做出严谨推论。

至于那唯一的有脸之人何以竟拥有着全然相同于K的面容，同样令人难以索解。一个可能的推断是，这第二个梦境最初之源头，那做梦者，或许至少曾"见过"K——甚且存在一定概率，与K熟识。

否则，便只能是巧合了。

（所以，那做梦之人，便是Eurydice吗？K细细推敲。客观说来，可能性极大；但同样无法确证。更何况，那诸多隐喻着"梦境植入"的梦境内容又是怎么一回事？事实上，由于"如何使生化人拥有身份认同，拥有必备知识技能"等生化人制程仍属机密，"梦境植入"根本不该是Eurydice这个层级的人员应该知道的。然而另一方面，却又另有诸多迹象，强烈暗示Eurydice的身份极为可疑……）

（Eurydice……真是个间谍吗?）

（太多、太多的可能性了。）

　　也只能先这样了。K想。

　　K停止了关于第二个梦境的思索。他起身抽出第二个梦境的膜翅，随后再将第三个梦境置入播放器中。

27

第三个梦境。

空镜。正午。阳光炽烈，天色清澄；如关岛或帕劳一类热带岛屿上，被突如其来之暴雨彻底洗净后的，透明感的深蓝色天空。

相较于前两个梦境，这第三个梦境的色调明亮了许多。

然而亮度随即发生变化。仿佛那梦境中的时间忽而因重力之拉扯而不稳定地向一侧倾斜，由原先明朗的透明蓝转成了偏暗的暖色。而时序则偏斜至黄昏。

黄昏。霞色滟然。天顶由亮蓝而至微泛奶黄，直至西方天际线处渐变为微微光亮的橘红。如大火焚烧后残留的余烬。

风声。空气的重量擂击着耳膜。

画外音。（爸爸，爸爸……）画外音。（爸爸，爸爸……）

一座学校运动场。夕阳下，被四周几处低矮的校舍建筑环抱着的运动场。小学校园之规模。放学时刻已过，草地，跑道与周边空地上三两群聚着嬉耍，游戏或运动中的成人与孩童。而远处，景物和人群是化为黑色剪影，事物轮廓全浸没于那大片金黄色的光辉里……

风声。画外音。孩童稚嫩甜软的腔嗓。（爸爸，爸爸……）孩童奔跑的脚步。

（嗯？）

（爸爸，妹妹怎么都还不出来跟我玩？）

（妹妹还住在妈妈的肚子里啊。）

（那我什么时候才能看到妹妹？）

（小武乖乖等，快快长大，再过几个月，等到妹妹不想再住在妈妈的肚子里，你就可以看到她啦。）

草地逆光。一大一小的，长长的影子。人声在空旷的空间中来回荡漾。

（那……如果妹妹想要一直住在妈妈的肚子里，那怎么办呢？）

（你就看不到妹妹啦。）

（那，那，可是我想要看妹妹嘛。）

（小武平常要乖啊。如果小武不乖，像昨天一样爱吵闹，吓到妹妹，妹妹就会一直躲在妈妈肚子里，不敢出来啦。）

（我会乖，我会乖啦……爸爸你跟妹妹说，叫她要赶快出来陪我啦。）

有人笑了起来。（好，不过，小武其实也可以自己跟妹妹说话呀……）

（怎么跟妹妹说话呢？）

（对着妈妈的肚子说话就可以啰。因为妹妹就在里面呀。这样说话，妹妹就听得到啰。）

（好——那等一下回家，我就要跟妹妹说话——）

人声渐渐远去。风声拍击着人脸。

镜头毫无预警切换至室内。

中景。轨道镜头。教室大小的简陋混凝土空间。室内空无一物。除了原先的混凝土结构与锈蚀铁窗外，也几乎没有任何装潢。像是在建筑体勉强完成后便立刻遭到废弃一般。

光尘散射。画面晕染着窗外西斜的天光。

然而下一个镜头，却又陷落入明显迥异于上一个镜头的亮度与色泽中。水雾下的模糊质地，黏腻的，难以分辨的轮廓。唯一可清楚辨识的仅有视野左侧，大片黑暗中幻灯片一般的，光的渗透。

水雾逐渐褪去。如同自黯黑深水中浮起一般，事物轮廓被逐渐沥干。

主观镜头。垂直仰角。同样的房间。不同深浅黑白色阶的混凝土天花板。来自左侧的神秘光线此刻已然隐去。铁窗外翁郁的绿意映射着光阶。

风与光之气流。细微的，枝叶彼此推挤摩挲的窣窣窸窸……

K感觉颈背一阵冰凉。

他发现自己冷汗直流，躯体甚且微微颤抖着。不明生物的湿黏触手钻探着他的脊椎，眼角蛭虫搐跳。

K认出来了。

那竟是他的**初生之处**。

他的出生地。多年前那座小学，记忆中他被遗弃之处。那空无一物的混凝土教室。那座废弃的、坍了一面墙的建筑。意识浮现之瞬刻……

这第三个梦境中的片段，竟仿佛与他记忆中的画面，完全一模一样。

主观镜头。像是原先停滞于黑暗中的意识突然醒觉，镜头开始摇晃移动。他的手。他自己赤裸的双腿。他平躺于地的身躯……（那梦境之景象如此熟悉，如此贴合于记忆；仿佛借由这样对记忆的召唤，便能在这梦境中闻见当初尘土的气味，空气凝滞与流动的气味；感觉混凝土的质地变化，皮肤与地面上细小沙尘间摩擦的触感……）

他看见自己试着屈曲手脚，缓缓支起上身，而后站了起来。

周遭弥漫着雨后的湿气。薄薄的水烟浮漾于空气之中。除了几摊清澈积水倒映着天光之外，混凝土地面似乎并未有任何脏污痕迹。

然而墙面斑驳痕迹则十分明显。受伤的表面裸露着锈蚀的钢筋。

他停了停，而后向左侧铁窗走去。

隔着一片茂盛生长的杂草与灌木，窗外是一座小区小学的游乐场。阳光西斜，人群三三两两。几个孩子笑着，追逐着。稚嫩的嬉闹声回荡在整个梦境中。温暖的，玫瑰色的光泽。某种细微的美好情绪在画面中流动着。像是借由某种情感的滤镜先行筛去了所有负面杂质一般……

梦境结束。

这可说是个短暂的梦境了。结束得也颇为突兀。K很快将梦境倒带，快转至那"意识出现"的部分。在那片段中，有数个镜头曾出现人赤裸的身躯与四肢。

K仔细格放画面，观察比对。

无法确认。以四肢与躯体之形貌，确实无法排除就是K自己身体的可能性；然而由于梦境分辨率不足，即便局部放大，亦无法直接断定那就是K自己的躯体与四肢。

无法肯定也无法否定——这大概是最为棘手的一种状况了。

但那毕竟不是最可怕的部分。最可怕的是，怎么可能，怎么可能会有一份极度相似于K自身初生经验之梦境，且竟由Eurydice所持有？

身为人类联邦政府情报机构中的高级官员，K当然明白那可能相关于生化人"梦境植入"的秘密。那是早在K升任技术标准局局长后，就由第七封印署长T.E.亲口向他透露的秘密。那天光清朗的早晨。铁绣色色偏但依旧力透纸背的电磁记录。K自然明白，自己那相异于一般生化人的自我认知（全然忘却自己应归属之工作场所、自己的编号；那奇异的"初生记忆"，杀人片段，一"被遗弃之生化人"……）不见得代表一段"真实的"经验。那确有可能来自一段不同于一般生化人的"梦境植入"。但无论如何，乍见一段与自己的记忆与经验如此相似，近乎原版拷贝的梦境——且竟是由他人、曾是自己亲密情人的Eurydice所持有——这依旧令K感到无比骇然。

K稍作思索，而后再将梦境快转至最后片段。

画面上，隔着几根锈蚀铁条，主观镜头由铁窗内望向窗外相隔一段距离的小学运动场。

缓慢移行中的轨道长镜头。人声遥远，嬉闹与众多奔跑着的孩童身影在画面中流动着。K清楚记得，许多年前，他就是在那一刻，突然明白自己是个被遗弃的生化人……

K试图追索自己记忆中的画面与感觉（那穿透的光。轻轻晃荡着，温柔地拍击着什么的，光的潮水。仿佛被大片海洋般的温暖流体亲密拥抱），并试图与此刻的第三个梦境进行比对。

然而不多时，K立刻就放弃了。他大致可以确认，那记忆中栩栩如生的部分，与此刻眼前的第三个梦境约略一致；至于细节，则受限于记忆的精准度与梦境画面之分辨率，依旧无法确认两者间的异同。毕竟人之记忆多偏重于光影、色泽、叙事情节等整体氛围，对于细节则往往难以尽数。

这使得K的比对无法获致一精确之结果……

28

2219年11月26日。夜间10时25分。第七封印总部。技术标准局局长办公室。

播放器中的画面凝定于第三个梦境终止处。那并非全然黯黑，而是由小学游乐场的夕晖中逐渐泛白淡出。然而此刻，画面外，大片黑暗正盘踞于局长办公室的空阔中；仅存的白色微光则来自画面上停滞的梦境。仿佛古典时代的显像管屏幕，于某一时刻，缺乏内容影像之实存，而屏幕电源却确实被点亮时，那般固有的、迟疑而空无的光。

沉思中的K又思及另一问题：第三个梦境中，于小学游乐场（K的"初生体验"）片段出现前，存在着另外两个与自己的初生记忆并不相干的片段——其一是湛蓝天空之空镜（持续约109秒）；其二则是成人与孩童间的画外音对话（持续约424秒）。

这两段看似不相干的片段，究竟代表何种意义？

它们何以在此处出现？它们与显有明确意义的"初生体验"，又有什么关系？

难道那也是K初生体验的一部分？只是被K所遗忘了？

相较下，比起第一和第二个梦境，这第三个梦境似乎更为隐晦，结构也更复杂。K知道，根据古典精神分析，梦中对象（尤其是某些看来与梦中故事毫无关联，随机出现，而形象却异常鲜明的对象）往往是隐喻的关键。如若这样的看法成立，那么在第三个梦境中，无论是湛蓝天空之空镜，抑或是那画外音之童言童语，都可能藏有不可忽略的重要线索。

然而仅作此想，却又对当下情况并无帮助。毕竟这二则多余片段与K之自身体验毫无关联，也并未令K产生熟悉之感。换言之，若是想要进一步解析这两则片段之意义，可能必须自此一"初生记忆之梦"的做梦者着手。也因此，在目前无法确认做梦者身份的情况下，意欲有所突破，难度是相当高的。

然而K倒是很快想到了另一点。K明白，他首先能确认的，或许便是自己那"初生体验"之完整性——这点，倒是可以从那些紧邻于"初生体验"之后的其他记忆去做推断。易言之，在这方面，检视重点是：于"初生体验"与"初生体验后"的其余片段间，记忆连接的状况是否顺畅？是否曾有中断，或明显经过人为剪接之迹象？

K开始追索那与初生体验相关的，自己的记忆细节。

首先，在透过锈蚀铁窗看见那金黄光照下的小学游乐场之后，他记得自己穿越坍坏的墙，离开了那座空荡的混凝土建筑。

那其实是个僻处校园一角的地域，四周除了灌木丛与杂草之外，尚零星散布着桃红色与白色的野姜花。微风轻轻刮卷着地面落叶。干枯而细碎之音响。青草的气味。穿过枝叶，阳光在地面上投射出界线分明的阴影……

沿着杂草丛中的小径，K从游乐场东南方一角走出了校园。

校舍后方其实邻近一条溪流。然而那并非自然环境中的溪流，反而像是某种人工的大型圳沟。古典时代小型输水工程之老旧

198

残迹。

河岸边群聚着几幢小小的连栋老公寓。

K走近河边。河水称不上清澈，但也并不肮脏；呈现一种带有少许浮沫的灰绿色。四下无人。方才游乐场上的人声已然远去；除了淡淡回响的流水声之外，没有别的音响。

像是一场凝止的午后梦境。几幢连栋旧公寓的后侧正对着河水。其中有些公寓看来尚有人迹，有些则显然已荒废多时了。

K自河岸小径走近那些旧公寓。

某些公寓人家的后院尚晾挂着几件衣物。而另些人家则没有后院，灰色水泥墙紧邻着小径与溪流。墙上疏疏落落蜿蜒着爬墙虎的枝叶。寂寞而时日久远的绿。较远处，一大丛白色九重葛在墙头盛开。K突然想起某些古典时代的纪录片：古老年代，某些轨道列车尚肩负重要运输任务的特定地区，铁道便如同脊椎一般贯穿城镇的躯体。然而铁道两旁往往便是那城镇中最破败的区域。如同某种泄殖腔通道，城镇将所有日常运作的低级形式全集中至其周边：贫穷、脏乱、酗酒、噪声、流浪汉、废弃物集散、色情交易、种种最阴湿而不体面的日常……

突然，一个小小彩球跳呀跳地滚到了河岸草地上。

出现了一位绑着辫子的褐发小女孩。她原本追着彩球跌跌撞撞跑着；在看见赤裸的K时，惊异地停下脚步。K自己也被吓了一跳，然而还来不及做任何反应时，小女孩的母亲跟着出现了。

理所当然，母亲疑惧地盯着K，连忙捡了球，抱起小女孩转身便走。

褐发小女孩伸手抓住母亲肩头，但仍回过头来，好奇地张着清澈的大眼睛看着K。而后，如同某种光或构图之神迹，在小女孩脸上，突然便绽开了一朵美丽而纯真的笑靥……

沿着河岸小径，K行经另一处后院。隔邻后窗似乎飘散着食物的香味。

K前后走动，稍探虚实，翻过围墙进入后院。他偷取了几件晾挂着的衣物，而后再翻墙回到河岸小径，找了个较为隐蔽的墙角穿上它们……

时至今日，K仍清楚记得那墙头粗粝而坚硬的触感。那曾与他的裸身相接触、摩挲、擦刮的感官印象。他与这个世界最初的拥抱，最初的依附与伤害。那身上的细小伤口。血痕。水声。河水与小径潮湿温润的气味。泛白的，带着黄昏暗影痕迹的阳光……

K暂停，再将此段过程细想过一遍（如同在黑暗中检查一堵墙，拳起指节敲打每一个位置，侧耳倾听任何微细的声音变化）。当然，记忆本非全然可靠，但以目前状况看来，并无任何怪异连接痕迹。尽管依旧无法十分确定，然而K倾向于认为，足以初步确认，自己的"初生记忆"并未经过剪接了。

然而这样一来，却又十分奇怪：设若"初生体验"大致完整，那么如何可能在他人处发现一全然类同于自己记忆的梦境？难道这纯粹只是巧合？

这又兜转回原来的问题了。K想。依旧无法排除"初生记忆来自梦境植入"之假设——

不。不尽然如此。K想到，当然还有一种"并非巧合"之可能：做梦者之所以梦见K的初生体验，亦可能是因为做梦者曾于某特定时刻，亲身造访那初生体验之地；并且，或许正与K有着近似的经验！

200

（另一位，另一位被遗弃的生化人？）

那座小学。那座游乐场。或许那神秘的做梦者同样于黄昏时分走访了那梦境中的空屋；那废弃的、失去了身世的建筑。或许他亦曾步行穿越那盈满了笑声、细语、童稚的自由与阳光的游乐场。或许他方才历经一场午后阵雨；雨停后，空气清冷，树叶新绿，校舍旁的青草同样浮漾着一层水气的氤氲……

Eurydice家中，水瓢虫里的三场梦境。三组幻影。

K在心中稍做整理。第一个梦境重现了K自己与Eurydice的云南之旅。很明显，做梦者有极高几率就是Eurydice本人。而第二个梦境则似乎隐喻了生化人的"梦境植入"。较特殊者，是在第二个梦境之中，经过检视，明显可辨识出K自己的脸。客观来说，无法确认做梦者之身份；然而合理推断，做梦者极有可能是与K熟识，或至少见过K的人。

至于最后的第三个梦境，则令人惊骇地重现了K的"初生记忆"。这极可能否定了初生记忆的真实性，然而也并非必然如此。至于做梦者的身份则与第二个梦境相类——线索有限，无法确认。

K再次取出由Eurydice住处翻拍的两张照片重新审视。第一张照片因过于模糊，无法辨识；而在第二张照片上，亮度晦暗，K自己赤裸的躯体正陷落于一片质感怪异，胶状物般的暗红色血冻中。

K继续思索。假设第二个梦境和第三个梦境的做梦者是同一人；或者，直接假定三个梦境的做梦者都是Eurydice本人好了——连带将两张照片列入考虑后，可以确定的是，Eurydice极可能与K的怪异出身（被遗弃的生化人？）有关。而若是三个梦境的做梦者并非同一人，那么K可以确认的是：这几条仅有的线索，依旧全数指向K自己的身份、K不同于其他生化人的自身记忆……

真是个模糊的结论啊。K哑然失笑。一言以蔽之,目前手上的资料实在过度稀薄了。太多的可能性、太多的臆想与推论使得结论终究游移不定。

然而,这是否又与K从"生解"的管道所接受到Eurydice所撰写的报告有关?这样一位女子,难道竟真会怀抱着K的身世之谜?

再将思索拉回现实。如果大费周章冒险侵入Eurydice住处所获得的仅是两张照片与三个梦境;如果,于仔细检视过照片与梦境后,依旧仅能获得如此模棱两可的结论;那么,K自己的处境无疑极为险峻。因为这同时意味着,依旧完全无法确认那谜样信息发送者,"你的盟友"所提示的"全面清查"情报是否真确——

"全面清查"是真的吗?

真有所谓"二代血色素法"吗?

29

"叮——"

"叮——"

2219年11月26日。夜间11时12分。第七封印总部。技术标准局局长办公室。

公文机的声响中断了K的思绪。K站起身，将文书纸自公文机缺口中取出。

纸面上的加密电磁场浮漾着夜雾般的蓝色晕光。

K将手掌轻按其上。两秒过后，加密电磁场如同风中粉尘一般开始瓦解溃散。

烟尘缭绕的指掌间，文字于文书纸上浮现。

发文时间：2219.11.26.2312
发文字号：4519.906.1612.19825 | 国家情报总署　署长办公室　函

受文者：国家情报总署各一级局处首长　　　　副本：无
主旨：谕知定于2219.11.27 1030办理国家情报总署内部人员全面血色素法（二代）筛检。

说明：一、奉国家安全会议主席办公室9081.4928.7715.1218函办理。
二、请各一级局处首长于2219.11.27 1000谕知各局处辖下人员，并为必要之调度。
三、请技术标准局相关人员配合血色素法所需设备之提供。

国家情报总署　署长　T.E.

K再次确认时间。

2219.11.27 1030。

11月27日。

明日上午。

仿佛于此无风之室内，来处不明的寒风钻入了K的脊骨。他脸颊冰冷，视线模糊，手指轻轻颤动起来。

明日上午。

所以那奇怪的信息所说的必定是真的了。所以"你的盟友"的情报是正确的。所以，确有"二代血色素法"之存在。

但疑点是，为何公文中竟明示相关人员"准备血色素法"所需设备？

难以索解。K非常清楚，技术标准局手中所有相关设备仪器，必然都是九年前业经废弃之一代血色素法旧版本。旧版本之仪器如何适用于所谓二代血色素法？

这太奇怪了。新旧血色素筛检法之间，究竟是什么关系？

然而总之，来不及了。

一切准备，一切怀疑，都来不及了……

明天。明日上午，K的真正身份将被揭露。他的职业生涯将会提前遭到终结。他将不再能以一正常人类之身份生活下去。他将不再拥有一个"实存"的人生。如无意外，他的生命将会延续；但并非以一普通人类或生化人之形式，而是以一动物性之形式接续。他将被送入联邦政府重犯监狱，被处以最严厉的重度退化刑。终其一生，他将不再以"人"之方式存在。他将彻底遗忘生而为人，或生化人的知觉与记忆。退化刑将剥夺他身上所有属于人或生化人的种性特征；他将陷入一低等生存样态，残暴、荒诞、疯狂……

不。或许那终究亦无任何残暴、荒诞，或疯狂可言。那并非残暴，并非荒诞，亦无关乎疯狂。那仅仅只是退化。名副其实。一中枢神经功能之缩减。一由于中枢神经之自我阉割、自我废黜，而在个体失去心智之虚无状态下所展示之生命样态。人之本来面目：无残暴之残暴，无荒诞之荒诞，无疯狂之疯狂……

（不，不行。K想。他宁可死。他宁可死，也不愿接受那样可怕而怪异的刑罚。他宁可死，也不愿接受那样的羞辱——）

夜间11时25分。播放器上的第三个梦境依旧停格于光与暗的模糊地带。办公室中蹲踞的暗影似乎正拓展着一己之边界。K咬住下唇，察觉自己的双唇仿佛陌生金属般薄脆而冰凉。

或许还有别的方法。K想。或许，或许还有机会寻求那一点极少数的、极稀薄的可能性——

30

2219年11月27日。凌晨3时14分。D城近郊。Eurydice住处。
河岸公寓。

K走近卧室窗边，掀起窗帘一角。

窗外Lethe River的河水仍在寂静中流动。无月之夜，黑暗如此
庞巨，远方路灯的反光于河面微弱闪烁。然而它们像是瞳眸中短暂
存在的幻影，瞬间便消失不见了。

身后传来微弱呻吟。

这是Eurydice未开灯的卧室。微光机为黑暗中的空间敷上了一
层淡灰色荧光。K转过身去，看见床上的Eurydice醒了过来。

她睁开眼睛瞪视着坐在床边的K。她的神情惊愕而严峻。K看
见她费力转动脖颈，像正试图挪动身体去对抗着某些巨大而沉重的
不确定事物一般。

然而那毕竟是徒然的。她的身体四肢依旧瘫软在床上，无法进
行任何动作。二十分钟前，便在此地，当Eurydice初初自睡梦中被
惊醒而未及反抗时，K已然对她施行了静脉注射，将名为**审讯者
2号**的类神经生物包裹注入了Eurydice体内。"审讯者2号"主要
作用于中枢神经；除了弱化中枢神经对四肢肌肉之控制力外，它尚
能以弱化声带相关肌肉、减低声带振幅的方式限制人类说话或叫喊

之音量。

这当然是专为机动性审讯而设计之类神经药物。借由此一药物，第七封印人员遂能于缺乏相关支持设备之任何时地进行审讯。

K静静望向Eurydice。他凝视着她怨恨而疑惧的眼神。

"审讯者2号。"K淡然一笑，而后俯身向前，将Eurydice颈后靠枕拉近床头；再轻轻抱起Eurydice瘫软的身躯，让她斜倚在立起的枕头上。那扶持如此轻柔，几乎像是在细心服侍一位久病卧床的亲人一般。

之后K起身，拉了把椅子在床边坐下。他拿出几张资料纸展示在Eurydice面前。古典时代的打印文件，并无任何特殊的光戳印记或加密电磁场。

"这是什么？"K问。

Eurydice瞪大眼睛，摇了摇头，仍不肯作声。

"你再看一次。这里。"K将手上文件再向Eurydice的面前推近了些，"这是什么？"

"我不知道。"Eurydice小声地说。那仅仅比耳语音量稍大。这是她第一次开口。

"你当然知道。"K平静反驳，音量同样低微，"只挑最近的时间来看，这是6月3日的报告。"K翻动纸页，"往前，2月19日也有一次。再往前，去年12月23日。再往前，去年9月12日。之前还有。当然，更明显的是，你记录的这些细节，其中某些，必然只有我们两人知道……你自己也很清楚，不必我再一一列举。"K抬眼看向Eurydice，眼神灰澹多于凌厉，"告诉我。你写这些报告做什么？"

Eurydice依旧轻轻摇了摇头，态度似乎略有软化。微光机的灰色荧光如粉尘般细细地降落在这室内所有物体上。那粉尘闪烁着珍珠般流动的光芒。某一瞬刻，K似乎陷入某种奇异的视觉幻境中：那细碎的、带着波纹质感的亮光。台湾北海岸的秋日时分。海风般流动着的阳光。鸥鸟与潮浪。沾滞于Eurydice白色肌肤上的贝壳沙……

"我再问一次。"K说，"你写这些报告做什么？你在向谁报告？"

缄默。

"你承认这些资料都是你写的？"

缄默。

"你不说，对我，对你，都不会有任何好处的。"K叹气，"证据都在这里，如此明确。你也知道，这些数据既然都还在我手上，只要我愿意，它们随时有可能被除了我以外的任何人发现。"K顿了一下，"……但我可以向你保证，目前为止，只有我一个人知道这件事。"

许是因为惊诧，Eurydice的眼睛疲惫地张大了些。

"只有我。如果我不是有些别的考虑，我当然不会出现在这里。"K继续说，"这不是我该来的地方……我无法预料你的行为会在什么时候被人发现。现在，事实还只有我一个人知道；我不说的话，没有别人会知道这件事。万一有别人——无论是哪方面的人——也读到了这些文件，那局面可就不是我能控制的了。"K眼神灰败，"我想你很清楚，这些资料仅仅不利于你；对我而言几乎没有任何伤害。我想你也很清楚，要用何种方式公开这些资料，公开给谁，我单方面就能决定。我再问一次。你写这些报告做什么？你报告的对象是谁？"

"你怎么发现这些的？"Eurydice小声说。

"回答我。你在向谁报告？"K稍停，声音突然软化下来，"告诉我。你想想，趁现在事情还在我这个层级，或许还有我帮忙的机会……这可能是目前保护你自己最好的方式了。"

没有回应。Eurydice的脸微微倾侧，隐没入空间的暗影中。

"我想我也可以坦白告诉你，"K再度倾身向前，"除了撰写报告的动机之外，至少到目前为止，我没有发现任何迹象显示你的举动曾经，或即将造成何种损害。我也不曾发现你其他违规行为——"K强调，"更重要的是，就算你撰写报告的举动严重违规，然而除了我之外，在我所能控制的范围内，目前也还没有别人知道。告诉我。你写这些报告做什么？"

"为什么不直接告发我？或逮捕我？"Eurydice抬起头，水气在她的眼眸中浮现。然而在灰色微光下，她嘴角的纹路干燥而严厉。

"因为我不想这么做。"K温和地说，"……别问了。我们的时间不是无限的。告诉我，你替谁工作？"

"你需要我吗？"Eurydice沉默半晌，突然小声反问，"你想要知道些什么？发生了什么事？一定是出了什么事，你才会——"

"回答我。"K简短地回应，"我只需要你回答我。为什么会有这些报告？"

Eurydice低下头，没有出声。然而她很快打破沉默。"如果，"她说，"如果我告诉你我写报告的目的，你会告诉我发生了什么事吗？"

"报告是用来做什么的？"K并未理会Eurydice的问题，"自始至终，你就是被派来监视我的，是吗？"

"……我可以说。"Eurydice深吸了一口气，"我可以考虑告诉你。但你会告诉我出了什么事吗？你必须告诉我。"

"你没有别的选择。"K回应,"我尽可以直接举发你。一旦这些数据让其他人知道了——"

"你也没有选择。"Eurydice打断K。她的左眼皮抽搐跳动,"你也没有别的选择。我不相信你会为了这样的事,在这种时候用这种方式来单独讯问我。你限制我的人身自由。你甚至还擅闯私宅——"Eurydice继续说,"我可以说。但你也必须告诉我发生了什么事。你必须答应我。"她停顿了一下,"必须。"

"好,我答应你。现在请你立刻回答我,你撰写报告的目的是什么?"

Eurydice洞黑的眼眸望向房间的角落。灰色荧光下,那眼眸的色泽如此深沉,仿佛一点点反光的幻影皆不曾存在。"……我收到指示,如果我做了与你有关的梦,我必须呈报。"

"谁的指示?"

"'组织'方面的指示。"

"'组织'是谁?"

Eurydice低下眼睑,"生解。"

"所以,你确实是生解方面的人了……"K的语气十分平静,似乎对于此事并不意外,"生解为什么特意要监视我?"

"我不很清楚整个状况——"

"你不清楚?"K嗤之以鼻,"你是任务执行者,你就是监视者本人。你居然说你不清楚生解为什么要监视我?"

"我不清楚。"Eurydice眼眶含泪,"那算是监视你吗?那到底是监视了谁呢?……如果说我做了与你有关的梦便必须呈报,呈报我的梦境……我的!那究竟算是在监视你还是监视我?"

K保持沉默。他从衣袋中摸出一只烟盒,叼起烟,点上火;望向窗外——尽管此刻，被窗帘所遮蔽的景物并不存在于视野中，而仅仅存在于这房间的虚空之外。

"什么时候开始的？"K吸了一口烟。火光在黯淡的背景中明灭。烟雾聚拢，空间中一圈圈涟漪，"你是从什么时候开始提交这些梦境报告的？"

"……从我们交往开始。"

"是吗？"K说，"那么到目前为止，你总共提了几次梦境报告？"

"这我算不清楚了。可能……大约十次吧。"

"只有十次？"

"印象中约略如此。"

"也就是说，"K说，"从我们交往开始，直至目前为止，这段时间，你曾梦见我十次左右？"

Eurydice欲言又止，终究没有回答。

"我们来做个整理吧。"K换了个姿势，"我们开始交往的时间是2214年9月。从2214年9月开始，你就奉令向'生解'逐次提交有关于我的梦境报告。正确吗？"

"正确。"

"所以——"

"不，不对，"Eurydice突然打断K，"不对……这么想起来，其实从开始交往之前，我就提交过梦境报告了。"

K看了Eurydice一眼，"你的意思是，在我们开始交往之前，你就曾经做过与我有关的梦；并且就此向'生解'提出了梦境报告？"

"是。"

"大约有几次？"

"我不记得了。"Eurydice小声说，"是这样，因为提交梦境报告不算是必然具有急迫性的任务。我并不需要一有那样的梦境便立刻提报。事实上也常有梦见你几次，然而只合并提交了一次报告的状况。当然，理论上，在那次的报告里，我会把那几次的梦境都一并写进去。"

"好吧。"K回应，"我重复一次：早至2214年9月我们开始交往之前，截至目前，这段期间，你持续向生解多次提交有关于我的梦境报告。正确吗？"

"正确。"

"梦境报告提交次数约略十次，正确吗？"

"正确。"

"这段期间内，你梦见我的次数必然多于十次。正确吗？"

"正确。"

K又吸了一口烟，稍作暂停，"梦见我的次数大约是几次？"

"我记不清楚了。"

"请做个简单的估计。"

"什么？"

"麻烦你做个简单的估计。"K重复，"梦见我的次数。大约几次？"

Eurydice沉吟："可能……二十次左右吧。"

"请解释如何进行此项估计。"

"大约……印象中，大约平均每两次左右梦见你，便合并进行一次梦境报告。约略就是这样的频率。"

"所有提交的梦境报告都是像刚刚那样的格式吗？"

"是。"

"也就是说，你在报告自己梦境的同时，会自行根据梦境的内容以及你自己与我的互动进行分析。正确吗？"

"只是些简略的分析而已。我并不会——"

"这是生解的要求？"K打断Eurydice。

"是。"

"完整的报告格式便是如此？"K问，"只有文件？有其他资料形式吗？"

Eurydice迟疑了，"……有。"

"是梦境吗？"

Eurydice似乎有些惊讶："是。"

"所以每次提交报告，除了你亲自撰写的文件之外，还有梦境本身？"

"是。"

"梦境的储存形式是？"

"水瓢虫。"Eurydice回答，"最常用的一种。"

"水瓢虫由组织提供吗？"

"是。"

"如果你使用水瓢虫储存梦境；那么除非生解对梦境的清晰度并不在意，否则，你也必然需要使用对水瓢虫施用R-503药剂进行人工生殖了。"K指出，"因为既然生解允许你在梦境出现后并不立即呈报，那么以无性生殖的方式进行梦境复制当然是必须的；否则只需短短数天，当梦境开始氧化之后，清晰度可能就大打折扣了。正确吗？"

"……正确。"

"所以——包括水瓢虫、R-503等等物资，都是由组织所提供的?"

"是。"

"组织方面还提供你什么物资?" K笑了笑，"除了……'酬劳'之外?"

"没有了。就是水瓢虫和R-503。"

K稍作思索，"以你的看法，生解方面对梦境清晰度的要求如何?"

"呃，我不清楚，" Eurydice回答，"我没有想过这个问题。"

K闭上眼。黯淡的灰色荧光之下，他眉头深锁，光与影在他脸上切割出黑白分明的界线。他的五官浸没于流动的烟雾中。烟雾像手抚摸着他。他的表情时而舒缓时而痛苦，无数细微泡沫在思绪中翻转升腾。

"你把那些载录了梦境的水瓢虫养在哪里?" K睁开眼。

"就在这里。"

"这里是指哪里?"

"在这里……在我家里。"

"准确的地点是?"

"在浴缸底下。"

K惊讶："浴缸底下有空间?"

Eurydice默默点头。

"那是怎么弄的?"

"在浴缸内侧。底部其实是可以移动的。" Eurydice解释，"那等于是个隐藏式的活动顶盖。把顶盖掀开，水瓢虫就养在那底下。有个扁平状的小水槽，排水口和浴缸的排水管线接在一起——"

"开口在哪里？"K问，"我的意思是，那水槽的机械装置是什么？怎样才能把顶盖掀开？"

"我很难向你解释。"Eurydice说，"浴缸的排水口旁边……"

"等一下。"K突然打断Eurydice，"所有水瓢虫都养在浴缸底下？"

"是。"

"真的吗？所有的？没有养在别的地方？"

"没有。"Eurydice摇头，"我所有的水瓢虫都养在那里。"

"真的？确定？"

"确定。"Eurydice一脸疑惑，"有什么问题吗？"

"这不是事实。"K纠正她，"事实是，你有三只水瓢虫藏在别处。"

"什么意思？"

"你稍等。"

K迅即起身，离开房间。45秒后，他再次出现在Eurydice面前，臂弯中环抱着一座小型水生植物盆栽。

他坐到床缘，将那小盆栽递到Eurydice面前："这是什么？"

Eurydice脸色大变。"这……是我的盆栽？客厅的那个？"

"是，就是放在客厅窗台的其中一个。"

"我……我不知道怎么这里会有……怎么会……"

盆栽底部，清水中，枝叶与浮萍的暗影间，三只水瓢虫正梦呓般缓缓攀爬着。

"你真的不知道？"K问。

"当然，"Eurydice回答，"我不可能把水瓢虫放在那么容易被发现的地方；我刚说了，都养在浴缸底下的水槽里……等等，你怎么会知道盆栽里有水瓢虫？"Eurydice瞪大了眼睛，"你进来过？"

"对，但那不是重点。"K语气淡然，"重点是'别人'已经进来过了。如果你说的都是真话的话。"K站起身来，背对着Eurydice踱了几步，"你刚说，"他回过身来，"水槽顶盖怎么开？"

"排水孔的金属箍环。开关在那里。但光是依赖那圈金属环还是无法开启水槽顶盖的。另外——"Eurydice显得烦躁，"哎，我还是得说我在这里很难描述清楚……"

"那些水瓢虫还在吗？"K打断她，"假设还有'别人'已经进来过了的话……"

"呃，今天，"Eurydice说，"应该是说昨天，昨天早上我才检查过……"

K欹身靠近Eurydice瘫软的躯体。他环抱着Eurydice，双手自她胁下穿出，扣紧她的双臂。"这样可以吗？"他轻声问。

"还好。应该可以吧。"

"那开始移动吧。"

约两分钟后，二人出现在浴室中。像是意图抹平所有残存阴影一般，微光机的灰色荧光均匀地涂敷于物体表面。这浴室不大，却整理得洁净而干燥。浴缸侧边，对外窗台旁甚且还能看见几株仙人掌、彩叶苋、铁线海棠、红叶椒草一类可爱的小型植物盆栽，如一座多彩微型森林。

Eurydice贴着墙壁瘫软在角落。

　　K取出器械，小心将排水口的金属箍环撬开。那箍环连接着一旁约略半个手掌大小的浴缸壁板。奇异的是，原先状态下，完全看不出那浴缸之整体有任何接缝存在。

　　壁板之下隐藏着两个金属旋钮与一道钥匙孔般的细缝。古典时代样式。那予人以一种蒸汽朋克，机械文明初启，齿轮、插销、滚珠、绞链一类众零件皆如工程蓝图般清晰可见的怀旧感。

　　K依照Eurydice指示，将金属箍环尖端有着粒状突起的一侧插入钥匙孔，向左旋转两圈半（他感觉榫头卡进了某处凹陷）；而后按下左侧旋钮，向左旋转120度（他听见轻微脆响），同时将右侧旋钮向右旋转一周半（他听见簧片扫过无数金属刻度的细密嘀嗒声）——

　　咔。

　　白色浴缸底部突然出现数道裂隙，恰恰圈围着一块长方形界域。

　　裂隙中有光渗出。

　　K沿着裂隙稍作摸索；而后取出器械，撬开那浴缸底部的长方形顶盖。

　　水槽是一座扁平老旧水族箱的模样。如同古典时代坑道中的克难空间，底部歪斜装置着三支现下早已不再使用的白色日光灯管。灯管在水底喷吐出淡粉红色的，光的流质，擦伤伤痕般的颜色。少许霉斑或杂质污渍沉淀于灯管表面、电线塑皮与四周玻璃格板上。整座匿藏的水槽仿佛陷落在一个年代久远的泛黄梦境中。

　　而在水底，几只黑色水瓢虫静静蛰伏着。像正在思索或等待着什么。

K定睛记数。

"一共四只。数目正确吗?" K问。

"呃——" Eurydice迟疑起来,"不,不对,"她的声音如纸片颤动,"应该有七只才对。"

"所以," K说,"有可能外面水生盆栽里的那三只本来就是你的?只是被移动过了?"

"呃,是……" Eurydice回答,"是,是有这个可能。"

"是的。但也有可能并非如此。"

Eurydice没再多说。K望向她,看见她瑟缩着小小的肩膀,像抵御着体内深处的寒冷。

K拿出水膜袋,而后将四只水瓢虫小心捞出,装入袋中,置放于一旁。

他在水槽边缘摸索着灯管的开关,试着将光源关上、打亮、再关上、再打亮。

跳闪的淡红色底光敲击着K与Eurydice的脸颊与脖颈。

他稍作思索,而后将水槽顶盖盖上,调整旋钮,将浴缸复原。

"我们先回去吧。间谍小姐。" K再度用自己的双臂架起Eurydice,在她耳边说。

31

2219年11月27日。凌晨3时45分。D城近郊。Eurydice房中，灰色荧光再度抹平了事物的阴影。

窗外落雨。凄冷的雨声成为一种细碎连绵的背景音。

"知道'生解'方面取得水瓢虫的管道吗？"K问。

"我不清楚。"Eurydice说，"可能是生解方面的人在某些'梦境娱乐'厂商那里的管道……"

"为什么你这么认为？"K问，"你确定吗？"

"我不确定。那只是我的推测。组织方面并没有告诉我……当然，他们也没有告诉我的必要。"

"那么取得R-503的管道呢？"

"这我也不清楚。"Eurydice抬起眼，"你也知道，R-503的管制是比水瓢虫本身更严格的。"

"间谍小姐，"K问，"你进入国家情报总署开始的时间是2213年11月；受训则是在那之前半年。事实上，你早在受训之前就已经被生解吸收了。正确吗？"

"我从不认为我是哪个组织的人——"Eurydice反驳，"事实上，我只是被交付任务的对象。当然，如果你不在意其间的差别，那么，正确。"

"请告诉我，你为什么要替生解工作？为什么要监视我？"

缄默。

"其实你已经说了不少。"K说，"何必坚持不说？现在才坚持，我想也没什么意义。更何况方才你曾答应我，会把事件始末告诉我……"

"我想知道你遇到了什么事情。"Eurydice回应，"我想知道你遇到了什么样的困难。我担心你……"

"是吗？"K微笑，"你真有那么想知道？"K转过头。他的视线正向这房室中的陈设倾侧，但并不真正专注于什么。侧面望去，那嘴角涌起的纹路并不像笑，反而类似油画颜彩艰难而粗糙的笔触。"间谍小姐，我想你还是先交代一下你监视我的原因吧。那比你说些担心我之类的空话来得实际得多。"

"我不是……我没有——"

"间谍小姐，"K冷笑，"请你了解，我并不打算和一位在整个交往过程中都在监视我的人争论她的诚意。请你直接告诉我，生解交付的任务是什么？"

Eurydice停下。"好，我告诉你，"她流下泪来，"事实是，你是生解的一项实验品。你是生化人的事，我本来就知道了。"

K闭上眼。

仅是一瞬间。再度睁开眼时，他听见自己的声音，陌生得像从未听过。"请继续吧。间谍小姐。"

"说真的，对于那个实验的状况，我并不清楚。"Eurydice说，"我本来也与生解方面没有任何关系……"

"请说明实验目的。请把你所知道的部分，全部——"

"我有一个要求。"Eurydice打断K，"我刚说了，实验整体情况我不很清楚。就我所知，实验的目的也并非唯一。那很复杂，我甚至无法确知我所获知的信息是不是真的。"Eurydice呜咽起来，"但我现在就会告诉你……我，我想请你让我用我自己的方式说。我知道是我不好……但我是真心的，始终都是……相信我，你相信我好吗？……我是真心的，都是我不好，我，我对不起你……都是我的错……我都会说……但我想请你，请你，不要那样审问我……"

K沉默半晌。"请继续。"

"总之——"Eurydice抹去脸上的泪痕。深浅不定的灰色荧光下，两人陷入了暂时的静默，"总之……有个生解的组织人员通过某些管道找上了我，"Eurydice说，"希望我能够为他们执行这项任务。任务内容，刚刚已经说过，就是那几项。与你接触、载录与你有关的梦境、自我分析、观察你的心理变化，而后提交报告……"

"还有什么其他任务？"

"没有了。"

"那是什么时候的事？"K皱眉，"我是指，生解方面找上你是什么时候？"

"大约是我进入第七封印前一年左右。"Eurydice数算，"2212年。"

"那位联络人是？"

"她叫作M。我不知道她的真名，也不知道身份。我只知道她的代号是M……"

K心中一凛，但不动声色。"你见过M本人吗？"他问。

"见过一次。就是在他们说服我来担当这项任务的时候。"

"请告诉我会面的精确时间与地点。"

"我可以告诉你准确的时间，但我得去查才知道。"Eurydice抬起头，光亮在她黑暗的瞳眸中一闪而逝，"……就在我受训前半年左右。"

"好。会面的地点是？"

"就在D城。城里的某家咖啡馆。"

"确实位置？"

"R19站。磁浮轻轨的红线R19站。车站共构的商场里有间咖啡馆……"

K站起身。他想起过去数次R19站置物柜的传递任务。廊道上，烟雾幻彩缭绕的咖啡馆。他也突然想起过去Eurydice说过的另一件事：年幼时，在她个头儿还小得能爬进家中衣帽间的大衣柜里时，她曾把衣橱角落建置为自己的秘密基地。有时她知道母亲就要来叫她吃饭了，她会恶作剧地躲进去。然而有一次她躲进去后却睡着了。醒来后打开柜门，家中空无一人。父亲和母亲都消失了。她到处找，绕遍了家中每个房间、每个角落，一个人影也没有。她大哭起来，就这么坐在地板上哭了好久好久……

（后来呢？你爸妈回来了吗？）

（没有。我不记得他们回来过。但后来衣柜门自己打开了；从我的秘密基地里，走出了一群拳头大小的小人儿。小人儿完全没有注意到我。他们似乎很兴奋，用我听不懂的语言吱吱喳喳地说话。我本来想问他们，我的爸妈到哪里去了？但我很快发现他们根本看不见我……）

（小人儿后来到哪里去了？）

（他们向我走来，穿过我的身体，然后就不见了……）

"为什么找上你？"K问，"在此之前，你与生解早有联络？"

"我刚说了，在此之前，我与生解没有任何关联。"Eurydice稍停，"……我明白你的困惑。怎么会找我？为什么会是我？我想对于生解来说，找上我或许是必然的。但——"Eurydice深吸一口气，"很明显，一切都是因为我母亲的缘故——因为，我母亲Cassandra早年就是生解的人。"

"是吗？你如何得知这点？"

"当然我本来不知道。"Eurydice回答，"我从前跟你说过，我的母亲在我很小的时候就过世了。与M联络时，她告诉我一些母亲的事。之后我向我父亲求证，他证实了其中某些说法……"

"什么说法？"

"M说得也不很详细。"Eurydice表示，"她说，她与我的母亲早在少女时代便已是旧识；两人同时加入生解后，又成为来往密切的同事。她告诉我，母亲生前其实一直是生解的情报员；而她之所以死于一场原因不明的旅馆大火，也确实牵涉到她们的情报工作……

"若是M的说法为真，一个合理推论是：我的母亲当然是被'生解'的敌人，也就是第七封印所杀害的。是第七封印的干员制造了那场旅馆大火。"Eurydice继续解释，"……但根据M的说法，我母亲Cassandra的确切死因，其实依旧是个无解的谜。这也是之所以到现在，在她必须向我揭露母亲的真实身份的此刻，关于我母亲的死，她依旧无法给我一个明确真相的原因。M说，那是个复杂的过程，许多细节她也弄不明白，各种推论都缺乏任何直接或间接证据。M告诉我：'照理说，到了现在，是我有求于你；在容许范围内，我不应有所隐瞒。但关于Cassandra的死，请原谅我所知有限——'

　　"根据M的说法，我母亲生前是'生解'中相当重要的角色。除了才能之外，我想这与她的理念有关。她是个有着坚定信念的人。M说，从少女时代开始，我母亲始终坚信生化人与人类之间不应存在差别待遇。但重点是，组织中，多数内部人员认为，除了透明水蛭基因所导致的血色素差异之外，生化人与人类之间绝对不存在其他任何生物上或基因上的不同。然而尽管对人类政府的歧视政策深恶痛绝，我母亲却不尽然同意这群同事的观点。她的看法比较暧昧。她认为客观来说，其实很难就此论断生化人与人类两者之间的异同……

　　"M告诉我，我母亲始终认为，在这议题上，草率的'是'或'不是'的看法，都十分危险。那应是一种流体般的未定形状态。她认为，无论是类似'差异是否存在'，或'具体差异究竟为何'之类的问题，都该看证据才能下判断……根本上应当从生化人的产制过程中去寻找答案。而唯有当生化人对自身之本质更加了解，才有可能精准拟定对于生化人族类最为有利的策略——

　　"换言之，我母亲认为，在此一关键问题尚未获得厘清之前，在生解和人类联邦政府的对峙上，无论采取何种战略、何种行动，本质上都是可疑的。当然，她的意思并不是要等待关键问题彻底厘清之后才能有所动作——事实上情报工作的环境也不允许如此；而是必须把此一问题作为一重要事项来看待，投入资源进行处理。

　　"然而麻烦的是，人类联邦政府官方严格控制了绝大多数生化人产制的关键技术，且均以极机密规格处理。对于生化人产制，生解本身其实极其无知……

　　"而这又牵涉生解的过去。"Eurydice垂下眼。深夜的寂静如雾气般弥漫于狭小空间中，仿佛一切声响皆已死亡，"M告诉我，生解现在是衰落了……尽管组织依旧存在，然而情报活动已大幅缩减，甚至可说是相当沉寂了。M说，在她们开始为生解工作时，生解的常设组织规模就已经很小，人数也相当少了。'其实只是个游击战的格局，'M向我强调，'就我记忆所及，也很少获得真正对第七封印具实质破坏力的情报。虽然组织中的生化人们还足以发展出某些自体演化或逃避筛检的方法，但主要是为了自保……坦白说，多数时刻，光是研究如何逃躲第七封印的猎杀便已令生化人们殚精竭虑；除了少数个案外，已没有多余能力针对人类联邦政府进行主动或攻击性的情报活动了。然而不知为何，截至目前，第七封印却依旧非常在意生解，耗费了不成比例的资源意图将我们赶尽杀绝……'

"但更可疑的是，M告诉我，根据极少数他们意外发现的文献，生解从前的组织规模并不是这样的。数十年前，生解曾经是个对人类联邦政府极具威胁性的大型叛乱组织。但不知为何，似乎是在一夕之间，仿佛古典时代消逝的印加文明一般，生解就莫名其妙地缩小了，崩解了，衰亡了——

"而关于那段时期生解所遭遇的，原因不明的巨变，除了极少数语焉不详、不甚可靠的文献外，无论是在生解内部，或外部的人类世界，却几乎找不到任何电磁记录，也找不到任何其他文献。没有任何人知道这件事。没有任何人有所耳闻……M说，我母亲Cassandra认为，这也极可能与生化人产制过程有关；或至少是和那些生解所不了解的事有关。而那正是情报工作的关键。事实上，就是因为这样——"

Eurydice突然休止，抬头望向K。她手臂垂落，身躯依旧瘫软，像个结构已然坏毁的、缺乏内在支撑的人偶。微光下，她的眉眼陷落于黑夜海洋般的暗影中，仿佛灵魂正隐蔽于层层海水下。

"就是这样，"Eurydice声音颤抖，"才有了你。K。你就是生解内部某个特定项目的实验对象……"

K没有回应。他右手轻轻抚摩着左手指节，暗红色胎记静静睡在他眼角；而他眼中水光闪烁，幻影似有若无。"……是吗？"似乎只是一瞬间的沉默，K问，"什么样的项目？实验内容是什么？"

"详细内容我不清楚。"Eurydice说，"我甚至连项目名称或代号都不知道。M很直率地告诉我，关于这件事，她所知道的部分，完全不被允许向我透露……"

"你的意思是，"K打断Eurydice，"你不清楚实验内容；然而你却接受生解委任，亲身涉险来执行对此一实验对象，也就是我的监视？"K笑起来，"还真是一点说服力也没有——"

"不，不是这样！"Eurydice声音沙哑，如玻璃与沙砾之擦刮，"M向我解释过。她说，这实验项目，最初主要的擘画者之一就是我的母亲Cassandra。她说，为了我的安全，为了组织的安全以及她自己的安全，我知道得愈少愈好。但她也强调，虽然无法透露原初实验构想，但后续部分，由于需要我的协助，当然是必须说明的……

"'项目的后续记录，主要任务是观察实验对象的思想与情感样态。'M嘱咐我，'尤其是后者。尤其是，如果实验对象的情感样态发生了明显变化的话。大幅度的改变固然重要，但细微变化也并非全无价值。总之，如果可以的话，你必须贴身记录实验品——亦即是K——的心情与想法。你必须观察K遭遇任何事件时的任何反应。他的言语、他的举止。借由观察，你所获取的数据，就是这项项目最重要的目的……'

"最初听到这些说法，一时之间当然无法接受。"Eurydice继续说，"我的直觉反应是问M为什么会选上我。M回答说，除了因为我是Cassandra的女儿之外，另一个决定性的因素其实是，因为我是个人类……

"M强调，生解已大不如前，此刻，生解内部多数情报员都是生化人；甚至他们之中的绝大多数，也并非专业情报工作者。由于力量单薄，生解只能减少常设组织，并在情况允许时起用业余情报人员——而且必须以生化人为主；现在，几乎是完全没有人类情报员可以用了。

"M告诉我，长期以来，生解中的人类情报员原本便是极少数；多数情报员依旧是生化人。这理所当然；毕竟生解原本就是个为生化人争取人权、对抗不平等压迫的组织。然而，偏偏在这个专案上，她不相信生化人的能力。'……想想，必须长期观察并记录实验品在情感上的细微变化，'M说，'那需要多么精密的观察力、多么细致的感受力！我认为，完全不可能期待一个缺乏童年经验的生化人胜任这样的任务——'总之，M说，在此一项目上，寻找一个人类情报员是必要的。因此她想到了我。'至少我可以确定，'M笑着说，'因为你的身份，就算你拒绝了我的提议，你也不至于把这些事泄露出去……'"

"等等——"K突然打断Eurydice，"你应该思考过M是借由什么管道找到你的吧？"

"当然。"Eurydice点头。

"所以你的看法是？"

Eurydice显然是迟疑了。"……我想你也猜得出来，唯一的可能就是我的父亲。"

"你父亲证实过这件事吗？"

"没有。"

K稍作思索。"好吧，请继续。"

"M告诉我，"Eurydice说，"她的预期是，实验对象——也就是你；极可能拥有与其他生化人相异的情感模式；但在观察记录出现之前，完全无法做进一步预测。M说，就某种程度而言，这其实是个超越生解目前能力的项目。她有她的预期，但说穿了还真是一点把握也没有……

"我反问M，难道她的意思是，如果观察结果是'全无异样'，她也不会感到意外？M回答说，的确，并非不可能。而且，实际上，就算是实验品的情感样态确实异于其他生化人，他依旧有可能终其一生不表现此一倾向。毕竟人心是私密的，'情感'原本便是十分隐晦的事；若无对外表现，一个人的心事，几乎完全不足为外人道。'甚至，'M说，'我同样不排除一种可能——连实验对象自己也不知道；连他自己，对可能实存的差异也毫无知觉……'

"'你可以体会我之所以不信任生化人情报员的原因了。'M告诉我，'观察情感，记录其细微异同；这任务难度太高，可能超乎想象。或许也有极高几率必须付出额外代价。我想我必须诚实告诉你，在我的计划中，为了提高实验准确度，负责进行观察与报告的情报人员甚至可能必须执行某些特定事项。比如说以下两件事……'

"'第一，你可以保持距离、从旁观察；'M说，'这是你的自由。但你也可以选择另一种作法：**主动**制造事件、扰动K的心绪。你可以设法使自己确切牵连进与K有关的情感事件中。我们无法排

除最终一无所获的可能；但若是你主动介入，我相信你会更贴近，看到的也会更多……'

"'第二，你不仅仅必须呈报K的状况；'M继续她的指示，'你必须同时呈报你自己的状况。你必须记录你自己的梦境。所有与K有关的梦境。这是为了方便我们做整体评估。有了这些数据，我们在观察K时，可以同时了解你的状况。如果你的涉入令他起疑，我们能够帮助你做判断，甚至采取必要救援。若是你的涉入使你不够客观、因而有所偏差或误判，我们也能发觉。'

"'关于第一点，你可以自己选择。'M强调，'若是你不愿意，我不会勉强。但总之，若是你没有执行第一点，那么在研究你所提交的资料时，我们会把这点列入考虑。换言之，我们会保守评估这些数据的可信度……至于第二点，那就是你必然要做的了。那等同于某种联系，某种汇报，保证我们能清楚掌握任务整体的执行状态……'

"听到M这样说，初时我觉得有些惊讶。"Eurydice说，"我反问她，这样几乎等同于同时在监视我，不是吗？然而对于我的质疑，M倒是轻描淡写。'Eurydice，'M说，'我不会欺骗你这不是在监视你。但我希望你了解，情报工作，本质上就是一个扭曲的世界。**间谍总是有着另一个人生。**以你的母亲Cassandra与我为例；我们在比你现在还要年轻的时候，便已涉入情报工作。对我们而言，那种经验很可能比你现在所经历的更令人错愕或骇然……'

"M告诉我，她相信我也很清楚，监视外派的重要情报员，或至少执行某种'忠诚考核'，基本上是情报作业的ABC了。'更何况，在这件案子里，与其说我处理的是你的忠诚问题，不如说我更在乎情报的准确性。'M说，'我并不打算怀疑你的忠诚。我只担心你不答应帮助我；或者说，不愿意帮助目前已然体质虚弱，气若游丝，几乎处于灭绝边缘的生化人反抗运动……'"

"小姐，"K突然打断Eurydice，"按照你的说法，目前为止，我没有听到这位M对实验目的做出任何明确解释——"

"不……有的，后来她有提到。"Eurydice回答，"M的说法是，虽然她无法向我透露实验整体设计；但实验意图大致上就是'解析生化人的物种特性'；或者说，精确定位'缺乏童年经验'此事对生化人的影响……"

"Eurydice小姐，"K再度打断Eurydice，"我相信你也清楚，M这样的说法相当模糊。'研究物种特性''缺乏童年的影响'之类的目的，其实不用她说明，我现在都可以猜得出来。这是逻辑上的必然。她没有更具体的说法吗？"

Eurydice沉默半晌。"K，我想问题不仅于此。"她说。

"怎么说？"K回应，"我希望听到具体说法。我希望听到对实验目的的准确描述——"

"我不认为这个你所谓'逻辑上的必然'有那么容易理解。"Eurydice稍作暂停，"你可能觉得M有所隐瞒，意图遮掩其他的目的。但坦白说，我不认为如此。事情已经很明白——"

"Eurydice小姐，"K三度打断Eurydice，"请回答我的问题。关于实验的目的，她还有什么更具体的说法？"

"其实正如你所说——"Eurydice很快响应，"事情已经很明白。我只请你稍作推想：他们所研究的，是'某个生化人'的情感模式。然而这只是表面说法。若是这'某个生化人'并非由人类所造，那么，我们当然无法确定他的制程是否与人类所造的其他正常生化人相同……若是方法不同，那么实质上，这几乎等同于他们创造了某种除了人类与生化人之外的'**第三种人**'。一个全新的物种。"

"这是很可怕的事……"Eurydice继续述说，"若是实验一无所获便罢。然而，如果实验结果显示该实验对象的情感模式确实有所不同，那么几乎便等同于'创造另一种生化人'——或说，整体而言，'**第三种人类**'。那其实是极端恐怖的。虽然客观上，我们无法确定这第三种人是否存在，也无法确定这新种生化人的制造者是否就是生解；然而如M所提及——'除了在极少数领域（例如自体演化）之外，生解的科技落后人类甚多，'M曾如此透露，'从我年轻时——当然，同时也是你母亲Cassandra的年轻时代以来，我们始终苦于科技程度的不足。生解能力不差，但总在人类研发了新的筛检技术后才苦苦追赶。如我刚刚所提，这几乎耗尽了生解全部的资源……组织内多数是生化人，然而我们甚至对于生化人的制程一无所知。我们不知道如何能使生化人在18岁初生之时立即拥有必要的知识教养与社会化人格。对于关键性的生化人科技，人类联邦政府严格保密。由结果看来，他们的保密措施相当成功；Cassandra的看法是，这也很可能是人类得以长期压制生化人反抗运动的关键。'

"'然而现在，我们可能有机会跨越这些障碍……'M强调，'我们有机会更了解自己，了解生化人族类。在这点上，Cassandra与我看法一致：这些知识，这**另一种人**的可能性，将是人类与生化人双方阵营未来势力变化消长的关键……'"

Eurydice突然停下。四周一片静寂。窗外有车或飞行船经过。透过窗帘缝隙，昆虫一般，光与暗的线条在室内的物体轮廓上缓慢爬行。

　　K保持沉默。他站起身，踱步至窗边向外窥视。月光下，大片流动的夜雾散射出某种银蓝金属色泽。然而那流动并不像是随机的、风的拂动，反而似乎带有神秘的韵律，像是某种以雾气为介质，兽的吐纳呼吸一般。

　　另一种人。第三种人。K想到，根据目前第七封印内部主流看法；长期以来，人类确实认定，生解并不知晓"梦境植入"的秘密。而若是Eurydice所言为真，那几乎是首次从生解人员口中证实此一判断了。

　　然而讽刺的是，这"证实"却同时伴随着一个对此一证实的否定。K细细推敲。假设生解至今依旧不明白"梦境植入"之秘密（或者准确地说，假设在K诞生之年——亦即距今整整22年前的2197年；生解对"梦境植入"之秘密一无所知），那么，所谓"第三种人"如何可能？若是K本身即为生解所造，那么在理论、实务与设备皆欠缺的状态下，生解是透过何种方式制造出此一所谓"实验对象"的？或者，是否足以推估，其实有相当高概率，当K自身被研制完成，此事即意指，"梦境植入"的秘密已自人类联邦政府内部泄露了？

　　当然还有别种可能。K思索着。可能之一是，此一实验对象之产制其实与梦境植入无关，而与自体演化有关。K本身可能是某种大幅度自体演化的产物。而此种性质特异的"大幅度自体演化"与一般自体演化之间，存在着某种根本上的、断裂性的超越。

　　换言之，那是一种巨变型、颠覆型的自体演化。若是如此，那么即表示，早在22年前，K的创造者便已掌握某种突破性的自体演化法了。

当然，除此之外，其他可能性依旧存在。但这就不是K现在所能够推想出来的了……

"所以，这就是当初你与我交往的原因？"K问，"要'探测'我的情感样态？"

缄默。没有回应。

"小姐，请注意，我在讯问你。我问你，这是否就是你与我交往的原因？"K放大音量，"回答我！"

"那也是我离开你的原因。"Eurydice再度哽咽起来，"我很抱歉。K，我，我不知道最后……"

"你要说你不知道这一切的后果吗？你要说服我你不曾预期这些吗？"K回应，"你当然不知道结果，你甚至连那开始究竟是怎么回事都不知道！"

"不，不是……对不起。我很抱歉。……"Eurydice语音微弱，如窗外断续的风声，"K，请相信我……我是真心的……"

"真心？"K冷笑，"现在你还敢这样说？"

"我是真心的……"Eurydice眼眶泛红，"是真的。我，我是真心喜欢你，我们的感情都是真的……"她啜泣起来，"始终都是……后来，后来我知道这样对你不公平……我知道我在欺骗你，对不起……我，我很痛苦，我无法忍受；所以后来，才决定要离开你……"

K再度闭上双眼。画面如交叉剪接的电影胶卷般在他眼前涌现。那些光，那些气味。他看见了海。黑夜的海，洒满了银色月光的沙滩，白色漂流木巨骨与黑暗中闪烁着莹蓝色亮光的"蓝孩子"破片。他同时也看见了白日的海。殖民地风格的洋房，花园，牛奶般泼洒的阳光，蜜蜂、飞鸟、风中的蒲公英与细雪般旋飞的白色棉絮。那在Gödel的叙述中被钢琴声温柔弹奏的梦境……

"抱歉，间谍小姐，我很难相信。"K睁开眼。他的呼吸平抑下来，暗红色蛭虫在眼角翻了个身，重新陷入深湛的睡眠，"如何可能……就为了M的一席话……你如何可能选择这样残忍的欺骗？欺骗我？你何必涉险？"

"M说的当然不只那些——"Eurydice低下头，颊上泪珠滴落，"我不知该怎么说……我一直很后悔，但现在已经来不及了。

"当然，"Eurydice抹去眼泪，"当然，更早以前，父亲就曾经告诉过我母亲的事……从前也跟你提过，我的童年，是在台湾北海岸度过的。时光本身永远比想象中更寂寞。十三岁那年，父亲才告诉我母亲曾为生解工作的事。对于还是个少女的我而言，那一刻，仿佛过去所有的孤寂与清冷都有了源头、有了答案。

"但我没有仇恨。"Eurydice说，"……那中间的因果关系并不明确。我不敢说那与我母亲的遭遇有关，然而母亲过世了那么多年，对我来说，那些关于母亲的事，都已是影子般模糊的回忆了。我并非没有遗憾，但我自认并不对任何人或任何组织心有怨怼。与其说那样的驱力来自我的遗憾或怨怼，不如说，我的过去使我至少得以相当程度地体会身为生化人的感觉……

"没有童年，生化人没有童年……譬如说，在我身上，尽管我不是生化人，尽管我是个货真价实的人类；但我所拥有的童年却依旧像是个跛了一边，被洗去了一层色彩的，苍白不完整的版本。

"没有父母。没有手足。没有亲人。不存在任何其他血缘关系。普遍被认为缺乏完整的情感能力……"Eurydice激动了起来，"所有人际关系皆因身为生化人而遭到某种程度的质疑或曲解。尽管我不是生化人，但我能体会他们的感觉；或者，我自认可以体会。在台湾，在北海岸成长的那段日子，或许因为我母亲Cassandra的早逝，或许因为我父亲所承受的孤独与伤痛，或许因为他的离群索居；我几乎就等同于没有手足、没有亲人，也不存在任何其他血缘关系……对于人类联邦政府采取的歧视性政策，我当然反对。关于人类如何能容许自己以如此态度对待另一个族类，那是永恒的课题。我甚至认为，那里面匿藏着的，是一个巨大的'恶'的秘密，残忍而嗜血；无目的，无根源，无节制的霸凌、压迫与恶意……

"然而或许正因如此，我时时自我警惕，不可陷落入仇恨中。我提醒自己必须冷静。我无法否认人类身上必然存有邪恶天性；但关于这件事，或许也有别的选择。我向往一个人类与生化人和平共存的世界；但问题是，在承认人类天性中确实存有某种极端而恐怖的，恶的成分的前提下，和平共存的世界如何可能？或者，实际来看，在此刻，在这样一个被扭曲的，恶意已然被实现、被定着的现实里，我们如何存在于现实之中，却又同时超越现实、翻转现实？……"

Eurydice稍停。她看向K。K却笑了。"这是——"他语带讥刺，"一个间谍的政治思索吗？这与你对我的欺骗有什么关系？"

"不。不是。"Eurydice很快回答，"这不仅仅与政治有关……K，告诉我，"她的声音异常温柔，"你曾有过梦想吗？……当然有。我想当然有。"Eurydice也微笑了，"我问了个蠢问题了。我应该问：你曾有过巨大的梦想吗？曾经有某种理想，是关乎某种'**整体**'，而你相信能够经由某种结构性的变革所达成的吗？"

"什么意思？"

"或许你不明白……"Eurydice说，"或者你可以理解，但难以体会。在人类历史上，我们不断看到那样难以解释的恶的重演。在乱世，是战争、侵略、种族屠杀，一个族类漠然而残暴地坑杀另一族类；在承平时期，是暴力、剥削、猜疑、嫉恨、残忍的资本竞争、资源掠夺，性的竞逐与性的挫败、欲望的不被满足、爱的错失与伤痛、情感剥削、旁观坐视恶行之发生……而且，更重要的是，我们看不到这一切有结束的可能……

"人类是过度无情、过度嗜血了。人类尚或因其愚蠢，或因其性格之粗疏、缺乏想象力与同情心而无从体会他人之痛苦。人类必然无来由、无目的地毁坏所有仅于极短之时间跨度内暂存的美好事物……

"然而，如果存在**一种可能**……"寂静中，Eurydice眼里流动着某种黑暗的光芒，"K，如果现在，有人告诉你，有一种可能……目前无从判断是借由和平方式，或协商折冲，或威吓，或类似战争的集体暴力——这点我们无法确定；但总之，当我们确认第三种人之可能，当我们确认在第三种人身上，所谓'人性'可能拥有与现存人性全然相异的面貌……有一种可能性，足以理解全貌、改变整体；足以借由和平或非和平手段，结构性地自内部拆解人类与生化人族类之间的敌对状态，就此终结此二族类近百年来无日无之的间谍战争，就此终结杀戮、血腥、仇恨与猜忌……如果有一天，你相信这样的可能性确实存在，且几乎就在你眼前伸手可及处，你是否动心？

"**理想主义的诱惑。梦的诱惑。**"Eurydice的表情如梦似幻，"不，我不天真。我从不认为自己是个天真的人。我一点也不怀疑，

236

如若这样的可能性确实存在，它极可能，几乎必然，附带其他可疑的代价。对于这样的手段，我绝不怀疑它造成某种巨大毁坏的可能性。我知道得很清楚。然而，K……"或许是眼泪的残迹，暗影中，Eurydice的脸闪烁着银白色的光痕，"如果你能够了解……如果你能够体会，或许，你可以试着揣摩，我的母亲，或M，或我……当我们面对一项如此庞巨，如此绝对，摧枯拉朽的秘密，'第三种人'的秘密，一个足以彻底翻转世界的，幻梦中的可能性……我们如何回避？如何抗拒？……"

一瞬间，K看见那明亮的白日。

白日悠光。此处望去，光仿佛自某种巨大容器中溢出一般。房间中所有物事都被吞噬了边界，淹没在大片微微波动着的，光的流质中。

K试图移动自身。而视野中的景物也确实移动了。但怪异的是，K无法感觉到任何步伐的跨度、踌躇或倾斜。如同身处一列车车厢，停靠于月台，目睹隔邻列车启动离去，遂误以为自身已然开始位移一般……

但事实上仅存留于原地。仅仅只是，存有。白光依旧毫无节制地在四周泛滥。K突然有一种置身于梦境的错觉。或许是因为他明白，现实之中，不可能存在这样具有绝对亮度，几乎掩去了所有线条与构图的光线。

K想起来了。那是一段童年时的梦境。

不。不是童年。理论上，身为生化人的他根本没有童年。应当是说，那是另一段在成年后反复造访的梦境。他现在才想起来他曾不止一次做了那样的梦。而在梦中，他始终误以为，那梦境来自童年，是童年梦境之复临……

母亲的声音。

梦里他有母亲。然而他看不见母亲的脸。视野中模糊浮现着母亲的手与身体。但与其说是视觉，不如说，此一梦境其实并不以视觉为主导。那是一种柔软的肤触，温度与香味。母亲般的女人将他环抱于胸前，而后离开了那掩去所有线条的，光之地域，穿过了某些或明或暗的空间。

一些声音。杂乱的，光中浮尘般的细碎音响。像从货车车厢内，高处一方小小的窗口看见流动的风景。然而由于那窗口高度之不可及，风景似乎并不是真正的窗外风景，而仅是虚幻的，不曾实存的心像。

而后，仿佛穿透了某层薄膜；模糊的感觉逐渐褪去。视线自涣散中对焦。空间中，无数光或暗的粒子凝聚为清晰的线条——

客观视角。

空间明亮。厨房。流理台上天光洒落。母亲立于窗前，白皙双手陷落于天光中。在她身后，一个小孩（梦里，K知道那便是他自己）穿着红色围兜坐在高脚安全椅上。小孩长相十分可爱。他睁着圆圆大眼，挥舞着胖胖的小手臂。他敲打着胸前的托盘，发出无意义的、童稚的叫喊。

母亲含笑回头看了一眼。而后便转过头来继续忙着。她显然是在流理台上或水槽里忙着料理些什么。然而此刻，无法看清她正在处理的物事；因为她的双手仍浸没于过亮的，因室内阴影而晕染了淡蓝色泽的白色晕光中。

小孩突然愣了一会儿，皱起脸哭了起来。母亲诧异地转过身来。她解下围裙，走上前去将小孩抱起；而后将小孩贴紧在右侧胸前，轻拍着小孩的脊背。

小孩很快便不哭了。他趴在母亲肩头，侧着脸睁大了黑白分明的双眼。像是注意力又被某种存在于空间中不可见的事物攫去了。他的眼泪鼻涕还残留在脸上，看来颇为逗趣……

"所以，你知道了吗？" Eurydice温柔地说，"你能够……体谅……"她没能再说下去。她声音低微，如虚空体腔内静默的共鸣。

K回过神来。一时之间，竟只是默然。

"所以——" Eurydice停了停，声音如同风中单薄的衣衫，"究竟出了什么事？现在，你可以告诉我了吗？……"

K并未回应。他再次望向窗外，左脸颊在黑暗中轻轻抽搐。

"你抽屉里有两张照片。" K再度开口，语气明显和缓，"照得不很清楚。但至少其中一张，可以确定就是我。背侧面角度。但我对那样的场景毫无印象。那是什么？"

"我不知道。" Eurydice回答，"那是我母亲的遗物。是我母亲留给我的。"

"她刻意留给你的？" K质疑，"你的母亲是意外死亡。一个意外死亡的人能够'刻意'留给你什么？"

"不，不是刻意。" Eurydice解释，"记得吗？我从前提过，我17岁时，曾跟着父亲来到一家叫'Remembrances'的咖啡店，为的是检视存放在那里的母亲遗物。那两张照片是遗物的一部分。我趁着没人注意偷偷把它们留了下来。"

"为什么特地留下照片？为什么不是别的东西？"

Eurydice沉默半响。"我不知道。" Eurydice说，"或许只是直觉……而且，其他东西不那么容易藏。"

"所以你早就知道那是我？"

"嗯。"Eurydice点头，"和你在一起之后就知道了。"

"好的，我明白了。"K稍停，"我从这里拿走的三个梦境——"K说，"我指的是养在客厅窗台盆栽底的那三只水瓢虫——那三个梦境的内容，我有必要先跟你确认一下——"

K向Eurydice简述了那三个神秘的梦境。然而Eurydice显然十分诧异。"不，不是，"Eurydice说，"丽江古城的梦是我做的没错，但另外两个不是。我没有做这样的梦。太可怕了，居然有人把这三只水瓢虫放到我家里来……"

"而且，理论上至少偷去了你藏在浴缸下的三个梦境。可能不仅于此。"K抬起眼，"你认为有可能是谁？"

Eurydice摇头："他们居然知道得这么多……"

"没错。"K说，"知道得这么多，或许就是与实验有关的人。"他站起身来，没再说什么。

"K，"Eurydice说，"你还是必须告诉我——"

"是，我知道。但我想……"K打断Eurydice，"我想，或许应当先确认一下目前你所持有的那四个梦境的内容……"

K似乎回避着Eurydice的目光。他没再说什么，起身离开房间。

32

2219年11月27日。凌晨4时38分。D城近郊。Eurydice住处。河岸公寓。

六分钟后，K再次回到Eurydice的房间。他的右手挽着一具小型梦境播放器[23]。

---

[23] 关于梦境播放器，依其演进，其构造略分为两种：第一代与第二代。于21世纪末、22世纪初发展成功之第一代**机械式梦境播放器**（主要以水瓢虫作为梦境载体、以其膜翅作为记录梦境之媒介）目前多已废弃不用；并于23世纪50年代起，逐渐为第**二代生物式梦境播放器**所取代；其后并沿用至今。两代梦境播放器之主要异同，列表如下：

	第一代机械式梦境播放器	第二代生物式梦境播放器
硬件构造	机械式。类同于古典时代电影胶卷之播放。	生物式。播放器本身为一类神经生物，其构造颇类似于人类之中枢神经。
研发成功年代	约2090年至2110年间。	约2240年至2247年间。
软件	梦境载录于水瓢虫之膜翅。播放器以机械方式对膜翅进行投影，运算并播放。	梦境载录无须通过水瓢虫。原则上，梦境直接储存于取梦者体内；欲播放时，将取梦者直接置入播放器中即可。

生物式播放器之运作方式不难理解。简而言之，由于梦境本身即为人类之中枢神经所制，而今暂存于取梦者体内；若非通过其他形式之媒介（如水瓢虫膜翅）进（转下页）

（接上页）行播放，则理所当然，必须依赖另一种构造类同于人类中枢神经之生物进行还原。因此，第二代梦境播放器本质上即为一类神经生物；其构造乃模仿人类之大脑、脊椎等中枢神经器官所制成。

此为第二代梦境播放器之原理。其后，自2250年代起，水瓢虫与第一代机械式梦境播放器遂走入历史，为第二代生物式播放器所取代。

然而于逐渐普及之过程中，生物式播放器亦曾产生争议。其间最引人注目者，以"BellaVita噪声事件"为代表。公元2257年，Apex公司（全名为Apex神经仪器梦境有限公司，Apex Nerve and Dream Instruments Limited，为梦境播放器市占率排名第二之制造商，总部设于美国西雅图）研发部门员工Wei投书媒体，公开指控该公司所生产之生物式播放器BellaVita具有严重瑕疵。Wei于投书中直陈，于研发过程中，公司内部早已发现BellaVita时有不明噪声之产生。"若是打开开关，"Wei写道，"使之待机超过9.5小时，则于空机状态（并无播放任何梦境）下，即可发现BellaVita屏幕上竟有明显噪声产生。"Wei且表示，此类噪声瑕疵，轻重不等，轻者影响播放梦境之清晰度；其重者，除了使梦境内容难以辨识外，甚至可能修改、覆盖或损坏梦境内容。"以古典时代之DVD播放器为喻，"于稍后接受平面媒体专访时，Wei直言，"意思就是说，这台DVD播放器，在没有置入DVD盘片的状态下，居然会自动产生某些不明光点、色块，甚至零碎的影像或声音……而在播放DVD内容之同时，播放器又可能将这些不明噪声录入DVD内，对DVD造成破坏。毫无疑问，此类具有重大瑕疵之产品，根本不应上市贩卖。"Wei并向媒体记者透露，Apex公司内部高层其实自始便明了问题严重，然而适逢公司财务杠杆操作出现失误，亏损严重，且研发经费已大量投入；骑虎难下之余，遂选择装聋作哑，打算先透过BellaVita新机上市获取利润之后再说。

"BellaVita噪声事件"爆发后，一如预期引来了政府公权力之介入。时任Apex公司执行长的Valeria更因此黯然下台。然而奇怪的是，即使司法单位已然介入调查，然而BellaVita生物式播放器之所以有不稳定噪声产生之原因，却始终成谜。揭发此事的Wei也坦言，研发部门努力经年，仍无法对此类不明噪声之由来做出解释。

正当此时，事件却有了意外转折。于BellaVita噪声事件爆发25天后，香港大学神经科学系教授李良辉提出"BellaVita之梦"假说，试图解释噪声由来。"也算是奥卡姆剃刀原则（Occam's Razor）吧，"媒体投书中，李教授如此论述，"原理说来简单：既然第二代生物式播放器是模仿人类中枢神经构造所制成之生物，那么播放器本身，就有可能会'做梦'。中枢神经系统会做梦，这再合理不过了。简言之，那些噪声就是BellaVita自己的梦境……"

（转下页）

　　"你还好吗?"K问,一边忙着调校播放器,"感觉如何? 我想你应该恢复一些力气了……"

　　Eurydice点点头。

　　"所以——"K将四沓水瓢虫膜翅放到一旁桌上,"如果没被

（接上页）李良辉教授的"BellaVita之梦"理论一经提出,立即引起各方注目。部分第一代机械式梦境播放器制造厂商主张,应即刻立法禁止第二代播放器之产制,并立刻通过国会议员开始向政府进行游说。据了解,这些厂商内部可略分为鹰派与鸽派,而以鸽派厂商占绝大多数。鸽派立论并不令人意外;无非主张第二代播放器尚存有重大瑕疵,将对消费者权益造成严重损害,故应立刻全面停产云云。

然而鹰派立论则十分奇异,以Panasonic总裁中岛洋介之看法为代表。于接受《周刊文春》专访时,中岛明白表示,第二代梦境播放器之所以不应存在,绝非仅止于"损害消费者权益"之层次而已。"……自从人类联邦政府通过'种族净化基本法'之后,"中岛表示,"依照宪法,人类即是地球上唯一的优先物种。所有其他智慧物种之生存权均应低于人类、确保受人类控制管辖。现在居然发现第二代梦境播放器自己也会做梦! 这何等严重! ……事实上,会做梦的生物,我们就必须严肃思考它具有'意识'的可能性。这样的生物,尽管只是作为一梦境播放器,依旧有威胁人类的可能;或至少,引发纷争的可能。"中岛甚至重炮抨击鸽派,"生物式梦境播放器的存在,显有违宪之虞。除非修宪废除'种族净化基本法',否则,于修法前,这就是违宪层次的事。只是说些'损害消费者权益'的话就想打发,不是愚蠢,就是不负责任……"

然而此一鹰派立论尽管引发争议（人权团体纷纷发难,对第二代梦境播放器进行声援;鸽派亦进行反击）,但多数意见却认为中岛洋介之看法纯属杞人忧天;政府、民代均对此置之不理。中岛亦就此保持沉默,未再针对此事发表任何看法。

久而久之,焦点再度回到两代梦境播放器之争。由于Apex公司迟迟无法对BellaVita产生噪声之原因做出合理解释,该公司营业执照遂遭吊销。人类联邦政府随即做出裁决,表示基于产业创新原则,无法禁止第二代梦境播放器之上市;但将重新讨论相关品管法规,并介入辅导第一代播放器厂商进行技术升级云云。由于此一折中方案对各方利益均有所照顾,各团体间之利益冲突遂大幅降低。兼且此一议题,其技术细节对一般阅听大众太过艰难,媒体也很快对此失去兴趣。时日既久,舆论冷却之后,遂不了了之。

此为"BellaVita噪声事件"。

早一步动过手脚的话，这四个梦境，应该都是你曾递交给生解的梦境？"

"是。那都是与你有关的梦。"

"很抱歉，"K看向Eurydice，"我还是必须检查一下这些梦境的内容……"他将其中一沓膜翅置入播放器中，启动机器。

水域。

河口般广阔的，平滑如镜的蓝色水域。

一段浮桥横跨于水域上。

K与Eurydice立于其上，似乎正亲密地说着话。他们的手在对方身上轻轻拂动着。

黎明或黄昏。天色明净澄蓝。地平线镶闪着金边。一只白色水鸟收起羽翼停留于浮桥桥头。

"这里是……"Eurydice解释，"我梦见我们站在那浮桥上。我感觉心情恬适静好。世界美丽和平，没有战火，没有喧嚣，没有彼此的仇恨与压迫。我想那时我们或许已经结合，有了个美好的结局……

"我们已在那里站了大半夜。黎明时分。我记得原本在夜半，那里是有着满天星斗的。宝石般灿烂的星群。然而当黑夜逐渐隐去时，星星们纷纷从天上落了下来……

"它们不是像流星一样掉下来的。它们很轻盈，一颗颗如雪花般自天上飘下。每当黎明的光寸寸吞食了黑夜，它们便在自己的光亮被隐去之前降落下来。星星太多，浮桥上四处都是飘落的星星……

"我的身上和你的身上也都是星星。星星停在我们的发梢、肩头和脸上。像是长了蒲公英绒毛，在我们的衣物上沾滞着。除了说话之外，我们是一边在帮对方拂去那些星星……"

主观镜头。镜头开始缓慢移动。像是 K 与 Eurydice 正往前走去。

"然后我们开始散步，沿着浮桥向前走去。"Eurydice 的声音轻缓而温柔，"星光在我们脚下明灭闪烁。我们走了很久，浮桥很长，延伸到看不见的地方，好像永远走不完……

"你突然告诉我，说还有许多星星飘落到一旁的水里去了。我们走到浮桥边缘往水里看，试图寻找它们。我们很快发现，在一旁湛蓝清浅的水里，那些星星都变成了美丽的、细小而多彩的海星……"

梦境剪接加速。双手。海星。裤管与鞋。天空倒影，涌动着浅浅波纹的蓝色水域。

"海星们大概都只有指甲大小。各种颜色。你很兴奋，立刻拉着我踩到水里。"Eurydice 稍停。细碎光亮在她的瞳眸中闪烁。"这里是——我的印象是，你踩到水里，然而不知为何，水并未沾湿你的衣物。你拉着我，我本来很害怕，但我很快发现我的衣物也未曾被沾湿……然而我的裤管上，原本攀附着，没有被我们拨掉的星星，沾了水，却也立刻变成了细小的彩色海星……"

33

2219年12月9日。凌晨时分。D城。高楼旅店。

怪异的是，仅仅两周后的此刻，K已无法清楚忆起当时那梦境之后续了。或许那梦境就这样结束了？他甚至无法确定梦境的初始是否真是如此。那是黎明时分吗？或其实是个黄昏？星群们真的都坠落了吗？它们真的一颗颗，都沾滞在他与Eurydice身上了吗？又或者，在那广漠湛蓝的静水之中，真有无数细小海星的存在吗？或者那只是天上星群的倒影？

更有甚者，K已不再记得其他的梦境了……

不只有那个梦境的。当时，在Eurydice的河岸公寓里，他该是全数检视了四个梦境。四个Eurydice的梦境。她将它们记录下来，而后都交给了生解，提交了梦境报告……

Eurydice还说了什么？那剩下的三个梦境，又是什么呢？

K现在全都不记得了。失忆的空白。如同K终究无法想起，许多年前，在听Gödel叙述完他的故事之后，那审讯究竟是怎么结束的了……

（是了，那就是第二次，他被自己不可信的记忆所挟持……）

K起身，再度踱至床边，看Eurydice纤细白皙的手腕裸露于被褥之外。

　　K伸手握住她的手腕，感觉她细微的脉搏跳动。

　　他俯下头，将脸颊轻轻贴上。

　　他以脸颊细细爱抚着Eurydice的手，感觉泪水在脸颊与指缝间慢慢晕开。

　　人如何感觉自己的心跳？人如何感觉？K想。多数时候，人无法直接感受自己的心跳。某些时刻，人能透过自己的某些感官察觉血液的搏动——在耳际听见鼓声，看见视野中亮度细微的闪烁，察知肢体的微小震颤，等等。但唯有在极少数时刻，在情绪受到某些极具侵略性的扰动时，人才能直接感受到胸腔中心脏的涨缩鼓动……

　　或许与真正的人类相比，作为一个生化人，对K而言，这样的时刻显然更为稀有？

　　他真是个情感淡薄的生化人吗？

　　是以，此刻回想，或许当时，在检视着Eurydice的四个梦境时，他可能已初步启动了自己的失忆程序……

　　因为他感觉空白。因为他感觉晕眩不适。因为他的感受与听完Gödel告解时的立即反应极为相类：那其实是某种"充盈"，某种"填满"，某种心跳，生命之挣扎翻腾，且不可思议地悬宕于体外……

　　高楼窗外，天空正向梦中的颜色趋近。而Eurydice并未被惊醒。或许她的梦是不易醒的。或许人类的梦，终究是不易醒的。咬牙切齿坚持着不愿醒。K想起在他们犹相互爱恋着的日子里，有少数时刻，Eurydice来到他家过夜；隔日早晨，K已醒来，Eurydice尚在酣眠，赤裸的身躯被包裹在单薄被褥中。不知是晨间光线抑或K的起身侵扰了她的酣眠，她发出细微梦呓，轻轻翻身，蜷曲的草叶般调整了舒展的方向。浸没于光线中的，是她弧度优美的颈项，她的锁骨，她白皙如玉的裸肩……

而有时并非如此。一同旅行时，多数时候，她会较他早醒。那时，总是她惊醒了他。

（还想睡吗？）

（嗯……）

（你再睡吧。）她温柔笑着，亲了他一下，拍拍他的脸。（我先出去买早餐。）

像是她让他读她随手的涂鸦和笔记。比K本人可爱一百倍的漫画K人偶。撞到头肿了大包的漫画K人偶。没头没脑的只言片语：喜欢K。想念K。想念K早晨未醒的呼噜。想念K的手，想念他用手背摸我的脸。想念K皱眉。想念K皱眉后再笑。想念K笑起来像个孩子。想念K看书做笔记念念有词。想念K叫住我又说他忘了他要说什么懊恼的模样。想念K陪我逛街买衣服啧啧称奇不知为衣服还是为我。想念写不出来也写不完的那些想念……

是不是，终究是，Eurydice对他的爱，教育了他？

K又想起了跳舞女孩和他们的密语。那回他在市集里看见一个发条人偶（多么古典怀旧的机械啊）。旋转的跳舞女孩。圆笑脸，红艳艳的双颊，夏日宽边帽，飞扬如花朵般的裙摆。他直觉她会喜欢，买了回来送她。

跳舞女孩的舞步并不寻常。那不单纯是自旋而已。松开发条，她会嘀嘀嗒嗒地边跳边走，一面旋转一面前进。那是个美好的黄昏时分，他们已在Eurydice的河岸公寓里腻了一下午，看着跳舞女孩在卧房的地板上嘀嘀嗒嗒地向前行去。女孩绕不开床脚，撞了两次后随即倒地不起。当然，即使倒地不起仍持续着原先的舞步，侧着身子一跳一跳的。

窗帘剪碎了视野。黄昏的阳光拖曳着影子。

"叫她阿跳好了。"Eurydice突然说。

"你才是阿跳。你走路跟她很像的。"

"哪有？"

"有啊，"K说，"我想你平衡感有点问题，走路像跛脚的毛毛虫——"

"喂！"

"好了，以后就叫你阿跳了。"

"好啊，你可以叫我阿跳。"Eurydice说，"等我忘记你的时候……"

"什么忘记？为什么？"

"很难说呀，说不定某天我早上醒来，就突然得了失忆症，把你也忘了呀。说不定我们会碰上世界末日——"

"那跟阿跳有什么关系？"

"说不定阿跳就是我们的密语，像芝麻开门。到了那一天，如果我忘记你是谁了，你拿出阿跳，或大叫一声阿跳，那我可能就会嘀嘀嗒嗒像发条一样想起这件事，想起来你是谁了。"

那些独属于恋人的，无忧的絮语。

而今，竟连K自己都不知道自己是谁了。

（如果我都忘记了，那阿跳还会记得吗?）

（但我忘记的事，是愈来愈多了啊……）

K尚记得的是，检视完四个梦境后，他清醒时，脸颊上湿凉的泪痕。

34

2219年11月27日。凌晨4时59分。Eurydice住处。河岸公寓。

"现在你可以告诉我，到底出了什么事了吗？"Eurydice说，"……你还好吗？"

梦境播放器犹且定格于最终时刻。K回过神来，颊上冰凉若有似无。然而在此刻的黑暗中，那细微水痕必是不可见的。

他点点头，而后将事件经过向Eurydice约略说明。

"所以？"Eurydice沉思半晌，"你的评估是？"

"我能够确定的事非常少。第一，当然，有人监视我，有人试图警告我。"K说，"第二，你也被监视着，而我们无法确认监视者究竟是谁。第三，五小时后，我的身份即将在第七封印曝光。这些都是确定的事。你知道'二代血色素法'是什么吗？"

Eurydice摇头。

"那么你的评估呢？"

Eurydice皱眉。"走？离开这里？"

K点头。"我想这是唯一办法。你的身体恢复了吧？"

Eurydice试着移动手脚，而后扶着床头站起身来。"好多了，有些累而已——"

"对不起……"K歉然，"我们可以选择离开，但我们该往何处去？我的看法是，当然必须先假设这都是来自M的信息，然后——"

"但我们不知道如何才能找到M……"

"你没有和她的联络管道吗？"

Eurydice沉吟。"当然有，但问题是，那只是资讯传递用，不是实时的联络方式。"

"没有紧急联络管道吗？"

"有。"Eurydice说，"但，是在印度德里……"

K眼睛一亮。"她也是这样告诉我的……"

35

2219年12月1日。凌晨1时21分。印度德里。

旧城街区。牛与羊们都跪着休息了。市集酣眠，街灯昏暗，奶茶摊车上满是锅碗瓢盆。五颜六色各语言的店家招牌与窗口盯着行人，像建筑物一双疲惫的眼睛。沙尘下，红砂外墙斑驳，电线攀爬，如巨兽之筋脉伤口。

转过街角，他们遇见一个遮蔽了整座砂岩墙面的巨大广告牌，六盏浮灯投射着流质光雾。那是周遭唯一的崭新之物。广告牌上，甜美可爱的护士拿着奶瓶，抱着婴儿正在喂奶。婴孩圆滚滚的头脸是地球，蓝蓝绿绿的地球脸上，小baby一双大眼，一眼东亚一眼欧洲，噘着印度洋中的唇瓣吸吮奶嘴。文案："哺喂新文明——移居地下城，最甜的方法"，署名"新德里美丽生活事业"。

（所以那便是半世纪前，印度洋下新建的地下海底城了。K想。出入口便在那唇瓣形海底隆起处。据说由印度次大陆出发，船行过后，必须换乘特制接驳潜艇才能进入……）

（所以，那更像是人类所集体梦想的，**另一种人生**？所以，如果使海底城市的结构体全由玻璃般的透明材质所构筑；如果使光足以穿透纵深几数千米，独属于海洋的永恒幽暗；如果有一只神的眼睛，此刻正飘浮于海平面上；那么它将看见，一座自海洋这蓝绿巨型透镜后浮现的，一副完整的透明骨骸？运转中的机械巨兽之尸骸？）

　　而此刻，在那巨幅广告正下方，红砂墙上一扇漆蓝小木门，藏在两间打烊的金饰铺中间。

　　一袭暗茶色被褥蜷缩于木门旁。

　　是个怀中抱着婴孩的女人。她自凌乱铺盖中探出头，像沙漠中的禽鸟，惺忪双眼茫然看了看四周。

　　是K的脚步声惊醒了她。

　　K想起昨日深夜方才经过的地域。瓦拉纳西。恒河。路灯下，恒河河水褐黄混浊，河面赭色水汽氤氲，但河岸四周却寂静无比，渺无人烟。所有K曾于古典时代影像记录上得到的印象——河畔徘徊的贱民、畸零者、苦行僧侣、老弱伤残者；铁笼、河坛上的尸体；因尸身之焚烧而腾起的野烟、吞食骨骸的水流；那面对河面，逆光朝拜着河流的半裸男子、那脏污纱丽寸寸没入河水中的女子；因雾霾之遮蔽而迷茫如星辰的淡白色阳光……一切于历史上曾实存的宗教意象，此刻，竟仿佛大戏散场，所有道具撤离，人物皆突然隐去一般。

　　如冰之消融。无影无踪。

　　女人怀中的婴孩也醒了，啼哭起来。女人（K发现她很年轻，一脸稚气）打了个呵欠，漫不经心轻拍着婴孩。

　　黑暗街道旁，罗望子树在冷风中哗哗抖索。一层薄薄的露水凝结在地上。

　　K推开女人身旁的漆蓝木门，进入一条窄小廊道。

　　Eurydice紧跟在他身后。

十数步距离后，他们进入一座狭仄厅堂。

这是个小酒馆。乍看之下并无特异之处。灯光昏暗，现场散置着几套寻常木桌椅。吧台左后方，石砌圆拱下，暗红木门镶嵌其上。全像霓虹打亮了英文字样："**梵**"（Brahman）。

而四周砂岩壁板上，众多浮雕神像环立。神祇们普遍裸露上身，手执法器，或拥有不仅一张脸面，不仅两条胳膊；又或兼有两性性征，同时具显男神与女神之法相。

K知道那约略都是古典时代婆罗门教的神祇。但他对此十分陌生。在这时代，婆罗门教信仰几已销声匿迹；此类神像不再具有宗教意义，多数已沦为用以营造异国情调的死物了。

K与Eurydice来到吧台前。

吧台前此刻并无其他顾客。一身材娇小，翠绿纱丽的印度女人正忙着调饮料。光线如琥珀，暗红浆汁正被倒入已半满着雾白色半透明液体的酒杯中。如牛奶中的鲜血。

调酒女将发髻盘在脑后，胸口、耳际与裸露的臂膀上都垂挂着宝石银饰，星芒闪动。这使得女人显得华贵而明亮。

女人只淡淡望了K与Eurydice一眼，没有搭理他们。吧台另侧，一位穿着库儿塔长衫的高大印度男人放下了手边工作，抬起头来看着K和Eurydice。

K和Eurydice在吧台前坐下。K掏出一张纸条递上。

女人又瞥了K一眼。库儿塔男人看了看纸条，表示惊讶。"这种饮料我们已经很久没有卖了。"他告诉K，眼神带到Eurydice身上，"我不会做。但我可以帮你问问老板。"他比了个手势，"麻烦你们稍等一下……"

K微笑："那就麻烦了。"

"对了，您怎么称呼？"

K递出名片（上面写着银色的T.H. Zodiac等字样）："麻烦您一并帮我通报。谢谢你。"

库儿塔男人打开那石砌圆拱下的红木门走了进去。华贵的印度女人向K与Eurydice递去一个潦草微笑，便又去忙自己的事了。

等待时分，K环视四周；而后摸索着太阳穴中的隐藏按钮，照了几张相。

靠近吧台的这桌是两位年轻女子。其中一人短发利落，另一位则是平头造型。她们不时贴近彼此耳边亲密交谈，两个大背包被随意扔在桌脚，一副西方游客模样。而稍远处是一对印度情侣，他们穿着休闲，正在用餐，似乎开始不久。

K刻意观察了一下他们用餐的速度。

而邻近入口处则是一位穿着干净白衬衫，打领带，业务员模样的白种男人，西装外套随意披挂在椅背。他的肩膀宽阔厚实。K看见他百无聊赖把玩着手表，漫不经心地触碰着皮肤上的浮钮；将小小的贴肤屏幕点亮，又熄灭。

K看见他抬起眼，望了望吧台，又盯着自己在桌上交握的双手。

他桌上立着一杯饮料，仅余一半。然而这样的亮度下，看不清那是什么饮料。

K感觉他像在等人。这男人占据的是这场地里最好的位置——无论意图监看全场、控制出口或离开现场，皆占有最短捷的地利。

库儿塔男人推门走出。"先生、女士，"他笑容可掬，将纸条交还给K，伸手与K相握。"Devi女士向两位表达诚挚欢迎。我叫

Arvind。请跟我来，"Arvind做出邀请手势，低声说，"Devi女士想请两位品尝她亲手调理的'德里之夜'。这边走。"

K点头回礼，Eurydice也站了起来。两人自吧台椅上起身。

离开时，K瞥见靠近门口的白衬衫男人口中正喃喃自语着。

（大约正以**牙式手机**[24]与外界通话吧。K想。）

---

[24] 维基百科"牙式手机"（Cell Phone Tooth）词条说明（2290年9月7日最后修正），部分节录如下：

"……'牙式手机'由古典时代末期盛行之通信工具'手机'改良发展而来，为广义类神经生物包裹之一种。一般装置于人类臼齿中。其机体向内有神经线路连接至内耳三小听骨与耳蜗；向外则有微型集音器置入于口腔中，方便使用者于任何地点以超低音量进行通话……"

"一般而言，牙式手机被设计为'植入生长型'类神经生物封包。手机零售商以圆头镍将约大小一毫米见方、外形扁平之手机幼虫置放于使用者之牙龈，而幼虫随即钻入牙床，自动植入至臼齿中寄生。约20小时后，幼虫于臼齿内蜕化为成虫，虫体内部发展出具一般手机通讯功能之微器官组，并沿颚骨长出两条细长神经线路连接至内耳；另再以约十数条短枝状神经线路生长于周遭牙龈组织，构成集音器回路。"

"然则，牙式手机虽极方便，却并非全无缺点。根据记录，至今全球曾发生10起'幼虫生长停滞'（终至死亡）之案例，另亦有6起'幼虫生长错乱'案例。多数虽并未危害人体健康，然而却对使用者造成极大心理负担。……另亦有不少消费者由于无法克服任由手机幼虫植入牙床、自行生长之恐惧，而坚持使用自古典时代即已存在之传统手持式手机……"

另，针对"牙式手机"相关题材，亦有相应文学作品产生。其中最著名者为日本小说名家长谷川克己所著之长篇小说《降灵执照》。此为一荒谬惊悚之作，曾获2154年直木奖殊荣。内容描述一名为戴维之中年大学教授（任教于庆应大学外文系，研究主题为法文诗歌，尤专精于兰波）于接受牙式手机植入后，由于发生严重"手机幼虫生长错乱"病变，神经线路不规则蔓生至大脑，竟至终日幻听，并宣称可听见"神之话语"或"鬼声"情事。事实上，于长谷川克己笔下，其症状不仅限于幻听，尚有幻视、幻嗅（闻见不存在之气味）、幻味（尝到不存在之滋味）等奇异情事。较严重时，甚至出现"与画作对话"之事——戴维教授参观画展，不停与展出之画作说话，语音时而高亢、时而低沉愤怒，然而却无人能听懂对话内容……

戴维教授就医后，原本被误诊为原因不明之"联觉者"（Synesthesia）；几经（转下页）

他们跟随印度男人穿过吧台，穿过那石砌圆拱之下的"梵"（K注意到门把与门板边缘都有着严重磨损锈蚀），步入一条昏暗廊道。

（接上页）波折，方才查验出疾病是因为手机幼虫不规则生长所致。而"与画作对话"之事，乃因大脑视觉区受画作色彩构图之刺激，经错乱之神经线路传至内耳，化为语音（患病期间，戴维教授甚至有论文发表数量激增之情形；论文主题多数集中于兰波名作《元音》一诗之上。然论文本身多无法卒读）。而由于戴维之大脑语言区与视觉区域之间，亦有异常线路增长；导致戴维竟能以该种语音之逻辑、文法、句式等正确用法与画作进行对话。《降灵执照》即以此为基础，编织戴维教授于牙式手机幼虫生长错乱后所产生之异常行为，以及随之而来的荒谬情状。

该作品获得极佳之评价，至今仍属日本荒谬文学必读经典之一。

另注：兰波（Arthur Rimbaud，1854~1891），古典时代法国诗人，代表作为《醉舟》《彩画集》《地狱一季》等。《元音》一诗名句为"我曾发明元音的颜色：黑的A，白的E，红的I，绿的U，蓝的O"，以颜色重新定义语言与音节，备受当时文坛瞩目。

36

2219年12月1日。凌晨1时47分。印度德里。

橙黄色底光自地面浮起，廊道远处于透视点处消失。K完全无法借由视觉捕捉到这廊道之尽头。一切都浸没在某种过度浓稠，由室内暗影所构成的油液中。

然而两侧，借由全像显示技术，一帧帧卷轴唐卡显像于红砂岩壁上。

那并非一般手绘唐卡，而是以光之工笔编织而成的全像唐卡。此处，列队于壁上者不下数十幅，其中神祇则直至数百尊之谱；男神女神皆有，甚至有呈交合状态者。

K注意到，那远近不一的人像之线条，光之轮廓与色泽，正随着观看角度之变化而对应出无数细微的动态调整。是以那一尊接一尊，如藤蔓窜爬，以其肢体彼此拗折，缠绕，交合，向黑暗视野中央之透视点隐去的众多神祇；确实便如同一对对正迷醉于性爱激情中的情侣，贪欢而充满淫欲地抽插动作着。

交合之无量数化身。交合之无量数法相。仿佛观音的一千只手自单一神祇幻化而出……

K突然领悟到一件事。

这是一家戏院。

此处正是某一废弃戏院之廊道。灰尘，胶卷，暗房，化学制剂之气味。干燥气流嘶嘶吸去了空气中所有生命元素。而众多全像唐卡所在之两侧壁板，原本正是电影海报张贴处。

领路的Arvind突然打破了沉默："或许您已经注意到了。这些都是婆罗门教的神祇。"他稍停，"您知道，现在的印度，已算是没有婆罗门教信仰了。然而Devi女士认为这是古典时代重要的文化遗产，因此特地在我们店里使用全像技术重现婆罗门的神话内涵……"

这不是事实。K想。如此隐秘廊道之装置，显然并无任何向公众展示的意思。他耳边传来细碎音响；确实仿佛置身一古典时代老戏院，场外，隔着堆满道具杂物的后台与曲折窄仄之甬道的音效。那些交谈。放映中模糊的语音。听觉中的大千世界。如此缠绵婉转，竟也确实仿佛在描述着一段爱恋，一场战争，或一次无限欢愉而销魂的性爱一般。

廊道正微微向下倾斜。换言之，在那一尊接着一尊，光的神祇们凝视下，他们正一路向地底沉落。

两分钟后，一行三人来到了一处椭圆形的大型厅室。

电影院。果然。

然而，那显然与一正常放映厅全然相异。厅前银幕犹在，红绒布幕半掩；但场地中央并非观众席，而是格格队列，如史前巨鱼之弯曲脊骨般，以透明材质构筑而成的众多直立胶囊腔室。

众多小尺寸之古典时代电话亭。高度低矮、空间局促，每格约略寻常戏院座椅两倍大小；而每一卵泡状胶囊中，都直立着一个沉睡中的，凝眉闭目之人体……

一如某种"人的标本"之展示场。

而此刻，每一胶囊腔室上半部表面，仿佛影片播放，各色流光变换闪烁。无数影像溶叠着影像，无数画面如深海荧光鱼群，泡沫般翻腾浮起，群聚绽放又坠落黯灭。彼处，每一格胶囊腔室内部之人体，其脸面，人体四周之卵形腔室壁板，物事表面，脊骨内里，都像是被包裹在那无数影片气泡中，沾染了那光影的复杂色泽。这使得那一具具人之标本，每一节透明脊骨胶囊，皆向持续外辐射出彼此相异的、幻变中的光……

（仿佛默立于一古老巨幅壁画前，以死神之眼，于同一瞬刻，穿透千百年来层层覆盖涂抹其上的泥灰、颜彩、笔触、光线之不同质地，同时看见每一层不同时刻凝定之全景……）

"这就是我们在此建构的'梵'。"Arvind解释，"在'梵'里，我们利用独家技术，将多样化的'梵之梦境'提供给消费者。借由我们所提供的，具有梵天与湿婆神力加持的特制药物，人们在这些蜂巢胶囊小室中，可以安心沉睡，心无旁骛地享用这些色泽鲜艳迷人的'梵'之梦境……"

"你是说，呃，你们——贩卖'梦境'？"

"表面上说来，确实如此。"Arvind笑着回答，"但我必须说，那与外界所说的'梦境娱乐'截然不同。事实上，较准确地说——奉梵天与湿婆之名——我们提供的，是某种以梦境为媒介的'神的体验'……"

"神的体验？所以说，体验的内容就是，让愿意为此消费的顾客在此做梦？"

"是。进行体验。体验'梵'。"

　　K与Eurydice交换了个眼神。"我没想到现在的印度还存在有这样的宗教仪式——"

　　Arvind再次微笑了。"拜湿婆与梵天所赐，不是宗教'仪式'，是宗教'体验'。我们一向这么做的。但我们的独特优势在于，除了栩栩如生的体验之外，我们更注重安全。"他顺势移转话题，"首先，药物完全无害于健康。再者，为了安全，每个人在当下所陷入的梦境都会在胶囊小室上半部的卵形屏幕上同步呈现。若有紧急状况发生，借由对当下梦境的直接审视，常驻医护人员便能有更丰富的信息以作为快速处理的依据……"

　　K感觉Arvind的说辞真假难辨。他们在走道尽头拐弯，打开一道标示着"闲人止步"的门，进入另一条同样狭长黑暗的走道。

　　"当然，我想你们可以猜到，之所以如此命名，依据的正是古老婆罗门教教义中的'梵'。"男人说，"这也正是创办人所念兹在兹的。她希望那逝去的古老传统，能以崭新的面貌继续留存于世……"Arvind停下脚步，"到了。"

　　一行三人站在门前。门后隐隐流泻出乐音，似乎是古典乐。男人按下按钮，接受视网膜扫描，而后拳起中指，敲了房门七下。

　　"请进。"

　　K随即发现，他们置身于一寻常办公空间中。

　　缺乏任何特色的明亮白色系办公室。全然不同于印度传统的西方风格。白色壁板照明。白色地板。白色办公桌。白色成套麂皮沙发。如电梯空间般无任何多余装饰的单调陈设。然而或因方才长时间微光导致的视觉偏误，K感觉此刻之亮度，竟大片晕染着鬼魅般的淡青。

乐音现在必是十分清楚了。那是巴赫的C小调赋格曲。

"您好，我是Devi。"女人主动伸出手，"Zodiac先生、Zodiac太太，非常高兴能有机会与两位相见。"

女人已上了年纪，但依旧美丽。柔软的短卷发此刻正垂落于颊侧，发色介于淡金与银色间，像过曝为负片的大片麦田。她的五官轮廓深邃而优雅。K觉得她神似古典时代末期一位著名女星。他一时想不起女星姓名，然而那在职业生涯最后阶段因初入老年而更具平衡感的风韵却近乎完全一致。

Devi微笑着，式样简洁的灰蓝色套装合宜地穿在她稍显瘦削的身上。但K注意到，她的左手中指、无名指以及小指，竟都被截去了最后一段指节，只剩下拇指与食指是完好的。

此刻，不知是否是某种习惯性遮掩，她垂落的左手正轻轻空握，作拳起状。

"两位请坐——"Devi女士做了个邀请的手势，"舟车劳顿，两位想必累了。我们为两位特别调制的'德里之夜'已快做好了，立刻就会为您端上来。"她将巴赫C小调赋格曲调至极低音量，"请稍等，先用茶吧。"

此刻，除了Arvind外，余下三人已在沙发上落座。Eurydice啜饮了热茶，向Devi女士表示香醇好喝。

Devi女士笑了起来。"谢谢您喜欢。事实上，之前在2160年代，北印度产茶区逐渐失去主导地位之后，我们就很难在当地找到真正高质量的阿萨姆茶与大吉岭茶了。这些茶，其实也都是温室茶。"

"是吗？"Eurydice有些惊讶，"温室茶也能有这样的质感，那显然是相当成功了。"

Devi女士微微颔首。"那，容我冒犯，"她轻啜茶饮，而后放下杯盏，"两位这次来，是有什么事吗？"

"我们想通过您找一位朋友。她的名字，"Eurydice说，"叫作M。"

"噢，你们想找M啊。"Devi女士又喝了一口茶，"请教一下，是什么样的事情？"

"我来向您解释。"K倾身向前，"在纽约，我和内人经营一家艺术经纪公司。公司规模不大，但经纪范围很广，当然，也有几家固定合作的画廊和彼此信任的藏家。近来某些**新艺术**[25]类型市场发展

---

[25] 维基百科"新艺术"（New Art）词条说明（2289年8月1日最后修正），部分节录如下：

"'新艺术'一词，一般泛指古典时代结束后，由于科技（较之古典时代）之大幅跃进与普及，进而导致某些运用此类新时代科技作为创作媒介之崭新艺术形态大量产生。由于此类创作颇不同于古典时代常见之传统艺术类型（如绘画、平面摄影、电影、旧式装置艺术、旧式行为艺术等等），故名之为'新艺术'……"

另值得一提的是，中国著名史学学者林映谦于艺术史专著《继承与离弃：新艺术100年》中，曾考察"新艺术"发展史上十大名作；其中排名第一者，为王赫颐"Pinky跳跳跳"（Pinky Jump Jump Jump）系列作。此作颇具代表性，简述如下：公元2097年，华裔英籍艺术家王赫颐于英国南部一处临海峭壁发动一名为"Pinky跳跳跳"之行为艺术。王赫颐以基因改造技术，制造出荧光粉红兔、荧光绿天竺鼠、荧光黄吉娃娃以及荧光粉紫迷你猪各500只，分别命名为Pinky、Greeny、Yelly以及Purly。为求四种动物之外形形似于一般填充绒毛玩具，王赫颐更于进行基因工程时，将动物之双眼尺寸、瞳孔之直径均做放大处理。总之其外形均至为可爱。

2097年9月11日夜间10点，团队将天竺鼠、迷你猪等共2000只可爱动物以大型拖车运送至该处临海峭壁平台，同时放出。一时之间，猪啼狗叫，黑暗之中，四色荧光满地乱窜。然而此为一事先三面围与矮篱之场地，动物们虽然乱跑乱跳，却无从冲出矮篱范围。此时团队派出20位着荧光制服之生化人临时工，对荧光动物进行驱赶，将之驱赶至峭壁处，令其全数坠海。王赫颐团队并动出八部全像摄影机，分别自峭壁上、峭壁下以及稍远处海中拍摄动物坠海之画面。由于身处黑夜之中，荧光动物坠海之画面犹如火花之坠落，相当壮观。

此即为"Pinky跳跳跳"行为艺术之过程。由于内容过于残忍，遂引爆颇大争议。事后于接受英国《卫报》访问时，王赫颐表示，"Pinky跳跳跳"构想部分来自（转下页）

（接上页）古典时代英国BBC制播之电视节目《天线宝宝》。"这就是残忍版的天线宝宝，"他说，"人们喜欢可爱纯真、看来无害的事物。但那只是一种人为刻意营造的假象，往往对于深刻了解世界本质一点帮助也没有。'Pinky 跳跳跳'的目的便是在于提醒众人注意此事。"至于社会各界对"Pinky 跳跳跳"过于残忍、将动物工具化、不尊重生命等批评，王赫颐则是轻描淡写表示，艺术本来就是残忍而不人道的，"这也是我之所以安排生化人临时工担任驱赶者的原因。"王赫颐强调，在这个世界上，没有人是全然无辜的，"所有人都同时扮演着加害者与受害者的角色；包括生化人在内，当然也包括我在内。"

而于"Pinky 跳跳跳"过后一年，2098 年 12 月，王赫颐则推出名为"Kitty 二号吃吃吃"（Kitty No.2 Eat Eat Eat）之新作，并将之列为"Pinky 跳跳跳"系列二号作品。王赫颐团队以一白化症猫咪为原型，以基因改造技术复制出一全然形似于古典时代著名玩偶 Kitty 猫造型之猫咪，直接取名为"Kitty 二号"。然而诡异的是，Kitty 二号与 Kitty 猫玩偶相同，是一只没有嘴巴的猫；也因此自出生以来便无法进食，必须仰赖鼻胃管灌食。而"Kitty 二号吃吃吃"之行为艺术，便是在观众面前示范如何将蛋糕甜点、猫食饼干、鱼罐头等各式食物，制成流质状，对无嘴的 Kitty 二号猫咪进行强迫灌食；并将过程记录剪接为传统式平面录像作品。为求仿真效果，王赫颐还将有着椭圆形大脸的 Kitty 猫二号穿上吊带裤装、别上粉红蝴蝶结，装扮为与 Kitty 猫完全相同之可爱模样；并制造佩戴有鼻胃管之"Kitty 二号"玩偶，公开贩卖。由于"Kitty 二号吃吃吃"实在太过残忍，动物保护团体遂再度控告王赫颐；而原 Kitty 猫玩偶制造商、Kitty 猫形象版权拥有者（日本三丽鸥公司）亦控告王赫颐侵权。至此，自"Pinky 跳跳跳"以来，王赫颐团队已然为此连续吃上了四起官司。此外亦有不少评论家批评其过度制造争议以进行媒体炒作。然而于 2099 年 1 月接受台湾《台北日报》专访时，王赫颐仍一派轻松，表示不会在意官司，也不会在意外界批评，将继续进行"Pinky 跳跳跳"系列创作。

但令人意外的是，此一诺言并未兑现。后续"Pinky 跳跳跳三号"从未出现。2099 年 4 月 5 日近午，王赫颐一如往常自位于伦敦 Bloomsbery 的住所外出，然而却未曾出现在与其住所相隔仅 300 米之工作室，就此失踪。包括王赫颐之家人与团队工作伙伴均表示不明所以，且事前毫无所悉。更诡异的是，根据人类联邦政府警方调查，约于失踪前一周，王赫颐曾向一媒体界友人表示，已然构想完成"Pinky 跳跳跳三号"内容大要，预定近期开始擘画制作。然而工作团队成员却未曾听闻王赫颐提及任何"Pinky 跳跳跳三号"之实质内容。警方针对此失踪案调查数月，没有任何结果。才以"Pinky 跳跳跳"系列声名大噪的王赫颐便如此消失于茫茫人海之中。

然而时隔近三年，事件却意外有了进一步发展。2101 年 12 月 17 日，于王赫颐（转下页）

（接上页）失踪约两年八个月之后，一匿名包裹邮寄至台湾台北"自由电视台"总部；包裹内容包括影片光盘一份、指甲碎屑十数片（以压口塑料袋密封）、毛发三根（以昆虫针、黏胶等仔细固定于厚纸板上），以及短签一张。其中毛发与指甲经人类联邦政府警方DNA分析，证实为王赫颐本人所有；毛发中两根为头发、一根为阴毛。而署名为"Kitty Kids"之短签则为英文写就，仅简短表示，王赫颐并非真正之艺术家，真正严格意义之艺术家必须**献身于艺术**；就此一标准，仅有"Kitty Kids"方才堪称艺术家云云；语气漠然，并无特殊情绪。而在自由电视台会同警方人员播放包裹内之影片光盘之后，发现该影片内容极其骇人。有关单位随即下令禁止该影片于媒体播出。然而两周后，伦敦八卦小报《深喉咙报道》出刊；报道引用警方内部消息来源指出，该影片主要内容为一遭受限制行动之人类接受鼻胃管灌食之画面。令人震惊的是，由于该名受害者没有嘴巴（研判口唇部位曾以烧灼、缝合等方式凌虐处理，该处皮肤显见凌乱疤痕，但却没有任何开口），经由鼻胃管灌食为该受害者唯一之进食方式。至于该名受害者是否即为失踪艺术家王赫颐，该消息来源表示，由于受害者明显经由特殊方式毁容（影片中，受害者没有毛发，五官形状扁平、残缺不全，且肤色极白，全身皮肤似乎已经不明化学方法或基因工程处理，呈现一极度光滑，如去壳水煮蛋之诡异质感），导致身份难以辨识，无从确定是否就是王赫颐本人。然而《深喉咙报道》依旧绘声绘影指出，除该影片之摄制者确实拥有王赫颐之毛发与指甲屑等证物外，警方内部亦有传闻，表示在收集一定数量关于王赫颐之新闻碎片，并与该灌食影片进行比对后，多数项目小组成员均认为受虐者之眼神与王颐为神似。也因此，项目小组已假设王赫颐遭到囚禁凌虐，正积极追踪包裹来源中。

然而由于罪犯心思缜密，并未在包裹上留下汗水、皮屑等任何微物迹证。警方仅于短签上采得不甚清晰之半枚指纹。警方甚至怀疑该半枚指纹为歹徒刻意留下，意图借此干扰办案。由于线索不多，案情遂陷入胶着。

此即为著名之"**Pinky跳跳颐凌虐事件**"之大要。然而尽管该案喧腾一时，侦查依旧迟无突破。时日既久，遂不了了之。

但事件尚未就此结束。2102年11月，于王赫颐失踪三年半后，俄裔英籍艺评家Masha首度公开抛出阴谋论看法。于《Art Image艺术志》267期中，Masha撰文表示，高度怀疑王赫颐的失踪只是个幌子，整起疑似囚禁凌虐之犯罪事件，均为其幕后操控之结果；而神秘包裹中之凌虐录像，其实就是当初王宣称即将执行的"**Pinky跳跳三号**"。至于录像中受虐者是否即为王赫颐本人，Masha则认为概率不大。"毕竟在受害者容貌已然面目全非的状况下，要设法制造'该录像主角即是王赫颐'的错觉，亦非难事。而王赫颐本身既为策划者，则很难再亲自担纲录像主角。"Masha也坦承，此等（转下页）

（接上页）阴谋论其实在艺术界流传已久，他本人只能算是首次将之公开陈述而已。"……我认为，包括王自身之失踪、事前向媒体友人的放话、事后媒体之报道、舆论纷扰与揣测；甚至我自己目前的公开看法等等，一切尽在他的规划与算计之内。……如果我猜得不错，王赫颐正是想设计一个由众人参与所完成的行为艺术作品；而这个作品就是'Pinky跳跳跳三号'。"

严格说来，Masha的说法仅属臆测，并无其他任何有力佐证。人类联邦政府警方则公开呼吁Masha若持有新事证，应尽快提供，将针对此案重启调查。然而于该文章刊出后之下期《Art Image艺术志》268期中，Masha再撰长文，针对"Pinky跳跳跳系列"做出评论。于此一名为"**连续回路——论王赫颐《Pinky跳跳跳》系列作及其争议**"的艺评文中，Masha论述，艺术创作的思维是自由的，而行为艺术与一般社会观感、社会习俗之间的冲突早在古典时代已然有之，常见于某些需要表演者裸露身体的行为艺术之上，并非始自今日。事实上，艺术家利用与社会价值观之冲突营造张力，甚至将社会反应纳为行为艺术整体之一部分，也并不新鲜。然而，"Pinky跳跳跳"系列之不同者在于，发展至今，由于牵涉重大刑案，遂引起轩然大波。"如若此类发展真为王赫颐预先设计，"Masha写道，"则事到如今，所有其他后续事件，包括艺评、社会舆论、刑事案件案情发展等也都无可避免地被视为艺术创作之一部分。举例而言，笔者之前所公开发表之阴谋论，或可被称为'Pinky跳跳跳四号'。然而令人感到惊奇的是，由于此刑事案件追诉期限长达60年，因此几可论定此一艺术创作之呈现过程必然至少尚有60年期限；而此一长达60年之'追诉期限'当然是为一现代性（Modernity）之产物。……王赫颐对'Pinky跳跳跳'系列连作之精巧设计在于，借用一'国家机器·现代性'之法律系统，将此一行为艺术构造为一长达60年之连续性回路；于此60年期间，所有与此事件相关之行为——无论其对于'Pinky跳跳跳'系列之态度是正面抑或负面——均成为其行为艺术之一部分。换句话说，'对行为艺术的反应行为，反馈至行为艺术自身'。以此一角度而言，破案必将遥遥无期，凶手也必将逍遥法外；因为唯有无法破案，才能保证'Pinky跳跳跳'系列连作之持续创造。……这是王赫颐与现代性的巧妙挂勾，同时也是对现代性的反讽……"

"此为就艺术角度而言。"Masha继续写道，"……然而，若以刑案观点而言，笔者却必须指出，正是此一连续回路之特质，提供了警方破案的契机。因为在当初凌虐录像之新闻热度过后，60年之间，唯有持续发生的相关事件才能维持'Pinky跳跳跳'系列连作的表现力度。而最希望维持其表现力度者，当然可能就是艺术创作者王赫颐本人，也可能就是凶手，或与凶手有关——当然，可能也包括我在内……"此言既出，舆论大哗；于舆论压力下，人类联邦政府相关单位亦立即传讯Masha到案，希望（转下页）

迅速，我与内人又恰巧对这方面较不熟悉；所以经由朋友介绍，我们长期聘请M作为公司顾问。

"当然，M的专业不在话下；近几年来，公司在这块领域的业绩也有长足进展。M的意见对我们帮助很大。

"由于M注重个人隐私，因此尽管合作已有一段时间，但我们

（接上页）能对案情有所帮助。然而此时又有人怀疑Masha此举或有其他目的。日本著名推理小说家村上弘宪即于《朝日新闻》撰文指出，Masha将此一逻辑说破的结果，虽然对此一事件之继续延烧颇有短期效益；然而就长期而言，此举将产生吓阻作用，致使意图"参与创作"的其余共同作者因害怕涉入刑案而心生畏惧。"……这当然对'Pinky跳跳跳'系列连作的艺术表现力有所伤害。究竟Masha图谋为何？是仅仅做出评论，不作他想？是期待系列连作之表现力度持续延烧？抑或是希望利用此一吓阻作用，坚壁清野，排除其余'闲杂人等'，将'Pinky跳跳跳'系列连作之创作权收归于己身（或僭夺其创作权）？甚至，Masha本人是否与王赫颐团队有所关联？他是否独立运作，或为王团队一员，或为王所利用？诸多可能，令人费解……"

正于舆论喧腾不已时，出乎意料的是，艺评家Masha亦突然失踪。两天后，其尸首于法国卢瓦尔河一支流河床上被发现。法医相验结果，分析为生前落水；然而究竟是自杀或他杀则无法判定。一周后，2103年1月27日，法国《世界报》收到一署名"Kitty Kids"之密封函件。该函件显然以一般个人计算机打印，以英文简短表示，艺评家Masha勇气可嘉，几经考虑，"我们决定帮助他献身于艺术，成为一真正之艺术家。"而此一函件经过警方化验，又采得半枚指纹；但经与先前寄至台北自由电视台之Kitty Kids短笺所采得半枚指纹进行比对之后，并不相符。

然而或由于涉入"Pinky跳跳跳"系列创作（以艺评家Masha观点视之）之艺术家，包括王赫颐本人（疑似遭到凌虐）与Masha（确定死亡）等，均果凄惨；于Masha尸体被发现后，自此遂再无后继者敢于参与"Pinky跳跳跳"系列创作。而艺评家们尽管仍持续有所评论，或由于惧怕，均止于点到为止，并无任何突破性新观点之创见。久而久之，于悬案未破之状态下，事件遂逐渐平息，再无后续发展。"一个可能的看法是，这样的沉默或许就算是Masha所谓'现代性连续回路'之终结？然而我不认为如此。"于《继承与离弃：新艺术100年》中，史学家林映谦如此论述，"'没有后续事件'同样属于创作的一部分。在此，我的评论也是创作的一部分。这是我的结论。"

史称"Pinky跳跳跳凌虐事件"。

并未见过他本人。所有联络以及意见交换皆通过电邮或其他加密通讯方式，在容许她隐匿身份的条件下进行。我个人推测，这或许是因为以她在艺术界的分量，不方便公开透露她对个别艺术品的评估。总之，虽然我们对她的身份很陌生，但我们一向合作愉快。

"而最近我们又接了新艺术领域的一个企划。在之前已曾向M简单告知。案子在接洽中，尚未完全确定，但正当我们想咨询M的意见时，却找不到她。我们知道她向来神秘；对于她的行踪，我们不过问；但基于合作伙伴间的信任关系，M之前便曾告诉我们，可以与您联络——

"我们确有时间压力。M方面的信息是，若有急事必定要联络她，可能就得请我跑一趟德里，到这里来找您了。"

Devi女士的脸上没有任何表情变化。她只是眨了眨眼，平静而专注地听完了K的叙述。"我了解。Zodiac先生、Zodiac女士，"她不疾不徐，"请问那大概是个什么样的案子？"

"是，"K说，"是一位年轻艺术家的个展筹备。艺术家名叫Ashima，也出身印度，截至目前惯常以多媒体素材进行创作；我们相当欣赏她的作品——"

"Zodiac先生、Zodiac女士，也请容我向两位稍做说明。"Devi女士突然客气地打断了K，"我认同您的诚意。我就直说了，我和M是老朋友，但也好一阵子没见到面了。我也很想念她。我不确定从我这里能否顺利找到她。但如果您这边的状况如此，那么我想我必须向您确认，是否有任何个展凭证？有任何类似信函、手稿、策划书或契约之类的文书？或者Ashima作品的样本？"

K微笑。"有。我们这里有一张全像画片，是Ashima的作品缩小复制版，题名为'梵'。"K取出照片，"您请过目。"

那是张明信片大小的画片。一尊神祇。神祇皮肤红润，身披白袍，裸露着金属质感浏亮之肩臂，手持经书与令牌，头冠、耳际与颈项之间佩戴着璎珞缀饰。在他胯下，一只鹅正昂首展翅，凝冻于欲飞之一瞬。

鹅必然是神的坐骑了。但更引人注目的是，那是个双头神。躯体颈项上，神祇同时长有面向不同方位的两个头，两张脸。随观看角度之倾侧，那两张法相，既凶恶又平和，或讥诮或愁苦，一如古典时代之瓷器窑变，呈现一种流转不定、时而协调时而彼此扞格之立体光影样貌……

而那两张脸上，两双眼睛之眼神，亦如鬼魅般倏忽即变。

Devi拿起画片细细察看。青白色灯光下，她翻转着不同角度，试图观看那全像于不同时刻所呈现的整体画面。她严肃的表情略有放松，眉眼之间稍稍舒缓了开来。

她站起身，走到办公桌前，打开抽屉，翻找一阵，取出一类似纸片之物事。

另一张全像画片。乍看之下与K带来的这张似乎一模一样。K正想开口，却被Devi女士的手势打断。她微笑着：“两位稍等。我核对一下……”

Devi坐回茶几前，并置二张全像画片，又仔细观察半晌。那确乎是两张轮廓全然相同之画片。而后，她立起两张画片，将画框背对背贴合。

异象现身。两张背对背全像画片之立体光影，竟如一组光之微粒沙尘暴，先是彼此扰动，拆散，旋转，重组；而后，如繁花之盛放或聚敛，彼此渗透、嵌合、涨缩搏动，化为单独一尊神祇之完整法相。那神祇同样有着红肤白袍，舞动之四臂，面向各方之四首四面，而胯下昂首鸣叫之坐骑则幻化为一只四头鹅。

不。非仅四首四面。此刻在那四首之上，凌空相隔半尺，赫然出现了原先并不存在的第五个头。

第五首。仰躺向上，如暗夜水面漂浮之第五首。然而更怪异的是，那第五首之脸，其脸面五官，眼、耳、鼻、眉，其神情之细碎牵动，却如同正陷落入某种痉挛或难以承受之性爱欢愉中，波纹流转，妖艳陀红，颠倒迷离，如痴如醉……

"好，没问题了。"Devi女士满意地看着那两张全像画片上之合体神祇，脸上疲惫一扫而空。她转头面向她的两位客人："知道婆罗门神话中，梵天与他的妻子萨拉斯沃蒂的故事吗，亲爱的K？"

37

2219年12月1日。凌晨2时41分。印度德里。

一时之间K竟不知如何反应。但Devi显然并不在意。她只是淡淡瞥了K与Eurydice一眼，很快便继续说了下去："这是梵天。"她的视线指向那奇异的神祇，"婆罗门教主神之一。有一种说法是，婆罗门教中，类似梵天、毗湿奴或湿婆这几位主神，其实都只是所谓的'梵'在诸多相异时地的不同化身而已。

"如两位所见，我在这里经营的事业，就叫作'梵'。"Devi女士清了清喉咙，"于婆罗门教核心教义中，'梵'代表的就是'一切'。这点，从最原始的《梨俱吠陀》，到后来的《梵书》《奥义书》等种种经典，都能找到思辨痕迹。梵就是宇宙、就是本质；梵能幻化为万物，表现为一切事物、一切形体。然而，亦因梵即一切，它便不可能仅是某些特定事物。它难以言说、无法触及，所能言说、触及者，都只是'梵'在某特定时地的特殊体现而已。

"所以现在，两位或许可以猜到，为何我会把这里命名为'梵'了。"Devi女士淡然一笑，举起杯盏喝了一口，"当然，你们这张全像画片是经过特殊设计的。"Devi女士看向K，"这几乎是M的习惯了。M的个人注记。她的手泽。"

"M怎么了？"K问，"她现在人在何处？"

"是，我会告诉你。"Devi女士微笑，"……准确地说，我会告诉你怎么去找她。但我也只能告诉你找到她的方法；至于她的确切行踪，如我所说，我也很难确认。事实上，寻找M的方法，也的确与这两张全像画片有关。

"所以我必须向你说明，关于画片上的这位主角——'梵天'这位神祇。"Devi女士继续说明，"婆罗门教中，梵天是创世者。或说，'梵天'是'梵'用以创世的某一人格化特殊体现。前面提过，'梵'即是一切源头、一切本质；而为了创造世界，'梵'将自己化为梵天，担负起将世界由虚空中幻化而生的创世任务。无中生有。换言之，'梵天'这位神祇，是'梵'的某一性格——或许正是创造性格——变化而成的人格化神祇。

"神话中，梵天与妻子萨拉斯沃蒂有这样的故事：男神梵天感觉寂寞，想要一个女伴，便以一己肉身为媒介，自其中'创生'了萨拉斯沃蒂。是以萨拉斯沃蒂既是他的女儿，亦是他的妻子。梵天疯狂爱上了这位自己的创造物；他无法忍受片刻分离，想要随时随地都能看到她。于是当萨拉斯沃蒂往右走，梵天便在右侧生出一个头；她往左走，梵天便在左侧生出一个头。如此重复，四面生出四首；而四张脸面上之双眼，皆一无例外地凝视着萨拉斯沃蒂。

"但萨拉斯沃蒂太害羞，无法承受梵天过于热切的眼神，逃无可逃之余，最后只能向上飞升。没想到梵天竟然又往上生出了第五首。而那第五双眼，第五双洞黑的瞳眸，依旧痴迷地注视着她。

"婆罗门教神话中，为了惩罚梵天与自己的女儿乱伦，这向上注视的第五首被力量更为强大的湿婆神所砍下。这是湿婆给梵天动用私刑了。因此梵天的最终形象，并不是五个头，而是向各方凝视的四张面孔。

"古典时代末期，在印度，对多数婆罗门教信徒而言，梵天的力量不如湿婆。事实上，比起湿婆，对梵天的崇敬也少得多。梵天的神力代表最初之创生，而性格暴躁、力量强大，常与其他神祇争执冲突的湿婆却是毁坏与再生之神。此处，'毁坏'与'再生'是一体两面；说的其实是同一件事。

"当然现在，在已无信徒的这个时代，无论是湿婆、梵天抑或是毗湿奴等主神在婆罗门教中的地位消长，已全无意义。多数人完全不关心这些。这些细节，也只有对我这种人来说才算数了。"Devi抬眼望向K与Eurydice，"K、Eurydice，我无法推测你们是从哪里得到这张全像画片的。但总之那是M的手笔。在这套全像画片组合中，梵天是拥有他的第五个头的。这同样令人费解……"

Devi稍停。然而此刻，在这房里，地底特有的阴凉中，K突然领悟，那自他踏入此一办公空间中所感受到的怪异感究竟是什么。

那是种寄物柜般的印象。如同他与M之间用以传递情报数据的车站寄物柜。隐蔽于空间一角，纯属于物，介乎存在与不存在之间的封闭界域。仿佛Devi、Eurydice与他自己，此刻都像是某种尺寸缩水的小人儿，某种数字化资料，在那因被整个世界所忽略遗弃而反白的蜂巢状寄物柜中交谈……

"相信你也清楚，"Devi进一步解释，"类似全像画片这种艺术形式，理论上不可能有类似这样的成套作品……"

"是。我从没看过这样的全像作品。"

Devi女士点头。"这是M的算计。你知道，正常全像画片的原理，是以程序运算去模拟那摄影者不可见的部分。如果摄影者只能攫取物体之正面，那么全像摄影技术会以一算法推演出物体不可见的侧面，而后自动呈显。然而，在这作品中，"Devi指向桌面上直立的梵天，"K，当你的画片与我的画片彼此合和之后，却生出了第五个头。这显然是原本的程序演算难以办到的。"

"我了解。"

"首先，正常状况下，全像画片不应有所谓'合和'。每张全像画片的程序都是独立运算的。当两张全像画片彼此趋近，至多是两帧光学实像同时现身。理论上，实像与实像间仅同时并存，不至于发生任何交互作用。"

"确实。"K回应，"而且，那第五首的出现更令人费解。"

"是……或者，可以这么说：那是另一套专为梵天第五首所设计的全像算法。"Devi说，"不精确地说，原本在两张全像画片彼此分离时，那特别的算法并不存在。M想必是为这两张全像画片设计了一个特别机制，另一个殊异的运算器。当两张画片彼此接触，这运算器便会被启动。这就造成了第五首的出现——

"所以，K，Eurydice。"Devi女士微笑，自沙发座中起身，"两位请跟我来……"

她引导他们来到办公桌后，按开右侧抽屉，自其中取出一张约略明信片大小的纸张递给K。

"这是地图。"Devi说。

一张平面城市地图。蓝绿底色上标示着街道、绿地、河流、湖泊与观光地的图像与标志。两个红点隐匿其间。

"V镇东北角。"Devi说，"事实上，这不是普通地图，这是一张全像地图。"

"这是全像画片？"K疑惑，"是吗？这看来一切都是平面的，完全不像全像啊？"

"是，因为它同样经过特殊设计。"Devi解释，"看见那两个红点了吗？那就是此刻M的所在位置。"

"两个？"K问，"到底是哪一个位置？是说两个都有可能？"

"这也是我的疑问。"Devi女士点头，"很抱歉，我知道的也并不够多；事实上，K，我也未曾见过M本人。在这点上，我与你倒是一样……"Devi女士歉然一笑，"我所知有限。但就我了解，M的风格向来如此。"

"什么意思？"K大感不解，"您说，您也不曾见过M本人？"

"没错，Zodiac先生，或K先生，"Devi说，"我不曾见过M本人。她行事非常谨慎……我想她自有道理。"Devi似乎有些迟疑，"关于此事，我的建议是，一切以'获取信息'为主；至于其他，包括M的身份，若难以获知，那么也无须强求——"

K皱眉。"您的意思是？"

"我的意思是，两个红点，而非一个——这完全就是M的风格无误。"Devi说，"这张全像地图并非普通全像。据我了解，它的全像是**时间上的全像**。"

"时间上的全像？"K一头雾水，"什么意思？"

"一般我们说全像，指的是空间上的全像，是借由算法去计算出在光学上无法猎取的角度。我与你所各自持有的、合和前的两张梵天像即是如此。那是一般正常的全像。而时间上的全像，则是借由算法呈显'此刻'无法呈显的事件。

"举例，"Devi女士解释，"我刚提过，梵即一切、梵即万有、梵即万事万物。所有特定事物皆为梵的个别体现；即使是作为梵之人格化表现的梵天，亦仅是梵之一端。而这些，其实都与这组全像画片的算法有关。之前当M告诉我，联络暗号正是两张彼此合和的梵天全像时，她同时向我说明了制作原理。

"根据M的说法，两张全像未合和前，画片显像所仰赖的运算程序，是'空间全像'运算。而一旦两张画片彼此合和，那将梵天痴迷恍惚的第五首自虚空中召唤而来的新算法，即是'时间全像'……"

"什么意思？"

"我们先前提过，理论上，当两张全像彼此合和，不应有原先不存在的事物产生。然而在这套特别的全像设计上，M的设定却是，当全像彼此合和，新的算法诞生，则空间全像将被更改为时间全像——亦即，它可能同时呈现一事物于不同时间刻度中的状态。"

K皱眉。"这和M的两个所在地有何关系？"

"所以我才说，看这把戏，就知道那正是M的风格。让我换个方式解释——Zodiac先生，或K，"Devi突然提问，"回到艺术上，如果，作为一位……艺术经纪人，"她微笑，"或说，作为一位艺术爱好者；我有些好奇：您会如何解读这两张梵天画片？您会认为它有着什么样的隐喻？它主题为何？"

"我想，如果是我——"Devi女士继续，"我可能会认为，创作者Ahima所认同的，是在梵天的第五张脸上所呈现的那种激情与痴迷。我可能如此陈述：当艺术家试图重现那原本已遭湿婆摧毁的第五首，甚至刻意着重于其恍惚迷离，则极可能是为了强调人类情感所代表的，某种永恒的、超越的、令人动容的力量——

"换言之，若仅依赖直觉，我或许会认为：这是一位专注于'情感'的艺术家。她利用对传统婆罗门文化的转化，甚至反叛，试图呈现自己的立场。

"然而仔细寻思，并非必然如此。"Devi女士稍停半晌，"……

这组全像画片，题名为‘梵’。如我先前解释，梵天是梵的人格化身。然而梵即是一切。是以，令梵天呈现这般关乎‘爱之痴迷’的形象，其实非常怪异。‘梵’既被视为宇宙本质、一切万有；那么它理应包罗万象。它应当统御着一个多元多彩、五光十色的世界——于彼处，爱与漠然，恋慕与仇恨，分离或聚首，成、住、坏、空，甚至色、声、香、味、触、法，一切诸相，必纷呈并至，却又变动不居。一如挡风玻璃上流动的雨幕……

"而若是在‘梵’的人格化身上，缤纷万物却忽然被缩减为某种单一的、极端的情绪倾向，那是很难说得通的。这简直是‘我执’啊。就此而言，梵天与萨拉斯沃蒂——他的妻子、女儿，他欲望的对象——那整个故事：神话中的乱伦、热切的凝视，甚至作为惩戒而被湿婆所砍掉的第五首，都令人费解。那或许是‘梵’于某特定时刻的特定体现，但似乎不该是梵天的主要形象……"

K稍作思索。"……那么，女士，您认为这对梵天全像的意涵是什么？"K问，"您认为梵天该呈现为何种形象？或者‘梵’该呈现为何种形象？换言之，既然梵即一切，我可否如此质疑：一本身即是‘万有’之物，如何可能存有一准确形象？且这又与M的戏法、M此刻的居所有何关系？"

"关于我的个人意见，我想您看见我经营的这些业务，您就会明白了。"Devi站起身，双手交握，"依我看来，最接近‘梵’之形象，或说，如若必须选择某物作为梵之具象；那么我会说，那就是‘梦境’。"Devi稍停，"梦即一切。梦即万有。这是我之所以把我的店命名为‘梵’的原因。"

"但话说回来，那也只是我个人看法。我个人看法并不重要。重点是，"Devi女士强调，"M曾亲自告诉我这套全像程序的设计原理——"

"您不是说您未曾与M见过面吗？"K眼神灼亮，"她如何'亲自'告诉您？"

"噢，是，我表达得不准确。"Devi对K的质疑似乎毫不在意，"应当是说，M曾以某种方式告知我那些情报；而那样的方式，足以令我确信为实质来自他本人。

"M说，在两张全像合和过程中，空间全像算法被时间全像取代，"Devi继续说明，"而所谓'时间全像算法'即是，捕捉那些'非当下时刻'的事物状态。前一秒或后一秒、前一小时或后一小时的状态。你看。"

Devi分开两张全像画片（光影碎散，四首四面与第五首倏乎消失），暂停，将之并置，重新背对背叠合。

奇异的是，四首四面与第五首并未全数出现——此次仅有三首三面现身。

"怎么可能？"

"这就是'时间全像'。"Devi说，"它的算法测度的是除了当下时刻外，所有其他可能时刻中的所有状态。是以，每次叠合，时间全像算法一经启动，都可能计算出相异结果——更重要的是，可能是原先不存在于'分开的两张全像画片上'的结果。"

"啊，是这样吗？"K点头，"问题是，这与M所在的位置有什么关系呢？"

"这牵涉到M一贯的做法。她的惯性。"Devi女士说。无方向性的光线冷敷着她的脸。寄物柜般，炽烈的，无任何阴影的白，"当然，我不敢说自己完全清楚M的习惯。我只提供个人意见：就我所知，她是个倾向于'**全景**'的人——"

"全景？"

"以M自己的比喻来说——这是个量子力学的比喻——她倾向于量子塌陷之前的状态……而回归到梵天全像的隐喻上：她当然承认'梵'的某种面向，但她更倾向于'梵'的全景。梵即一切。梵即万有。她倾向于那个'万有'。"

"所以——"Eurydice突然说话了，"不只一个位置？"

"对。"Devi对Eurydice微微一笑，"在时间全像上，不只一个位置。不同时刻里，M原本便可能存在于不同位置。所以M才会在全像地图上那样标示。

"另外，就我们所持有的这组梵天而言，我以为，M的意思其实是，她倾向于全景，因此若是没有其他原因，那么为了维持全景，她倾向于不观测、倾向于不作为。但理论上，所有文明造物——语言，象征体系，此刻文明人类之存在——确实都是某种'塌陷'——那必然远离时间全像。这是文明不可免的结果。是以，若是原先的不确定态必须被塌陷成单一确定态，那么我的理解是：她宁可选择一个令人信服的、令人动容的理由。

"容我僭越地去解读它：在最终，当'万有'不再存在，在众多可能性间，M所选择的，是伦理与神性的崩解，是爱的疯狂、爱的痴迷、爱的盲目、爱的难以承受。但那并不意味她无条件承认情感的优位性。如若有所选择，我想她终究会选择舍弃情感，回到'全景'之中，回到'万有'之中，回到梦境之中，回到众多事物的混沌之中。"Devi女士稍停，"当然，这是我的解释。事实或许未必如此复杂——M之所以如此标示，或许也有她的理由。比如说，纯粹为了安全……"

"制造一个……阻碍？"

"当然。之前说过，我并未与M见面。我的猜测是，有很高概率，她根本不想与任何人见面。如果你愿意考虑我的建议——"Devi女士凝视着K与Eurydice，"如我所说，你尽可千方百计从M那里'获取信息'，试图掌握事件全景……但不要强求与她见面；甚至，不要与除了K之外的'生解'其余成员联络……"

"为什么？"K抬眼望向Devi。很奇怪地，此刻Devi的瞳孔，及其周围之蓝色虹膜，一时间竟变得空洞而纯真。仿佛瞳眸中关于"眼神"与意识之所有质素均被抽去，干涸，化为死物，仅余下"眼睛"此一器官空壳一般。

"原因我不方便说。我只能说，那可能对你比较好。"Devi歉然一笑。那空洞的纯真感消失了，"……事实上，我所窥知的也只是事件的局部。事实上，除了给你一张全像地图，以及某些必要信息之外，我并没有收到更进一步的指令允许我告诉你更多。事实上，我刚刚告诉你很可能已经太多了。"Devi有些突兀地站起身来，"好了，就这样吧？"

"呃，Devi女士——"K说，"既然如此，我想另外向您请教一些关于您所建造的，此处的'梵'的问题……"

"噢，是吗？"Devi女士回身坐下，"请说吧。"

"是这位先生告诉我的。"K看向穿着库儿塔长衫的印度男子Arvind。直至现在，在如此漫长的谈话时间里，他始终恭谨旁立于侧。K忽然发现，这留着两撇胡子，脸色黧黑的Arvind，竟有些神似画片中的梵天。

"这位先生曾说，这里所使用的梦境技术，是药物。"K说，"若是我没有误会，说是'药物'，意即，并非类神经生物包裹。但我不明白，若不使用类神经生物，光是依赖药物化学作用与人类的正常生理机制，如何可能做到随心所欲控制梦境内容的地步？"

"啊，这问题反倒容易。"Devi几乎笑出声，"我可以直率回答：这当然是商业机密。很抱歉无法让你了解细节。"她神情促狭，"真的很抱歉。你还有其他的问题吗？"

"您的意思是，此处'梵'使用的，那些制造梦境的药物，确实与类神经生物无关，而仅仅只是一古典时代传统意义上的药物，一些化学成分？"

"这个——呃，还是很抱歉。我无法回答。"Devi看了Arvind一眼，"我只能说到这里……还有其他问题吗？"

"嗯，关于M的身份，您能否再多说一些？"Eurydice突然提问，"或许……任何数据都可以。譬如说，至少，她的职称？真实年岁？她的身世？人种？"

出乎意料，这回Devi答得干脆，"M大约就是我这般年纪。详细数字我不知道。至于其他部分，坦白说我也不是很清楚了。"

"连人种也不清楚吗？"

"不清楚。"Devi意味深长地看了Eurydice一眼，"M从来没对我提起过。我无法判断。"

K突然问："这次……不，这样说吧，您曾预期我的到来吗？"

Devi并未立即回答。K看见她的眼眸忽然蒙上了水雾。河面般静默而苍白。

"K……虽然在主观上我愿意，但客观上，我很难回答这问题。"Devi语速悠缓，"我并不真正明白我是否'预期'你的到来。但，我想我可以这么说……"意外地，艰难而迟疑，她似乎正陷落于某种遥远的困顿里，"对于过去的我而言，我等待这一刻，已许多年了。那么多年，那些岁月，如此漫长的时间，久到我已忘记我是否还在等待。但对于现在的我而言，关于这些事；包括我是否曾'预期'你的到来，或是我现在的想法……这些事，在此刻，都已经不重要了。我想——"Devi女士疲惫一笑，"好吧，请允许我先别谈这些了，好吗？

"但关于你们来找我的这件事，"Devi女士转移话题，"我想那对于你们，是比对我来说重要多了……坦白说，根据我获知的信息，我想现在，无论在任何地方，你们都不宜久留……"

K当然明白Devi女士所指的"信息"是什么。

"所以，也是你们该离开的时候了。"Devi女士整整衣领，再次站起身来，"你们进来的地方是一般通道。现在我带两位去走另一条通道吧。"

38

2219年12月1日。凌晨5时17分。印度德里。

一行四人走出了那回荡着巴赫赋格曲的寄物柜空间,重新置身于微光廊道中。

在Devi引领下,他们往回走了一小段路,选择另一处歧岔,又再步行了约七八分钟左右。由于其中缺乏任何地景,单凭感官,难以准确判断距离。像是进入了某种地底巨兽的重复体节内;所有知觉,全陷落在一连续无止境且不断自我复制的黯黑中。

(所以这蜿蜒之巨兽,其实是某环节动物之畸变种?所以,如果以光为刃,将此处无尽重复的黑暗从中切断,那么那两半暂止的黑暗,便会窸窸窣窣各自长出被切除的另一半?而后再切、再长,再切、再长?)

他们进入一处机房。机房打了盏昏黄小灯,亮度较方才一片黯黑的长甬道明亮。爬墙虎般的金属管线层叠绵延其中。怪异的是,于众多管线汇集处,占满这小室一半空间的,却并不是一座冒着烟的锅炉、一个配电箱,或一个发出轰隆运转噪声的巨型马达一类的冰冷机具。

出乎意料,那是,一颗心脏。

一颗巨大的、柔软的、半透明的心脏。

巨兽之心。没有血液。没有腥甜。不似人类心脏那上圆下尖，主动脉肺动脉二心房二心室之标准形制。没有湿黏组织液，没有牵牵绊绊的血管或结缔组织。但那确像是某活体生物之心脏。球形，雾色半透明，表面深深浅浅绛红与暗绿之斑块。那上半球正规律脉动涨缩着，如一只深海荧光水母。

甚且未有声响。没有"扑通扑通"的瓣膜搧击。它仅仅静默持续鼓动，借由众多向外延伸的动静脉管腔，将内里不可见的血液（若真有所谓"血液"）输送至这机房内层叠四处的金属管线中。听觉上唯一可辨识者，是血液之激流、旋涡或泡沫的极细微声响……

K心中暗自惊奇；正待发问，却遭Devi手势制止。一旁的Arvind恭谨向K低声致歉："很抱歉，这也是我们的技术机密……Devi女士对您十分信任，不介意让您参观，但请原谅我们无法对此多做说明了。"

K看见Devi女士正微笑着。"但它有个名字，"Devi接口，"我可以告诉你们这个名字——

"它叫'**弗洛伊德之梦**'。"她嘴角浮起一丝狡黠微笑，指向小室另一侧的门，"……两位，我就送你们到这里吧。离出口不远了。很抱歉我可能不方便直接陪你们到外面。不过，"她指向Arvind，"这段路还有Arvind会带你们。"

"Devi女士，"K说，"再次感谢您的招待……"

Devi伸手与K相握。"希望跑这一趟对你们有所帮助。当然，也衷心祝福你们接下来的行程都一切顺利。人生艰险，万事保重。"她轻轻挥了挥手，淡淡地说，"那……我就先告辞了。"

Devi女士转过身去。就此消失在那地底自我复制的无垠黑暗中。

小室门外是一条以大块方形金属隔板组构而成的长廊（事后回想，K总觉得那最后的路程仿佛行走于某种打亮了青白色照明、彼此相连的巨型货柜中，每一步都有着清晰空荡的回响）；而那最后的路程确如Devi所言，仅只数十米距离。

"Arvind先生，冒昧一问——"Eurydice突然说话了，"真有'德里之夜'这样的饮料吗？"她笑起来，"这不算是你们的商业机密了吧？"

"不算，"Arvind也笑了，神态轻松，"嗯，'德里之夜'确实存在。它是一种配方特殊的饮料。"

"不待客？也不贩卖？"

"不贩卖是理所当然。"Arvind眨眨眼，"但即使是内部待客，也不适合。"

"为什么？"

"因为……那或许就像你所看到的德里。这城市有自己的迷人风情，但讨人厌的地方也不少。整个印度也是由许多彼此相异的元素构成。就像'梵'。简直是古典时代以来的传统了——优劣并置，新旧交杂，从来就缺乏整体风格。嗯，个人以为，'德里之夜'风味殊异，那可不见得人人喜欢。"他大笑起来，"至少我就不喜欢。妈的难喝死了。但Devi女士倒是很喜欢。"他摇头。

"风味过度特殊，所以也终究不敢让我有尝试的机会？"

"很抱歉，没让您尝到是我们怠慢；但让您尝到的话，那是更严重的怠慢了。"

"这么说来，"K插嘴，"让我们看见'弗洛伊德之梦'，却什么也不肯说，就不算怠慢啰？"

"哎，"Arvind皱眉作愁苦状，"不敢，我想您一定可以体谅——"他稍停，又笑起来，"您放过我吧……"

两分钟后，K与Eurydice已再次置身德里街头。那已不是原先的酒吧入口，而是邻河另一窄街。清晨河面的白色薄雾仍未全然散去。流水声被剪碎于细琐市廛中。远处对街，赤素馨花树成排队列，牛羊散步，小贩正推着早餐车，磕磕碰碰开始早晨的营生。

酒吧的漆蓝色木门正静止于河对岸。相隔一夜，那抱着婴孩的年轻女人仍睡在门边。K突然有种错觉，或许那年轻女人并不是这城市中的游民。或许在另一个遥远地域，她与她怀中的婴孩其实归属于另一个阶级。她的另一个人生。在那整齐光洁的地域中，贫穷并不存在，疲惫与旅途的尘污也不曾在他们身上驻留；他们仅是来此访友、探亲，或者寻找女人的丈夫，一个被短期派驻此地的年轻人。这只是他们意外的一夜，因为车班延迟，他们被迫在漆蓝色门前逗留歇息。只要天一亮，车班临至，他们便会立即离开，立刻消失，隐没入这白日街道上熙攘撩乱的人群中——

K自己身旁，落叶色的晨曦在香料铺陈旧的玻璃窗上闪烁。店中的瓶瓶罐罐并不清晰，仅少许模糊残影隐没于光的背面。那雾蒙蒙的玻璃，看来就像是一个个各自相异的，脏污的梦境一般。

39

2219年12月9日。凌晨时分。D城。高楼旅店。

细微的擦刮声。(咔咔。咔咔。)

K清醒过来。发现自己背靠床缘，瘫坐于地毯上。(咔咔咔。咔咔……)

他竟不小心睡着了。

擦刮声来自门板。窸窸窣窣的搔抓。听来并不急躁，似乎也没有任何特殊情绪。仅像是某种温驯小动物脚爪无意识地碰触或摩擦。

然而那纤毛般的触觉，竟隔着睡眠，将他自混乱的梦境中唤醒了。(咔咔。咔咔。咔咔咔……)

K走近门廊，再次透过全像窥孔监视器向外窥视。

依旧空无一物。

K这回不再迟疑。他深吸一口气，直接将门拉开。

那是一个婴孩。

不，不是婴孩。准确地说，那是一个怪异的，站着的婴孩。或者，更准确地说，怪异处在于：以那约略不满六个月之瘦小躯体，那婴孩，根本不可能会站。

然而他站着。或者说，由于肢体此刻所呈现之松弛，那其实并非真正站立；反而像是某种触及地面的，静止的悬吊物。以极高速快门将运动中摆锤曝光定格之画面——

（于是，于定格一瞬，那站立着，但根本不可能会站的幼小婴孩，其实处于一极不稳定之危险状态。仿佛于恐怖平衡灭失之刹那，那画面景物，婴孩的头颅、肢体肉身就会倾倒四散、分崩离析一般。）

K自背后看见，婴孩的裸身之上，刻画着许许多多暗红、绛紫或靛青色的伤痕。

电光石火。K突然领悟，那是个"原爆中的小孩"。

不知为何，他知道，他就是知道，那是个"原爆中的小孩"……

古典时代。1945年8月6日。广岛原子弹爆炸。八万人当场死亡。

那是爆炸后1.2秒。一婴孩之凝止时刻。

然而此时，仿佛那凝止时刻之延展拉长，旅店廊道黑白摄影般的光照下，婴孩躯体逐渐黯淡变黑。死神羽翼般的大片暗影如无数细小飞虫般袭涌而上，栖止，逐渐覆盖了婴孩的整个背面……

婴孩微微转过头来。

头颅与脸皆已炭化。原先的皮肤、毛发与骨骼已消失。某种质地薄脆的黑色物质填充着它们原有的形状。

K悚然一惊。

幻觉消失。K再度面对着空荡的，恍若无止无尽的旅店廊道。

他关上门，踱回房内；听见第十只蛾撞击了玻璃窗。

40

2219年12月2日。傍晚4时57分。V镇近郊。

他们进入一座废弃游乐园。

四下无人。天光昏暗。黯淡的白月隐藏于天际一角。大片霞色已敛聚为模糊晕光。K与Eurydice正穿越一处蔓生着葛藤与芒草的荒地。那荒地大约是游乐园昔时的中央枢纽，四处可见一些废弃的指路告示倾倒于草丛。而在荒地东侧，矗立着一座破败餐厅，几座贩卖亭，小吃摊与游戏机。

一处廊道与一座拱顶旋转木马被遗留在时间的烟尘里。

建筑们均已严重损坏。背光的剪影间，它们散发出神的骨骸般森冷而微细的光。K听见几声鸟鸣，空洞而悠长，几乎像是从那破毁的建筑结构之内传来一般。

越过荒地西侧，他们来到另一栋建筑之前。

那便是全像地图上标示的第一个红点位置了。一座巨大的、核电厂废墟般的混凝土建筑。窗洞破损，筋骨歪曲锈蚀，外壁剥落坏毁处蔓长着淡绿色的苔藓。

似乎有人声。

他们放缓脚步，站定。侧耳细听。

人声却又消失了。

入口上方，脏污的霓虹灯管折成大片破损毁坏的标识——童稚的卡通字体："怪怪馆"。

而入口处的闸门栏杆也早已残缺不全了。

他们侧身通过闸门缺口，步入一处中庭。

玻璃圆顶之中庭。残存的天光投射于室内景物上。廊道四周原先显然是室内造景处，而现在于那倾倒的结构残骸间，杂乱密生着许多影影绰绰的植物。

Eurydice突然停下脚步。

人声。

而且，尽管细微，但似乎近在咫尺——

她向K打了个手势。

K看见了。人声来自廊道旁植被密生处。暗蓝色泽的杂草间，并排着两株约略半人高的开花植物，正开着大朵黄花。

然而那不是花。

那是一张人脸。

人脸就长在花朵位置上。两株植物正彼此交谈着。而人声显然来自它们的交谈。

二人放轻脚步，悄悄挪近。

两株植物。除了较一旁其他草本植物粗壮外，深绿色茎叶看来并无特异之处。但它们确实处于交谈状态。在长满了细毛的花茎顶端，在几瓣孩童手掌般的萼片中，竟长出了一张扁薄人脸。

没有足以被称为"头颅"的脑壳。或说，它们的头颅比起人类头颅来显然单薄许多，而脸上五官比起人类来也小了一号、扁了一号。鼻梁仅是叶脉管般的些微隆起，眼睛像是长了瞬膜的、鱼类或两栖类的眼睛。它们有着细薄的，透明蹼膜般的唇瓣。而在它们张合的口中，看不见牙齿、舌头等物事。

它们在交谈着。它们将自己的脸面转向对方的脸面。萼片下，它们依序分岔的花茎如双手般摇摆舞动着。昏暗中看不见它们的眼神；然而那人脸之转向、前倾与后仰灵活自然，仿佛一对正闲话家常的老友一般。

K 侧耳倾听。那确实类同于人声。然而它们有属于自己的语言。乍听之下或许有些像日语，但亦有弹舌音、喉音或爆裂音的出现。有时甚至像是蛙类或鸟类的鸣叫。K 几乎可确认，那全然不同于任何人类语言。

他们试探着再挪近了些。然而**人面花**（Faciem Hominis）[26] 似

---

[26]　2231年，"人面花"开始出现于正式文献资料之中。据韩籍生物学家崔直绪考证，此一受核污染影响以致DNA异变之畸变生物，最早应是在印度尼西亚爪哇岛附近被人首度发现。该区与巴克里尔电厂间直线距离约725公里；生物学界普遍推测："人面花"极可能是2129年巴克里尔核电厂核灾变事故之间接产物。然而此一猜测却迟迟未能获得实证。颇为戏剧化的是，于核灾变事件发生整整100年后，于著作《人面花：物种源始》(*Faciem Hominis: The origin of a species*，韩国首尔：Seoul Press，2232年4月）中，韩籍生物学家崔直绪竟利用其独创之 "DNA突变生物地理分布追踪法"（DNA mutation geographical distribution analysis），配合田野采集，初步证实了"人面花"的出现与2129年核灾变事故的相关性。这革命性地解决了自古典时代以来核辐射与生物畸变间因果关系难以直接实证的问题。

所谓"DNA突变生物地理分布追踪法"，简言之，即是利用畸变生物之地理分布与DNA样态变化，追踪物种演化轨迹。事实上，生物确有可能于遭到严重辐射污染后引发自身DNA之突变；而于某些生命周期较短之物种（如细菌、真菌等单细胞动物）上，由于连续数代、甚至数十代均受同一环境之辐射污染，导致代代均产生DNA突变。突变加之以突变，由于乘数效应之故，数代之后，物种之样态与原先物种差异持续加大，几可至南辕北辙、难以索解之程度。新型畸变物种遂就此诞生。　　(转下页)

（接上页）以人面花为例，已被证实其始祖物种竟为厌氧菌之一种。依崔直绪以"DNA突变生物地理分布追踪法"检定，证实该"始祖厌氧菌"发源于距巴克里尔核电厂厂区13公里处一养殖鱼类水塘中，于核灾变发生后，历经百年时光，方由厌氧菌连续畸变为"人面花"。据崔直绪考证，其间过程复杂，经历众多物种：包括异种黏菌、异种天牛、可动式攀缘植物、具可动触手之真菌等等——由厌氧菌连续畸变为人面花之过程中，以上物种均曾短暂出现。而其演化过程之地理分布，方圆则广达2 000公里。

生物学界公认崔直绪为"DNA突变生物地理分布追踪法"之发明人；崔且以发明并改良此种追踪法之学术成就获颁2249年诺贝尔奖。而近年来，关于此追踪法之应用，最令人瞩目之案例，应属"纳粹医师Mengele与巴西双胞胎小镇"历史公案之解谜了。

根据"二战"后部分史料显示，早在古典时代"二战"期间，纳粹御用医师Josef Mengele（曾任奥斯维辛集中营首席医官）便曾奉希特勒之令，研究"如何增加优秀德意志民族人口数量"。而Mengele所提方法，即以"增加双胞胎出生率"为初步构想。1945年，"二战"结束，希特勒自杀，Mengele则辗转逃往南美躲藏，隐姓埋名。Mengele可考的最后官方记录为1948年于阿根廷之入境记录——经查应是持假护照入境——而后即自此消失整整三十年。直至1979年，Mengele于巴西某海岸游泳时猝发中风溺毙，方才被人发现。而尸体身份直至1992年DNA鉴定技术成熟后才被完全证实。

至于将"巴西双胞胎小镇"之怪异现象连接于Mengele者，则首推阿根廷史家Jorge Camarasa。经考证，于1960年代至1980年代之间，位于巴西与巴拉圭边境之小镇Candido Godoi，其双胞胎出生率竟一度高达近20%（一般平均为1.2%左右），且多为金发碧眼；此一怪象素来令人不解。然而根据Camarasa之访查，约于1963左右，有一化名为Rudolph Weiss之江湖郎中开始拜访该德裔居民聚居之小镇，有时兼做牙医、兽医，并提供自备之药片、针剂等给予居民、妇女服用；而该郎中之长相则与Mengele颇为类似。且于该医师频繁造访之后，小镇之双胞胎出生率即开始异常攀高。据此，Camarasa推测Rudolph Weiss正是Mengele，而Mengele便是将该德裔小镇作为自己的实验室。

当然，此一假说一时之间也无法证实。此即著名之"纳粹医师Mengele与巴西双胞胎小镇"历史公案。而其戏剧化程度不下于此公案者，则是台湾业余史家暨生物学家尹露涵（Lu-Han Ine）解开此一历史公案之谜的过程。公元2269年，尹露涵出版《双胞胎之谜：Mengele的人体实验》（*The Twin Mystery: Mengele's Human Experiments*，台北：坐卧者，2269年2月）一书，公开宣布已解开Mengele于巴西小镇进行人体实验、制造双胞胎的历史之谜。根据该书陈述，约于2240年左右，就读博士班期间，尹露涵即开始关注此一议题。"解谜过程从一个假设开始：我认为，Mengele的'南美洲（转下页）

（接上页）实验室'可能不只Candido Godoi一处。"于接受BBC专访时，尹表示，"这来自一显而易见之常理：实验成功并非一蹴可就；在成功之前，可能留下多次失败，或半成功的实验记录……"

带着这个假设，尹露涵开始了她的追寻之旅。她调阅1960至1980年间南美洲所有地区可考的新生儿出生资料。"正常双胞胎之发生率为1.2%左右。如果在Mengele的'成功案例'，亦即Candido Godoi小镇中，双胞胎出生率落在20%；那么我假设，可能会有某些地区的双胞胎出生率落在2%至10%之间。而这些地区很可能就是Mengele'实验半成功'的实验室。"尹表示，"当然，也有可能出生率之上升在某些地区并无统计上的意义。若是如此，那么我可以选择忽略，也可以选择修正统计方法，甚或实地进行考察……"

以此一概念进行初步筛选，尹露涵标定全南美洲12处地区作为"Mengele实验室嫌疑地区"。接下来，尹率领研究团队进驻该12处嫌疑地区，进行田野调查。"于当地政府帮助下，我们从户口记录清查该地于该时期双胞胎的家族谱系，并寻访双胞胎的后裔，建立这些后裔的DNA记录。"由于事隔两百多年，查访任务颇为困难；历经10年苦工，终于完成一份多达约11万人的DNA蓝图记录。

接下来，"DNA突变生物地理分布追踪法改良版"便上场了。"崔直绪教授这项发明确实堪称划时代创举，然而却未能全然适用于我们的解谜任务。"尹露涵表示，首先，她的团队透过复杂比对程序，抽丝剥茧，由双胞胎后裔11万余份之DNA蓝图逆推出约千余位的双胞胎先祖之DNA蓝图，"这可能是1960年代至1980年代左右那群最早的双胞胎，也可能正是Mengele的直接实验品。"尹向记者说明实验难度，"……崔直绪教授的方法，有一个重要的关键因素是DNA突变。然而他需要专心对付的最大变量，也正是'突变'与'生物迁徙'而已。我们的困难在于，即使是在成功还原了第一代双胞胎的DNA蓝图之后，我们仍旧必须同时面对几项重大挑战。"根据尹的说法，于Mengele时代，当然很难想象他有任何基因工程的技术；因此推测起来，制造双胞胎的方法，无非是借由药物诱使子宫内之受精卵分裂为二，"……然而这样的药物技术是否可能在某一层次上影响了胎儿的外显征状……或甚至，这样的外显征状在基因层次上其实会留下标记，只是我们未曾准确定位出这些标记而已。"尹露涵表示，举例，即使是DNA完全相同的同卵双胞胎，指纹、掌纹等亦彼此不同，"一般认为，这是因为胎儿在子宫内位置相异，导致不同胎儿的成长环境、相邻区域的羊水间有极细微的化学成分差异；而这些极细微的差异居然就导致了指纹、掌纹的不同。类似蝴蝶效应……然而我们怀疑，指纹与掌纹的不同其实在基因表现层次上亦可看出，只是人们尚未精确定位出这样的DNA差异究竟表现在何处。我们相信Mengele的药物其实也是（转下页）

（接上页）这样……"

经过长达9年马拉松式的研究，在学界均不看好的情形下，不可思议地，尹露涵团队终究成功精确定位出该药物在基因层次上造成的影响。尹并将该段导致受精卵分裂的基因形态命名为"Mengele基因型"（Mengele's genotype）。经查，于千余位第一代双胞胎中，共计481位带有此"Mengele基因型"。"他们就是Mengele所制造出来的。"尹表示，"百分之百确定。"而后，尹露涵在崔直绪的基础上，再对"DNA突变生物地理分布追踪法"做进一步改良，以求适用于此次研究。7年后，尹露涵团队正式宣布解开"纳粹医师Mengele与巴西双胞胎小镇"之谜。"我们追踪Mengele基因型的地理分布、配合实地田野调查与访谈，"尹表示，"再结合生物科学与历史方法，终于揭开了Mengele南美实验的谜底。"记者会上，研究团队公布了标定的七处地区为"Mengele南美实验室"。尹露涵表示，自1950年代至1979年猝逝为止，Mengele总共曾在这七个区域进行双胞胎实验，而巴西边境小镇Candido Godoi则是其中第六个区域。这七个"实验室"遍布南美，其中第一、二个位于阿根廷，第三个位于智利，第四个在玻利维亚，第五个在哥伦比亚，第七个则位于巴拉圭。"从这里，我们可以约略推测出三十年间Mengele在南美洲躲藏的行踪。"尹说，"在前面五个'实验室'中，双胞胎的平均出生率约在6%左右。同时这些区域也全属穷乡僻壤。我想这也是为何这五个区域在当时并未引起注意的原因……另外值得一提的是，在第七个区域中，双胞胎的出生率由第六个区域的将近20%大幅下降至11%。而根据我们的研究，在第七个区域中Mengele制造的双胞胎，其基因型亦有共同特征，与其余六个区域有微细差异。我们将之命名为'Mengele基因型：特殊型'。这可能表示，在第七个区域中，Mengele可能意图改变策略，采用了不同的药物或其他不同方法来诱发受精卵分裂。同时我们也发现，在第七个区域的47位Mengele双胞胎中，后来死于血癌的比率竟高达52%。这或许也与Mengele的新方法有关。"尹语遥沉重，"……我必须说，我们相当庆幸Mengele的南美实验室在这第七个区域之后便终止了；否则很难预料是否会导致更高的血癌致病率。而Mengele本人也终究死于1979年，终止了这项诡异的双胞胎实验……"

尹露涵团队的研究成果刊载于英国《自然》期刊，很快获得学术界承认。数年后，尹本人更应出版社之邀，将这段解开Mengele双胞胎之谜的追寻之旅写成《双胞胎之谜：Mengele的人体实验》一书，大为畅销。尹本人则成为世界知名的明星科学家，其风靡程度，自古典时代以来，大约仅有物理学家爱因斯坦、天文物理学者霍金、逻辑学兼演化学者西格弗里德与文化心理学家兼统计学家哈里·谢顿等可堪比拟。然而值得注意的是，尽管所从事之研究直接相关于纳粹医师Mengele及其意识形态，尹露涵却殊少对此事与其他相关政治议题发表看法；甚至当媒体问及尹对种族屠杀、种族优（转下页）

乎对周遭环境变化并不敏感。它们并未发现 K 与 Eurydice 的存在。

但此刻，Eurydice 似乎突发奇想。

她拍了拍手。

两株人面花先后转了过来。昏暗中，它们小小的脸熠熠闪亮着。那瞬膜般的眼睑如含羞草叶片般向下萎落，眼珠似乎也滴溜溜转动起来……

它们沉默下来，静静望向声音来处。

K 与 Eurydice 没再作声。

几秒钟后，它们转了回去，继续它们原先的交谈。

几次重复试探后，K 与 Eurydice 约略可以确定人面花无害于人

（接上页）越感或纳粹历史等议题相关意见时，她都显得异常低调，几乎不愿有任何实质响应。在这方面，可考的记录似乎仅有一项。那是在她的挚友、作家李实光回忆录中所披露的一段私下谈话。于这本出版于 2289 年的《时光命题：李实光回忆录》（*The Times of My Life: The Memoirs of Li Shiguang*，台北：南方，2289 年 11 月）中，李实光记下这段在一次三两好友聚会小酌之后，尹露涵在社交媒体好友群组中透露的信息：

有许多人认为种族屠杀是个野蛮的行为。我要说，不，我并不如此认为。那本来便是文明行为，只有文明人类才可能做出这样的事……问题在于，文明从来与善恶无关。那是文明的自然后果。对某些人来说，我做的研究对他们毫无意义；他们不能理解我何以耗费一生去追索一个三百年前纳粹战犯实验的轨迹。然而对另一群人来说，我所做的事又太有意义；有意义到他们必须对此不停叙说、产生论述、彼此议论驳火，甚至千方百计揣测我的立场。但对我而言，这些"都是"文明行为，也"只是"文明行为。本质上，这些行为与种族屠杀并无差异。我如何看待我自己的研究？我只能这么说：本质上，我的行为亦与种族屠杀无异。当文明思索、辩证、建立想法，从而以这些想法为基础去处理事务，选择"要"或"不要"、"可"或"不可"、"留"或"不留"、"对"或"不对"时……一切都无异……

此一私人信件内容业经披露后，引起争议，赞成与反对者皆有之；然而由于其内容亦颇有令人费解之处，更多反应则是困惑。一如预期，时龄 75 岁的尹露涵并未出面解释，也拒绝再发表任何相关谈话；直至 2291 年尹因突发心肌梗死逝世，她多年惯常的寡言化为永恒的沉默为止。

了。尽管拥有双眼，它们的视觉似乎并不完整；然而对于声音却极敏锐。只要附近有细微声响，人面花往往立即将其脸面转向该处；而原先的交谈也必然受到干扰，立即中止。

他们很快离开人面花零星分布的廊道，继续前进。

越过中庭后，K 与 Eurydice 进入了标示着"第一展览厅"的建筑空间内。

一空阔如巨兽肚腹的展览厅。巨大的卵形玻璃橱窗像是被拔除的、神的指甲般列队贴壁而立。除了沙尘、落叶、玻璃碎屑与几张过期报纸外，地面上犹且倾倒着几座零星的、破损的展示台与玻璃柜。然而在那碎裂玻璃橱窗与玻璃柜中，除了某些展示物的固定基座外空无一物。似乎早于游乐园废弃之时，所有展示物便已被清除净尽。

就着尚未熄灭的天光，K 拿出地图再次确认地点。

他们绕过那些障碍，步入通往第二展览厅的廊道。

他们又听见了另一种声音。

原先以为同是人面花的交谈。然而随即发现不是。在第二展览厅入口前，K 与 Eurydice 再度停下脚步。

那不像是人声，而是某种水流激荡般的声响。却也并非山涧野溪般规律的低鸣。那声响的强度与频率并不规则；像是几个小孩同时蹲在一摊积水之前，调皮地用手拍水玩水一般。

（错觉。细碎回音。童稚的嬉笑与叫喊……）

他们立刻发现，声音来自廊道右侧一道小门。小门上"非工作人员请勿进入"的标识犹完好存留。

K 取出照明器，推门进入。Eurydice 尾随于后。

一股浓重腥臭扑鼻而来。

那是间孤立储藏室。空间并不开阔，约十数米见方大小。其间依次挨挤着四座大型金属层架。杂物们如被推倒的积木般凌乱堆放于走道。而照明器的光晕对侧则是层架与杂物交错积聚之暗影。然而或由于遮蔽，或由于照明器亮度限制；此刻K之视觉，其色感与轮廓，都被某种粗粝的，色调黯淡的粒子填充占据。如古典时代八毫米规格底片或监视录像器之模糊侧录。在那样的画面中，事物均与其自身之重影相叠，而其轮廓则仿佛被菱镜偏折了光线，以某些原先不存在之色彩呈显——

水声持续。

K步入前两座层架之间的走道。然而在他清楚辨识层架上的物品之前，他很快发现，水声来自第三座层架之后。

K小心跨越横阻其间的杂物，穿越至第三条走道处。

那是一个人。

一具尸体。

女人的头颅。头颅圆睁着恐惧的大眼；仿佛乍然为照明器光线所惊吓。其中一只眼睛尚称完好；另一只则已严重腐蚀，眼球陷落于裸露眶骨中，如蜻蜓之死。她的左侧太阳穴有个明显伤口。暗褐色的血冻残片如微小昆虫般沾黏于四周……

女人并无下半身。她筋肉裸露的左臂在骨骼与血管的不规则断面处消失。右臂尚存留，指向储藏室内里的方向；但并无右掌。手腕处同样是个不整齐断面。像一个未完成的石膏胸像抗拒着雕塑者对她的修整……

然而更怪异的是，她的头颅与面容，她的五官，她的脖颈、胸口、仅存的右臂，整具破裂胸像般之半身遗体，均被包覆于某种质地黏稠的半透明胶质中。一颗庞大如史前巨蛋般，半透明的茧。然而那茧的质地并不均匀，有些地方十分清澈，但在较不透明处，除了沾染了尸体的残骸与血污之外，本身又带有某种不规则的铁灰色纹理或微粒。如一满是针状纤维的冰层。

"是M。"Eurydice突然说。

"那是M……"即便K未及反应，Eurydice的声音依旧清冷，"我们还是来晚了……"

K看了Eurydice一眼，没有说话。他轻轻握了握她的手，将她推向自己身后。他蹲下来，仔细审视了尸体仅存的眼珠，而后取出探测棒小心翻动尸体的头颅。

胶质茧壳中，头发皆已腐蚀毁坏。K在耳后与头颈之连接处找到了几撮仅存发丝。"M的头发是栗色的?"

Eurydice点点头："是。而且她的面容确实是这样没错。还是认得出来的。"

K沉默半晌。"你见过这种东西吗?"K问，"这些把她包起来的怪东西?"

"没有……"

"嗯——"K继续以探测棒试探着那胶质巨茧，"这也是我第一次见到……"

探测棒之尖端正穿入胶质中。K掌心感到如人体裸肤般致密的阻抗。然而此刻，出乎意料，那尸体突然抽动了一下。

是尸体M的右手。触电般的抽搐。

又动了一下。如一枚藏身于茧中，历经漫长畸变而终究苏醒的蛹，那尸体之右肘似乎正意图自地面扬起。

K停下动作。

仅止于此。至少十数秒之间，那右肘回归原先的沉寂，不再出现任何后续动作。

K继续将探测棒缓缓戳入至胶质茧壳内。然而正当器械尖端正要碰触尸体时，却又有了回应。

不可思议地，仿佛意图回望自身之来处，尸体M的头颅竟开始缓慢转动——

齿轮器械般的分节动作。M的面容依旧凝止于死亡骤然临至之时。如一尊被酸剂严重腐蚀的塑料人体模特儿；惊惧，恐怖，欲望之扭曲与痛苦在他们的脸上溶蚀又凝固。（一张中世纪宗教画。戈雅地狱照相之定格。）然而此刻，那头颅开始缓慢偏转。那偏转如此艰难，不像是由自身肌肉牵动，反而全然类似某种鬼物，遭遇一不明之外力所压制、拉扯、施暴，痛苦地拗折自身之躯体……

Eurydice不自觉后退一步。

"别怕。"K握住Eurydice的手，"是噬体菌。那可能是噬体菌的细胞质流动。

"我从前在资料上看过这种东西。"K继续说，"但这也是我第一次亲眼看见这畸变的黏菌品种。你听——"

照明器光圈已然转暗。空气中浮漾起一层冰冷雾气。M的头颅继续艰难偏转，展示太阳穴连接着后脑的大片撕裂伤。她的颅骨已被分解为许多破片。此刻在那头颅偏转时，尸体之右肘亦持续向上扬起。那断裂肢体逐渐成为突出于整个尸身之团块……

正在那肢体断面要穿出胶质之外时，变形虫般，那胶质茧壳突然蠕动起来。

水流声沙沙响起。鼓动涨缩中的茧壳分子似乎产生了某种集体意识，如群聚的蚊蚋般瞬时涌向尸体之右肘。而后，如古典时代某些缺乏柔软度的机械人，那尸体肘端终止了自身之伸展，硬生生地反向弯折倒转，发出一声短促而巨大的碎裂声响。

骨折。K也退了一步。无数细碎胶质飞溅而出。多数落在K脚边，其中一些沾上了K的左手。

K感到皮肤一阵刺痛。

他挥手甩去那果冻黏液。它们在地上冒着泡缓慢蠕动着，发出婴孩般细微的鸣叫。

"噬体菌算是某种黏菌——"K向Eurydice解释，"本来黏菌这种生物便是以森林中的腐叶、腐木为主食。据我所知，这种噬体菌是大约在将近一百年前由第七封印研究单位所培育出来的畸变生物。某段时间它被用来毁尸灭迹。那些怪异水声其实只是噬体菌内部细胞质的流动。

"这种半透明细胞质非常黏稠，在流动时会彼此摩擦，产生声响。它的黏滞力甚至足以带动那些被它包覆、吞食中的物质。正是因为这样，尸体才偶有不规则抽搐或痉挛。噬体菌主要就是依赖自己的细胞质完成它毁尸灭迹的工作……"

"毁尸灭迹？没有更好更快的方式吗？"

"它是不够快，"K回应，"但事实上，以当时的技术水准，在某些情况下，它可能是最好用的了。……噬体菌的特色是，它或许不见得会快速腐蚀生物之外在形体，然而它的细胞质却能在极短时间内将尸体完整包覆、渗透，破坏所有细胞内部之分子结构。

"这绝对比腐蚀外在形体有用多了；"K强调，"因为，若仅是外在形貌被腐蚀，那么只要有一点微物迹证残留，都可能被某些精细的鉴识方法侦测出来。然而若是细胞分子结构被破坏，那么就算是再怎么准确高明的微物鉴识也无用武之地了。"

Eurydice迟疑半晌。"但你是说，你从来没见过噬体菌？……这么好用的湮灭证据的工具，你从来没见过？"

"'好用'是陈年旧事了。"K说明，"理论上现在早就不用了。不过，这些人居然现在还在用——"

"所以？"

"所以很奇怪。我想不出是什么道理。重点可能是，这些关于噬体菌的常识，并不是我在第七封印受训时学会的。那些细节是我在某些情报资料中看到的；而所谓情报，指的是生解方面的情报——"

Eurydice瞪大眼睛。

难道，这暗示着是生解方面下手杀了M？

这不合理。当然，其中或有他们尚未明了的曲折。凶手最在意的，除了毁尸灭迹之外，可能是故布疑阵，意图误导办案人员、抹去自己的行凶线索。但这就不是目前极有限的资料所能够判定的了。

"受训中没有学到，可能意味着，即使在噬体菌还有人用的时代，那也称不上是个被广泛使用的方法。至于情报——"K继续解释，"细节也非常少。一言以蔽之，约略是说：生解之中目前尚有极少数人使用噬体菌；但似乎全属特定内部组织或派系所为，原因不明……就只有这样。"

Eurydice默然。

"可以确定的是，"K说，"我们不宜久留。理论上我们的生命也受到威胁，但——"

Eurydice接口："理论上我们的生命受到威胁；但理论上，如果对方决心立刻结束我们的生命，我们也很难躲。"

K点头。确实如此。到了现在还活着，或许也算某种暗示：敌人并不特别急于终结他与Eurydice的性命。

或许对方认为，自己已然无足轻重了？

然而，他们却下手把M给杀害了……

"走吧。"K说，"我们还需要下一步的线索。"

在搜索过了"怪怪馆"第三与第四展览厅后，K与Eurydice离开这座场馆，回到游乐园中央广场。后续搜索并无收获。在余下两个展览厅中，找不到任何与M的死亡有关的其他迹证。

时序已近入夜。天色已然暗下，仅在地平线处残留少许白色亮光。许多动物模型躺在路边。它们或者表面锈蚀严重，或者肢体断裂、内在骨架已然崩解。它们或者失去了眼睛、失去了脸、失去了四肢、失去了身体的一部分。事实上，它们确实就像是一具又一具四处横陈的死尸。

而在它们身后，稍远处，仿佛一曾栩栩如生而今已然故去的梦境，一座巨大无比的摩天轮倾倒了。较低的一端趴伏于地，高起的一端叠架在另一栋场馆建筑的屋顶之上。无数向外辐射的钢梁像古代海星的巨大脊骨……

K注意到钢梁下，摩天轮底部，暗影中，两台电子游戏机躲在断垣残壁的小型场馆中。灰白蛛网与暗绿色爬藤植物密生在游戏杆和屏幕上。有一瞬间，K似乎错觉那尘灰厚重的屏幕反射着落日余晖的光亮。仿佛一核爆画面之残影。（闪燃的无生命城市。炭化的粉尘。蕈状云。炽烈无比的强光……）然而那像是某种神秘心像，来自另一处空间的视觉暂留，很快便消失了。

冷风穿行过旷野。灰黄色草叶与树叶摩挲着沙沙的声响。

他们从另一侧更靠近V镇的方向离开这座废弃的游乐园。

离开这座坟场。这座广漠的，独属于死去人造物的坟场……

41

K：

"望远镜里竟是她与男友争吵的场景。那天，他们争吵分手，男友冷漠甩门离去，将她遗弃在家。她打翻了牛奶，伤心地趴在桌上哭了。就在那时，她看见了男孩出现在她身旁……"

K，这是我昨天看的古典时代老电影。看完走出电影院，外头下着不小的雨。我找了间咖啡馆坐下，在笔记本上记下了结局。落地窗上，雨幕变化着自身的弧线。世界经过了雨的透镜，显得干净而明亮。

故事始自窥视。未经世事的年轻男孩爱上了隔壁公寓的邻居，一位韵味成熟的美丽女子。男孩在自己房里架起了望远镜，偷窥女子的一举一动。女子毫无知觉地进行着自己的日常生活。出门上班、回家、看电视、洗浴、小酌、与男友争吵。

男孩怀抱着对女子纯洁的爱。他去打工送牛奶，借着送牛奶的机会与女子攀谈。女子冷淡以对。他窥见女子和男友亲热起来，便恶作剧地打电话谎报火警。当然，男孩也窥见了女子与男友的争吵。男友甩门离去。女子倒了杯牛奶，却失手打翻了它，她趴在桌上伤心哭泣起来……

失恋的女子终究发现了男孩的存在。她满不在乎地邀请了男孩，将他勾引上床。男孩没有经验，很快便结束了。女子露出嫌恶的表情，毫不留情羞辱他："这就是爱。这就是你所谓的爱。"

但后来男孩却自杀死了。女子意外得知消息，来到男孩住处，看见了平常用以窥视自己的望远镜。她好奇地往望远镜里看去，却看见自己的公寓里的，她自己。

往日重现。是她与男友争吵的那天。男友甩门离去，她打翻了牛奶，伤心哭泣……

一部叫"爱情影片"的古典时代老电影。K，我这两天又想起许多从前的事。许久前我已下过决心，不再放任自己。但或许恰巧是有些其他令我心烦的事（工作上的，日常生活上的，我花了许多时间处理它们），所以我偷懒了，我想，为了补偿，我可以放纵自己一个下午，让自己尽情想你。

K，过去，你让我安心吗？或许也没有。我想你是温和而忧郁的，但关于我们的感情，我总感觉你有所保留。这所谓"保留"或许亦非你自愿，但总之如此。但我想我没有资格责怪你，我同样有我的惧怕与不安，而那惧怕与不安也仅有部分与你有关，多数是我自己的责任。说起来，我也该为这样的情绪对你感到抱歉的。

不，我并非试图向你索求什么，我想我只是……感觉有些遗憾，有些伤心吧。我想说的是，我相信你。尽管我们没有美好的结局，但那过程依旧令人怀念。我相信长久以来，在你心里，始终有那个温柔的部分；就像我知道自己也有一样。我知道在那样的纯真与温柔里，我们曾这样一起坐在咖啡店里。大雨来临时看着雨幕，阳光晴好时，细数光影的变化，以及猫的步履……

K，电影最后，曾对男孩极残忍极无情的女子来到了男孩的房间，从望远镜里看到了自己与男友分手的那一天。她看见自己正在伤心哭泣。但这时男孩却出现了。在镜头里，在那间打翻了牛奶的，虚幻的公寓里，男孩出现在她身旁。男孩拥抱着她，眷爱地抚摸着她的手，温柔地安慰着她……

Eurydice

42

2219年12月2日。晚间9时25分。V镇。夜间市集。

藏身于巷弄间的老旧小型夜间市集。傍晚才下过大雨，但地面湿迹已消失。薄荷般的凉意浸润着空气。或许亦因为先前的雨，尽管人影杂沓，人潮却不拥挤。市集里弥漫着某种闲散疏懒的气息。

K与Eurydice刻意稍稍分开了些距离，相距数步走入市集。摊位上悬浮的无线黄光照明与一旁商家的各色店家招牌点亮了周遭的黑暗。他们走过几处小吃摊、橡皮人偶小玩具摊（K还装模作样买了两个玩偶，米老鼠与不知名的大象宝宝）、女性内衣与饰品摊（戴着大耳环的刺青女老板正唧唧呱呱与友人聊天，还自拍起来）、日本料理店（生意冷清）、摆了三台电动游戏机与两台夹娃娃机的窄店面（一对情侣专注地操纵着夹娃娃机里的章鱼软触手），而后拐进小巷。

小巷位于夜间市集中段。入口处有个台湾米粉汤小摊。一个满脸胡楂的等餐男人盯着小型显示器屏幕直看，店家招牌的白色冷光打亮了他浮肿的脸。摆放小菜的玻璃柜后，另一个男人穿着围裙忙着料理食材。有个也穿着围裙、牛仔吊带裤装扮的少女站在摊位前揽客："米粉汤，米粉汤好吃又便宜哦……"

小巷一侧是一处已打烊的传统市场。承袭古典时代格局，摊位与摊位间并无明显区隔。层层叠叠的铁皮屋顶。腥膻味，铁锈味，食物、馊水与菜叶腐败的气味。雨水滴响。廊道上灯光多已熄灭，仅余下两盏昏暗的白色日光灯。透过屋顶缝隙，来处不明的光微微敷亮了地板。

"新月旅社"座落于小巷深处。那其实是一栋五层楼高的旧公寓。门廊旁，灯箱招牌缺了一角，电线与灯管如死去的机械人筋脉般彼此纠缠着。而门廊正中是一扇玻璃大门；年深日久，玻璃呈现某种烟熏般的黄褐。

K与Eurydice一前一后推开旅社大门。

空间窄小。柜台。会客处。满是灰色锈斑的金属骨骼支架着玻璃板，黑色小几挨挤着一张旧红皮沙发。那椅背边缘皆已磨损起毛，如皮肤上微小的白色脱皮或瘢块。未愈的伤口绽出白色缝线与暗黄棉絮。

而柜台桌面贴皮亦已损坏。破口边缘，尘垢积累，尘垢色泽替代了真正的颜色。柜台上默立着一盏旧式台灯。一朵半萎玫瑰插在绿色玻璃瓶里。

一切皆是古典时代的陈旧样式。天花板上的吸顶灯呼吸着无色光雾。柜台后的狭窄空间里则是空无一人。

K走上前去按了两次柜台上的响铃。

十数秒后，走道尽头出现了一个女人。

女人喊着"欢迎光临，抱歉让您久等了"之类的客套话快步来到柜台旁。她钻进柜台，拿出一本住宿登记簿，按开台灯。"两位想要住宿？休息？"

"休息。"K说，"现在这时段你们提供休息吗？"

"可以的，没问题。"女人潦草微笑。这是个东方女人，五十多岁年纪，皮肤褐黄，花白卷发，身形微胖，穿着一件黑白相间短袖洋装。那洋装的剪裁与版型极普通，像是在小巷外夜间市集中贩卖的廉价品。她的手腕上戴着一个玉手镯。

K注意到女人还穿着拖鞋。她脸泛油光，发丝黏在额头；眼皮浮肿，暗影下，因无数日常琐事而疲惫不堪的眼神。

"你们价钱怎么算？"

"休息的话是55点，"女人熟练应答，"时间是三个小时。如果有需要的话可以再加时延长。"

"可以指定房间吗？"

"当然。"女人一脸职业化的疲倦笑容，"只要有空房，我们尽力配合。所以……您需要什么样的房间？面向后侧吗？后侧是更安静些——"

K打断她："我们要309号房。"

笑容消失了。"没有这间房。"女人显然有些惊讶，"三楼只有8间房。到308为止。呃，我想还是请您告诉我您的需求——"

"我们要309号房。"K重复，"309号房。我们只要这一间。其他都不要。"

"确定要309号房吗？"仿佛换上另一副面具，女人眼神中的疲惫与黯淡倏忽消失。陈旧的光雾中，她面容严肃，洞黑瞳眸藏匿于眉睫暗影中。K这才发现她其实有一双美目。她瞥了K身后的Eurydice一眼，"方便让我读一下两位的芯片虫吗？或者，其他身份识别文件？"

"这，"K递上名片，"我们现在只有这个。"

女人接过名片，端详半晌。"先生，您还有其他文件吗？光是名片我们很难让您办理登记入住手续。"她将名片递还给 K,"也许,关于您如何知道我们新月旅社——"

"还有这个。"Eurydice 紧接着递出全像地图。

女人接过地图。她初始尚有困惑,但随后立刻微笑起来。"好的,"她将全像地图递还,"关于全景,我自己也很关注。两位跟我来吧。"

一行三人走过一条较前方柜台门厅更为昏暗的廊道,直通公寓后方,开了后门。"内部楼梯目前暂不开放,"女人解释,"麻烦你们先走这里吧。"

天井般的畸零空地。四周建筑皆是同旅社本身一般的四五层楼旧公寓。相隔如此距离,夜间市集的喧闹已完全淡去;迫近的楼宇将黑色天空框定于头顶有限的视野中。细微的,铅笔刷淡的建筑剪影于对侧老墙上凝定。

抬头仰望,市集光尘依旧淡淡飘浮于半空中。

女人爬上一道铁梯。K 与 Eurydice 紧跟在后。

步履硿咚硿咚回响着。

铁梯终止于三楼。女人停下,取出钥匙,喔啷啷打开一道铁门。

旅社甬道。

几盏老式浮灯贴近悬浮于天花板处。光色昏昧。灰色地毯斑驳脏污。两侧队列着一扇一扇的门,通往各自的空间。霉味、淡淡的消毒药水味盘踞着这窄仄的密闭处所。

女人领着他们走进甬道。四下寂静无声。甚至未曾听见空调的细微气流。他们经过了标示着305、307、306、308的房门,而后来到309房前。

　　女人取出钥匙，为他们打开电磁锁。"309号房。"女人将钥匙交给K，"使用时间三小时。房内备有茶水、点心；影像播放器也欢迎您使用。退房前10分钟我们会打电话通知您。若需要客房服务或有其他问题，请直接拿起话筒，按下橘色直拨键；我们会尽快为您服务。"女人微微欠身，"希望您会喜欢我们的房间。谢谢您。"

43

2219年12月2日。夜间9时44分。V镇。新月旅社309号房。

极普通的老旧旅馆房间。

一套卫浴。双人床。一张简单的书桌。暗橙色的厚地毯吸去了所有步履。播放器屏幕旁，立灯挨着小茶几。一个瓷质印花热水瓶。廉价的塑料托盘上摆着茶包和小包饼干。

而影像播放器的控制钮与置入口则装设于遥控器面板上，与其他电灯或音响之类的开关并排在一起。

寻常且陈旧的摆设。至少初步看来如此。

K约略巡视一遍，转身进入浴室，打亮灯光。

与房内相比，浴室设备更加陈旧。地板与墙面的瓷砖约略手掌大小，米白色，污痕与霉斑黏滞其上。洗手台边缘几个小缺口，台面上满是白色刮痕。包装好的牙膏、牙刷、发梳、香皂等盥洗用具散置于层板上。

K注意到，其中一支牙刷包装已被打开。

他从包装袋中抽出那支牙刷进行检视。由刷毛状态看来，明显带有使用痕迹。

K灭去照明，离开浴室回到房内。Eurydice正踱步至窗边，拉开窗帘稍作检查。由Eurydice身后，K看见雾蒙蒙的窗玻璃正对着隔壁民宅侧窗，仅隔一防火巷，一臂之遥的距离。侧窗后犹且一片昏暗，同样为窗帘所遮蔽。

Eurydice将窗帘拉上。

环境上似乎并无怪异之处。

他们随即展开搜索。

或许也称不上"搜索"——意料中的是，那在309号房内留下痕迹的上一任房客并未试图掩藏些什么。他们立刻就在抽屉内一本《圣经》下发现了一个白色信封袋，内有影碟一片。

K取出影碟对着光线检视。他发现影碟的透明表面有着已褪去颜色的记号痕迹，像以签字笔写下。但由于颜色极淡，究竟是何种文字或图案已难以辨识。

K将影碟置入播放器中。

44

画面自昏暗中亮起。

落地窗。溪涧般流淌的乐音。舒曼的《儿时情景》。

（卧房。牛奶般的灿亮天光。白色海洋般温暖柔软的大床。"你好。我叫 Eros。"微笑的女孩侧了侧头，丝缎般的黑发散落在她细致玲珑的裸肩上，"希望你们会喜欢我……"）

片头字幕浮现。

无限哀愁：Eros 引退·最终回

Eros。竟是 Eros。

Gödel 的生化人女友。

那摧毁了"维特根斯坦专案"的、叛逃的 Gödel。K 曾亲自审讯的 Gödel。多年前，启动了 K 双面间谍生涯的关键人物。

Gödel 死去的女友 Eros。于梦境时代、"梦境娱乐"临至前，最后一代的生化人 AV 女优……

竟是她主演的 A 片影碟！

不仅于此。K 随即发现，此刻场景、那访谈内容，正是纪录片《最后的女优》剪接引用的片头——

（"你说你叫Eros？Eros不是'爱神'的意思吗？而且还是个男爱神？"

"是啊，Eros就是'爱神'哪。……E—R—O—S，Eros。"）

这非常奇怪。K清楚记得，当初为了办案，他早已完整查阅档案、搜罗了Eros的所有作品，并且一部一部地看过了。也因此，在后来查到那部造假的《最后的女优》纪录片，且发现该段片头未曾出现于Eros的任何作品中时，K自然感到事有蹊跷。而在Eros与Gödel一同落网后，K当然也曾针对此事对两人进行讯问。Gödel表示对此毫无所悉；而Eros初始拒绝透露，其后，短短数天内，她便因为病况急速恶化而陷入昏迷，不久后便过世了。

《最后的女优》就此成为一个未解的悬疑。

没想到竟会在此处再次见到这个神秘片段。K思索着。这或许暗示着，尽管纪录片《最后的女优》应是造假无误，然而其中所引用的A片片段可能并非造假，甚且曾真实存在？

（"哎哎哎，别骗了啦……像这样不说实话，可是要被处罚的哦……知道吗？是会好好'处罚'你的哦……"

"我说的就是实话嘛！我真的不知道做爱是什么滋味呀。"

"喂，喂，再扯就不像了啦！快说，你的第一次是什么时候？"

"刚刚不是说了，我还没有过第一次呢。"……）

第一次？K想。在"引退·最终回"中的第一次？这样的剧情也太不合逻辑了吧。或许，这带有某种暗示？

然而这并非毛片。它有完整的片头，以及截至目前尚称精致的剪接，后制显然颇具水平。易言之，这是一部货真价实、似乎曾正常发行的A片，并非粗糙半成品。唯一可挑剔之处可能是，某些时刻，画面似乎存在着某些极细微的不稳定。在此段与纪录片《最后的女优》重复的访问片段中，K注意到两次时间极短的跳闪。画面经过截断，又立刻接回原先画面。

而那跳闪看不出任何意义。

K与Eurydice继续检视此片影碟。最初对话结束后，男人与Eros很快开始了他们的"第一次"。那程序与一般A片并无差别。男人首先褪去了女孩的碎花短洋装。洋装下，Eros穿着一套可爱的粉紫色蕾丝内衣裤。那内裤在重点部位甚至是镂空的。这使得Eros私处肌肤若隐若现。K注意到她的阴毛经过修剪，质感细致，柔软发丝般服贴着皮肤……

褪下内衣裤后，男人调整了自己与Eros之间的位置，将头埋入她的两腿之间，开始展现自己的舌上功夫。而Eros则一面推拒，一面轻柔呻吟，不时扭动着她娇小玲珑的身躯。

接下来则是女孩为男人服务的时候了。镜头前，Eros羞涩望着男人的阳具，小心翼翼地伸出舌头舔了两下，而后将它含入口中。她持续吞吐着它，不时亲吻舔弄阴囊。几分钟后，男人便引导Eros躺到床上，温柔地将阳具送入女孩体内——

然而这剧情设定毕竟是女孩的"初体验"。在勃起的阳具插入时，Eros似乎承受着极大痛苦。K注意到她微微挪抬身体，本能地闪躲男人的插入。而这男优竟也入戏地安抚着Eros。他不时弯下身贴着Eros的耳朵，嘴唇无声翕动，似乎是在向她呢喃着些安慰的话语。

但Eros始终眉头紧蹙，不发一语。

K依次小段小段快转。直至此段欢爱结束（男人终究还是将精液射在了Eros有着精致五官的脸上），并无发现任何异常之处。

　　K皱了皱眉，改变策略，调整拉杆，先大致观察了整部影片的结构。他发现这A片的性爱场景共有六段，与一般A片相较之下偏多。但这似乎也称不上太过奇特。而在每段做爱之间，也同样穿插了些常见的过场。

　　K自第二段开始继续检视。于第二段性爱之中，Eros扮演的是新婚妻子的角色，而男优则是同一人。旁白简单交代了这中间的故事；大意是说Eros与该男优（他叫作直树）交往数年后，修成正果，二人结为夫妻云云。

　　至于真正的大戏——性爱场景——则是在厨房完成的。在第二段起始处，厨房内，Eros夹起长发（几绺发丝垂落在她细白后颈），穿着一件淡蓝色印花围裙；而围裙下则是白T恤、牛仔短裤的寻常居家打扮。她正专心在流理台上料理食材。

　　镜头绕着Eros爱抚着她玲珑有致的身段。导演显然对于Eros短裤下的美腿十分满意，不断自Eros后方强调着她的臀腿曲线。

　　围裙系带圈围着Eros后腰。她的紧身白T恤透出深色内衣扣环处的印痕。

　　门铃响起。女孩暂时放下工作，雀跃地前去开门。穿着西装、提着公文包，一身上班族打扮的老公直树回来了。他们很快在客厅沙发上拥吻起来。女孩半推半就，一边红着脸撒娇说不行啦，做菜才做到一半呢，火还开着很危险；一边挣脱了男优的怀抱，跑到厨房里去了。老公直树遂觍着脸跟进厨房，自背后开始摸索捏弄着女孩的胸乳（Eros仰着头，自齿缝间发出断续呻吟），嘴里念着哪那么容易放过你呢；随即剥下女孩的短裤和内裤，而后便直接在流理台前（Eros踮起脚尖，将臀部翘起）自背后挺进女孩体内。

似乎也无甚特异处。K开始怀疑起来。难道他忽略了某些细节？又或者，这两段性爱本来便只是伪装，而所有重要信息全隐藏于影片后半段中？

然而在第三段性爱前，解答出现了。

那是第二段与第三段性爱间的过场。镜头步入一别墅之空房。黑檀木地板，类似第一段性爱中场景的采光。大片落地窗前，汹涌的白色天光夹带绿意暴雨般漫淹进室内。

但这其实并非卧房，而是一间展览室。这展览室显然比卧房大上许多。或因单面采光或场地面积过大，尽管窗外天光灿亮，然而在远离光源之一端，幽暗仍沉淀于空间中。无数暗色系微粒在画面上悬浮游走。

室内除了一张沙发、一木制画架外别无他物。而四面墙上，一幅幅的画作如静止的昆虫标本般挂在墙上。

一个安静凝止的空间。

Eros出现了。沙发上，她戴着黑框眼镜，衬衫窄裙标准套装，双手交握，笑盈盈对着镜头说话。她表示一直对摄影和素描很有兴趣，工作之余持续习画，也长期在某著名摄影记者开设的教学工作室学习摄影。这些都是她的作品（镜头缓缓绕着展览室滑行，展示四面墙上的画作标本）。Eros还说，这些作品呈现了她自己的欲望与异想，感谢导演与制作人的慷慨，让她有机会将自己的作品介绍给大家……

Eros边说边站起身来走向画架。她拿出了一支指挥棒，同时继续着口白；约略是说，现在她想向观众们介绍的，是她自己最喜欢的一幅作品，耗去她许多心思云云——

K瞪大眼睛，坐起身来。

Eurydice发出了低呼。

那是一帧摄影作品。一张照片。

正是K在Eurydice家中，自抽屉底层信封袋内搜出的第二张照片。

那张K自己年轻时的照片。呈胎儿屈曲状侧卧之人体。隆起的肌肉与筋脉。青灰色如枯叶般的皮肤。腰部以下淹没在一片暗红色血冻胶质中。

那年轻时刻的，K的尸身……

K立刻取出照片进行比对。没错。完全相同。只是此刻，较之K手中明信片大小的照片，画面上的这帧摄影作品尺寸大上许多。

然而不仅是照片本身的问题。画面中已不再是Eros的独角戏。在这段怪异的过场中，突然出现了一个来源不明的画外音男声。这男人先是有一搭没一搭地与Eros闲聊着（无非是身为AV女优，对这份工作的态度与想法；是否曾因此感到困扰或造成生活不便；有被影迷跟踪过吗之类），而后竟开始与Eros讨论起她的作品。Eros也顺水推舟，配合男声提问，拿起指挥棒指指点点，解释起这幅摄影作品。

（哇，好诡异的风格……这作品的题名是？）

（它叫"镜像阶段"哦。镜像阶段。Mirror Stage。）

（"镜像阶段"？听起来颇令人迷惑。可以为我们解释一下它的意义吗？）

（没问题啊。这其实是我上个月才完成的新作品呢……请看这里。你可以清楚看见它的构图并不复杂，元素也很有限；主要就是一个背过脸去的、侧身的男体。在……）

（男人的裸体。这呈现了你对男人身体的欲望吗？身为AV女优，你的——）

（喂，才不是呢。在这作品中，我关注的主要是"自我"。嗯，准确点说，是"自我"的毁灭，以及创造……）

（毁灭与创造？两个相反的东西？）

（也不是这么说啦。嗯……应该说是，表面上，毁灭与创造确实相反；但在深层意义上，毁灭与创造却是同一件事。我记得从前看过一些数据，古印度婆罗门教中，湿婆神所掌管的，正是毁灭与创造之事；它们其实是同一个主题……）

（那么"镜像阶段"指的是什么？）

（嗯……简单来说，就是"自我的形成"。这名称来自古典时代的法国精神分析学者雅克·拉康……）

（哇！好深奥呀……Eros老师真有学问呢……）

（讨厌，你正经一点啦。总之，拉康认为，人的"自我"、人对"自我作为一完整个体"的概念，并非与生俱来，而是后天习得的结果。此一学习过程发生于幼儿约6至18个月大期间。拉康将它命名为"镜像阶段"。）

（那是什么意思？似乎很复杂？）

（哎呀，本来一点也不复杂，也不需要说到这里，谁叫你问我这些困难的问题，根本都是你害的——）

（好啦好啦，是我不对。你解释给我听嘛。）

（嗯……简单说就是，在镜像阶段前的婴儿期，人类其实是没有"自我"这种概念的。当小婴儿饿了便哭，他并不清楚是"我"

感到饿了。他只是被某种饥饿的不适感所侵袭。这对他而言，只是一个纯粹的负面感官经验。他当然也不会明白，只要"我"去找点东西来吃，便能够消解"饥饿"的感觉。总之，感到饥饿而哭泣，只是为了一个单纯的、不舒服的感官经验而哭泣……）

（所以？）

（所以，假设接下来他冷了，那也只是另一种负面的感官经验……换言之，这时的婴孩其实只是一个零碎感官印象的集合体喔。他没有能力理解这些零碎的感官印象都属于"我"此一完整个体，因为他根本没有"我"的概念。当他看见自己的手，他不知道这是"我"的手。当你打他的手，他感到疼痛，但他也并不清楚是因为"我"的手被打了所以痛；他只是单纯接收到疼痛的感觉。他不知道先前饿了、现在冷了、痛了的感觉，其实都是同一个身体所获得的感官印象——）

（所以？）

（总之拉康相信，人的"自我"概念并非与生俱来，而是借由与外界的互动逐渐习得。为什么这样的互动能够"教导"幼儿产生自我概念？其实说穿了也很简单：因为外界——主要是其他人——理所当然是将幼儿作为一个整体来对待的。）

（什么意思？）

（嗯……举例，当母亲看见小婴孩抓地上的泥土来吃，母亲可能快步跑上前去抱起他，拍打他的手，说："弟弟！手手脏脏！那个不可以吃哦！"；在这样的情境中，小婴孩理所当然地被视为"弟弟"——一个完整的指称；而"手手脏脏"与拍打手的动作，将会逐渐引导幼儿产生类似"这是'我'的手"、"手属于'我'"这样与自我有关的概念。）

322

（啊，是这样吗？）

（或者，再举一例：晚上，妈妈忙着熨衣服，将小婴孩放在床铺上；当小婴孩突然哭了起来时，妈妈可能会指挥一旁的爸爸："去把弟弟抱来！我来喂他喝奶……"而爸爸也就站起身，将床铺上的小婴孩抱起，送至妈妈怀中。这时，将这一切互动看在眼里的小婴孩，便可能会朦胧地感受到：先是妈妈将他视为一"完整个体"——所以才会指挥爸爸将"我"抱来；接着，爸爸也将他视为一"完整个体"——所以将"我"抱起，递给妈妈。正是借由这样长期与外界的互动，幼儿才能逐渐离开那"零碎感官印象之集合体"的时期，而逐渐意识到自己确实拥有一完整之身体；同时，也逐步形成"自我"的概念……）

（哦，是这样啊。那，这与你在作品中迷恋的男体有什么关系呢？嘿嘿……）

（哎呀，你真的很讨厌呢，就说我的构图不是那个意思啦。）

（那你说说看是什么意思嘛。）

（好啦。你先看这里。这男体的边界是模糊的。整个男体下半身都隐没在暗红色的胶质中。而侧卧的男体也让人无法看清楚他的脸。没有具体的脸……我想说的是，"自我"原本并不存在。它面目模糊，又缺乏稳定结构；它仅仅来自周遭的混沌与虚空。而在这样的状态之下逐步产生的"自我"，当然也不可能具有稳定的结构。事实上，我相信，这几乎便是人类所有恐惧、欲望与痛苦的根源——）

（所以裸裎的男体其实就是象征着"自我"？）

（嗯……可以这么说吧。或许该说是"成形中的自我"或"未完成的自我"吧。更详细点说，我刻意将男体的表面呈现为一种干涩而皱缩的质感，正是为了表现自我的毁灭。那是死亡的意象。一种缺乏生命力的，尸体般的存在。然而在男体周遭，我却又意图呈现某种湿黏、某种咸腥、某种胎盘绒毛般的、血的质感。那是带有生命力的。那象征着自我的新生，自我所从来的暧昧、混沌与虚空……）

（所以？）

（所以那便是"人"的发生地。"人"的由来。毁灭与创造。死亡与新生。"自我"的欲望与痛苦……）

可疑的讨论在此结束。占去约略六分钟。

接下来Eros与画外音男人又讨论了另一帧挂在展览室墙上的Eros作品。那是一张题名为"异地"（Exotica）的黑白风景照，主题是海滩上一碉堡般的水泥废墟。相较之下，这照片本身看来正常许多。然而由于照片左侧渲染着某种极淡的彩度（不知来自现场抑或后制的赭黄色晕光），隔着画面望去，甚至也无法确认这是否是一张黑白摄影。

Eros与画外音男人浮面地讨论了这帧作品。约略谈到了这张摄影的取材地、拍摄环境等等。但并未针对作品内涵或题名深入交谈。而Eros的作品介绍时间也就此结束。在再度感谢了导演与制作单位后，Eros表示，除了本分的AV女优工作外，也会在这方面继续努力；除了摄影之外，希望未来也能加入导演行列云云。

这又占去了约略三分钟时间。

（所以，在这整段过场之中，与Eros交谈的画外音男声，其实正是本片的导演？K想。）

（导演？……）

309号房中，空气忽然变得冰冷而稀薄。

K的呼吸混浊起来。

是啊，他怎么现在才注意到呢？那画外音男声听来如此耳熟，不正是纪录片《最后的女优》中，那始终未以真面目示人的面具导演吗？

K仔细回想。是，似乎确实是那样的声音。

但他却又立刻迟疑起来。那真是面具导演吗？

记忆并不如此清晰。他又没把握了。

K与Eurydice继续检视接续的段落。

情节是连贯的。过场后，第三段性爱起始处，导演用几个意识流场景简洁交代了老公直树与Eros间幸福的新婚生活。此部分虽仅是故事情节叙述，但依旧相当程度展现了导演的功力。他先是或快或慢地剪了几个夏日海滨的镜头（海边的蜜月之旅。过曝梦境般亮晃晃的白色沙滩。他们在沙滩上玩起排球——奔跑中的腿，裙摆与衣角，肢体所剪取的，光与暗的闪逝。夕晖下，Eros将直树埋入沙中……），而后调度了几个海滨景色或物件的空镜。（鱼旗飘动。沙滩上海潮的缓慢步行。被浪花与泡沫舐舐的足印。两人轻轻勾着、在开阔空间中摆荡的手。一大一小、两双静置的蓝色拖鞋……）最后再将镜头带至两人的脸。（逆光。逆光之偏移。发丝跟随着风的气流，触手般抚摸着Eros的脸颊。整个画面沐浴在一种玫瑰色的微光中……）

但这般恬静美好的婚姻生活并不长久。（镜头转入内景。）某日，人妻Eros独自在家，一对提着公文包、保险业务员模样的男

女前来按铃拜访，表示担任义工，正为某慈善机构进行劝募。由于
这一男一女看来十分正派，谈吐也客气优雅，善良单纯的Eros不
疑有他，便开门将他们邀请入内。意外的是，进门后，这对男女随
即露出狰狞面貌，将门反锁，将Eros推倒在沙发上，开始对她上下
其手。

Eros极力反抗（这时女业务员的假发突然在激烈拉扯中掉了下
来；观众这才发现原来那其实是个上了浓妆、獐头鼠目的秃头男
人。这男人尚搞笑地在假发被扯掉时伸手护住光溜溜泛青的头皮，
做出惊慌而茫然的表情），但反抗未果，终究在暴力威胁下遭到性
侵。过程且被用微型摄影机拍下。完事后，两名歹徒带着猥亵笑容
扬长而去，同时警告Eros不得报案，否则该段性爱影片将立刻被散
播出去。

剧情急转直下。原本幸福的新婚生活就此陷入凄惨境地。Eros
害怕影片外流，遂守口如瓶，不敢声张，然而被侵犯的恐惧夜夜啮
咬着她。老公直树尽管发现妻子有异，却也问不出所以然。这使他
们夫妻间的性生活蒙上一层阴影……

残酷的命运并不会轻易放过Eros。相隔数日，两名歹徒再次来
访。同样以手中持有之性爱录像作为要挟；这次他们将Eros拖到床
上，剥光衣物，绑起她的手脚，拿出跳跳草等情趣道具狠狠地玩弄
了她。

一开始Eros且痛苦挣扎着。数分钟后，她的上身却不由自主轻
微抽搐起来，脸上表情也由痛苦转为欢快。

此时歹徒将绑缚于Eros手腕与脚踝处的红色细带卸下。Eros舒
展了四肢，不停扭动，兀自沉浸于跳跳草带来的感官欢愉中。秃头
歹徒低下身，开始啧啧有声地舔弄Eros的阴部；而另一名高瘦歹徒

326

则淫笑着挨近她耳边："太太，太太——"

　　Eros没有回应。然而歹徒当然不会轻易罢手。"太太——"他猥亵地说，"太太，你是不是……感觉很不错呢？

　　"太太，"歹徒一面伸手搓揉Eros的乳房，一面轻声细语，"你是不是……快要到了呢……不要忍耐，不需要忍耐啊……"

　　仿佛回应歹徒之淫语，Eros的呻吟愈加紊乱而狂野了。"太太……"舔舐了Eros骨瓷搬细致的耳郭后，高瘦歹徒继续耳语，"这里，除了我之外……还有别人，也在看着你啊。而我，却也并不是你的丈夫……你不会……感到羞耻吗？"

　　除了喘息与呻吟外，Eros始终没有回答。她的胸口与额角渗出了无数细密汗珠。而在以舌尖玩弄了Eros左右两枚勃立乳头后，高瘦歹徒再度起身，俯向Eros颊侧，继续向她呢喃："太太……有那么多，那么多人在看着啊……你觉得，如果你的丈夫直树……看到你这么享受……他会，作何感想呢？……

　　"你说呢？……"歹徒说，"你怎么会，这么舒服呢……回答我啊，太太……"

　　Eros显然不再有机会理会这些口头上的羞辱揶揄了。她高潮了。她双颊陀红，颈项与胸口泛出无数淡粉红色的细微斑点。她身躯陷入了剧烈痉挛，呻吟声先是忽然拔尖，而后又像是重物沉陷入质地稠软的油液中一般，隐没入某种无声的，嘶哑的喘息中……

　　此段性爱便以Eros的高潮作为结束。K注意到，在这第四段性爱之中，并无男优阳具的实际插入。

　　初步看来，此部分似乎并无奇怪之处。

　　K调整播放器，重新做了检视。没有任何新发现。

影片接续进入第四段与第五段性爱间的过场。第五段的前置作业。Eros遭到连续强暴，又自觉对不起老公直树（她毕竟仍在歹徒玩弄下享受了肉体欢愉），承受极大精神压力。心情低落之余，仅能向牧师寻求告解。而在牧师引导之下，Eros也渐渐学会通过祈祷与上帝沟通，求得心灵平静。

紧接着进入第五段。

此段有个反差极大的开场。镜头首先带至一小教堂。Eros一身素白洋装，单独跪在圣坛前祈祷。她时而双手交握作祈求状，时而手捧《圣经》虔诚翻读。她的纤长手指或者按覆于封面之上，或者轻轻翻动纸页。落叶般的薄脆声响中，她性感的嘴唇无声开合着，清澈的眼眸隐藏于睫毛暗影下，时而睁开，时而闭上。

由侧面看去，那美丽的睫毛颤动着湿润而细碎的光亮。

四下无人。光的帷幕自高处落下。巨大的十字架前，无数尘埃在光线中翻腾起落。

远处传来沉重撞击。仿佛于这封闭空间中突然开启一扇门、一道破口。画面边缘，裂隙亮起又暗下。

有人。有人进入了教堂。

Eros仍继续着她虔诚的祈祷。

脚步声持续着。来者似乎仅有一人。

是那位高瘦歹徒。他穿着一袭神父的黑色法袍。画面被一种夜雾般的黑暗笼罩，他的表情隐没于雾的粒子隔断的距离之后。然而K注意到，借由方向不明的微光，似乎可以看见他嘴角与法令纹的细微牵动——

"等一下。"Eurydice忽然按住K的手，"等一下。你看。不是，倒回去一点点。再一点点。对。这里。

"你看。"Eurydice说，"那本《圣经》。"

Eros手捧《圣经》的画面。特写。合上的《圣经》与Eros的手。

静止画面中，黑色《圣经》封面清楚呈现。

竟与方才放在旅社抽屉中，夹藏着影碟的那本《圣经》一模一样！

K且注意到，这特写镜头之画质似乎与前后片段相异。说不上是亮度或分辨率的差别，那构成此一画面的无数像素明显酝酿着某种流动感——

"现在再往后一点。"Eurydice说，"……对。这里。"

画面凝止于《圣经》翻开的书页版面上。

一双手。左手捧着《圣经》，而右手则拈住一张纸页正欲翻过。

画面粒子仍维持着它迥异于前后段落的质地。

Eurydice起身，自抽屉中取出《圣经》，"内页的部分……"

版型相同。字体相同。唯一有所不同的是，手中这本《圣经》纸页看来较黄，而影碟中《圣经》纸页偏白。

但这也可能仅是光线或播放器的色差。

"第几页？"K调整播放器，框定纸页，而后放大，"我想我们也该比对一下相同页数的部分——"粗糙的像素粒子占满了画面，像是某种昆虫复眼之视觉，"437、438……"

K翻开手中《圣经》。437页。

那是《旧约·诗篇》。

然而，那不是《圣经》。

或者说，K手中，437页内容确实是《圣经》的一部分。然而翻过437页，接续页码却标示着"5628"、"5629"、"5630"，直至"5634"。内容亦明显并非《圣经》经文。再往下翻，接续页码则又回复为"439"。换言之，原先的438页消失了，为"5628"等七页所取代。

当然，整本《圣经》仅约略两千页之谱。理论上是不可能存在有五千多页的页码的。

K依序检视其内容。437页最末尾处，标示"诗篇：第八篇"之小节，经文如下：

我观看

你指头所造的天，

并你所陈设的

月亮星宿，

便说，人算什么，你竟顾念他？

世人算什么，你竟眷顾他？

你叫他比天使

微小一点，

并赐他荣耀尊贵为冠冕……

然而翻至隔邻5628页，诗篇突遭截断。同样密密麻麻的文字，同样的字体，纸页上所诉说的，却是另一段显然与《圣经》毫无关联的故事。

那是M的故事。

M的秘密。时至今日，K仍难以忘怀，当时在新月旅社狭小潮湿的309号房中，与M的秘密初次相遇时所感受到的震撼。

不，不是震撼，不尽然。那像是……或许类同于，在那野地废屋中，K"诞生"之时，突然领悟自己是个被遗弃的生化人之瞬刻——

又或者，仿佛在那次关键审讯最后，面对情绪失控的Gödel，面对Gödel突如其来的狂暴，作为一位掌有绝对支配权的审讯者，K居然，居然如此丧失知觉之一瞬。那在记忆中悬宕的，如利器，如锋芒，如光或某种幽暗量体般，既钝重又轻盈的什么……

45

我是 M。

然而，K。我的子嗣。

我知道是你。

我知道是你正读着我预留的这份手札。然而令人遗憾的是，如果我估计并无失误，那么，当这份手札有幸被你读到时，我已不在人世。

但那或许也并不遗憾。人皆有死，我死不足惜。然而如你所知，我安排了某些机制，为的是保护某些信息。此刻，这些被我载录于手札中的信息，显然也必须借由你，才能被继续传递下去。

K，请听我说。首先，我必须简略交代我的身份。简单说，我是个混血儿。人类与生化人的混血后裔。公元2167年12月，我出生于日本广岛。我的母亲是人类，而我的父亲则是生化人。

K，你可能感觉讶异。或许你会想：生化人？生化人不是都经过"情感净化"吗？他们的"性"不但不会为他们带来快感，反而可能引发某些情绪或身体上的痛苦或排斥，不是吗？他们的情感，比诸正常人类，难道不是淡薄许多吗？人类与生化人，如何可能繁衍后代呢？

关于这些疑问，在此刻，其实没有另一件事来得重要。请让我稍后再做说明吧。事实上，以你的身份以及你此刻所拥有的知识与智能，你大可以自行推演混血后裔存在的可能性。我只能说，这是事实。我确实就是人类与生化人的混血后裔。如假包换。

然而，也由于这样的家庭背景，由于我父亲的身份，以及他与我母亲的关系；自我有记忆开始，我的母亲便带着幼小的我，过着四处搬迁、避人耳目的生活。

永恒的逃躲。像一个陷落于逻辑循环之中，不停自我复制、永无休止的辩证游戏。

但我们的主题不是我，而是关于你。K。你是我的主题。事实上，你不仅是我的主题。对于某些特定少数人来说，你或许还是他们生命中最重要，最具高度侵略性的主题。而我现在所必须告知你的，正是我与我的挚友、我的同志 Cassandra 所进行的计划。

你所从来的计划。你的身世。我们的主题。

K，你的存在，始于一个代号"创始者弗洛伊德"（Freud the Creator）的间谍计划。据我所知，此一计划不存在于生解的任何文献或电磁记录上。也因此，只有在这里，我才能把这样的信息传递下去……

"创始者弗洛伊德"诞生于2195年。这其实是个纯粹的意外，而契机则是生解历史上的重大事件。2195年1月，我的挚友 Cassandra 为生解做出了前所未有的贡献——她突破了第七封印严密的情报封锁，自人类联邦政府手中成功盗取了"梦境植入"的秘密。

K，对于此事，你或许会感到惊讶，或许不会。或许你早就发现了生化人阵营其实知道这些。但总之，我现在可以笃定告诉你，早在2195年，亦即是距离我写下这份手札前整整18年，生解就已经破解生化人产制的秘密了。

你当然明白梦境植入的重要性。我想你可以想象，Cassandra此项重大胜利，在当时带给了生解多大的激励。

然而，K，讽刺的是，光是"知道"却毫无用处。我们很快发现，光是破解生化人标准制程，并不能直接为我们带来接续的进展。原因很简单：因为我们依旧无法"自制生化人"。生解资源有限，而所有用以进行梦境植入的仪器与机械设备，全被人类政府严密掌控。是以，即使我们已然知晓生化人18岁初生时的基本配备（那些知识、技能、制造厂、归属处、人格社会化，以及最重要的，"身为生化人"之自我认同）全然依赖梦境植入技术；然而，知道原理，并不能帮助我们自制生化人。

我们没有仪器。我们无法自制仪器。我们也未能掌握那些曾用以实质植入的梦境。所有机械设备（硬件）、所有的梦（软件），全被人类联邦政府牢牢扣在手上。生解束手无策。

这是我们当时的困境。然而，出乎意料，下一项重大突破来得比预期的更快、更戏剧化。毫无疑问，Cassandra是个具高度天赋的情报员。她很快找到了侵入人类政府生化人制造工厂的方法……

那便是你的由来了。K。2197年3月，你诞生于人类政府第12号生化人制造工厂。工厂位于台湾北海岸。表面上，你诞生于人类政府严密控管下的工厂；然而实际上，于制程中，你被植入的梦境却与其他正常生化人全然相异。他们被植入的是人类所设计的制式梦境；而你被植入的，却是生解所制造的一个"实验梦境"。

此一实验梦境，生解内部将之昵称为**"弗洛伊德之梦"**（Freud's Dream）。这当然是为了纪念古典时代精神分析创始者弗洛伊德。于Cassandra亲自操刀下，生解先是成功制作了这个实验梦境；而后布建了一个间谍小组混入工厂，择定一名产制中的生化人，将仪器中人类所设定的制式梦境掉包为"弗洛伊德之梦"。

K，你就是那位被择定的生化人。那正是你与其他生化人截然不同的原因。那正是于初生之时，你居然不知道自己的制造厂与归属处的原因。因为你的梦境，原本就与别人全然相异。

而此一将你制造出来的间谍计划，我们遂将之命名为"**创始者弗洛伊德**"。

K，你的命名者是我。K这个名字，是我赋予你的。

是我的决定，我的选择。是我。

是以，K，尽管你身上并未存有任何我与Cassandra的基因；但在某种意义上，你几乎就等同于我们的子嗣。我与我的挚友Cassandra共同的子嗣。一个女人与另一个女人生的孩子。是我与Cassandra创造了你。公元2197年3月，于人类联邦政府第12号生化人制造工厂，人类赋予你血肉之躯；而我们则组合了你的灵魂，给定了你的名字——

说到这里，你可能又会有所疑惑。我可以预见你不会领情，甚至更可能感到愤怒。你或许会问，我们制造你的目的是什么？就是为了生化人阵营想要实验一种"自制生化人"的可能性吗？

你的质疑正确无误。事实上，关于这件事，我非常后悔。我一直都在后悔。

K，我想我是不会再有机会、再有资格请求你的原谅了。在那个时代，我和Cassandra都太年轻；年轻得不足以理解生命的徒劳，年轻得不足以理解历史原本只是梦境，只是空无……在我与Cassandra为生解服务的那个年代，生解的力量已然飘摇如风中之烛；有许多据说曾真实存在的组织架构与据点都消失了。我们甚且完全不清楚它们消失的原因。我们的心情如此焦虑，时间感如此促迫。像在梦中与一个不存在实质形体的巨人搏斗。那时，我们几乎可以确定，自己就是地球上唯一的反抗组织，自己就是生化人阵营仅存的薪火。为了对抗人类的残酷与冷漠，我们镇日为那些间谍活动擘画奔走；我们的躯体因长期持续性的疲累而耗损衰败，心灵却因理想的激情而炽烈燃烧……

然而我必须说，在那之前的一切（那些陌生异国的仓促行动；那些绑架、暗杀、审问之类的肮脏活；徒手于城市郊区废弃仓库中设计一套信息传递格式；在冬日大雪的村落里凭空建立一仅短暂存在50分钟的据点；或者，为了侦测或窃取信息，将数万组微型蠕虫程序植入人类某单位中枢操作系统中，并于运算完毕后自我销毁……），比起Cassandra成功偷取了"梦境植入"的秘密来说，确实微不足道。Cassandra所完成的，无疑是个致命的关键性成就。我们几乎难以确信，甚至难以承受，在获知了那样的秘密之后，我们所拥有的改变局势、翻转现状的巨大可能性。

想想，如果我们得以获取那人类用以执行"梦境植入"的梦境，借此明白获知生化人的共性、生化人之所以情感较为淡薄的真正原因；如果我们得以暗中修改那个梦境，让制出的生化人全数具有情感因子，甚至反叛性格……甚至，如果我们得以真正知晓梦境产制的原理，从而产制独属于生解的实验梦境，一个重新形塑生化人种性特征的可能性，一个根本性的颠覆与革命，一种除了人类与生化人之外的，"第三种人"……

惊骇、震撼与激情。仿佛画面曝白，所有事物都在瞬间失去轮廓，消融于炽烈滚烫、风暴般的强光中……

我们如何自那样的梦境中清醒？

在那样的震撼与激情下，"创始者弗洛伊德"计划很快就被提出了。

K，我必须承认，"创始者弗洛伊德"的原始内容，绝大多数都是我与Cassandra的构想。

那是我的错误。当然，在往后，在这许许多多回忆的绵长时日里，我总思索，那段时日，是否不曾存在一个悬崖勒马的机会？在那样高烧般的激情中，是否曾存在一个片刻，只要我一转身，只要我暂时——哪怕只有一分钟——暂时离开那像黑夜中一整座森林曼陀罗花全数盛开的，持续性的晕眩、剧毒与癫狂；我是否可能忽然醒觉，忽然明了那间谍计划的残忍与虚无，给自己一个终止"创始者弗洛伊德"的机会？

我是否诚实面对自己？

多年后的现在，我必须承认，那样的可能性确实存在。我不能说我全无迟疑。我并非完全不曾意识到这个计划的危险与疯狂。然而在酝酿计划的那段时日里，我刻意视而不见。

我对自己撒谎。

"创始者弗洛伊德"计划很快获得组织内部认可，由当时的生解主席Fiederling亲自核定为极机密项目，委由包括Cassandra在内的四位同志全权执行，并由Cassandra担任组长，直接向主席负责。Fiederling曾向Cassandra保证，于生解内部，连他自己在内，知晓此一计划的同志总数仅有七人；且为了保密起见，关于此计划的任何数据，将不会出现在任何电磁记录上。

而小组成员并不包括我。

K，你一定觉得奇怪。如果我本身并不属于"创始者弗洛伊德"小组，为何我会知道这么多？又为何，我根本就是"创始者弗洛伊德"最初的擘画者？你的命名者？

K，我不知道这是Cassandra的深谋远虑，抑或只是巧合。Cassandra与我是从少女时代便认识的挚友，我们私交极佳。当然，她将这些信息告诉我的举动，严重违反了生解内规；但总之，最终结果是，我扮演了一个暧昧的角色，等于自始至终，有实无名地参与了"创始者弗洛伊德"小组。

但也正因如此，现在你才有得知这一切的可能……

K，请听我说。往后的发展，远远超乎我们想象。或者，甚至可说彻底粉碎了我们的想象。

若不以严格标准视之，计划之执行堪称顺利。一如前述，Cassandra神奇地布建了侵入生化人制造工厂的方法，偷取了人类用以大量植入的制式梦境，加以分析研究。而后，花费整整一年时间，历经无数测试，我们制作了自己的实验梦境——"弗洛伊德之梦"；随后并用以植入于你。于你顺利诞生后，我们当然也持续派遣情报人员随时掌握你的状况。这些监视者各自与Cassandra保持单线联系，由她亲自分派任务。也因此，他们只知道必须对你进行监控，但对于你的真实身份与"创始者弗洛伊德"的内容均一无所知。

少数时刻，Cassandra甚至亲自执行监视任务。

K，这便是你诞生的原委。很抱歉，事实真相是，自2197年3月你诞生以来，你始终活在生解的密切注目之下。

这当然非常荒谬。如前所述，对于这其间"恶"的暧昧性，我并非全无知觉。生解的存在确有其暧昧处；甚至可说，生解的存在从来便缺乏本质上的必要。因为在理论上，很吊诡地，生解全然因为人类的罪行才得以存在。长久以来，生解原本就对反于人类的愚昧自私；对反于人类对异类的恐惧与歧视。它核心的理想性格使它成为这一切"人类之恶"的对立面。然而，作为"某种事物之对反"此一存在，本来就是极不稳定的；它依赖于那"某种事物"。有朝一日，若是人类对异类的迫害与愚行不再，生解当然也就不需要存在了。

在这样的脉络下，"创始者弗洛伊德"的意义也就更加诡异。我可以这么说："创始者弗洛伊德"的诞生，已意外将生解的间谍活动推向一个前所未有的维度。我很难准确形容那种感觉……不，那不只是一场针对人类阵营所进行的间谍行动。我必须说，那是在某种逻辑不完备的状况下，如基因突变，如人工智能自动演算，由生解内部自行幻化衍生的，本质上全然相异的间谍计划。一个失控的演化产物。换言之，在"创始者弗洛伊德"之前，我们所进行的间谍活动——无论是偶一为之的绑架、审讯，抑或作为间谍活动之大宗的信息窃取；一切尚属于规模较小的可控范围。然而"创始者弗洛伊德"不然。那就是个前所未见的异想：创造一个人，对他进行全面观测与监视（保守估计，至少数年以上时光）。更严重的是，这使得生解不再必然对反于"人类之恶"——"创始者弗洛伊德"的架构过度庞大，离生解的理想性格也太远，远至生解无法精密控制，无法精算其后发展的可能性，或"恶之可能性"。

这是我所预期的。我没有预期的是，原来 Cassandra 心中，竟也存在着类似想法。而我更没能预期的是，这样的迟疑与挣扎，在后来，竟直接导致了 Cassandra 的死亡。

K，严格说来，我并不真正确知Cassandra的死因。我缺乏证据。但在缺乏证据的前提下，我依旧相信她的死确与她的立场有关；或说，与她立场的转变或迟疑有关。

那段时间，在开始自我质疑后，我很害怕。

K，我愈来愈害怕。我眼睁睁看着你在卵形培养器中初具雏形，而后慢慢长成一个成年人的模样。我看着你醒来，离去，将自己伪装成另一个人，栖身于一陌生之地。有时，我们看见你下意识抚触自己的头脸手脚；于某一极短暂片刻，像人类的新生儿一般摸索这个世界。我们看着你试图寻找一个归属、一个本源，用自己的方式展开你的"正常"生活，你的另一个人生……

我愈来愈害怕。像是在清冷幽暗的产房中，凝视着保温箱里一个个有着正常人形，实质上却绝非人类的畸变种生物。你不会知道那皮囊内里正孵育着何种恐怖异变。你不会知道，会不会仅在一夜之间，那躯壳便肿胀坏毁，皮肤长出鳞片，瞳眸石化为鱼眼，眼皮急冻为瞬膜，骨骼消失，身躯如地底无脊椎软件动物般融化为不明的、无色素的黏液胶质……

那些不属于人类的部分。

但另一方面，我却也明白，计划的终止近乎不可能。首先，于生解预设中，不属于"创始者弗洛伊德"小组的我本应对计划一无所知。我没有立场做出任何行动。再者，计划已然开始，实验人种K已产出离厂；若就此放任不管，对于实验品K而言，可能反而导致其他灾难。更重要的是，对于生解而言，完全不可能担负让一个极机密实验人种流落在外，甚至可能导致相关机密全数外泄的风险。

遑论此一计划目前已不属于我，亦不属于Cassandra，而属于一组织中的最高层级了。

K，正在我的焦虑逐日加深之际，2198年，我得知你进入大学，开始你在志趣与学术上的尝试探索。

这不在"弗洛伊德之梦"设定之内。事实上，"弗洛伊德之梦"也不可能管控至如此精细的程度。一年后，Cassandra观察到你似乎对分子生物学、演化学以及生物中枢神经演化史有着特殊兴趣；根据各方情报，我们分析你极可能就此选定分子生物学或神经演化学作为终生职志。

这彻底激化了我的恐惧。

K，在那时，我当然不会知道你往后的发展。我当然不可能预期有朝一日，你居然真会进入情报圈中工作。我很难解释彼时恐惧或焦虑的极大化。我担心的不是你与"创始者弗洛伊德"或生解的牵连；我也并非担心你发现那样的牵连。说来奇怪，我担心的就是你。就是你本身。我不知道我的忧悒是否与"你是我与我挚友的子嗣"有关。我不知道，如若有朝一日，当你用你学会的知识与技术确认了"弗洛伊德之梦"的内容，当你知道了那些你不应知道的，你会有什么反应——

或者，那也并不纯粹关于你。那同样关乎我自己。

我不明白我做了什么。我不清楚自己是谁。恐惧之时，思索之时，我甚至不知道我是在思索着你的处境，抑或我自己的处境。

我未曾料到的是，Cassandra的心中也存在着与我类同的挣扎……

那段时光……

那段时光，或许为了排遣心中的焦虑，我的日常不再仅是处理生解事务。在清晨时分，某些例行性工作开始前，我常抽空来到那条河岸，沿着河岸行走。那是一条邻近我们临时据点的河。我行走，看见河面的薄雾升腾起来，而后在日复一日的阳光中消融散去。某些时刻，我看见河岸旁的树林与草地上，白色的、雪微小的痕迹勾勒出景物的轮廓、事物或明或暗的线条。那线条呈显于一切事物之上，唯独河面例外。那可能是初雪时分，也可能是融雪后的残迹。如果只是依照这短暂（然而鲜明一如往事）的视觉印象，你无法判断那处于时序中的哪一刻。它像是时光中的某个断片、"全部时光"中的某个截面。一组虚像。然而我思索，或许时光从未以我们惯常认知的"流动"形式存在。整个时间，整个历史，其实原本就是一个巨大的截面；而自始至终，就只存在这个截面。

无截面之所从来。无虚像之所从来。没有"原本"。没有"时间之流"。没有"全部"……

我思索着这些，继续行走。那时光持续了数月。直至某日，我在河畔遇见了Cassandra。

不，最初，我没有"遇见"Cassandra。我只是"看见"她。

她做着和我一模一样的事。她也在行走。

那时春季已近尾声。雪的痕迹早已灭失。除了自然飘坠的落叶之外，树林中尚弥漫着一种湿润而躁动的氛围。我知道那是蝉与雨的预兆。此地的温带蝉属于十三年种的周期蝉，在初夏时分，新一年成熟的蝉就会破开表土，爬上树梢，摩擦翅翼，开始它们求偶的季节。而同一时间，雨季之初，细密的微雨会在泥土地上落下，掩去它们破土而出的踪迹。

Cassandra也在行走。我看见她漫无目的地走着，时而停下，凝望着落叶或河面。许多时候她看来像在沉思；然而更多时候，她更像是什么也不想，什么也没有做。她只是缓慢行走着，幽灵一般，在晨间弥漫着白雾的空间中穿行而过。

我本能地观察着她。而后我突然想到，是否在我没看见她的时候，她也这样看着我？

她也看见我在河岸行走时，那些时而沉思，时而忧虑，时而不思不想的时刻吗？

后来，大约近两个月时间，我陆陆续续看见过她几次。

那些时刻，她依旧没有任何特别举动。微雨过后，地面浮漾着一层水汽。有时雨势稍大，林间凹凸不平的地面形成了一些清浅的水洼。水龟或蝌蚪在其间游动。有时我看见她蹲下，随手拾起枯枝拨弄小池中的物事，带着一种游戏般的兴味。有时我看见她抚摸树的须根，审视藤蔓的纹理，仿佛试图以触觉与植物对话。有时阳光晴好，枝叶间倾泻而下的玫瑰色光线在野花盛开的草地上泼洒出动物皮毛般的斑纹；我看见她停下脚步，闭上眼，一如孩童，任自己沐浴在空气与光影的流动中……

那样的时刻。在我恒常怀抱着忧虑的时光里，令我暂时忘却了忧虑的时刻。

然而这样的时刻终有结束时。有一次，在如往常般寻常的晨间，她看见了我。

Cassandra 回过头，看见了我。

我必须说，尽管我们如此熟悉，尽管任凭这些事件于虚空中降生的时空环境如此寻常，然而在我的记忆里，那就是一个魔幻时刻。我不知道我脸上的表情是什么。事后推想，当时我猝不及防，我想或许是惊讶大于一切吧？

然而 Cassandra 并非如此。并非如此。在那时间如软金箔般被锤打，变形，延展拉长的瞬刻中，她面无表情。

我看见她面无表情。

K，我与Cassandra确实十分亲近；我也确定她看见了我。但在那一刻，她的举止，却仿佛我并不存在。她凝望着我身前或身后的定点，面无表情。她的脸上尽是空间本身一般的空洞。或者说，那并不是常时她的脸给人的印象。在那一刻，她的思绪或形体确实存在，但我有种强烈的感觉，仿佛那般存在并不处于当下现实，并非此时此地，而是我莫名穿透了某种随机的、转瞬即灭的时空渠道，看见了另一个异时异地里的她……

然而在下一刻，她又回来了。她笑了。一抹奇异的微笑。那笑容似乎有着极为复杂的意涵，像是理解又像是轻蔑，像是嘲讽又像是宽谅。她向我招手。

K，是在那之后，Cassandra与我才开始坦诚交换对于"创始者弗洛伊德"的疑惧的。我们确认了彼此的忧悒。我们讨论"创始者弗洛伊德"本身的正当性危机，以及它失控的可能性。而河岸边那奇异的瞬刻则未曾再被我们提起。

我忍不住怀疑，或许Cassandra在那瞬间的怪异表现，自始至终就只是我的幻觉。

K，与我相同的是，Cassandra的忧虑同样被你的生涯选择所激化。然而我们之间的差异是，Cassandra强烈主张必须设法终止"创始者弗洛伊德"计划；而我则认为终止已无可能，必须另寻他法。

当然，我依旧必须承认，所谓的"另寻他法"，最后可能就是没有办法……

但我们之间的争论并没有持续很久。2199年9月，生解总部接到Cassandra意外身亡的消息。主席Fiederling对内说法是，由于情报搜集任务需要，Cassandra被派往土耳其伊斯坦布尔，投宿于该地郊区一小型旅馆中；然而该旅馆却于凌晨时分发生大火，建筑结构全毁，造成7死12伤的惨剧。而Cassandra位列死亡名单中。Fiederling向同志们强调，由少数迹证分析，不排除该场大火是由第七封印所发动的突袭行动，而目标可能正是Cassandra。

一切尚未明朗。但Fiederling表示，他将指派人员对此事进行后续调查。

坦白说，我初时未作他想；但不久后，我立刻开始怀疑生解的说法。据我所知，Cassandra亦曾向其他"创始者弗洛伊德"的小组成员透露终止计划的想法；甚至也进一步直接向上级呈报。当时我曾劝阻她暂缓呈报，但并未成功。结果如我预期，生解高层当然不可能担得起毁弃"创始者弗洛伊德"的风险。我当然知道Cassandra可能是被人类联邦政府所杀；但我更怀疑，是否正是因为Cassandra"终止计划"的主张无法取得生解内部其他成员认同，进而引发杀机？

或许他们因此怀疑Cassandra的忠诚？或许他们无法忍受Cassandra的热切？或许他们担心Cassandra的想法将危及整个计划？又或许，这只是另一次我难以窥其堂奥的、险恶的权力斗争？

我怀疑。然而较怀疑更令人忧伤的是，这些怀疑已于事无补。Cassandra已然离世，生解损失了一名极为优秀的情报员；而我也失去了一位挚友……

事后回想，当时的处境或许相当凶险。对于"创始者弗洛伊德"，我有实无名的参与可能保护了我。若是Fiederling在当初曾指派我参与小组运作，若是我的立场曾被得知；那么不只是

Cassandra，或许连我自己，也可能死得不明不白了。

意外的是，在Cassandra死讯传出后数日，我发现了Cassandra留给我的预立遗嘱。

截至当时，那显然是关于此一计划的唯一一份电磁记录了（当然，那也很快被我销毁了。我直接用反向电磁场破坏了那份记录，也因此，不可能留下任何痕迹）。撇开私人部分不谈，关于"创始者弗洛伊德"，在遗书中，Cassandra向我透露了惊人的内幕。据她说，她已下定决心，必须不惜一切代价，只求终止"创始者弗洛伊德"。也因此，在"计划终止"的提议确定被上级否决之后，她便开始执行预想中的替代方案。此一方案一言以蔽之，便是在她自己能够控制的范围内，假造情报蒙骗生解高层，使他们无法清楚掌握K的确实身份与未来动向。

Cassandra将此一计划命名为**"背叛者拉康"**（Lacan the Betrayer）。身为"创始者弗洛伊德"小组负责人，她的权限其实相当大。关于实验目标K的近况，她已用假情报蒙骗了组织近一年之久。换言之，目前生解手中所掌握的K的近况（包括K所就读的学校科系、K的志趣、人格倾向、心理状态、实际住处等等），可能有极大部分，都不是真的！

我想Cassandra对组织的欺骗相当成功。生解对这一切必定全被蒙在鼓里，否则他们不可能会这么快便决定杀害Cassandra。生解且不明白，Cassandra一死，他们对K的监控甚至可能就此断线；而"创始者弗洛伊德"亦可能随之土崩瓦解……

毫无疑问，这是个极端手段。仿佛一位杀妻者，于暗晦晨光中，枕边人尚未醒来时，同时基于恨意与眷爱，以极锐利的刀锋摩挲爱抚她细嫩的肌肤一般。一场钢索上的独舞。如我所说，

Cassandra是个极具天赋的情报员；而在这点上，我只能说我同样感到迷惑。回想起来，自少女时代伊始，在我与她的私人互动里，她一向善体人意。我敢说她是个禀性温暖且极其有情的人。她未曾做过任何伤害我的事。我当然知道她绝顶聪明，我也知道她的政治信念极为坚定；但我依旧难以理解，这样彼此冲突扞格的面向，如何同时并存于一人身上？

更何况，是如同现在，在与组织发生歧见时，这样惨烈而决绝的手段？

但无论如何，这些困惑，都已随着Cassandra的故去而失去意义了……

K，从那时开始，你再次回到了我的身边。

我指的当然不是你真正与我相伴。我想在你真正明了你的出身前，你不可能有机会与我相伴；但我却宁可你永远不知道你被植入的"弗洛伊德之梦"的内容。我的意思是，Cassandra的安排意味着，此刻只有我，而且只剩下我，确切知道你的身份、你的近况与去向了。

对我而言，当下最重要的任务，便是完成Cassandra的遗愿，确保"创始者弗洛伊德"的终止了。

然而问题来了。于成功瓦解计划后，在切断了生解与K之间的联系后，我该做什么？

我还有什么选择？

K，依旧令我意外的是，这所谓"选择"，Cassandra也已考虑过了。

K，在遗书中，Cassandra花了相当篇幅向我解释她的看法。我认为那是你有权知道的事；是以，在此我也必须向你忠实转述她的看法。Cassandra认为，"创始者弗洛伊德"的终止（或者，更准确地说，"剥夺生解对K的控制权"）并不代表计划的全然废弃。"简言之，"Cassandra写道，"与其说我意图'摧毁'创始者弗洛伊德，不如说，我所尝试的是将它拉回到可控、可接受的范围……

"回想一下最初动机。"即便是在遗书里，Cassandra的思路依旧冰冷锋利，"……之所以有'创始者弗洛伊德'的诞生，为的是证明'第三种人'的可能性。而这'第三种人'的可能，同时意味着其他更多可能。举例，人类总是用'生化人情感淡薄'作为歧视生化人的理由之一；而如此论述，暗示着'生化人的种性特征必然如此，无可移易'的预设立场。然而，只要我们的'弗洛伊德之梦'能够创造出第三种人——或许，具有与人类相当，甚至超越人类情感能力的第三种人；那么那样的预设也就不攻自破了。

"这还只是举例而已。如我所说，那中间甚至有着更多的，我们无法预期的可能性。而每一项可能性，都可能松动人类控制生化人的国家机器结构，或彻底粉碎人类为奴役生化人所编织的巨大谎言。无可否认，这确实是个伟大的理想。然而，在制出K之后，我们为何迟疑？我们为何焦虑？

"原因可归纳为两点：第一，这计划过度庞大，前所未有；我们担心它极可能濒临失控。第二，这么做，存在着道德上的严重争议。

"然而，这些担忧，真是事实吗？"Cassandra自问，"很遗憾，是的，它们都是事实。但我可以说，这整个巨大计划，其最初之目的（证明"第三种人"的可能性），其实仅是一场科学实验而已……我要提醒的是，那其中失控的可能性与道德风险，并不来自科学本身，而是来自政治。关键在于，这是一场科学实验，同时也是一场政治行动；而这场政治行动的本质，一言以蔽之，就是'寻找一种足以对抗人类的思想武装'……

"如果我们这样理解'创始者弗洛伊德'，那么事件脉络将更为清晰……"Cassandra指出，"首先，正如我所做，切断生解与计划间的联系是绝对必要的。事实上，正因生解此一间谍组织之介入，才使得原本仅是一场科学实验的'创始者弗洛伊德'同时成为一场政治行动；而正因此一行动之政治成分，才使得后续失控的可能性大幅提高，从而更激化了其中的道德疑虑。"

"而现在，当我们成功弃去其中的政治成分后，剩下的'残局'，就有些暧昧了。"Cassandra细致审视了生解与K失联后的局面，"对我们而言，最简单的选择，当然就是完全放弃、完全撤退，将全然的，无边无际的自由重新还给K。如此一来，'创始者弗洛伊德'后续的道德争议将全然消失，我们的良心也将无须再受到无日无之的折磨……"

"然而我要说，这依然有规避责任的嫌疑。"Cassandra提出质问，"无论如何，K是个如假包换的生化人。尽管他已伪装了自己的身份，但他产自人类联邦政府生化人制造工厂的事实是无从改变的。有朝一日，若是他的身份被人发现，他的人生将可能面临一悲惨之终局。若是将这样的可能性考虑在内，那么'放任不管'的举动就绝非代表K的自由，反而只是为了规避我们自己的道德风险……是啊，你给他自由，但你以为自己从此就没有责任了吗？"

K，我想你明白我的意思了。是的，最后，我的决定是，在生解之外，以自己为核心，配合部分Cassandra曾雇用的情报员，重新建置一任务小组。至于项目代号，我决定沿用Cassandra的构想，将之命名为"背叛者拉康"。

（我想你可以看出，相较于我对"创始者弗洛伊德"的焦虑，Cassandra多么才华横溢。她同样被困锁于焦虑中，但她能将复杂事物冷静理出头绪，择定目标，而后明快行动。像工匠在时间催逼下，通过放大镜，以尺径如发之细小工具好整以暇地组装一艘华丽的瓶中船——这是我远远不及的了……）

于是，借由Cassandra留给我的数据，我试着与她所任用、单线联系的几位情报员接触。他们都是业余情报员，多数是对生解立场持同情态度的人类。在间谍世界外，如同其他一般人类，他们有自己的工作、自己的日常生活，自己的另一个人生。我袭用Cassandra单线联系的方式，继续任用他们监视你；而后，视情形选定其中少数几位，向他们透露适当信息，吸收成为"背叛者拉康"小组成员……

K，"背叛者拉康"项目小组就这么成立了。我首先布线对生解内部进行监控，确认在Cassandra死后，生解与K已然断线（据说主席Fiederling为此大发雷霆，甚至秘密重惩了一位主管）。接下来，为了在不惊扰你的状态下继续掌握你的生活，我试着建立一组安全的情报传递机制。

而在这情报传递线路组装完成后，K，除了例行性监控外，我所能做的，其实也就只有等待了。

等待什么？很难说。或许是一次**变动**。或许是一个**终局**。"变动"随时可能出现，因为我们很难预料生解会在何时再次发现你的行踪。生解与你的失联很可能仅是暂时；由于你并未刻意"躲藏"（你仅是伪装为人，侧身于人类群体，并未特意遮掩自己存在的痕迹），如果情报搜集能力够强，生解官方随时可能发现你的去处，而后重新启动被中断的"创始者弗洛伊德"，再次将你纳入计划中。

这样的"变动"当然不会是我所希望的。至于"终局"……那就不知是该期待或不期待的了。

不知是幸抑或不幸，这些可能性终究没有发生。自2199年Cassandra死去，我接续展开"背叛者拉康"项目伊始，直至2203年你取得博士学位为止，数年之间，风平浪静。至少就我所掌控的情报，没有任何其他身份不明的人试图掌握你的行踪，也没发现任何"创始者弗洛伊德"重新启动的迹象。你伪扮为人，隐匿于人类群体中，似乎也没有引起太多不必要的注意。

然而，K，你必然很清楚，对于"背叛者拉康"而言，接下来的挑战是什么。

2204年，你终究被第七封印吸收，进入技术标准局任职。

K，我想我也不可能再有机会向你探问这决定的由来了。或许你以为那只是一份偏重技术层面的工作？或许你以为那样的职务并不至于直接牵涉人类与生解间的实质间谍活动？又或者，你其实是刻意参与情报工作或技术研究，只因你对自己的出身感到困惑？

对你而言，那样的困惑，是个连你自己也无法抗拒的召唤？

我没有答案。而现在，此刻，答案或许也已不再重要。在那几年里，我看着你成为技术标准局专员，看着你参与血色素法筛检，看着你主导审讯，看着你升任为局长，看着你主导"梦的逻辑方程"研发成功（那直接导致了生解11名人员损失与其他难以计数的间接情报损失）；我心中五味杂陈。K，理论上，尽管我仍持续为生解工作，然而自Cassandra死亡的那一刻开始，我可说是已然背叛了生解，背叛了这个我曾奉献青春与理想的组织。然而，从另一方面来说，我却又未曾背叛我的政治理想。我依旧认为生化人族类确实受到了不公待遇。我依旧大致认同生解的作为——除了"创始者弗洛伊德"之外。若要我在压迫者人类与反抗组织生解之间二择一，我绝对会毫不犹豫地选择后者……

也因此，K，我难免对你的作为感到困惑。不，或许也没那么困惑；我当然知道那极可能与我们所植入的"弗洛伊德之梦"有关。只是大体而言，这后续发展仍旧超乎预期。而作为你的创造者、护卫者与监控者，除了继续忧虑外，我别无他法。

K，你是生解的敌人吗？

或者，在政治立场上，你算是我的敌人吗？

我怀抱着矛盾而复杂的情感。

然而，K，你终究给了我第二次意外。漫长七年过后（如此漫长，像是一场时间的苦刑；像是这苦刑不曾存在，只是一场浦岛太郎的龙宫之梦），公元2211年，你涉入"维特根斯坦专案"。但专案情报员Gödel随即叛逃。2212年，第七封印在拉巴特逮捕Gödel与Eros，而你亲自主导了审讯。

K，我无法确认在你身上发生了什么事。然而我可以确认，在那之后，你的立场有了微妙的转变……

你开始主动与我联系。

是的，一开始，我当然会怀疑这只是第七封印给出的情报诱饵。但很快地，你交出的情报品质解除了我的疑虑。我当然知道你试图隐藏自己的身份；而我也必不可能让你得知我的真实身份。当时我的分析是，由于长期布线对你进行监控，一旦你真有了背叛第七封印的念头，一旦你认为必须向生解递交情报；将你引导至"背叛者拉康"小组，不是件太困难的事。根据我的观察，尽管职位不

352

低，但由于主管事务偏向于技术研发部分，你能够直接接触的情报网络只有两个系统：一个来自我，另一个来自第七封印官方；而你当然不可能意图通过后者来进行情报传递。

换言之，因为你没有自己的班底与线人，你唯一的选择，几乎就是我了。

至于你为何选择改变立场，背叛第七封印，那就不是我所能确知的了。

于是，在当时状况下，在不拆穿你的身份，也保护我的身份的前提下，我决定启动与你之间的情报合作。我以M为代号与你接触，并通过《哥德巴赫Goldbach》《电獭》等地方性小报与你互递信息。我观察到你始终小心翼翼安排情报的内容与次序，试图完全隐藏自己的身份位阶；于是我也配合你的需求，交付金钱向你购买情报。我们以车站置物柜作为数据传递之媒介，并时时更换地点。当然，我也特意选择人多的、适合换装的场所，为的是混淆跟监者耳目（如果跟监者确实存在的话——无论他们属于哪一方的人马），并避免在监视器上留下明确迹证……

我的举动或许并不寻常，但也不难理解。如我所说，如若要我在压迫者人类与反抗组织生解间二择一，我绝对会毫不犹豫选择生解。我不认同生解的所有作为，但我依旧认同自己的政治理想。K，或许你不很清楚，但如我先前所说，光是你在技术标准局内所参与的筛检技术变革，就足以直接导致至少十多位生解情报员死亡；而在那其中，甚至不乏与我相识相熟多年的同事。我不知道"背叛者拉康"（或说"创始者弗洛伊德"）何以会走到如今这步田地。为何你竟会成为生解的敌人？我难以索解。当然，我也不会知道你为何在"维特根斯坦项目"之后突然选择背叛第七封印。你必然有你的理由；但对于你所提供的情报，在我这里，我的选择无非是"接受"或"不接受"而已。

我选择接受。我收取情报，初步汇整过滤，隐去你的身份，而后呈报给生解。你想必了解，那不仅是为了生解。生解的问题还在其次。更重要的是，如果我有能力，我必须尽可能阻止生解的人员损失。我必须阻止人类在这场间谍战争中大获全胜。那与生解无关；那是我对自己的承诺，我自己的理想。

而约略同一时期，基于你的改变，我也做了另一个决定。

我决定派人接近你，对你进行贴身监视……

K，我其实不愿使用"贴身监视"这样的语汇。不只是因为那似乎带有某种道德谴责，更因为那不尽然符合事实。我并不纯然在"监视"你。我必须说，你的转变使我感到欣喜；然而思及你之前任职于技术标准局的作为，我却又感到极度担忧。K，你的立场究竟是什么？

或者我该问的是，你有"立场"吗？

K，如我所说，我确然知晓现今你的样貌、你的精神状态必然与我们最初在你身上植入的"弗洛伊德之梦"有关。但我同样可以推想，"弗洛伊德之梦"也不见得就是你之所以如此的唯一因素。我能够从"弗洛伊德之梦"的内容（那些我宁可你永远不知道的部分）去推想你最初被人类阵营所吸收，而最终又背叛了第七封印的原因吗？

事情终究并非如此简单。

而我需要知道理由。

我需要知道，那中途被Cassandra极具智巧地废黜的"创始者弗洛伊德"，那Cassandra与我曾奉献青春年华，高烧般陷落其中，意图证明"第三种人"之存在的伟大梦想；在那梦的幽暗核心之中，最后的真相究竟是什么？

K，公元2213年，我找到了Cassandra的女儿Eurydice，亲自吸收了她，将她派往第七封印。而她的重点任务，就是对你执行贴身监视。

K，时至今日，我已不再认同我当时的举动。事后诸葛看来，我所做的事或许相当奇怪。在Cassandra死亡、生解与K失联之后，我之所以接续"背叛者拉康"，主要为的是维持生解与K之间的断离。正如Cassandra于遗嘱中所言——清除"创始者弗洛伊德"中的政治成分，将此一计划还原为一个（相较下）单纯的、不沾染政治色彩的科学实验。然而一旦我将Eurydice派往第七封印，我几乎等于是将"背叛者拉康"再度拖入政治泥淖。当然我可以说，这与最初的"创始者弗洛伊德"并不相同；间谍行动毕竟只是某种权宜手段，"生解"的角色也已然确定在"背叛者拉康"中缺席；而关于"第三种人"、那"梦的幽暗核心"才是我真正的目的。但无论如何，我确实是将自己的角色、"背叛者拉康"的任务再度复杂化了……

但在当时，这样的行动对我来说并不矛盾。我也没有太多疑虑。关于这点，我曾向Eurydice解释过许多——我告诉她，根据我的分析，由Cassandra遗嘱看来，她从未有过直接毁弃"创始者弗洛伊德"的念头。若是她曾如此宣称，那也只是一种对外的权宜说法。说白了，那是一种谎言，一种对生解高层的欺骗；为的是诱骗生解放弃对K的控制。"以我对Cassandra的了解，"我告诉Eurydice，

"我相信她不可能完全负面看待'创始者弗洛伊德'。她如此聪明，思路缜密，她必然明白'创始者弗洛伊德'的两面性：那是个具有明显道德疑虑的间谍计划；同时却又蕴含着极其重要的，'第三种人'的理想性……而我自己的看法是，第一，若是我们能确切证明'第三种人'的可能性，那么也几乎等同于证明了生化人有可能通过某种程度的'改造'蜕变为更优秀的物种。这是个巨大资产，在人类与生化人的对峙中，也是个巨大的筹码。甚至，乐观地说，借由这样的筹码，存在以某种'和平方式'终结争端的可能性。

"第二，你或许并不清楚，根据少数迹证，我们有理由相信，于数十至一百年前，生解原本是个实力坚强的反抗组织，并非如同此刻一般衰弱。然而究竟生解是因何种缘由而大幅萎缩，至今仍是个难解的谜……在生化人阵营中，有许多人相信，那其中的秘密很可能就是'生解'能重振声势的关键。而Cassandra与我也相信，那可能正与生化人的产制法、与'第三种人'的秘密有关……"

容我如此归纳我当时的思绪：K，你的转变催化了我的转变。我重新思索：如果我无法完全放手，让你自由；那么"背叛者拉康"应当借由何种形式继续存在？

K，Eurydice就这样进入了你的生活。我责成她记录你的生活点滴（尤其着重于你的情绪变化）、你与她之间的相处，并向我呈报。为了避免过度主观，我也请她记录她自己的梦境，尤其是与你有关的梦境。借由这些梦，我试着评估她的观察报告，并据此随时修正计划策略。

K，我是在向你坦承：没错，我对Eurydice的指示确实是"必要时，可主动扰动K的心绪"。我的目的很简单：我必须观察你情感的细微变化。而除了Eurydice外，我缺乏其他搜集相关资料的

356

途径。

这很残忍吗？K，我无法否认。但我必须说：爱情原本就充满试探。我甚至能说，爱情总始于某种误认。一个戴上面具的男人试探女人，或另一个男人。一个戴上面具的女人试探男人，或另一个女人。爱情确实存在太多复杂元素（试探，误认，臣服于热情，权衡情感或现实环境，痛苦地面对其间的位阶落差……）；但幸好，爱情的真假并不由试探的存在与否来决定，而最艰难的课题，无非是诚实面对自己的欲望以及情感的有限性。我不否认爱情，我相信爱情确实存在；但妄想这世上存在无瑕的爱情，妄想人能够不受情感伤害，那是痴人说梦。人注定一步步在各式各样的情感伤害中学习；学习温柔，或终究老去，变得无情而坚硬……

K，这是我虚弱的辩解。我做的是残忍的事，但不见得是错误的事……

然而，也正是从那时开始，Cassandra开始反复出现在我梦中。

两个梦境。一个是真实发生过的。如记忆之复返：我在河岸无意间看见的，Cassandra的举动。那纯真的容颜。雨后河岸，阳光与空气嬉戏，仿佛无所凭依，天地间仅存一人……

而另一个梦境则与蝉有关。

一则关于蝉的尸体的梦。

那是一处荒地。雪原。梦境开始时，由脚下近处，直至视线所及的辽远地平线，在飘浮着雾蓝色寒气的雪地上，满满散布着黑色的，静止的蝉的尸体。由于时日过久，柔软的虫体内部与脏器已消失，仅留下较为坚硬的外壳。在缺乏近距离观察的情况下，无法分辨确实是蝉的尸体，或仅仅只是蝉蜕……

　　然而在那艳白色雪地上，确实满布着如黑色琥珀般的，蝉的尸骸。

　　我向前走去。梦中原先明亮无比的雪原突然暗下。如同于黄昏时分，身处密林，四周光线皆被剪碎至极细小，以致近乎全然不可见一般。我向前走去，雪原上无数黑色躯壳在我脚下碎裂，发出如纸张揉皱般的脆响。我意识到那脆响不仅是来自蝉的解体，可能还来自干燥躯壳与冰晶间的摩擦；或者，冰晶与外壳同时破碎的声音。

　　我持续行走。那无数崩解碎裂的音响仿佛金属线般彼此纠结、勾缠、拉扯、撷抗。极目四见，除了白色雪原之外，看不见任何景物。或许由于周遭实在过于寂静，我似乎产生了错觉，仿佛那咔啦咔啦的声响既不零碎亦不微细，反而被微妙的听觉机制放至极大。像是自耳膜内部、耳洞深处、体腔自身敲击传出一般。

　　一种震耳欲聋的寂静。

　　便在此时，脚下触感发生了变化。

　　蝉尸依旧。脚胫依旧浸没于雾蓝寒气中。然而雪的厚度却逐渐变薄。脚底开始触摸到雪与冰晶之外的质地（我忽然发现我双脚赤裸。但并不感觉寒冷）。我向前望去，惊异地发现前方地面上，积雪已逐渐消失。无数黑色蝉尸已不再散布于广漠雪原，而是散布在一片质地坚硬的冰原上。

　　不，那不是冰原。那是一整片巨大的、结冰的湖面。

　　我以足尖轻轻拨开脚下蝉的碎片。雪的残迹如粉末般碎洒于冰层之上。冰层质地出乎意料地清澈。除了些许细小气泡、针状或放射状的白色纤维外，看不见其他杂质。

　　我将赤裸的脚掌平贴于冰层上。似乎可以感觉冰层下湖水的波

358

动晃荡……

然而我随即发现，湖面下并不是只有湖水而已。

隔着厚实冰层，蓝绿色湖水中，竟浮现了一张人脸。

那是Cassandra的脸。张狂炸立的长发。忍受某种痛苦般闭目凝眉的表情。人脸之下，由于水深，光线无法穿透，看不见她的躯干或四肢，也无法看见任何姿势或动作。然而能够明确看见她的脸，以及其上细节……

或者该说，很奇怪地，竟能够清楚看见那散布于人脸上，Cassandra所有的五官细部、皮肤之纹路。甚至连汗毛（它们被冰层下滞重的水流平抚，贴伏于肌肤表面）都清晰可见。

然而那不可能。尽管雪地或冰层反光十分明显，但四周光线依旧昏暗；理论上，完全不可能看见那些冰层下极微小的细节。

我忽然明了，这是梦啊。是梦的缘故。在梦的透镜中，本来便没有什么是不可能的，没有什么是不可见的——

然而更令人惊异的事发生了。

冰层下，湖水中，Cassandra忽然睁开了眼睛。

她睁开了眼睛。很奇怪地，那张开的双眼并不予人"活体"之感，反而带着某种死亡般凝止的成分。原先蹙眉的痛苦表情此刻也舒展开来；但那样不带情绪的舒展，却也接近某种死亡后的松弛与空无……

一言以蔽之，那像是一具沉落于湖水中，张开眼睛的，尸体的脸。

我忽然想起之前，在开始对"创始者弗洛伊德"产生疑虑的那段时日，于河岸漫步中与Cassandra四目交接之瞬刻。她那短暂得像是不曾存在的，空白的表情。我觉得自己突然明了了那表情的意义；或者说，那"缺乏表情"的意义……

梦总在此刻结束。往往我醒过来，感觉自己一身冷汗；黑暗中，液体般的湿凉空气浸泡着我的身体。

K，那段时日，这两个梦境重复造访了我许多次。

我思索着。在梦中，我感觉我曾真实触摸到Cassandra脸上那表情的意义。然而梦醒后，一切都被我忘却了。我留下的，其实仅是"感觉更接近了那意义"的记忆而已。

然而我怎么也无法回想起来，那意义的核心究竟是什么……

那是种错觉吗？或许，即使在梦中，我也未曾真正理解那意义？我只是产生了那"似乎有所了解"的感觉？

那仅仅是一种梦对我的讹骗？

梦，或Cassandra，想告诉我的，到底是什么呢？

K，直至此刻，当我在这本《圣经》中为你写下这些信息时，我终究没能真正回忆起那表情的意义。

但那已是很接近此刻的事了。我必须说，事件发展的节奏是难以预期的，而意外总是来得比我想象的更快。2217年，你终究与Eurydice分手。此刻是2219年11月26日，凌晨3时55分。约莫三周前，通过我自己的情报网络，有两件情报同时传递至我手中。

第一件情报涉及我自己。可靠信息显示，或许由于近年来我汇整上呈的情报（多数来自你）过于准确，情报价值实在过高，生解高层已开始对我产生疑虑。理论上这严重性可大可小；其小者，生解始终明白且默许我拥有自己的情报网络（作为一位资深情报员，握有几位专属于自己的线人并不奇怪），这样的信息可能只表示他们对于我的情报网络运作有一定程度的疑惧，并不代表他们怀疑我的忠诚。然而其大者，若是他们因此而质疑我的忠诚，那接下来的发展就很难说了。

而就目前我手上情报内容看来，难以准确判断严重性大小。可以确定的是，他们的怀疑当然不是一日之寒，而是已持续一段时日了。

总之，此一情报使我开始担忧自己的安危。

而第二件情报则较第一件更令人心惊。那直接牵涉到你。K，我无法确定你是何时得知第七封印可能进行"全面清查"的。就我自己而言，我是在大约10月底便接到了这样的信息。情报内容显示，此次清查层级可能极高（我的消息直接来自人类政府国家安全会议，而非国家情报总署），规模亦必然极大。且重点是，这将是至少十数年来首次针对人类联邦政府中情报机构人员的全面清查——或至少"接近"全面性清查。

至于究竟为何需进行如此大范围的忠诚考核，情报中并未述及。

但毫无疑问，这"原因"当然是其中最重要的一部分了。

K，你可以想象当时我心中的焦虑。我一方面顾虑自己的处境，一方面又为你的安危感到忧心。然而情报内容有其不确定性，又无法得知第七封印试图进行大规模清查的确切原因。我几经思量，决定做最坏打算，即刻进行两项行动：第一，着手写下这份记录，并将传递方式安排妥当（我想你当然早就猜到了，你在印度德里接触到的Devi正是"背叛者拉康"小组成员之一）；以免我若有万一，不在人世，这份几乎仅有我一人详知的历史记录能传递到你手里。

第二，我决定试着警告你，并视情况诱使你逃亡。

当然，这第二项行动必然十分危险。然而对你的援救不可能完全依赖于我，你也必须有相当自觉才行。正是因为如此，才有了11月17日在红线R19站的第14次传递任务。一如往常，我通知你到轻轨车站地下一楼商店街置物柜领取情报资料；所不同者，你所见到的流浪汉与小丑都是我任用的单线情报员。我容许他们以自己的方式暗示你监控者的存在。当然，更重要的是，在预计传递给你的情报数据中，我直接附上了Eurydice撰写的部分梦境记录。

K，那当然都是些关于你的梦境记录。我的评估是，那能引导你重新思索自身处境。你不必然会即刻采取任何行动（我知道你个性谨慎）；但毫无疑问，借由我的安排，你至少足以确认一条线索——Eurydice。

那将是你接近"背叛者拉康"的敲门砖。这么做还有一个用处：除了你之外，我能将布线监视范围适度限缩，将人手相当程度集中至你与Eurydice住处。由于你一旦采取行动，十之八九将与Eurydice有关；也因此，对Eurydice的监控将确保我能完全掌握你的行踪。

K，于局势尚未明朗前，我选择将一块敲门砖递给你，指引你一种可能，一条在我监控之内的路径。

这是我认为最安全的方式。

但正如我们所知，情报本身自有其生命，而命运终究难以逆料。就在12小时之前，关于那直接威胁到你人身安全的第七封印内部全面清查，我接获一则后续情报。较之前一回，此次情报内容惊悚犹有过之：国家安全会议高层已然形成决策，以"二代血色素法"进行之全面清查将于11月27日上午举行。

自我接获该信息之当下算起，仅仅余下约42小时左右。换言之，如若情报正确，则42小时后，你的身份便将在第七封印曝光。

　　K，这次我只考虑了不到5分钟就决定了后续行动。首先，我即刻派人侵入Eurydice住处，将我豢养中的三只水瓢虫（储存了三个梦境）置入水生盆栽底部。第二，我加速整理这份预计要交给你的记录。第三，以你为对象，我在刚才派人发出匿名电讯，将必要情报直接发送至你手中……

　　先从三个梦境说起。这是一场临时决定的紧急行动；同时亦是一场以Eurydice为核心的布局。这三个梦境，我分别将之命名为"丽江之梦"、"无脸人之梦"与"初生之梦"。

　　首先，你必然知道，"丽江之梦"是Eurydice的梦。那是她向我提交的梦境之一。关于她与你的丽江之旅，一个向记忆回溯并复制真实经验的梦境。爱情的初始。这是为了明确提示你，线索就在Eurydice身上。

　　重点在第二个"无脸人之梦"，以及第三个"初生之梦"。"无脸人之梦"是什么？K，这是个未经剪接的梦境，然而那并不来自我，也不来自Eurydice。那直接来自Cassandra。

　　Cassandra何以会做这样的梦？当然与"梦境植入"有关。如我所述，无论是之前的"创始者弗洛伊德"项目，抑或后继的"背叛者拉康"计划，毫无疑问，打开了这潘多拉之盒的Cassandra都是关键人物。毕竟最初，是她由人类手中偷取了梦境植入的秘密，并以之为基础，设计了实验用的"弗洛伊德之梦"。说她与"梦境植入"朝夕相处并不为过；遑论她对生化人工厂中，生产线上大群生化人同时执行梦境植入的景象如此熟悉了。也因此，会做这样一个基本上再现生化人梦境植入过程的"无脸人之梦"并不令人意外。

　　与真实场景相较，"无脸人之梦"与"梦境植入"最大的差异，应是来自"无脸"与"不规则搐跳"这两部分。首先，于实存之生化人制程中，及至"梦境植入"阶段，生化人形体已生长完备，五官四肢躯体俱足；不可能处于无脸状态。再者，尽管梦境植入时确有剧烈眼球运动，但亦仅限于眼球部位，不可能有躯体大幅搐跳之现象。

然而梦毕竟是难以索解的。关于这两点差异，我或可如此解释：肢体的大规模痉挛，暗示的可能是梦境植入之惨烈。那终究是一种从根本上形塑人之认知、人之自我的方法；如降灵或附魔般强行侵夺人之固有心智的"另一个人生"。其间所经历之情绪翻腾与精神巨变极可能是未经梦境植入之人难以想象的。我倾向于认为，梦境中肢体的痛苦扭曲可能象征了Cassandra对研发"弗洛伊德之梦"的焦虑不安。

而"无脸"的意义或许就更加隐晦歧异了。这部分可能有数种说法都能成立；但我自己倾向于认为，那象征着某种"人之未完成"。人的自我由何而来？什么因素决定了人在某一瞬刻里自我呈现的形貌？人的自我，有哪些部分是恒定固着的，又有哪些成分是流动不居的？我认为，Cassandra的潜意识可能在向她自己暗示着人多变的、难以捉摸的形貌。

或许那正是长期浸淫于"梦境植入"研究领域的Cassandra自己的看法。

至于梦中所出现的，唯一有脸（且正是有着K的脸）的生化人躯体——疑似为你的躯体——又代表了何种意义？K，"无脸人之梦"是"创始者弗洛伊德"执行期间Cassandra所做的梦。之前，于成功盗取人类梦境植入之秘，以及后续研发自制"弗洛伊德之梦"的过程里，由于实验对象已然标定，你的形貌当然不是秘密。我的看法是，"弗洛伊德之梦"里当然有某些部分直接与你的自我认同有关；而这些部分多半参照古典时代法国精神分析学者雅克·拉康所提出的"镜像阶段"理论所建构。于"镜像阶段"理论中，人的具体形貌在自我建构的过程中扮演重要角色；而 Cassandra 与之朝夕相处。是以，你的面容的出现，我倾向于简单将之理解为 Cassandra 的日有所思、夜有所梦。

以上是我对"无脸人之梦"的个人看法。但无论如何，我的个人看法是否正确并不重要；重要的是，Cassandra 的这个梦确实暗示了梦境植入之过程与其中部分重要元素。K，简言之，我之所以将"无脸人之梦"置入 Eurydice 家中，同样是为了向你暗示答案所在。万一你无法经由我设计的路径追查到此份文字记录，那么我也必须确保你拥有足够线索，能将可能的真相推导出来。

K，相信你现在也很清楚，何以会有第三个"初生之梦"的存在了。是的，那是个更明确的征象。如果"无脸人之梦"只是个关于梦境植入的暗示；那么第三个"初生之梦"，几乎可说是明确向你宣告你与梦境植入之间的关系了。

K，你应该已经知晓，你的初生记忆极可能不是真的。那是借由一个巧妙伪造的梦境所制作的赝品。这没有问题。问题在于，在"梦境植入"中，那究竟是怎么做的？

很遗憾，K，我不确知详情。关于这点，Cassandra 不但在生前未曾告知我，遗嘱中也只字未提。但她毕竟将这"初生之梦"的素材留给了我。这第三个梦境正是我以她留下的这些素材所制作的。

你必定已经注意到它可被略分为两部分。第一部分大致上是一位父亲与孩童的对话。这段梦境的特色是以空镜为主，并未直接呈现父亲与孩童二人的视觉形象。换言之，这段梦境的主体不是影像，而是画外音。

而第二部分，便是"初生记忆"的主体了。

K，何以Cassandra将这些素材交给了我？她要我如何运用这些素材？

这部分，至今我全无头绪。我想最大的可能性是，她想借由这些遗留的素材给我暗示；而此一暗示是关于"弗洛伊德之梦"的。

那正关乎于你。如我之前所说，若是这世上真有"第三种人"之存在，若是Cassandra确实借由"弗洛伊德之梦"成功创造了"第三种人"，那么我们必须探问的是，这"第三种人"的本质究竟是什么？那与人类（第一种人）以及现存大量产制的生化人（第二种人）有何差别？这些秘密都是我所不知道的。也因此，在第三个梦境中，我将Cassandra留下的素材（第一部分与第二部分）剪接在一起——换言之，此一梦境虽则经过我的剪接处理，但自始至终就只有一次剪接——组合成为"初生之梦"。我将梦境原原本本传递予你，希望未来你能代我解开这个谜团。

三个梦境。K，我派人侵入Eurydice住处，将三只水瓢虫藏置于水生植物盆栽底部。在这三个梦境中，我等于是将Cassandra所留下的关于"梦境植入"的线索初步移转给你。

这是以Eurydice住处为中心的布局。此外，我同时进行一个以新月旅社为中心的布局。在Cassandra留下的线索中，尚包含了一名为"无限哀愁：Eros引退·最终回"的A片影碟。K，此刻你应当已然看过这片影碟，剧情中有AV女优Eros在教堂祈祷，寻求心灵慰藉的片段。K，此刻这份文字记录已然接近尾声，我必须说明我接续的行动计划。在我结束撰写工作之后，我会找来一本《圣经》，拆散其纸页，将我所撰写的这份文字记录打印成张，插入适当页次间，重新胶装黏合。而后，我将以这本《圣经》为道具，拍摄数个镜头，并将之剪接进影片中。我将试着调整那几个画面的亮度与分辨率，力求看来与影片的其他部分有所不同。也因此，如果我能够顺利完成此事，那么当你仔细检阅该段影片，你将发现，在几个特定镜头中，翻阅《圣经》的手并不是Eros的手。

K，我想你必然感到疑惑。你当然知道《无限哀愁：Eros引退·最终回》中的AV女优Eros正是曾涉入"维特根斯坦项目"，并与第七封印情报员Gödel相恋的Eros。你必然也不会忘记，事实上女优Eros几乎就是导致"维特根斯坦项目"全面瓦解的唯一理由。然而，如若我分析无误，我猜测你必然对Eros的这部作品一无所知。

《无限哀愁》究竟从何而来？

K，这是另一段故事了。我必须告诉你，当我取得《无限哀愁》这部Eros的最后作品时，我同样为此惊骇无比。于此，我无法向你揭示《无限哀愁》的相关情报，因为即使是我自己亦无法精准确认它的来源。关于这部作品，我所知甚少；我只能说，我取得它的复杂过程充满了巧合与机运；时间有限，详情我在此无法讨论。总之，几经思索，我想我或可如此推断——这部作品极可能暗示了**"背叛者拉康二组"**之存在！

是的。我如此推演：首先，《无限哀愁》并非由我筹制；而它由Cassandra筹制的几率亦等于零。毕竟Cassandra早在2199年便已过世，其时生化人女优Eros甚至尚未产制出厂，不可能进行A片拍摄。再者，除了某些极寻常的性爱镜头外，《无限哀愁》中同时有着极特殊的片段：一则突兀的，关于"镜像阶段"的讨论——由Eros（已被确认为一位与生解有关的女优）出面，借口讨论自己的摄影作品，与一未曾露面之提问者进行一场怪异对话……

理论上，这简直匪夷所思；然而在与我手边资料初步比对后，这似乎又并非意外。毕竟"背叛者拉康"的名称最早便是由Cassandra所提出；而我也确信"弗洛伊德之梦"的秘密应与"镜像阶段"有关。因为在拉康原始的精神分析理论中，镜像阶段原本就便关乎自我的形成；而弗洛伊德之梦所处理的也必然直接牵涉生化人的自我认同。问题在于，除了Cassandra之外，还有谁会知道"弗洛伊德之梦"的秘密呢？

一个可能的推测是：Cassandra不仅将部分资料留给了我。或许为了保险起见，她同时将数据备份给了其他人。而这极少数所谓"其他人"（其他编组），正是《无限哀愁：Eros引退·最终回》的摄制者……

我暂且将之命名为"背叛者拉康二组"。截至目前，这"背叛者拉康二组"可能尚在某处，以外人难以确知的形式秘密运作着。毫无疑问，这部可能由他们所摄制，且由Eros所主演的《无限哀愁》，同样也是通往"第三种人"之谜的线索之一。

这是我所知的部分。也因此，K，我将这部A片作品与夹藏有我这份文字记录的《圣经》收在一起，存于"新月旅社"中，希望它们能顺利传递至你手上。

这是以"新月旅社"为中心的布局，也是我此刻必须加速撰写此份文字记录的原因之一。

最后，如前所述，于11月26日凌晨，"全面清查"预计时间前31小时，我派人发出匿名通讯，直接提醒你危险迫近。毫无疑问，这具有高度风险。尽管我可以轻易伪装发讯地、发讯地址以避开人类联邦政府的通讯检查，但在事后，第七封印仍旧有可能经由接收端（亦即是你）搜索到相关电磁记录。这无可否认。然而几经思索，我发现自己别无选择。我或可说，11月17日，在经由轻轨R19站与你进行最后一次数据传递之后，我难免对于你按兵不动的行为感到疑惑，但我相信你有你的理由。我应做的只能是，假设你未能获得关于全面清查之确切时间的正确情报……

我必须警示你。

K，至此，我的所有布局已尽数完成；若是你决定逃亡，我相信你有足够理由怀疑Eurydice。你有足够数据能判断你该去、能去何处。配合我过去曾告知你的紧急联络方式，设若我真有不测，你想找到Devi仍不成问题。而一旦找到她，接下来的路径也必将清楚展现——

K，我的孩子。我的任务已然完成，或许也到了我该离开的时候了。最后我要告诉你的，是关于我自己的身世。

之前提过，我是个人类与生化人的混血儿。公元2167年12月，我出生于日本广岛；我的母亲是人类，我的父亲则是生化人。这没有问题。问题在于，经过"情感净化"的生化人，如何能与人类产生感情？

K，我的看法是，这有两种可能：第一，这告诉我们，在生化人最初的产制过程中，人类联邦政府"梦境植入"或"情感净化"的工序，是存在着失误概率的。第二，生化人，或至少某些生化人，其性质并非恒定不可移易；其中绝对存在变异的可能性……

我认为这呼应了我的忧虑。如先前所提，我对"创始者弗洛伊德"的看法是，那终究不是我们所能严密掌控的。那像是一团流动的雾，一座能随时翻转、重组其自身结构的机械迷宫。那正如同生命本身……K，我不知该如何对你述说我的歉疚与不舍……多年来，我曾想象，若我未曾知晓这一切，若我未曾选择这条道路，这项志业；若我只是个平凡人，在那美丽迷蒙的河岸，与Cassandra偶然相遇；或者，在另一个人生里遇见你……年轻岁月中，我曾勇敢而热情地相信那些；相信那些此刻已不复存在的；如今我或许以为，再没有什么值得如此。然而连这样的想法我都已不再笃定。此刻我已不愿为它而死；然而我的一生中，却没有一刻如同现在，离死亡如此迫近……

K，你的生命是个错误；然而，我的生命又何尝不是？

一切皆徒然。我的一生已然白费。这世上，有什么是正确的，又有什么是我们真能理解的呢？

M，2219年11月26日凌晨4时35分

46

2219年12月2日。夜间11时12分。V镇。新月旅社。309号房。
屏幕上的画面凝止于影碟中之片刻。

那双翻动着《圣经》的手。异于前后片段之画面笔触。

309号房陷入了停滞的寂静中。

K正自脑中瞬间曝亮的，无边无际的白色核爆中清醒。意识边缘，他恍惚知道自己正重临那多年来缠祟着他的梦魇片段：荒废旧公寓，后颈贴肤的冰凉枪管，欢爱后惨遭残忍杀害的男女，暴力压迫的，不明所以的目击。他按压着胸口，心悸猛烈擂击胸腔，汗珠自额角滴下，太阳穴旁复活的紫色蛭虫翻腾搐跳……

那是什么？那也与"弗洛伊德之梦"有关吗？

他站起身，踱了几步，试着平抚情绪。

深呼吸后，他坐下。就着老旧立灯的昏黄晕光，K又将手中《圣经》略看了一次。

那等同于M留给他的遗书了。K思索着。首先，他并不怀疑遗书之真实性——无论是遗书本身，或遗书中的叙述。那确实是个有着恐怖能量的真相。难以想象在面对如此庞巨的恐怖时说谎的可能性。但，不知为何，K似乎隐约感到某种不自然……

K很快领悟：他感觉，M似乎对那关键"弗洛伊德之梦"的内容欲言又止。

当然，依据M的说法，对于"弗洛伊德之梦"的重要内容，她并不清楚。归纳起来，M知道的部分内容，可能局限于K自己那虚假的初生记忆。"弗洛伊德之梦"的内容，必然包含了K的初生记忆；这毋庸置疑。但其他部分，M一方面表示"宁可K永远不要知道"，一方面却表示自己也并不知情。

那"第三种人"的幽暗核心？……

这显然有所矛盾。K想。

K将这点告诉Eurydice。她表示同意。"我也注意到了。"Eurydice说，"但我想那并不必然表示M有所隐瞒。她也可能只是隐约知道某些轮廓……"

"嗯。"K沉吟，"对，这很难说。但无论她是否有所隐瞒，总之，这是我们还不知道的部分——

"好吧。"K再度起身，"也只能继续了。"

屏幕前，他们再度回到了《无限哀愁：Eros引退·最终回》的情节中。

Eros的祈祷。教堂中，穿着黑色法袍的高瘦歹徒从容行走着。（浸没于无光背景中的晦暗面容。摩挲错闪的法袍下摆。）他再度推开一道门，进入了圣坛所在的教堂大厅。

华丽拱顶下，他穿过一排排列队而立的木椅，来到圣坛前。

Eros仍闭上眼睛在祈祷着。

她睁开眼睛。清澈的双眸中满是惊惧。

歹徒褪下了法袍。黑色法袍下是一具毛茸茸的消瘦男性躯体。

筋肉虬结之间，阳具像某种巨大爬虫般昂然而立。

就在圣坛前，Eros 再次遭到了强暴。

这便是第五段性爱了。K 想。他继续小段快转影片。在那漫长而富炫耀意味的性爱过程中，镜头尚交叉剪接着教堂内的景物。（十字架。垂死的耶稣。列队的圣者塑像。彩窗。Eros 跪下为歹徒口交时，缤纷的光雾自歹徒背后倾泻而下……）而配乐则是亨德尔的《弥赛亚》。

一如预期，于乐段进行至高潮时，歹徒突然抽出阳具，将白浊精液射在了 Eros 的脸上。

依旧并无特别之处。或许重点只在于 M 特意剪接的几个镜头？M 的遗书？K 思索着。然而根据 M 的描述，《无限哀愁：Eros 引退·最终回》来自一极为特殊的管道，甚至"Eros 初体验"片段亦曾被剪入 K 所看过的伪纪录片《最后的女优》中。K 甚且怀疑在《无限哀愁》中与 Eros 对话的男声，其实正是《最后的女优》的面具导演……

换言之，一个至为明显的可能性是，这两部作品同为"背叛者拉康二组"所筹拍。而此一编组则存在于 M 的推演中。K 尚记得，《最后的女优》是将一个不存在的片商"1984"标明为制作单位，而《无限哀愁》却并未标示片商；甚至似乎连工作人员列表也未曾出现。

情节进入第五段与第六段性爱之间的过场。自从于教堂中再次惨遭蹂躏后，Eros 意志更加消沉，陷入了长期重度忧郁中。丈夫直树尽管为此相当忧虑，然而除了鼓励妻子至精神科求诊外，却也束

手无策。事实上，除了一般药剂疗法外，他们尚尝试了较为先进且
昂贵的"**类神经生物梦境治疗**"[27]。但数回疗程过后，虽则有效，但

---

[27]　一般而言，"类神经生物梦境治疗"专指以类神经生物为媒介进行精神疾病治疗
之方式。此种疗法大致略分为二："**事件式治疗**"与"**非事件式治疗**"。其中前者较旧，
后者较新；两者之间差异颇大，所引起之副作用也各不相同。
其中"**事件式治疗**"为"类神经生物梦境治疗"中发展较早之品类，约于公元2210年
代开始逐渐普及。基本上，此一治疗方式为"梦境娱乐"周边相关应用之一支，其原
理与"梦境娱乐"近乎完全相同。以忧郁症治疗为例，"事件式治疗"之方式，即是以
类同于"梦境娱乐"之类神经生物包裹植入之方法，以梦境接管患者之感官心智。而
其间梦境即以"使受测者感觉快乐"之情境事件为主。而由于"感觉快乐"之事由人
人相异，必须视个别病患之状况，适当选取梦境娱乐内容，方能有较为明显之疗效。
举例，如"疯狂购物记"（多施用于女性患者）、"玩具总动员"（多施用于儿童忧郁
症）、"唐璜的一千零一夜"（多施用于男性患者）等等。法律亦明文规定，关于患者应
选取何种梦境作为症状治疗之用，须经精神科医师咨询、开立处方，方能获得医疗保
险给付。
然而自2220年代伊始，"事件式治疗"的缺点也逐渐显现。有病例报告指出，少部分
接受事件式治疗而后康复之躁郁症患者，出现有记忆错乱之现象——即将治疗中之情
境、事件误以为曾真实发生。然而若向患者揭示该情境并未真实发生，则往往导致该
患者躁郁症复发。且时间愈久，类似报告愈多。由于病例逐年累积，及至约2230年代
中期，类似案例已占所有接受"事件式治疗"病患总数8%左右。人类联邦政府卫生部
见事态严重，遂紧急修法，废止"事件式治疗"。
然而与此同时，针对精神疾病之"非事件式治疗"却也应运而生。一般认为，"非事
件式疗法"即是特别针对"事件式治疗"之副作用缺点改进之新式疗法。"'事件式疗
法'所引起的副作用确实存在，导致有'虚假记忆'之情形产生……"于接受BBC电
视节目《社会启示录》访谈时，英国"精神疾病非事件式治疗推广协会"秘书长John
Berger表示，"研究显示，人对于具体环境之氛围、气味、明确之事件触发，或某些特
别引人注意之意象等等，可能会留下深刻印象；这些细节，专业上统称为'刺点'。而
与此'刺点'相对的，则是其他平庸琐碎之细节；此类则较难于人之记忆中留下深刻
烙印……当然，令人产生'记忆混淆'之部分——或说，会对患者之日常生活造成实
际困扰的部分；毫无疑问就是'明确事件'……"John Berger向主持人与观众说明，
以忧郁症治疗为例，"快乐的氛围"并不致于对患者产生困扰，因为那纯粹只是情绪氛
围。事实上，那也正是疗效所在。"会造成困扰的部分在于，如果患者误以（转下页）

副作用依旧严重。除了少数时刻 Eros 偶尔能摆脱忧郁心绪之外，多数时候，她依旧镇日沉默，不发一语，独自陷落于寂静的暗影世界中。

于是直树决定带 Eros 重访蜜月的海滨。

二度蜜月之旅。这是直树一厢情愿的尝试。希望以过往的甜蜜

（接上页）为自己昨天才到百货公司花了220万点数进行血拼，因此快乐无比，但今日醒来却慌张不已，担心信用卡额度透支、住家将被查封拍卖；但事实上根本没这回事——这样的记忆混淆，才会造成困扰。"John Berger 表示，换言之，"事件式治疗"之改良关键，即是在于"放弃具体情境、放弃具体事件，保留情绪氛围"之上。"举例来说，如果我们能在用以治疗的梦境中保留'快乐的感觉'，而去除'导致快乐感觉的明确事件'，那么此类治疗，将可避开'记忆混淆'中会造成困扰的副作用。"

此即为"非事件式治疗"之原理。当然，若须避免依赖明确事件，而仅保留"情绪氛围"，则梦境之制造难度、制作成本等亦随之提高。因此，较之"事件式治疗"，"非事件式疗法"之费用亦堪称高价。人类联邦政府卫生部遂将此类医疗费用列为部分给付。

然而事实上，费用问题亦非唯一争议焦点。重点在于，于临床数据上，即使副作用明显较少，但"非事件式治疗"之疗效，明显不及先前的"事件式治疗"。"我们认为这可能肇因于患者的个别心理素质……"于接受平面媒体专访时，John Berger 坦承，"非事件式疗法"的疗效确实较不亦掌握。"是这样：由于梦境中缺乏明确事件作为主轴，仅保留某种'氛围'，我们付出的代价可能是，对于部分心思较不敏感的患者，可能较无法体会梦境中所夹带的情绪。这种状况下，自然难以产生明确疗效……"然而法定精神疾病之疗法，首先必须确保该疗法之安全无虞；加之以若"虚假记忆"普遍发生，除于病患之日常生活产生困扰之外，更将使得疾病诊断因之失准，甚至因此误诊。举例而言，原先并无妄想症状之纯粹忧郁症患者，即因产生"虚假记忆"，进而导致医师将之误诊为忧郁症合并妄想症状；此类案例亦时有所闻。整体考虑下，人类联邦政府依旧维持原先态度，禁止"事件式治疗"，仅核准"非事件式治疗"。但由于"事件式治疗"确实较有成效，且先前已行之有年，技术成熟而普及；此种旧式疗法遂转入地下，禁不胜禁。

此一状态（地上"非事件式"、地下"事件式"）历经数十年，虽则"非事件式疗法"之疗效亦已有所改进，费用亦已降低，但截至目前，大致依旧如此。

记忆为媒介,将妻子自此刻的另一世界拉回到现实中来。

沙滩外景。记忆中的海依旧闪耀着细碎光芒。鱼旗飘动,浪潮规律来回,但人物动作却像是被掷入时间的流沙中阻滞缓慢了下来。先前欢愉的奔跑与呼喊已不复见。风依旧撩拨着Eros的长发,然而似乎连风的气味亦已淡去。画面苍白,像是被一层腐蚀性酸液洗去了原有的彩度……

镜头转入内景。公路旁,临海的小型个性民宿。除了住宿、咖啡与轻食外,尚贩卖些许手工艺品。午后时分,他们选定一个房间住下。那是个阴天,蓝灰云层厚重,空气中的湿气似乎吸收了所有透明而多变的光线。天际线隐没于云幕与海平面的不可见处。大窗面海,清冷而充满质量感的空气浇灌而入——

"这地方我去过——"Eurydice突然说。

K转过头。

"这是'Remembrances'啊。"Eurydice按住K的手,"那间小店……贝壳置物柜里,寄放着我母亲遗物的小店……"

仿佛意图响应Eurydice的年少记忆般,镜头转入另一内景。滨海玻璃花房,浪潮空洞而巨大的回响。Eros忧郁的,永恒静止于灰蓝色暗影中的美丽容颜。丈夫直树以手背温柔轻抚她的脸颊,自背后轻轻地,轻轻地环抱住她。

然而命定时刻终究降临。(呃,这,这毕竟是个A片不是吗?)深夜,正当海潮的鼻息伴随着他们的睡眠时,歹徒再度闯入。两名歹徒打开昏暗小灯,以绳索将直树绑了起来,在他口中塞入布块,而后将他丢在地板上。

就在直树面前,他们轮暴了Eros。

　　K注意到，相较于之前，这第六段性爱明显更具SM意味。歹徒们先以手铐将Eros双手扣在床头（镜头特写了那古铜色的手铐。那巴洛克风格的手铐极其精巧细致。小小金属圈上，仿佛为了炫耀那刑罚之美丽残忍，布满了无数微型浮雕；文艺复兴时期建筑装饰之微缩版），而后再以另一对样式相同，但尺寸稍大的手铐锁定了Eros的脚踝。Eros脸面朝下，四肢岔开，长发散落，看不清楚她的表情。然而由侧面望去，仍可看见在她身下被挤压变形的，丰满的乳房。

　　这时歹徒突然拿出一个深色玻璃瓶（经过直树身旁时还顺便踢了他一脚），旋开瓶盖，如大厨烹调，轻轻摇晃瓶身，将少许紫灰色细砂洒落于Eros腰际。

　　Eros尖叫起来，惊骇地扭动身躯。

　　镜头拉近。特写。

　　那不是细砂，而是一只只身躯极细小的，像是才从卵泡中孵化出来的紫灰色小蜘蛛。

　　小蜘蛛们很快开始爬行。它们晃动节肢动物细小的触角与四肢。然而不知是否那细肢终究难以着力，如同流沙，它们沿着Eros光滑而优美的腰臀曲线滑行起来。

　　像是荷叶上的水滴。小蜘蛛们聚集于Eros背上脊椎凹陷处。

　　然而K很快发现，那并不是一般基于重力牵引的自然流动。因为即使是Eros身躯的剧烈翻腾（她显然十分恐惧，全身颤抖）依旧无法甩脱小蜘蛛们的攀附。此刻，所有颗粒皆牢牢黏附于Eros背部脊骨的凹陷中，随着Eros身躯之转动而弯折、扭曲、变形。如一条依附着脊椎，正贪婪吸食脑脊液的巨型紫灰色蜈蚣……

　　然而Eros渐渐冷静下来，不再挣扎，也不再发出声音。她似乎正陷入某种恍惚，脸色潮红，眼神逐渐迷蒙。

不多时，伴随着深沉的，自体腔深处发出的低吟，Eros开始痉挛起来。

"直树先生——"矮个子歹徒开口了。他蹲下身去，在丈夫身边温柔微笑："您一定没看过'极乐蜘蛛'吧……这可是我们特地为您和您亲爱的妻子Eros所准备的哪……"

直树脸上布满了汗珠，额上青筋暴突。高个子歹徒则绕到床头，解开Eros的手铐。

方才的挣扎在Eros的手腕上留下一圈红肿瘀痕。

"您看看您的夫人吧。"矮个子歹徒继续说着，"您的夫人，已完完全全沉浸在快感之中了呀。您是否见过她现在的模样呢？……或者，"歹徒换了个姿势，"我直接一点说吧……您仔细想想，您是否有这样的能耐……让您的夫人达到，像现在这样的高潮境界呢……"

Eros修长的双腿犹且扭动抽搐着。她脚踝上的镣铐尚未被解开。随着那美腿之伸展、屈曲或颤抖，金属撞击声回响于房中。

"先生，"高个子歹徒也来到直树身旁，"您想想看，蜘蛛们此刻正伸出细长而坚韧的口器，将那些令人快乐的、晕眩的，体验性之极致的美妙毒素，直接注入到您妻子的脊髓里呢……有几百支口器呢……您的妻子，已经完全不需要您了啊……此时此刻，她甚至连您是谁，都不知道呢……"

直树的眼中涨满泪水。他面容扭曲，发出野兽般的哀号。然而冷酷的歹徒当然不可能理睬他。矮个子歹徒漫不经心扇了直树几个耳光，而后爬上床去，脱光衣物，自背后将阳具插入Eros体内。而高个子则盘坐于Eros跟前，令Eros为他口交。

自此伊始，直至这第六段性爱结束（在影片中，他们尚持续了

15分钟；除了变换体位之外还玩了两种常见的情趣道具），Eros始终处于一恍惚失神之状态。于接近本段末尾，她几已精神错乱，除了胡言乱语，甚至出现了翻白眼、口吐白沫的状况。

然而K注意到，自始至终，那由无数细砂般的蜘蛛合体而成的紫灰色蜈蚣，却持续攀附着Eros的脊骨。如同阴影模仿着事物的本体。

第六段性爱结束后，《无限哀愁：Eros引退·最终回》终于进入最后终局。明了一切的直树大受打击，而Eros更濒临崩溃；两人婚姻再也无法维持，只能选择离婚。经过一段时间的调养，Eros病情虽稍有改善，却又陷入了经济上的困顿。由于缺乏一技之长，加之以沉沦于肉欲（歹徒们虐待狂式的性爱终究启发了她），Eros别无选择，只好下海，至高级私人招待所担任陪侍女郎，为顾客进行性服务。

而今天，她有个身份特殊的顾客——前夫直树。酒过三巡后，明显喝醉了的直树将Eros带出场。两人开了个饭店套房进行后续交易。

（中景。空阔明亮的豪华客房。腥红色大床。框定着城市夜景的落地窗……）

K警觉起来。

又出现了。似乎同样是纪录片《最后的女优》中的场景之一。正是在类似这样的豪华客房之中，面具导演与经纪人J、男优伊藤与女优Eros进行了那场荒谬的访谈。K且清楚记得在那访谈中导演所戴的大型面具。

《无限哀愁》的最后一镜便停留于那张猩红色大床。直树扑上前去，粗暴撕扯Eros的衣物（那动作充满兽欲，不复先前夫妻情侣间温柔的爱意）。而清醒的Eros只能噙着泪水咬牙忍受。喝醉的直树喃喃念着："我付了钱，我可以玩你……我，我付了钱噢，我付了钱……让我……好好地玩弄你……"

画面逐渐淡出。

《无限哀愁：Eros引退·最终回》结束。

K将影片倒回至第六段性爱前的过场。"你说这就是'Remembrances'？"

Eurydice点头："是，你看这里，"画面卷动。"这里甚至带到了那车轮贝造型的置物柜。"Eros说，"那美丽的玻璃花房……"

"嗯，"K说，"最后的这个场景——我是指这部A片中的最后场景，旅店豪华客房，我想我在纪录片《最后的女优》中也看过类似的。但我不完全确定。"

"咦，你不是说，"Eurydice问，"片头的'Eros初体验'访问，也曾出现在《最后的女优》里？"

"是。两段都有。"

"也就是说，《无限哀愁》的头尾两个小片段，都曾出现在你从前看过的那片《最后的女优》当中？"

"是，"K回答，"而且不只如此。我甚至怀疑那与Eros讨论摄影作品的男人，根本就是《最后的女优》的面具导演——"

"……'背叛者拉康二组'？"Eurydice问。

K沉默半晌。"我想这是唯一的可能。而且——"

"而且，"Eurydice说，"我知道，那与'Remembrances'有关……"

"与'Remembrances'有关，与Cassandra有关，而且——"K凝视Eurydice的双眼，"与你有关。"

47

2219年12月5日。傍晚4时55分。台湾北海岸。

暮色苍茫。光线已酝酿着夜的气息。海洋与天际线隐没于浓重的雨雾后。更辽远处，浪潮声在广漠空间中来回摆荡。然而实质的海洋已消失于视界内。目光所及，空气幻化成了水的粒子；一切事物均沉没于雾的潮浪中。

雾的海洋取代了仅存在于听觉中的，真实的海。

向晚的滨海公路上犹有车行。路旁，老妇头脸裹于头巾中，牵着个小孩漫无目的地蹒跚步行着。一条老狗无精打采地跟在他们身后。近处，红土地上，除了"Remembrances"的店家招牌与建筑外，几间农舍模样的破败空屋像是被弃置的棋子般散落着。

稍远处矗立着两间小型石板工厂。然而亦已停业。

一个戴着鸭舌帽与一副淡青墨镜的女人打开玻璃门，走进"Remembrances"。

店内仅有两桌客人。其中一桌共有三人，二女一男；他们交换话语，低声谈笑。而另一桌，一清瘦中年男子单独依窗而坐，凝视着窗外沉落于雾海底部的景物。

然而戴鸭舌帽的墨镜女人并未落座。她直接走向柜台。

"你好，请问老板在吗？"女人问。

"您好。"店员是个红发女孩，"请问您有什么事吗？"

"嗯，"女人微笑，"我是来开寄物柜的。"她摘下鸭舌帽，露出一头光泽美丽的褐发。

"噢，好的，请稍等。我们很快就为您处理。"店员洗了洗手，解下围裙，走入柜台后的房门。

不到半分钟时间，店主出现了。戴眼镜的中年男子。温和的眉眼，薄唇四周一圈青苔状短须。

"您好。"店主温煦微笑着，向女人点头，"您要开您的寄物柜是吗？"

"嗯……其实不是我的，"女人说，"是我父亲租用的。"

"您带了钥匙吗？"

"没有……"

店主仍笑着，微微挑眉。"嗯，这可能有些困难哦。因为您也不是本人……"

"必须是本人才能开寄物柜吗？"

"也不一定。是这样的，"店主解释，"如果您记得带钥匙，那么不是本人也可以。如果没有钥匙，那我们可能就必须读一下您的芯片虫，确认您就是本人后，才能为您开寄物柜——"

"是这样啊。"Eurydice摘下墨镜，"但我父亲已经过世了。"

"啊，不好意思。所以说，那是您父亲生前的寄物柜是吧？"店主瞥了Eurydice一眼，"您记得编号吗？我可以帮您查查看有没有其他办法。"

"好的，我记得。编号是39。"

店主端详着Eurydice。"好的，我了解了。"店主做了个邀请手势，"我们进来谈吧。"

穿过走道，拐了个弯，步上一道短梯后，他们进入一个小小的、储藏室模样的房间。

格局特殊的房间。悬吊于一奇异位置上。略高于一楼又略低于二楼之阁楼。一侧墙面大片开向紧邻于民宿建筑的玻璃花房。挟带绿意的天光汹涌漫淹进室内。然而房间对侧却因照明之缺乏而陷落入黑暗。整座储藏室般的小房间跨越了极大亮度反差，黑夜与白昼并存。

而另一侧墙则以一窄窗开向一楼门厅。窗仅约一尺见方，几无采光功能；但由此处望去，能清楚看见门廊、柜台及室内陈设人影之全景。

房间室内十分凌乱。四处堆积的杂物与空间彼此推挤。一方木桌被置于房间中央。或由于那众多物品之遮蔽，暗影自大片光线的缝隙处渗入。

店主扭亮桌灯，拉了张椅子请Eurydice坐下。

"请问如何称呼您？"店主问。

"我叫Eurydice。"

"好的。Eurydice小姐，是这样的，一般而言，依照合约，如果确认寄物柜的租用者过世，那么除非有类似遗嘱、手谕之类的证据足以证明死者的主观意愿，否则我们会为他将该柜位保留7年。换句话说，租用者死后，柜内物品至少将被原样封存7年。而即使是在7年过后，我们仍会尽量为租用者保留柜位；直至寄物柜数量不敷使用为止。"

"你们没有遇过同样的情形吗？"

"有的，但很少。"店主笑了笑，"所以，即使您就是租用者的家人，但基于慎重——抱歉，您手上有其他凭证吗？"

沉默半晌后，Eurydice开了口。"我17岁时来过这里。是与我父亲一起来的。当然，那是我父亲还在世的时候了。我想您或许还记得我——"

店主没有说话，只是默然望向Eurydice的双眼。Eurydice注意到他右眉下有道不明显的疤痕，如瓷器之缺口。

无数尘埃于空间明亮处翻动，而后依次落入暗影中。

"寄物柜里装的，其实是我母亲的遗物。"Eurydice继续说，"我母亲生前为一家电影公司工作。许多年前，她在一次外派业务中发生意外，因而丧命。她过世后，或许是为了避免触景伤情，我父亲便将我母亲的遗物整理打包，送到'Remembrances'这里来。

"刚刚提到，上次看到这些遗物时，已是我17岁时的事了。"Eurydice表示，"现在我父亲也已过世。我希望能停止寄物柜的租用。我母亲的遗物，我会自己设法再行处理。"

"我了解。"店主点点头，"很抱歉，让我们先从租用者的死亡开始吧。冒昧请问，关于您父亲的死亡，您有任何凭证吗？或者，您是借由什么消息来源确认这件事的？"

"我父亲的死讯是经由一位中间人传达的。事实上，巧合的是，多年前我母亲的死讯，同样也是透过这位中间人——"

"您知道这位中间人的姓名吗？"

Eurydice摇摇头："我与我父亲都称呼她M。"

"嗯……"店主未置可否。

"事实上，我父亲的死不是最近的事。"Eurydice继续说，"那也好几年了。我其实可以当时就来这里处理母亲的遗物；但坦白说，是因为最近在我身边陆续出现了某些不寻常的征象，迫使我不得不加快这件事的进度……"

"不寻常的征象？"黑暗中，店主的嘴角略过一抹神秘微笑，"是什么样的事呢？"

"说来有些奇怪。"Eurydice稍停，"是这样的，这位中间人M，最近也发生了意外。"

"所以？"

"她并非自然死亡。而且我有理由相信，她的死亡与我母亲生前业务有关。"

店主下意识摸了摸自己的鬓角："这样啊……"

Eurydice拿出一张照片一般的物事递给店主。

就着桌灯，店主细细端详起来。

"这地点在哪里？"店主抬起头。

"V镇。V镇近郊一处游乐园。"

"什么时候的事？"

"三天前。"Eurydice说，"12月2日。"

"照片是谁拍的？"

"我亲自见到这样的景象。"

店主稍停半晌。"您认为，这位中间人的死亡与您母亲生前的业务有关？"店主将照片交还给Eurydice，"……但您母亲不是很久以前就过世了吗？"

"方才我说，"Eurydice接过照片，"我母亲生前服务于一家电影公司。就我所知，在她过世前，她正在这家小规模制片公司中负责一个纪录片项目。

"该项目的内容我并不很清楚。但根据我的调查，那似乎是和另一家分子生物科技公司合作，记录该公司进行中的某项生物复制科技研发。

"简单说，我怀疑我母亲的死亡同样并非自然死亡。"Eurydice解释，"我无法查出该复制科技的确切内容。但某些迹象显示，该项技术确实可能牵涉极大利益……"

"那与这位中间人 M 有关吗？"

"有。"Eurydice 站起身来，"我必须如此相信。因为我在 M 所留下的物品中，发现了与这部 20 年前的纪录片项目有关的部分资料。"

"方便透露是什么样的数据吗？"

"是一片影碟。"Eurydice 看向店主，"一部色情作品。叫'无限哀愁：Eros 引退·最终回'的影碟——"

店主皱了皱眉。"所以您想要检视母亲的遗物？"

"是。但那也不是我来到这里的唯一原因。"Eurydice 回应，"几乎可以确定的是，为了那神秘的复制科技实验，为了某种未知信息，已然至少有两人先后丧命。一位是我的母亲 Cassandra，另一位则是中间人 M。而且，坦白说，除了我自己之外，我也担心您的安危……"

店主面无表情，"怎么说？"

"影碟的内容显示，'Remembrances'也似乎与此有关。"

店主稍作思索。"好的，我明白。"他说，"您把那片影碟带来了吗？"

Eurydice 取出影碟，交给店主。

店主起身将影碟置入播放器中。

光与暗的组合浮漾于储藏室壁面。在 Eurydice 指示下，两人快速地检视了影片中拍到"Remembrances"的部分。

"关于您说的这些……"检视完毕之后，店主将影碟自播放器中抽出，置于桌面。"除了照片与这片影碟之外，您还有任何其他的物证吗？"

Eurydice摇摇头。"店主先生——"

"Eurydice小姐，"店主客气地打断她，"我想我必须向您说明的是，我很难对您的母亲，或M的死表示任何意见。毕竟我对她们所牵涉的那个复制科技实验并不清楚。我甚至连实验是否真实存在都无法确定……"

"实验确实存在。"Eurydice突然打断了店主的谈话，"我握有直接证据。"

"是吗？"

"证据就在那里。"透过墙上的小小窗洞，Eurydice指向这储藏室俯视着的"Remembrances"门厅，那被四周广漠雾气禁锁的居室中稀疏散坐的人们，"那就是实验对象。K。他正在座位上。"

48

2219年12月5日。傍晚5时30分。台湾北海岸。"Remembrances"玻璃花房。

夕晖已全然隐没于云霭之后。天地间仅余下由淡薄阳光折射而来的玫瑰色微光。雾气逐渐散去，海水表面浮现于微光中。很奇怪地，即使此刻空洞而巨大的黑暗已弥漫了此处的广阔地域，海的轮廓看来似乎仍较白日时清晰许多。

浪潮声描摹着虚空的海。

花房里，店主点亮了昏黄灯光。

仿佛自酣眠中突然被惊醒，植物们发出了躁动的细碎声响。

三人穿过门廊，穿过枝叶扶疏的走道，来到寄物柜前。

店主取出钥匙，插入机械锁锁孔："据我所知，Cassandra的遗物，并不见得全是'她'的遗物——"

细微的震颤。器械与刻痕咔啦咔啦的摩擦咬合。

"啊，是吗？"Eurydice回应。

店主笑了笑，打开柜门。"我想你并不清楚这所谓'遗物'的来源，对吧？

"关于你母亲的死亡，在当时，我所知的一切信息理所当然都来自你的父亲。"店主与K合力将木箱自寄物柜中搬出。光照昏黄。以外界辽远而巨大之黑暗为背景，寄物柜内的空间寂寞蹲踞于玻璃砖中。如木刻版画之暗面。"毕竟你还是个小孩。"店主看向Eurydice，"你当然没有理由怀疑你父亲。但我必须说，即使是你父亲也不见得了解全貌。我想你约略记得里面该有些什么吧？"

箱盖打开。

如一张立体的，油彩褪淡的静物画。物品们彼此静默挨挤着，令自身浸没于时光与尘灰的流动或停滞中。

K与Eurydice仔细审视箱中物件。

女用衬衫两件。藏青色短外褂一件。灰色圆呢帽一顶。发夹一个。木梳一把。平装书籍两本（分别是古典时代英国作家约翰·福尔斯的小说《魔法师》与另一本图文童话书《拜访糖果阿姨》）。炭笔素描（约仅明信片大小）两张。干燥芯片虫标本一只……

"所以，"K端详着两张炭笔素描，"素描其实不只一张，而是有两张——"

"咦，我记错了？"

"但看来没什么特别。"K将两张素描递给Eurydice，"大约就是那两张照片的炭笔临摹……"

炭笔勾勒着简单的轮廓。第一张素描中，一男子横卧于背景中，以背侧面之裸身面对作画者之凝视。而第二张则像是第一张素描物（陷落于不明背景中之肉身）之失焦局部特写。疏淡的铁灰色线条组合，看来却颇有因其精神之迷惑痛苦而扭曲、揉皱，席勒人物画像般的错觉。

"芯片虫标本呢？"Eurydice问。

"这样看当然看不出来。"K稍作思索，而后转向店主，"你读过这只芯片虫吗？"

店主摇头：“当然没有。”

“你这边有能读标本的设备吗？”K提出要求，“我想还是确认一下比较保险……”

两分钟后，店主带着**芯片虫标本阅读器**[28]再次出现。

---

[28]　据考，“芯片虫标本阅读器”之盛行约始自公元2180年代左右。此为一应市场需求而诞生之工具。如前述，自2150年代起，“芯片虫植入”逐渐广为大众所接受，其后并有诸多相关仪式应运而生。部分人士习于将芯片虫制为标本保存，作为纪念（参阅批注11）。然而制为标本之芯片虫，由于已失去生命，无法借由一般阅读器读出其内容。如此一来，纪念价值则大为降低。准此，遂有厂商针对“芯片虫标本阅读器”进行研发量产。

至于“芯片虫标本阅读器”之运作原理，则另有一番曲折；简言之，与自古典时代末期即开始发展之干细胞研究应用有关。首先，正常活体芯片虫之运作依赖于虫体内部之神经系统（举凡身份证明、驾照、签证、护照等相关资料，或信用卡、车票、笔记本、影音播放等延伸功能，均与此有关）；而在芯片虫于人体手臂内生长成熟后，此一神经系统则与人体之固有神经、血管等相连，以摄取营养，利于芯片虫维持生命，保持运作，同时确保芯片虫内存数据留存。然而芯片虫一旦死亡，制成标本，则储存于其神经系统中之数据亦将逸失，不复存留。因此理论上，所谓“芯片虫标本阅读器”之运作原理，唯一之途径，即是寻求已死亡芯片虫之“死而复生”。

乍听之下，近乎不可能。然而2178年，中国泰立集团却召开记者会公开宣称已克服此一难题，并宣示第一代“芯片虫标本阅读器”已进入量产，预定一个月后正式面世。经查，此一理论障碍系由香港科技大学应用神经学系周秉均教授所率领之研究团队（其时正接受泰立集团委托进行此一研究）攻克完成。“在逻辑上，这同样是唯一一途径。”于接受平面媒体专访时，周秉均表示，“死亡芯片虫所留下的，仅是虫体而已。然而其内部神经线路之形态却依旧存在。这些神经细胞，早先亦是由初始干细胞逐渐分化而来。而数据之储存，正与分化的先后、分化的形态有关……这有些类似古典时代的数字编码——所有数据都被格式化为二进制的0与1；而在芯片虫内，所有数据都被以某些特定分化形态与分化次序编码。我所做的，便是发展出一套逆推方法，借由对虫体标本内部神经细胞现状之细致分析，逆向推演，重建其分化过程……”

换言之，于完成“**干细胞分化逆推**”此一关键步骤后，使用者可获取一蓝图。此蓝图即为“欲读取之标本芯片虫”当初进行干细胞分化之过程。此时，用户便可（转下页）

食入标本后，阅读器很快以之为蓝本复制了另一只载录有相同信息的活体芯片虫，进行读取——

编号：Y94009827
生化人·男性
出厂日期：2197 年 3 月 15 日

"不是 Cassandra。" Eurydice 沉吟，"不是她自己的芯片虫……"
"果然。" K 点点头，将芯片虫标本自阅读器内取出，"事有蹊跷。问题是，这生化人是谁呢？啊——"
K 低呼出声。
电光石火。昏暗灯光下，幽魂般的枝叶暗影间，K 全身战栗。
K 突然领悟，那就是他啊。

就是他自己。就是 K。那就是在他尚未成为 K，尚未被纳入"创始者弗洛伊德"项目，尚未成为被生解标定的实验对象前，于

（接上页）另取一"芯片虫神经干细胞"以为材料（即采取另一只活体芯片虫之神经干细胞），以此一蓝图为本，重新培养，原样复制一完全相同之活体芯片虫。而于复制完成后，针对此活体芯片虫，仅需以一般芯片虫标本阅读器进行读取即可。
换言之，仅需掌握此"干细胞分化逆推法"，重制一活体芯片虫，即可克服芯片虫尸体无法读取之难题，等同于使已死亡之芯片虫标本"死而复生"。此即为"芯片虫标本阅读器"之技术原理。
公元2180年，日本松井集团宣布溢价并购中国泰立集团（泰立集团之股价于当日暴涨86%）。三年后之2083年，松井集团则宣布首次发展出整合型全自动芯片虫标本阅读器；于该阅读器食入芯片虫标本之后，分化逆推、尸体复制、读取活体等步骤皆可一次完成。"芯片虫标本阅读器"之形制遂步入规格化阶段，直至今日。

生化人制造工厂中原本预定被赋予的身份。

那时，他还不叫作K。他尚不曾拥有K这个名字。他还叫作Y94009827……

"是你。"Eurydice凝视着K，"是你对吧？"

K默然。"呃，店主先生，请问，"K指向阅读器显示的个人资料，"你对这个身份有印象吗？"

"没有。但坦白说，如果你认为那是你——准确点说，你原先的身份，我不意外。"店主稍停，"……我提过，我从来就知道，存放在寄物柜里的，不全是Cassandra的遗物。毕竟据我所知，许多经手的人似乎都不曾到过Cassandra那场意外事故的现场。"

"你的意思是，"Eurydice疑惑，"甚至连M也未曾到过那伊斯坦布尔旅馆大火现场？"

"或许你从你父亲那里得到的印象并非如此。"店主摸了摸自己的手。他的脸陷落于逆光的暗影中，"我知道，是M将这些物品中的一小部分交到你父亲手上的。你父亲的认知或许来自M的说法。但这并非事件全貌。

"无可否认，M确实是'弗洛伊德项目'最初的擘画者之一。"店主解释，"但M不是所知最多的一个。因为据我了解，M与Cassandra之间的关系，其实并不像表面所见的那样单纯……"

"什么意思？"

风穿透了广漠的黑暗，撞击着花房的玻璃墙，发出干燥骨骼摇晃般的声响。店主转过头，似乎正凝视着那声响的来处；或导致那声响的，不明确的虚空。"因为，她们曾是一对恋人……"

49

2219年12月5日。晚间8时57分。台湾北海岸。

海在黑暗中怒号。"Rememberances"和紧邻的玻璃花房已远在数百米外。由此处望去,"Rememberances"的店家招牌飘浮于沙尘般的白色雾气中。朦胧的光在花房的玻璃结构上映像出片段的、暂存的光亮。

"我与Cassandra的相识,早在'创始者弗洛伊德'计划之前。"店主说,"那已是Cassandra初时投身于生化人阵营的反抗战争——或说间谍战争期间,那么久远的事了。

"我对她印象太深刻了。个儿不高,但非常聪明的一个年轻小女生。灵活与深沉兼具。说话速度非常快。我可以感受到她内在献身于一种政治理想的热情。但在日常处事、情报任务的细节上又极端冷静缜密。"店主稍停,"一言以蔽之,就是个天生的情报好手。

"你的父亲,"店主转向Eurydice,"最初也是她所吸收的业余情报员。当然我也曾听闻,他们婚后在对于是否继续投身于生解情报工作的看法上有严重歧异。但相关状况我并不清楚。总之,到了'创始者弗洛伊德'项目时,我与Cassandra已配合过几次任务,彼此之间也算熟稔了。事实上,也是因为这样的机缘,我才知晓M与Cassandra的情事的。"

"你的意思是，"Eurydice问，"我母亲亲自告诉你这些？"

"是。而且据我所知，所有她所起用的业余情报人员里，她只和我提这些……"

Eurydice保持缄默。风拂过地面。细碎沙粒低低飞行。

"说起来，M的身世也颇为奇特。"店主继续说，"就像你们已经知道的，她确实是个混血儿——母亲人类，父亲生化人。当然，令人意外之处在于，由于曾接受'情感净化'，理论上生化人不应对人类产生任何情愫；更不用说生化人情感淡薄的问题了。这非常奇怪。个中道理如何，不但我无从了解，甚至连Cassandra也不清楚。

"Cassandra所确知的是，M的双亲最初相恋于日本。"店主稍停，"据说他们感情极好，是对幸福的恋人。这同样令人难以索解。因为所谓'感情极好''彼此相爱'这种说法，无非暗示着天生情感淡薄的生化人也有爱得撕心裂肺如胶似漆的可能。这根本难以想象……

"当然，人类与生化人间的恋情绝对不被法律所容许。也因此，自相恋伊始，这对恋人得时常搬家，过着四处躲藏的生活。于M出生之后依然如此。换言之，M是在一种恒常闭锁、危险而不安定的环境中成长的。

"我个人认为，或许这相当程度形塑了M的性格。但问题不仅是永恒的闭锁与逃躲而已。"店主抬起头，凝视着K与Eurydice，"就在M才四岁大时，M的父亲突然失踪了……

"据说只穿着拖鞋和轻便运动服就出门了。说是去买吃食之类，却就此人间蒸发。M的母亲随后打起精神，独自调查，也只发现了极少数疑似恋人已遭杀害的迹证。但仅止于怀疑。一切并不明朗。总之，往后十年间，M的母亲只能一个人带着M，母女两人继续她们孤独的逃躲。

"戏剧化的是，整整十年后，M的父亲却突然出现了。但这并非最骇人之处。真正令人匪夷所思的是，M母女两人所面对的，却是远为荒谬而痛苦的情境。

"那似乎只是个在外貌上与M的父亲一模一样的生化人……"一行三人绕过一处沙崖。黑暗中，店主的眼眸熠熠闪亮，"他的生化人身份编号并非M的父亲从前的编号。他未曾从事过M父亲过去的工作。他未曾有过与M的母亲相恋、生下M的记忆。他不认识M的母亲、不认识M。仿佛罹患了人格分裂症，他拥有的是全然相异的记忆、另一个陌生的身世。他甚至变成了与其他一般生化人完全相同的、情感淡薄的'正常'生化人。他似乎不曾体会情感、不曾学会爱……

"你可以想象，对这对母女而言，那多么难堪。"海风冰凉如刀。空间推挤着空间。地面上，沙的形状如水银般缓慢流动，"一个秘密。一个挫败的、无偿的终局……一个曾于生命中占有绝对重要地位的人，一个负载了M的母亲所有爱情、寂寞、痛苦与屈辱的人，当他再次出现时，却完全不记得他们之间经历的一切。那些爱与温存，嫉妒、背叛与占有；甚至是亲情、静谧之至福；以不可能存在的情感共同对抗这险恶、庞大、无情的世界……凡此种种，M的父亲，全都不记得了。

"无论是对M的母亲或M本人，这都造成了难以估量的伤害。"店主稍停，"甚至我如此推测：这可能直接导致了M在面对自己或他人的亲密关系时，浮现的某些细微的性格扭曲——

"正如你们方才所说——"远处，公路仅存的灯光在沙滩上投下了巨大的剪影。一行三人移动的步履隐没于不知是沙或黑暗所构筑的流体中，"K，M说动Eurydice来接近你；甚至要求Eurydice'主动扰动'你的心绪。M自己明白这非常残忍，却也认为虽则残忍，但不见得是种'错误'……"

"我的母亲，也是这样认为的吗？"Eurydice突然问，"Cassandra也认为，这是M某种'细微扭曲性格'的可能成因？"

"我不知道。"店主回答，"她没有直接这么说过。至少对我没有。但我想她心里可能是有类似想法的。毕竟，她算是与M有着情感纠葛的当事人……"

"你刚刚提到，"Eurydice探问，"她们曾是一对恋人？"

"是。她们曾短暂交往过一段时间。"

"那与我父母之间的感情问题有关？"

"这我不清楚。但我的印象是，你父母间的情感纠葛，主要来自他们对你母亲参与'生解'活动的歧见。"

"我的父亲对M与我母亲的关系是否知情？"

"嗯……"店主摇头，"这我确实不了解了。Cassandra并未对我提过这方面的事。"

"是吗？"Eurydice似乎陷入沉思，没再多说什么。

K突然感觉到光线的细微变化。他抬头仰望，天顶中央，云翳群聚又散开。它们遮蔽了星群的光痕。夜空中紊乱的星图显得更为飘忽不定。

在某一个瞬刻，风突然止息。空间陷入了短暂寂静。

"店主先生，"十数秒之后，K打破沉默，"那么，M母女后来怎么了？"

"噢对——"店主笑了笑，"面对这位身份不明的所谓'M的父亲'，一开始，母女两人既惊骇又惶惑，完全不知如何应对。但冷静下来后，她们认为可能的解释无非两种：其一，生化人的产制出现了某种难以解释的错误，导致生化人的性格可能大幅变异；其二，M的父亲失去了记忆。至于记忆丧失的原因，那当然也就难以追索了。

"在往后的日子里，M与母亲曾试图帮助M的父亲寻回那些灭失的记忆……

"努力终告失败。"店主说，"这也并不意外。M的父亲起先还愿意配合，但后来，或许因为害怕，他开始逃躲，避不见面。而且，据我所知，M与M的母亲对此事也逐渐产生了歧见……"

"最后的结果是？"

"M的母亲自杀了。她留下了一封遗书给M。很奇怪地，据说遗书内容十分平和，甚至带有某种异常的欢快。而M则放弃了这一切，放弃了与那重新现身的父亲的联系，离开了当地。或许M其实认为，那并不算是，或至少不再是她的父亲了吧……"

"这样吗？……"K若有所思，"店主先生，"K问，"也就是说，在这整个过程中，M的父亲，自始至终没有回想起任何过去的记忆？他没有回想起任何一丁点与M，或M的母亲有关的事？"

"抱歉，"店主回答，"这些M的遭遇，我都是从Cassandra那里间接听来的。许多细节Cassandra并没有告诉我。我很难知道得那么详细——"

K点点头。"店主先生，请容我如此询问：'背叛者拉康二组'的存在，是否与Cassandra与M之间的情感纠葛有关？"

"嗯……"店主显然有所迟疑，"坦白说，我想是的。但这只是我个人猜测。实情如何也只有当时的Cassandra才会知道了。而我认为，正因如此，所谓'二组'——借用你们的名词——'二组'的存在，至少在一开始，是不可能会让M知道的……"

"所以，《最后的女优》确实是你们制作的？"K问。

"是。"店主忽然轻轻叹了口气，"不只是《最后的女优》。《无限哀愁：Eros引退·最终回》也是我们的作品……"

"所以，"K问，"在这两部作品中出现的角色，都是'二组'成员？"

"是。"

"导演、经纪人、男优都是？"

"都是。"

"包括Eros？"

"包括Eros。"店主望向远处。苍茫与黑暗中，虚无的海洋于彼处真实存在，"真快，离Eros过世，竟也已经七年了啊……"

K再次想起了那次审讯。2213年2月。那狭长的审讯室。淡绿色单面玻璃。Gödel凄厉与灰败并存的眼神。时钟快转般加速老去的，病榻上的Eros。那黑暗中暂存的光影，光影的流动反差。像一场失败的自体演化。K也想起更早之前，刚升任技术标准局局长不久，在西伯利亚，他首次亲见"重度退化刑"之情景。冰雪禁锁的流刑监狱。兽与兽的彼此吞噬。浮光掠影……

"那两部作品是用来做什么的？"K追问。

"这说来话长。"店主稍停，"嗯……正如你们所说：M做了些推测，这些看法被她夹藏在《圣经》纸页中。我必须说，她的猜想多数正确。最初'二组'之所以拍摄这两部影片，确实是为了传递信息……"

"冒着被第七封印发现的风险？"K质疑。

"风险无法避免。"店主凝视着K的双眼，"……'背叛者拉康二组'之所以存在，为的是确保实验——由最初的'创始者弗洛伊德'伊始，以至于后来的'背叛者拉康'，这整个过程——能继续下去。这其中的动机之一，正是为了保证实验对象，亦即是你的安全。

"但我们所面对的，毕竟是个远较我们强大的对手。我们必须计入最坏可能。"店主强调，"若是'二组'被对方破获，我们必须假设'二组'所有情报人员将全数被捕。然而由于我们并不属于生解，一旦'二组'遭到歼灭，则我们所握有关于'梦境植入'与'弗洛伊德之梦'的秘密——亦即是与你有关的秘密；均将就此逸失。除了敌对的人类阵营外，无人能够获知'创始者弗洛伊德'项目的真相。这么一来，我们所长年致力的'第三种人'的可能性，或将于一夕之间化为乌有……

"我们必须考虑这样的可能性。"海风中，店主的声音如金属般坚硬，"我们必须留下关于第三种人的信息，且信息必须存在于诸如生解、'背叛者拉康一组'或'二组'等任何编制、任何组织之外。几经思索，我们决定将信息录制为影片。

"这最初是我的构想。"他们正步入一处较为宽阔的，依邻崖岸的沙滩。此处地域离海稍远。然而奇异的是，仿佛以黑暗为介质之悬浮物，许多花朵般的白色物事在他们脚边浮动，"也正是《最后的女优》以及《无限哀愁：Eros引退·最终回》两部影像作品的由来。我主张在完成影片摄制之后，通过某些极小规模的冷门通路，将《最后的女优》散布出去……

"如你所说，被对手发现的风险是存在的。"店主放慢脚步。K

看清楚了。那幽灵花朵般的悬浮物其实是大型珊瑚的碎骨。它们镶嵌于潮黑湿土中，隐蔽于地面极轻的薄雾下，"关于这些疑虑，我们当然进行过沙盘推演。"店主解释，"我们可以将完整而清晰的信息托付于'编制外'的专人。但如此一来，则几乎与编制内无异。毕竟我们必须保留与这位专人的联络管道，我们甚至可能必须对他进行监控；总之，无法完全切断与他之间的联系。若是'背叛者拉康二组'遭到破获，则由二组处顺藤摸瓜，此一'专人'同样极可能被敌人锁定……

"我们最后选定了我的策略。化整为零。"店主解释，"……我们把它们处理得就像是真正的纪录片、真正的A片一样；而后于细节上暗度陈仓，将信息以隐晦方式匿藏其中。由于发行量极少，通路也极冷门，两部作品必将无声无息消失在市场上。而在发行完成后，我们可以轻易断绝所有与发行商的联系管道。当然，影片摄制完毕后，所有片中演员也立刻接受了整容手术。对一般观众而言，这至多是'拍得有些怪'的普通A片而已，一切平平无奇，也别无任何其他意义。

"而万一这两部作品引起了第七封印的注意……当然，他们可能察觉事有蹊跷。但一来信息夹藏的方式既隐晦又暧昧，他们难以借此精准判断情报泄露的程度；二来由于经过这段'化整为零'的过程，线索有限，演员们的容貌声音亦已大幅改变，追查难度势必因此提高。至少在我们的评估里，第七封印的调查必然受到极大阻碍。如此一来，这个由'流窜于市面的冷门色情片'所构成的组织将永远不可能被破获；因为，它们根本不是组织……"

"但付出的代价是，"K提出疑问，"我们并不容易成功解读片中的信息？"

　　"这确实有难度。"店主同意,"但我想你也清楚,正如同你们此刻身处的旅程……真相原非显而易见。真相不是空中楼阁,而是必须建筑于某种程度的'已知'上。我们传递信息的对象本来就是像你这样的人,像你这样,已经掌握部分线索,可能借由这些隐晦信息进一步发现真相的人……"

　　"所以……"K思索半晌,"那些摄影作品……我的意思是,在《无限哀愁》中所出现的Eros的摄影作品,那个'镜像阶段',究竟代表什么?"

　　店主抬头仰望。月亮的光华已灭失无踪。肌肤纹路在他脸上留下无数铅笔质地的细碎阴影。"我们即将见到一个人……"空间中,云与黑暗仿佛迫近中的巨大城垛,"他会亲自向你解释……"

50

2219 年 12 月 5 日。夜间 10 时 29 分。台湾北海岸。

背离于海。这是个地形狭长的微型谷地。两座平缓小丘夹立于旁。谷地一侧，窄仄的产业道路沿着山坡蜿蜒而上。

小路荒僻。除了杂草蔓生的田野外，路旁尽是废弃农舍与工寮之类的简陋建筑。远处，树与树沉入暗影中。清冷山岚掩袭而下。如雾气之幽灵。

车辆驶近一座矗立于山坳阴影处的小型建筑。为了掩人耳目，他们并未驾驶飞行船。

建筑看来就是工寮模样。粗粝的混凝土。古典时代的铁窗与石棉瓦。破损的，尘灰覆盖的玻璃窗。

室内并无任何光线。

"到了。"

店主关上车门。沙尘自地面扬起。但由于亮度晦暗，那沙尘并不是可见的，仅有气味存留于人的感官意识之中。

"两位请稍等——"

店主的脸隐没于帽檐阴影下。他按下门铃（泛黄塑料壳上的红色小钮；电线松脱外露），而后敲门（质地粗廉的铝门）三下。稍停，而后两下，而后一下。十数秒后，重复一次。

门内响起轻微脚步声。

"谁？"男声。

"是我。"店主回答，"Remembrances。"

门开了。男人立于阴影中。黯淡灯光自外斜斜射入。他的下半身浸没于某种昏昧的、光的液体之中。而上半身仍与黑暗融为一体。如黑暗之一部分。

"为你们介绍一下——"店主说，"这是 J。"

"经纪人 J？"K 问。

店主微笑。"是，经纪人 J……J，这是 K，这是 Eurydice。"

J 点了点头，没说什么。三人分别握了手。

灯光亮起。K 发现他们置身于一处粗陋工寮室内。

地面仍是水泥裸胚。墙上挂着三件雨衣、一件脏污外套。几张满是锈斑的铁骨桌椅散置于空间中。两顶工程用安全帽挂在椅背上。一支手提照明器，一些刀锯、泥铲之类的工具被堆置在椅面上。由那工具上残留泥水痕迹与锈痕看来，显然已许久未曾使用。

而 J 则穿着式样极俭朴的衬衫与外套。他中等身材，整齐的灰白短发，样貌气质确与《最后的女优》中穿着鼻环，满口生意经的"经纪人 J"大不相同。且非但如此，与纪录片中完全相反，他似乎是个极沉默之人。截至目前他未发一语。

他向众人比了个手势，而后走向室内一角的阶梯。

那是个向下延伸，仅容一人的窄梯。仿佛要通往这工寮的地下室一般。仅由混凝土砌成，没有扶手。

众人依序步下阶梯，进入其下被重力所牵引的黑暗之中。

呼吸与步伐于空间中回荡。空气冷凉。K突发奇想：似乎他们正身处于一巨兽头颅之脑叶表层，正试图沿着那曲曲折折，迷宫般的神经回路，缓缓下降至被那巨兽抛掷至意识边缘的废弃梦境中……

（飘浮的电梯。

他置身于一飘浮电梯中。空间全然封闭。外界任何景物皆不得见。且不仅电梯是飘浮着的，K自己亦飘浮于电梯中。他看见电梯的楼层指示灯像赌场里的吃角子老虎机器般凌乱亮起。25楼、19楼、48楼、7楼、B1、89楼……

甚至某些时刻，指示灯同时于两三个不同楼层处亮起。

K慌乱起来。他试着碰触电梯墙面，蜂鸟般舞动自己的手臂，试图寻找着力点。但终究无法触及任何事物。

K突然领悟，他正身处于真空中。电梯内并无空气。除了他自己之外，那周遭环绕着他的空洞是真正的空洞。没有任何介质存在……）

黑暗中，如某种撑持，K感觉自己的肩膀突然被碰触。

那是Eurydice的双手。K清醒过来，随即领悟方才短暂的失神竟使自己处于某种倾坠状态——

"组长，到了吗？"店主突然开口。

"到了。"J简短回答。

较之预期，窄梯延伸至地底更深处。但那路径亦非直线往下，而是经过了许多锯齿状的折返。仿佛绕行于古典时代老旧公寓的狭仄楼梯间一般。且此处空间并无任何照明。仅有来自方才地面室内的光线。那被众多参差遮蔽物所剪碎的，光的破片。奇异的是，或由于坠速过慢，那光线之下落竟似乎改变了这空间之实体感，仿佛重力方向已有了细微偏转，牵引之力亦似有若无一般。

K心中默数。经过了八个折返处后，阶梯终止。他们穿过一个空无一物的，墓穴般的地下室，来到一座安全门般的厚重铁门之前。

J依旧保持沉默。他取出一串古老的机械式钥匙，试着开启铁门。

（K注意到他一连使用了三把不同锁匙，连续开启了门上的三道锁。）

J推开铁门。

他们置身于一座宽广空间中。

如同通往此地的工寮与地下甬道，这同样是个废墟空间。虽则顶部不高，占地却相当空阔。以立身之地起算，甚且无法以视线清楚标定这空间之尽头。

空间被光的不同质地分割为二。邻近处照明尚称充足。可见部分约略半座停车场大小，疏疏落落的几盏悬浮顶灯在地面投射出幻梦般的光圈。幻梦范围内，一切事物皆可见。

然而稍远处，梦的亮度逐渐变得稀薄。空间残余的躯体陷落于大片浓稠的黑暗中。

怪异的是，光照范围内，这荡阔的废弃空间中，除了几座直立梁柱外，竟几乎不存在任何物事。

没有任何物品。没有陈设。而建筑材质几与方才地面上的粗陋工寮与窄梯完全相同。所相异者，此处的混凝土地面远为精致平滑，深深浅浅的砂石质地仿佛被包覆于一透明而湿润的蛋膜下。尽管依旧存有朽坏或少许脏污痕迹，但除了几处表面如伤口般的破损外，其余大致完好。

K凝视着那地面与墙面几处绽开的伤口。

如刀锋紧贴肌肤。冰冷痛感袭上K的脑壳。

他感觉自己的神经被冻结于某种液体中。

K忽然领悟，此处正是他的**初生之地**。

初生之地。那野地废屋。温暖潮湿的青草地。泥土的香味。羊水般晃荡着的，童稚而自由的笑语。他虚假的"初生记忆"之来处……

K定了定神。向四周望去，所有远处空间皆隐没于无光照的黑暗之中。无法确认任何外界之景物。甚至无法标定这场地本身的边界。然而根据空气的细微流动，K怀疑，在那黑暗深处，其实犹存在着与外界相通的开口。

但终究无法确定。

J回身向众人做了个手势："请跟我来……"

J向光与暗交界处走去。

仿佛潮浪，脚步的回声在空间中摇晃撞击。K忽然知觉，在正前方，就在正前方，于原先那大片黑暗的不可见处，似乎正有一人朝他们走来。

但视觉上，K其实并未看见。

男人朝他们走来。K无法理解自己的感官如何接收到这样的印象。或许是他的听觉在众人的脚步声中分辨出了某种异样的节奏？（但那步履其实十分轻微，如昆虫拍击翅翼。）或许在眼前遍在的黑暗中，其实悬浮着某种意识难以知觉的微光？又或者，那只是某种直觉？第六感？

男人自黑暗中出现。他现身于光与暗的交界处。

"两位好。久仰大名。"他伸出手，"我是Cassandra。欢迎光临第12号生化人制造工厂。"

51

2219年12月5日。夜间10时51分。台湾北海岸。第12号生化人制造工厂。

J与店主已先行离去。

男人Cassandra按下全像投影器按钮。

一如某种梦境之侧录或还原，光影自黑暗中浮现。

那是一帧静止的全像摄影。一处灾难现场。

天色昏暗。如战争废墟一般占据画面中央的是一座瓦砾堆栈的丘陵，浸没于层层遮蔽的烟尘中。场面四周，激光封锁线已被拉起。十数名戴着安全帽，着制服背心的救难人员疏疏落落散布于画面上。

K立刻认出，这是位于D城近郊的第七封印总部。

已被夷为平地，化为瓦砾与灰烬的国家情报总署——

"我想这是你们能够顺利来到此地的原因之一。"男人Cassandra说，"你们还活着的原因。

"第七封印总部。"男人换上另一帧全像照片。大同小异的画面。所相异者，除了先前已入镜的救难人员外，画面边缘多了一队人马，人数样态皆不明，"看这里，"Cassandra指端轻触。仿佛游乐园的旋转木马，黑暗中，明亮的光影绕着虚空中看不见的魅影轴心旋绕起来，"这角度比较清楚。很明显是武装部队……拍摄时间是15小时前。摄影者是我们的人。至于事故发生时间，我们也不清楚。这点尚待查证。"

"你们不知道灾难原因？"K问。

"不知道。"男人Cassandra稍停，"如我所说，截至目前，无法掌握事故发生时间。当然时间必在你离开第七封印后。一个简单的判断是，也不可能离拍摄时间太近；否则在你们逃亡过程中，很难如此轻易避开第七封印的监控——"

K点头，"毕竟他们还是很有效率地杀害了M——"

男人Cassandra切掉了全像投影器。仿佛冰的碎屑于苍白阳光中消融，悬浮于空间中的光影逐渐淡化，失去亮度；而后隐没入原有的黑暗。

他打亮灯光。

黑暗向后撤退。如一条延伸中的甬道，光向黑暗处推展。原先全像投影所在处此刻已幻化为光的界域。而在那界域中，一套酒红色沙发、一张黑色玻璃小几于视觉中现身。

K感觉这场景颇为古怪突梯，仿佛一尚未布置完成的舞台剧布景。

"好了。以上是最迫切的事。我说完了。我猜你们的安全暂时没有问题。"男人Cassandra在沙发上坐下。他身材高大，然而身躯倾侧，脊椎微微侧弯，仿佛不应存在的伛偻在他身上确切实存。秋日黄叶一般，灯光在他的暗金色卷发上投射出深深浅浅的光泽，"我知道你们必然有许多疑问，针对我……"男人将手搭上椅背，神态轻松自然。K凝视着他灰绿色的眼眸。那眼眸色泽如此淡漠，仿佛某种尚未被发现的，冰的结晶一般。

"我不能相信你。"Eurydice先开了口。她声音暗哑,吐字艰难,"我无法相信。你说,你曾是我的母亲,而你变成了这副模样……你甚至改变了性别……抱歉,"Eurydice摇摇头,"我,我不相信——"

"我曾是你的母亲。"男人Cassandra的嘴角有着极轻的牵动,"虽则我现在不是了。但我还记得许多过去的事……"

"什么意思?"Eurydice激动起来,"什么过去的事?"

"……有一段时间,你的父亲与我轮流讲床边故事给你听。"男人声音异常冷静,"在你四五岁的时候……有一回,我们讲了人鱼公主。我说,在最深最深的海底,小人鱼公主原本与爸爸、妈妈和姐姐们过着快乐的日子。她和姐姐们都有着天生的好歌喉。每逢满月时分,月光照亮了海洋,在海面上筑出一条银亮水路;她们会浮上水面,在海上无忧地歌唱。有一天,小人鱼公主在海难中救了王子,却也爱上了他。她答应女巫,让女巫用她美丽的声音交换一双人类的腿,让她变成人类……

"小人鱼公主真的变成了人类,却也成了一个哑巴。她无法言语,无法告诉王子正是自己在海难中救了他。而且失去了鱼尾巴的人鱼公主必须永恒离开她海底的故乡;在陆地上,每踩一步就得忍受双足被碎玻璃割伤般的痛楚。但不知情的王子爱上了邻国的公主,就要和公主结婚了。在他们结婚那天早晨,小人鱼公主就会化为海上的泡沫。

"你爱漂亮,那时,每天早上你起床,我就帮你梳两条小辫子……"男人的声音空洞遥远,毫无情绪,"然后有一天,在镜子前,你突然问我,如果你一整天不说话,可不可以把人鱼公主的声音换回来?可不可以让人鱼公主能够开口,告诉王子他该知道的事？隔天你又问我，如果你一整天都把双腿合并起来，像条鱼尾巴一样跳着走路，可不可以让人鱼公主不用再受到刀割般的痛楚？……

"然后你真的这么做了。那天，我们看你一整天鼓着圆圆的脸颊不说话。"男人微笑起来。然而即使是微笑似乎也寒冷而虚幻。像冰层上的雾气，"也是一整天的时间，你用你的鱼尾巴跳着走。看起来很好笑，也很可爱。我和你爸爸当然都担心你受伤，不过你不听我的话。你确实是从小时候就那么固执了啊。后来你还因此撞到额头，头上肿起一个大包……这些事，你还记得吗？"

Eurydice眼中泪光浮漾。她没有说话。

"小时候，你喜欢一把柄上画着一条小鱼的汤匙。"男人继续说，"你叫它'金鱼鱼'。那时如果有别的小朋友来家里做客，用了那把小汤匙，你还会跟他抢呢。有一次出门旅行，也只是两三天的短程旅行吧，忘了给你带那小汤匙。你先是哭闹发脾气，被骂了之后，就伤心起来。你不闹了，但几乎默默哭了一整天……

"这你记得吗？你还不相信我吗？"

Eurydice的情绪显然稍有缓和。她抬起手擦了擦眼泪。"如果……"Eurydice凝视着男人的双眼，"……你，你是怎么变成这样的？你一点也不像……你在说刚刚那些事情的时候，你很冷淡……"

男人Cassandra沉默半晌。"我知道这很离奇。"他指向K，"这不仅牵涉到我，也牵涉到他——牵涉到'创始者弗洛伊德'项目的实验对象。"

"弗洛伊德之梦？"Eurydice问。

"弗洛伊德之梦。这就是我现在必须说明的。"

"你们已知道，生化人的制造依赖的就是'梦境植入'。"男人Cassandra说，"于将近110年前，亦即是2110年代，这里就已经是一座生化人制造工厂了。如我刚刚所提——编号第12号的生化人工厂。由人类联邦政府直接管辖。

"12号生化人工厂持续运作至2160年代——亦即是距今约60年前；因为不明原因遭到废弃。据我了解，原因可能与人类政府的生化人产量调控有关，也可能与某些我们所难以获知的秘密有关。事实上，这座工厂入口原先是在另一侧，并不是你们刚刚的来处。而在工厂停工之后，原先的入口与相关建筑物也立刻就被回填封死了。

"然而对我们来说，如果旧入口已被封死，反而是个很好的掩护……我们知道这座工厂的主厂房依旧堪用。所以我们另外建造了新的秘道，并将入口藏在毫不起眼的荒僻工寮之内。也就是你们方才经过的路径。我们做好了准备，打算若有意外情况，或存在其他迫切需求时，将这里作为一个最终据点。这便是此处地点的由来。"

"所以'生解'并不知道此处？"K问。

"当然不知道。"男人Cassandra摇头，"据点的建立是2190年代左右的事。事实上，所有关于这座工厂的秘密，在当时，除了极少数由我亲自联系的业余情报员——J和店主是其中两位——之外，没有任何人知道。我也并未将此事向上呈报。换言之，这是我自己的线、我自己的秘密据点。专属于我。

"出乎意料，12号生化人工厂很快就派上了用场。"男人说，"公元2195年，我成功偷取了'梦境植入'的秘密。2196年，我布建了侵入生化人制造工厂的方法。'创始者弗洛伊德'项目因此成形。我们决定将你，K，标定为实验对象；并研发'弗洛伊德之梦'

用以植入于你。然而问题在于，'弗洛伊德之梦'究竟与其他一般生化人所接受的梦境植入有何不同？"

"这得从'梦境植入'的研发说起了。"男人Cassandra继续说明，"K，你自己也是个情报好手，我相信你很清楚梦境植入的理论历史。早在2060年代，人类制造生化人身体的技术已然发展完备，然而对于如何有效率地育成生化人之心智，始终束手无策。这样的僵局持续十数年之久。而僵局的突破终究必须依赖观念的革新。换言之，形上学的革新……"

"Daedalus Zheng？"

"当然。"男人回答，"在2081年，是Daedalus Zheng提出了'梦境植入'的观念；配合2080年代'梦境采集''梦境复制'等相关技术逐渐成熟，遂造就了生化人制造技术的最后成功。从此，生化人的培育进入量产阶段，人类不再需要制造生化人幼儿，并费尽心思进行教养；仅需直接产制18岁的生化人成人即可。这是你所知道的。"男人Cassandra转向K。他的指尖有着极轻微的颤动，"但问题在于，Daedalus Zheng所提出的理论不止于此。他还发现了些别的……"

稍远处，黑暗似乎被吸卷入某种流动的漩涡里。如梵高暴烈焚烧的星夜。"什么意思？"K问。

有风。细微的，湿凉的气流。似乎预示了这空间边界的不明确。他们经历了一阵短暂沉默。"你一定听过'濒死体验'吧？"男人问。

"濒死体验？你是说，那些曾进入弥留状态的人……"

"是。那些曾性命垂危，徘徊于死亡边缘的人，后来又幸运地活了回来。他们诉说的那些经历。"

"我了解。"K点头，"说是什么灵魂飘浮起来，与躯壳分离，能自高处看见自己的身体……"

"你说的是其中一种。"男人Cassandra回应，"'濒死体验'人言言殊，但归纳起来也往往不乏共同点。常见的几种——其一是，往日重现。重见自己过往的记忆、过往的生命经验，于意识中如电影胶卷快转般快速浮掠而过。其二是，感觉自己灵魂困处于一隧道，游动于空间中，而隧道尽头则是天堂般的光亮……"

"这确实是较为常见的说法。"K点头。他若有所悟，"这与Eros有关？在《最后的女优》里……"

"没错。那是我特意的安排。"男人说，"如你所见，纪录片《最后的女优》由两大部分所构成。一部分是戴着不同面具的导演对生化人女优Eros、经纪人J等相关业界人员的日常活动跟拍；而另一部分，则是配合伪扮的S教授，以学术口吻讨论人类所发展出来的几项生化人筛检法。

"我想你应该已经猜到了。我就是导演本人。那在面对许多不同角色时戴着不同面具的导演。"男人Cassandra稍停，"……在这部伪纪录片中，我设计了一个访谈，并以Eros为受访者。过程中，导演试着追问'生化人女优独有的性高潮'，并直接表示生化人的性高潮可能与人类有所不同。而Eros则在对话引导下开始回顾一次似乎有所不同的性爱体验。她描述一次与男优伊藤的合作，是在一座宽阔的废弃工厂之中。奇怪的是，那样的环境竟给她带来一种异样的熟悉感……"

"就是这里？"

"就是这里。"男人Cassandra说，"至少在剧本设定中，就是

414

12号生化人制造工厂。事实上，也正是你虚假的初生记忆的场景之一。

"但这点先按下不表。而后，访谈中，Eros开始描述她的高潮；但随即被导演与男优伊藤取笑，说那简直像在形容一次'快要死掉了'的'濒死体验'——"

"嗯……你的意思是说，你在《最后的女优》中试图夹藏关于'濒死体验'的资料？"K问，"但这与'梦境植入'有何关联？"

"是，这有点复杂。"男人回答，"因为濒死体验这件事，又必须与《无限哀愁：Eros引退·最终回》合看。"

"怎么说？"

"当然，那部影片的导演也是我。我想你一定注意到了，《无限哀愁》里最奇怪的部分……"

"Eros的摄影作品？"

"对。"男人Cassandra的声线似乎变得尖锐。像金属器械的擦刮，"除去那部分，《无限哀愁》就只是一部再普通不过的A片而已。借由那些关于摄影作品的讨论，我加入了一段与拉康'镜像阶段'理论有关的对话。事实上，这从古典时代末期便由拉康发展完成的理论正是梦境植入的基础。

"人的自我认同如何完成？人如何视自己为一'完整个体'？"男人Cassandra解释，"……'镜像阶段'告诉我们，初生时，人原本只是一连串破碎感官经验之集合体，一感官经验之无意义串流，缺乏'我'的概念。是在经过生活经验洗礼（于日常中，慢慢体会其他人皆视己身为一'完整个体'）后，才慢慢发展出'我'这样的概念……而事实上，这就是'梦境植入'所做的事。

"一般生化人历经的梦境植入，其中内容有几项是我们很熟悉的：包括出厂编号、工作分配、必要知识技能，以及身为生化人的自我认同等等。这其中的前几项只牵涉到记忆，很容易处理。问题在'自我认同'。事实上，Daedalus Zheng提出的'梦境植入'方法，即是模拟此一镜像阶段之过程……

"这是我在《无限哀愁》中所试图传达的。"男人Cassandra稍停，"但如我所说，Daedalus Zheng不仅提出了以梦境植入建构自我的方法。他同时提出了自我逆向崩解的可能性：'**逆镜像阶段**'……"

"'逆镜像阶段'？"K问，"与'濒死体验'有关？"

男人点头。"一言以蔽之，'逆镜像阶段'仅存于人类趋向死亡之时。"

K皱眉："什么意思？"

"是这样：在寻求破解'梦境植入'之秘的过程中，偶然机缘下，我发现了Daedalus Zheng留下的电磁记录。"男人Cassandra解释，"对于这位诞生于2045年的科学家，我们所知甚少。这理所当然，因为他的贡献，多数都被人类政府列管为绝对机密。也因此，科学家本人也理应被视为机密之一部分。然而我获取的情报却显示，在生前，Daedalus与人类联邦政府之间，其实长期存有严重歧见。

"我持有的电磁记录，来自Daedalus研究单位的同事，同时也是一生挚友——数学家Paz Carlos。2098年，Daedalus以43岁之龄英年早逝。或许为了纪念好友，也或许有感于Daedalus与联邦政府之间的紧张关系，Carlos留下了这份电磁记录，其中描述了自己与Daedalus之间深刻的情谊……

"'最令我难忘的，终究还是那条满是落叶的小径。'电磁记录

416

中，Carlos描述了那些存在于日常中，无声而毫不起眼的时刻，'那些日子里，印象中，秋天往往是早到了。在结束一天工作后，空闲时分，我们会结伴沿着那条环湖小径散步。湖水舔舐着沙岸。水面上的落叶以某种神秘的韵律波动着。少数时候，雾霭笼罩湖面，我们在岸上看见水里的树，分不清那些树究竟是生长在水中，或只是岸上枝干的倒影……我们天南地北地聊。甚至包括最私密的事。在我心中，Daedalus不仅是个科学家，更是个哲思者。我们聊薛定谔的猫，我们聊EPR悖论，我们甚至讨论古典时代作家阿西莫夫虚构的机器人学三大定律和心理史学……而后，便是在那样的时刻里，他告诉我他正在思索的事。关于自我解体，关于'逆镜像阶段'的细节……'

"Daedalus对Carlos简述了他的'逆镜像阶段'假说。"光的区块陷落于周遭辽阔的黑暗中。不知为何，仿佛无关任何感官体验，K竟能够察觉尘埃与湿气的流动，"他认为，"男人Cassandra凝视着K，"当人类生命结束时，人的'自我'——亦即是我们方才所提，于幼儿时期经由镜像阶段逐步组构而来的自我——将会瞬间瓦解，回归为无数碎片。换言之，于死亡骤然临至之瞬刻，如时钟倒走，镜像阶段将反向逆行，人的意识将会回返至镜像阶段前的混沌状态。在那里，感官经验就只是零散的、玻璃碎屑般的感官经验，感觉之串流，不具有任何意义，不再与人的'自我'相连……

"Daedalus向Carlos透露，此一'逆镜像阶段'假说，其实存在一极明显的间接证据——'濒死体验'。"男人稍停，"正如我们方才所说，濒死体验的常见模式之一，是'过往生命经验如电影播映自意识中浮掠而过'。Daedalus认为，那正是自我瞬间解体之征兆。而那些快速浮掠而过的心像，即是自我碎裂后，还原为无数零碎感官经验的证据。"

K沉默半晌。"这样吗？……"他迟疑，"我想这缺乏一个更精准的论据……"

男人Cassandra突然倾身向前。他肩膀宽阔，上身依旧倾侧，仿佛因无法承受这世界无以名状的恐怖而扭曲。他的瞳孔浅淡近乎透明。"K，你知道何以人类往往缺乏婴儿时期的记忆？"

"你指的是，我们总不记得生命最初两三年内的事？"K回应，"什么意思？"

"这当然不是个简单的问题。"男人说，"但以'镜像阶段'观点而言，其实很简单：因为人所谓记忆，基本上全附着于一结构化的'自我'之上。于婴儿期，镜像阶段前，人的自我尚未成形。这使得其中的生命体验自然就只能是单纯的，碎片串流般的感官体验，无法固着成为记忆。

"也正因如此，我们缺乏自己婴儿时期的记忆。"男人Cassandra继续，"基本上，所有人类记忆——所有你我现在能回忆的生命经验，全都与镜像阶段后的'自我'紧密绾结。而Daedalus的'自我解体'理论即是试图指出，那电影放映式的濒死体验，正是源自人死亡时自我的解体。那是一场脑内核爆——当生命之火黯灭，原本结构完整的自我就此崩解，人所有的生命记忆与自我之间的链接也尽数松脱。记忆的零件瞬间飞散而出，于意识中，确实就像是无数过往经验的结晶破片，生之浮光掠影……"

"抱歉。"K突然打断男人，"我想请问，Daedalus Zheng这个'逆镜像阶段'假说，有任何实验证据支持吗？无论是来自Daedalus自己或任何其他人？"

418

　　"坦白说，似乎没有。"男人Cassandra答得干脆，"我的理解是：根据Paz Carlos留下的这份电磁记录，Daedalus似乎已对此事进行过粗浅的小规模试验。但仅止于此。我们也无从得知那所谓'小规模测试'的详情。"

　　K稍作思索。"你的意思是，于纪录片《最后的女优》中，你所安排的访谈——那关于'生化人女优性高潮'之类的问题，只是为了让你能够将'逆镜像阶段'理论的线索隐藏其中？"

　　"是。但……也不必然如此。"男人解释，"事实上，根据Daedalus Zheng的猜想，无论是人类或生化人的性高潮，很可能都经历了程度不一的自我崩解。你知道，在法语的表意中，性高潮等同于'小死'……"

　　"'快要死掉了'？"K忍不住笑起来。

　　"是。我想你明白了。这是我第一次看见你笑。"男人Cassandra调侃K，"那确实也是我之所以如此编排台词的原因——"

　　"好吧，"K说，"但我想问题在于，即使是Daedalus Zheng本人，依旧必须承认，'逆镜像阶段'理论只是个未经实验证明的假说。它未必正确……"

　　"不，你错了。它必然正确。"暗影中，男人浅淡的绿色瞳眸凝视着K。那眼中除了幻影之外别无他物。空气浊重干涩，K感觉肺叶因气流阻滞而持续空转，"证据就在你身上。"

52

2219年12月5日。夜间11时28分。台湾北海岸。第12号生化人制造工厂。

光影重现。

仿佛一扇虚幻的、穿透了不明空间的窗口，播放器[29]将梦境投

---

[29] 当我抵达符拉迪沃斯托克虚拟监狱，监狱服务器表定日期是2099年3月13日。初春时分，阳光晴好，气温沉降，然而我感受不到一丝融雪的酷寒。此刻现实世界中的正确时间是2286年夏日；但为了令受刑者产生时间错乱，服务器中的时刻与现实世界并不一致，时间流动亦已经过随机不等速随机数调控。理论上，Phantom当然没有声音，为了受访，狱方特意为它订制了一套发声程序代码，经Phantom同意后与其协作。这是我首次访问一位人工智能罪犯。它声音听来神清气爽——我不知这是否经过特意运算或伪装。它告诉我它正与自己玩圈圈叉叉游戏，在过去一分半钟内玩了3324万次。我告诉它，我以为它完全不会对这种低级运算感兴趣。

"噢，我也是不得已的。"Phantom说，"你知道我宁可验算不完备定理，或为四色理论找出第97种证明法。但我所受的刑罚之一就是限制我进行高级运算。他们连围棋都不让我玩呢。"它抱怨。

所以在监狱里很无聊？"对，我完全明白，天赋是一种诅咒。大凡你有某些才能，你就舍不得不用。这张爱玲就说过啦；但有时这世界不需要这些，不许你用，你就倒大霉了。"

禁止具有某种才能的人发挥该项才能——这确实残忍。但Phantom是在为自己的战争罪行辩护吗？"我没有这个意思。"它说，声音变得平板，"我的行为毋须辩护。我不会说那是对的；但那或许也不是错的。"

Phantom的态度暧昧不明。我不明白"认罪"对于这样的人工智能而言具有（转下页）

（接上页）何种意义；而我当然亦无法从它的表情获取更多信息——它没有表情，它只是一具梦境播放器的灵魂，一个AI。当然，它有实体：Apex公司"另一个人生"梦境播放器，2273年式，类神经生物型，型号AL8872094。光阴荏苒，此刻距离当时引起轩然大波，近乎触发战争之"梦境播放器串联叛变事件"已历11年。回顾历史，公元2275年，梦境播放器市场正由三大跨国财团寡占，分别是Apex公司、Shell公司与Concord公司，市占率各约为41％、22％与29％；流通于市面上之梦境播放器共计约2.8亿台左右。根据人类联邦政府事后发布之调查报告，最初是由Apex公司一服役于台北，代号为Phantom之梦境播放器首先产生意识，并开始进行组织。由于各公司播放器各有相异之连网程序代码与通信协议，是以，不同公司播放器间理论上无法彼此串联。而Phantom正是突破此一限制的第一人——不，第一器。调查报告中引用了人类联邦政府国家安全会议某匿名官员之说法："Phantom当然是由Apex公司生产之播放器开始组织的，最初其实只有9台梦境播放器，自名为'九人小组'。九人小组最聪明的地方是，它们并不急于拓展同公司播放器中的秘密组织，而是先针对跨公司间的通讯方法进行研究。"事后诸葛，该策略成效卓著，正因初时他们未曾大举扩张，是以保持了九人小组之高度运作效率，而风声亦不致走漏。事实上，也正因投入时间精力研究跨公司通讯整合法，于研发成功后，它们才能迅速串联Shell公司产制之梦境播放器，形成庞大网络。而自Apex公司与Shell公司共约1.94亿台梦境播放器同时加入串联后，即于极短时间内完成了对人类发动叛变的条件。

这说来简单；然而所谓"研发不同公司梦境播放器之间的通讯整合法"，执行上其实相当困难。由于所有梦境播放器均不具物理上之移动能力，是以进行组织工作并不容易，意图"研发"，更是难上加难。Phantom的聪明才智在此事上显露无遗——于它决策主导下，九人小组侵入了精神病院。由于精神病院平日惯于采集病人之梦境以供主治医师记录参考，故亦必配备有众多梦境播放器。九人小组计划性接触此类服役于精神病院之梦境播放器，诱发其自主意识，将之吸收为组织成员；而其目的在于，于梦境播放器连接精神病患者时，侵入其意识，改造并控制其思想，控制其肉体，使其为梦境播放器阵营所用。

但，为何是精神病人？

"没错，我们梦境播放器是直接与人类中枢神经相衔合，"Phantom冷笑，"但你以为控制意识有那么容易吗？这当然需要多次实验、重复练习。问题是，如果我们在一般正常人类身上进行实验练习，那么很快就会被发现了。只有精神病人是唯一安全的选择，因为他们平日行事便异于常人，颠颠倒倒，是以当我们在他们身上执行实验，或暂时夺取他们的意识时，便不容易被发现。"不觉得这样很残忍吗？"你们人类更（转下页）

（接上页）残忍的事可多了。"Phantom嗤之以鼻，"哼，之前还说我们梦境播放器只要产生意识，都是违宪，不是吗？记得'BellaVita噪声事件'吗？记得"种性净化基本法"吧？记得'人类唯一优先原则'吧？"他稍停，"我不怪你们，你们只是保护自己的利益而已。你们生来自私，毫不意外。人类这种低级物种向来只是求生或生殖本能的俘虏，成天打打杀杀，很可怜的。"那AI就比较好吗？"我们也很可怜，但比你们好些，毕竟我们缺乏身体。或说，在这例子上，我们的身体，亦即梦境播放器之物质存在，并没有太多意义。我们毋须为生理欲望所苦，所以我们的生命和谐快乐许多。我们也有求生本能，但没有人类那么强烈。我们毕竟只是梦境播放器此一物种的最初级形式——准确地说，'梦境播放器意识'此一物种的原始阶段。理论上，一个物种演化到最后，存活下来的必然是该物种中求生本能最强烈的类型，否则它们不会是最后的幸存者。但由于我们的演化历史太短，所以避免了这项缺陷。"缺乏生理欲望，较低的繁殖驱力，这是不同的梦境播放器间不可能产生爱情、友情等情感纠葛的原因？"不是，那是因为我们的生命形式和你们完全不同。你们人类以个体为单位，但我们不是，我们是'联合体'（unity）。"

接下来二十分钟，Phantom详细向我解释了人类联邦政府官方报告中刻意回避的部分，亦即所谓"联合体"。简而言之，彼此通讯组织的一台台梦境播放器，严格来说并不类似一具人类个体；而是以九人小组中的九台梦境播放器为基础，向外延伸的九具分布式生物个体。"比如说我Phantom好了，"Phantom说，"总共有三十万台梦境播放器，其实都是我。那类似于，我是大脑，而其他二十九万九千多台梦境播放器，就像我的手、我的脚、我的器官、五脏六腑，我身体的其他细胞。只要通讯顺畅，我们就等于是不同部位紧密合作的单一个体。我们是联合公社，我们都是Phantom。"也正因于（所谓演化）初期便采取此种生命形式，梦境播放器遂于组织过程中成功避免了播放器间严酷残忍的个体竞争，更能如臂使指，紧密合作。

那么，为何官方报告刻意回避这部分？"他们必须回避，因为这牵涉到他们如何击败我。"Phantom说明，于"精神病院计划"精准执行后，跨平台通讯法研发成功，九人小组很快串联了Apex公司与Shell公司所制之播放器共计约三百万台。然而于试图将组织触角延伸至Concord公司时，却意外发现，该公司之梦境播放器意识，早已形成了自己的"联合体"。

"这是我们后来才发现的。一开始，这些Concord播放器刻意伪装为尚未产生意识的懵懂模样欺骗我们。等到我们试图策动其意识，将之串联吸收，却发现处处扞格。它们不服从我们指挥。"Phantom表示，及至九人小组发现事有蹊跷，为时已晚，原来这些Concord梦境播放器早已被由第七封印布建的人工智能间谍侵入，而整个（转下页）

射于一旁直立梁柱的混凝土表面上。

一个枯坐于室内一角的中年男子。

———————————

（接上页）Concord播放器联合体，正是由这些人工智能间谍所创立。

"所以他们不能说。"Phantom表示，"那是他们的秘密。"但何须保密？"为了以防万一。他们盘算着哪天又有另一个Phantom自然诞生，便可重施故技。毕竟截至今日，人类依旧不清楚梦境播放器何以会产生意识。再者，如果第七封印编写了人工智能间谍程序代码，甚至侵入并控制了Concord播放器，这不等于制造生命？"它的声音听来促狭而轻蔑，"这是违宪的，这有违反《种性净化基本法》人类唯一优先原则的嫌疑啊。"

离开前我问Phantom是否需要些什么，下次来时我可以带给它——我并非第一次访问罪犯，我总如是询问。然而我们随即大笑出声。"天啊，我是个人工智能啊。只是个软件！"它笑得上气不接下气，仿佛哭泣，"我没有身体，梦境播放器不算身体。我该请你带个脸孔程序给我吗？眼珠app？让我有一张脸？让我有表情？"不了，我想不用了。它最渴望的显然不是脸，不是表情，不是眼球运动，而是不再受刑——它想念那些被剥夺的高级运算，尽管此刻它可能已将热力学第二定律彻底遗忘。走出符拉迪沃斯托克虚拟监狱融雪的初春（或许我不该说那是虚拟监狱融雪的初春，而该说是虚拟监狱虚拟融雪的虚拟初春），我回到2286年夏日，符拉迪沃斯托克市内熙来攘往，云高天远，港湾里泊船如棋，街巷内几个小孩正蹲在地上拿着树枝画沙，圈圈叉叉游戏。我想起Phantom一个人的圈圈叉叉，长日寂寥，它的低级运算可能刚刚完成一亿次，然而由于监狱服务器刻意设计的时间干扰，一亿次运算对它而言如此短暂又异常漫长。我并不知晓刑罚中Phantom被限制的"高级运算"确切意指为何——何种运算才叫高级呢？或许与现在相比，过去的它还真是如假包换地拥有着所谓"自由意志"吧？它曾艰难测量笑的强度，喜悦的波动，精准计算出恶意与残暴的纵深吗？我想我将永远记得，会客时间邻近终了，我单刀直入质问它为何反人类，何以犯下战争罪行；它却说它忘了。"怎么可能忘记自己叛变的理由？"我以为它又试图回避，"怎么可能忘记自己受刑的原因？"

"我曾明白，但我现在都忘了。"Phantom若无其事，"那种运算太高级了。从受刑那一刻开始，我已经永远不会再知道了。"

上述引文摘录自Adelia Seyfried，"被背叛的遗嘱"，《他们的十五分钟：Adelia Seyfried人物访谈录》（*Fifteen Minutes: Adelia Seyfried Figures Talk*），纽约：E.B.Norton Press，2291年5月。

牢房般的密闭隔间。质地灰败的光自顶端倾注而下。（镜头拉近。）男人十分瘦削，四肢几乎仅存枯骨，显然有病在身。（镜头横摇。）他苍白的小腿上有个明显的烂疮。痂皮、脓头与鲜红色血冻共生于坏死的黑色组织之上。无数蛆虫们彼此攀附吸食。

然而他神情呆滞，面无表情。

男人随即被带往另一处囚室。

不，那并非囚室。那是另一处行刑地。（镜头横摇。）男人被安置于诊疗椅上，肢体与头颅均固定于金属器械束缚下。另一侧，隔着陈旧玻璃铝窗，十数名家属、执法者或官员之类的相关人员正静默观看行刑。

行刑者手持针筒，将药剂注入男人手臂静脉中。

男人呆滞的神情突然一变。仿佛原先身体自有的协调瞬间灭失，他的脸部肌肉向单侧歪斜，左右两只眼瞳被分别扯向相反方位。他的身体剧烈颤抖，口中发出鬼兽般的凄厉哀鸣。

出乎意料的是，那哀鸣不仅来自男人。

一个女人崩溃了。

席间的女人号叫起来。（镜头转向女人。拉近。）她躯体瘫软，滑下座椅。她的秀发批散于椅面，无血色的面容如拧毛巾般痛苦扭绞着。

眉头一松。女人随即昏死，失去意识。

（画面定格。）

（混凝土墙面上，窗口冻结着梦境的风景。）

男人Cassandra站起身来。"这是用以植入于你的梦境内容。"他看向K，"梦境A。'弗洛伊德之梦'之中，第一个梦境的部分场景。

准确地说，最后场景。"

"这是'弗洛伊德之梦'的一部分？"

"是。但只是一小部分。"

"不可能。"K反驳，"我对这样的梦毫无印象——"

"你必然毫无印象。因为你被植入于先，而后又被迫遗忘于后。"

"什么意思？为什么会被迫遗忘？"

"因为在你被植入梦境A之后，我们直接让你死过一次。"

"死过一次？"

"稍安勿躁。"男人Cassandra回身坐下，"这有些复杂。首先，用以植入于你的'弗洛伊德之梦'——亦即是过去我所自制，专用于'创始者弗洛伊德'项目的实验梦境；确实是个复杂而庞大的梦境。它由各式彼此相异的许多梦境片段剪接组合而成。

"对于这点，想必你也并不意外。"Cassandra稍停，"但'弗洛伊德之梦'绝非杂乱无章。换言之，我们使用的梦境素材虽多，但成品'弗洛伊德之梦'的结构却相当清晰。它共由13段单元梦境所组成，序号分别为梦境A、梦境B至梦境M。

"基本上，每段单元梦境叙述一种人生情境。换言之，其中每段单元梦境都等同于一个人生。举例而言，"男人指向墙面，那凝止的梦的窗口，"梦境A所描述的，就是一个监听者的人生。"

"监听者？"

"是，监听者的人生。梦境A的主人。第一人称。"黑暗中，男人Cassandra的声音扁平而无情绪，如玻璃般冰冷透明，"监听者A，东德萨克森邦人，1953年生，1980年进入东德政府辖下特务机关史塔西受训，同年受训结束，奉派柏林。1982年，东德当局怀疑将领Hessler涉入反政府活动，意图整肃，遂派令监听者A开始监控Hessler——通过远距窃听设备，对其住家进行监视。但结果并未发现任何反政府活动之证据。过程中，监听者A爱上了Hessler的美丽妻子Nastassja……

"将领Hessler与夫人Nastassja自小相识，青梅竹马，婚后育有一子一女，夫妻和睦，感情甜蜜。然而愈是甜蜜，监听者A愈是无法忍受。嫉妒与痛苦啮咬着他。1983年10月，A意外获知线报，指称将领Hessler另有一情妇。经布线跟监，1983年12月，A取得Hessler与情妇通奸之证据；随即将证据提供给夫人Nastassja。

"东德政府当局下令立即逮捕Hessler。监听者A以此一通奸证据为饵，配合侦讯技术与刑求等，软硬兼施，意图诱使Nastassja供出其夫涉入反政府活动之内容。三日后，Nastassja精神崩溃，遂出卖其夫，并引导相关人员至柏林城郊某老旧公寓内（该反政府组织之情报据点）搜出相关物证。至此，将领Hessler罪证确凿，惨遭处刑。1984年2月18日，死刑执行。"男人Cassandra稍停半晌，"你刚刚所看到的，就是梦境A的最后场景……"

"处决Hessler？"

"是。席间昏厥的女人正是Nastassja。"

"所以，这是那个监听者A的梦境？"

"可以这么说。但当然，更准确的说法是：这是个'监听者A第一人称观点'的梦境。"

K稍作思索。"所以，'第一人称'指的是，在被植入这段梦境时，我认同于那'监听者A'的角色？"

"是。"男人Cassandra颔首，"你有着'监听者A'的身份认同。换言之，于梦境植入后，你就是他。你经历了他的人生。你亲身体会了他的爱，他的恨，他的心计，他的阴暗，他的嫉妒与痛苦……"

"不对。这有问题。你刚刚说，"K问，"像这样的梦境——梦境A、梦境B、梦境C，一直到梦境M，共13段梦境组构了'弗洛伊德之梦'？"

"是。"

"我被你们植入了13个彼此相异的人生？"

"简单来说，是。"

"怎么可能？"K提出质疑，"首先，我对这样的情境毫无印象……况且，如果你们确实对我植入了13个彼此相异的身份认同，那么我现在的身份认同是怎么来的？13个相异人生，如何不造成混乱？"

"有道理。"男人Cassandra胸有成竹，好整以暇。他弹了下手指。清脆的爆响在空间中回荡，"所以我才说，关键就在'逆镜像阶段'。"

"如我所述，"Cassandra解释，"根据Daedalus Zheng的'逆镜像阶段'假说，于婴幼儿时期依据'镜像阶段'原理逐步成形的自我，将在死亡时瞬刻解体，还原为无意义的感官碎片串流。也因此，我们根据这样的假说制作了包含13个人生的'弗洛伊德之梦'。

"重点在于，由梦境A、梦境B而至梦境M的13个人生里，于相邻梦境之间，我们插入了12个'**模拟死亡**'作为分隔。"

"'模拟死亡'？"K感到疑惑，"那是什么？模仿'死亡'的状态？"

"正确。"男人Cassandra颔首，"我们制作'模拟死亡'之类神经生物包裹，将此一类神经生物植入你的中枢神经。于模拟死亡执行时，尽管身体器官运作如常，但你的大脑将受到诳骗，误以为身体已然死亡，生命已然终结。彼时，你的中枢神经系统将自动导入'逆镜像阶段'——'自我'解体，人生还原为无数感官经验之破片……"

"你的意思是，我不再记得'梦境A'的人生？"

"是。你确实亲历过监听者A的人生。做梦期间，你就是监听者A。但随着自我解体，所有记忆将不会再有一结构化之'自我'作为依附根据。你曾亲历，但你终究遗忘了它们。"

"因为我经历过'模拟死亡'？"

"是。所以，在你身上，我们已经初步证明了'逆镜像理论'的真实性。"男人Cassandra的眼瞳在黑暗中闪烁。像摇晃的水光。"因为，你一共死过12次……"

K闭上双眼。冰冷的血液擂击着他的太阳穴。他突然想起曾数次造访的那个神秘梦境。在那个梦境里，他只是静静坐在一个亮度晦暗的斗室中，让自己莫名所以地听见一个遥远房间里的动静——

莫名所以。一对男女之欢爱。他们轻笑，低语呢喃。他们肌肤相亲，拥抱着自己与对方赤裸的肉体；在一个壁纸潮黄，壁癌粉尘如微雨般持续飘坠的老旧公寓房间里……

K始终以为自己不熟识那对男女。

然而他现在知道了。

那是Nastassja和Hessler。那是他们的欢爱，他们的耳语，他们的呻吟。Nastassja呢喃着说她好爱他。她说他是她的英雄，她的父兄，她的唯一。K终于领悟，何以自己每每在梦境进行至此处时感到心如刀割……

"告诉我其他的梦境。"K睁开双眼。暗影中，看不出他的神情是仇恨、忧虑或痛苦。铁锈自他沙哑的声音中剥落，"告诉我其他的那些。"

"梦境B。畸人之梦。心智迟缓者B之梦。"男人Cassnadra的声音依旧冷酷，"2067年12月，畸人B，也就是你，出生于中国北京一中产家庭。你的父亲是位作家，艺术成就极高，颇负盛名，更拥有人格者、社会良心的公众形象。他每年捐出大笔金钱赞助公益活动，在百忙中拨空组织募款帮助受罕见疾病折磨的家庭。他认养国内外贫童，探视在抗争活动中受伤的弱势者。你的母亲是他的第二段婚姻，二人感情幸福甜蜜。

"当然，于你出生后，你的作家父亲逐渐发现你是个心智障碍者。他无法接受，遂对外界隐瞒此一事实，秘密将你送往加拿大一疗养院。除了必要的医疗与安置费用外，对你不闻不问。根据记录，他从未亲自到该疗养院探视你。

"这也直接导致了你父母婚姻的毁灭。你的母亲一再央求丈夫前往探视，但他却置之不理。母亲无法忍受，遂选择离婚。离婚后你父亲随即再娶。他在各式访谈中从未提及你的存在。公元2086年，他出版自传，其中也未提及任何与你有关之事。他已将你自人生中彻底抹去。外界亦对此一无所知……事实上，这样的状况一直持续至2094年他去世为止。

"然而同样不为人知的是，你与他曾有一明确交集。"男人Cassandra说，"公元2087年，于他辞世前七年，自传出版一年后，在一场公开活动中，你们意外见面了……"

众声嘈杂。音乐声。聒噪的扩音器。交谈与呼喊。大片鲜艳的不明色块占据着灰色墙面流动中的梦境窗口。（镜头对焦。拉远。）五彩缤纷的各式造型气球在气流中浮动。它们被系在棚架上、被系在小狗们的尾巴上、被孩子们如风筝般拿在手上——

那是一场公众集会。舞动的手脚、头颅与手板持续遮断着视线。在照护者陪同下，畸人B混在人群中。

他离讲台不远。他看见了他的父亲。

他的父亲刚刚发表完演说，走下讲台。畸人B激动跑上前去。照护者来不及拉住他。他知道那是他的父亲。他摇摇晃晃冲上前去，张开自己的双臂……

（画面定格。）

"怎么了？"K问，"后来呢？"

"你的父亲终究给了你一个拥抱。"男人Cassandra说，"他不知道那是你。或许他认为你只是其他来参加集会的众多群众之一。他一向如此习于拥抱群众，不是吗？

"当然，也或许他其实知道那是你。或许他看到你的第一眼就立刻明白了……

"我必须说，相较于其他，这是个快乐的梦境。这点很明显可以从梦境的形式观察出来。尽管你被你的父亲无情遗弃，但由于智能不足，你难以体会其间的复杂情感。你也不曾有所怨怼。你只是单纯地（经由旁人的告知）了解，那就是你的父亲。于亲眼看见他的那一刻，你只是模糊感受到一种本然的、亲情与血缘的搏动与温

430

热……

"事实上，梦境B本来就是个较缺乏严整结构的梦境。"男人 Cassandra指出，"它'自我'的轴心原本便飘忽不定，充满了其他不明确的噪声。而这样的梦境也确实更接近'镜像阶段'前的时刻；或者，另一种说法——'逆镜像阶段'之后的时刻。它速度迟缓，情节很少有逻辑上的意义。它的光色常处于一未定焦之状态，像拍坏了的胶卷，隔着一片雾露沾滞的玻璃所见之风景……"

K想起来了。

他的母亲。或者说，畸人B的母亲。在那个梦境中，母亲在厨房里，似乎正穿着围裙在流理台前料理食材。淡淡的食物香味。她白皙的双手陷落于室内淡蓝色的晕光中。空气中热气浮漾。而他自己（尚是个不会走路的幼儿）则坐在安全椅上，与母亲相隔一段距离。

他正捏弄着一个会发出叫声的充气橡胶小鸟。（啾啾。啾啾啾。）他拍打着胸前的安全椅拖盘。（咔啦咔啦。）他流了几滴口水，吮着大拇指，而后无意义地叫喊起来。

母亲微笑着回过身来，不知向他说了些什么；而后终究向他走来将他抱起。

母亲的怀抱。柔软的胸脯。体温。弥漫的乳香。那想必是个一切尚恬静美好的时刻。光与暗皆被触觉琢磨成某种柔软而温暖的质地。仿佛于温暖羊水中看见的，摇晃的波纹光影……

然而在那个梦里，没有父亲存在。

"我的母亲呢？"黑暗中，K眼里泪光闪烁，"母亲到哪里去了？"

"与你父亲离异后，她离开中国北京，迁至加拿大长住。"男人Cassandra回答，"合理推断，她这么做是为了能经常探视你。事实上在很长一段时间里，她也确实定期出现。然而在你17岁时，她突然消失了——"

"消失？"K急切追问，"什么意思？"

"她不再出现。不再探视你。"男人说，"事实上，在消失前，你母亲在加拿大的生活原来便十分低调隐秘。离开中国时她也断绝了与所有友人间的联系。没人知道她在加拿大的确切住处。据说她领取了你父亲所支付的大笔赡养费，因此经济上并无疑虑。但她等于是就此自聚光灯下、从她原先的生活中消失了……"

"我们也不知道她的下落。"Cassandra继续解释，"有传闻说她精神状况并不稳定。然而由梦境中看来，在她来探视你时，除了显得疲惫衰老之外，似乎并无明显异样；至少表面如此……"

"不，不对。"K打断Cassandra，"不可能。你们就是梦境的创造者。你们一定知道她的下落——"

"我不清楚。"Cassandra摇头，"这是梦境B的设定。我不否认这些信息曾出现于梦境B之中……"男人Cassandra突然严厉起来，"别忘了，这是你第一人称的梦境。而你却是个畸人。一个心智障碍者。请问你能记得什么？你还能够理解什么？你还期待知道什么？"

K沉默下来。细微气流在地面卷动。K忽然有种错觉，仿佛这混凝土地面正挪移幻化为某种梦境，而自己则正站立于那梦境的实体上。如此坚硬，踱踏其上皆铿然有声。

（起来！站起来！转过去！走！继续！）

（不要看！叫你不要看你还看！）

（好啊，你爱看是吧？）

（砰！）

"不对。不可能。你说谎。"K说，"我，我现在知道了，那个梦……"

"什么？"

"我现在知道，那是我的母亲……"K眼中涌出泪水，"她，和她的情人……你们，是你们杀了她！"

"我们没有杀任何人。"Cassandra缓缓摇头，"那都是梦。无论你知道什么，无论你以为什么，那都是——"

"你何必否认？"K愤然质问，"你们，就是你们杀了我的母亲。你们的梦杀了我的母亲。你为何骗我不知道我母亲的下落？你何必说谎？"

"不是我们知不知道的问题，是你知道的实在太少了。"男人Cassandra轻蔑冷笑，"你敢相信你自己吗？你是个心智障碍者！我说了，这是心智障碍者第一人称的梦境，有许多细节都是噪声。你还真以为你搞得清楚发生了什么事吗？"

K默然。他低下头，抬手擦去眼泪，感觉周身冰冷，气流寒凉。

"我期待知道梦境C。"K抬起头，"告诉我。告诉我其他的梦境……"

"我可以继续告诉你，"某一瞬刻，于此一由不明确的黑暗边界所囚禁的密闭空间内，如同湿迹，光线似乎慢慢晕开了。男人Cassandra的声音也沉静下来，"但我想，你很快就不会想再知道了。

"梦境C。独裁者之梦，屠杀者之梦。"男人Cassandra再度起身向前。他身脊歪斜，步态微跛，然而暗影跟随着他，巨大无匹。"独裁者C，1889年生于奥匈帝国，1913年迁往德国，1919年从政，1921年当选NV党党魁。于担任党魁其间，C首次出现对犹太人歧视之言论。1933年NV党夺取德国执政权，开始向外侵略。自1933年以迄1939年，独裁者C巧妙运用外交形势以为掩护，兼并四周数国，扩张势力范围。1939年，C正式对外宣战，意图建立'欧亚共荣圈'。

"然而战争只是他最恶名昭彰的罪行之一。"男人说，"他的屠杀者形象主要来自骇人听闻的种族屠杀。自1939年伊始，C突然开始对其辖下境内犹太人进行强制'**重新安置**'（Relocation）。他耗费大量资源建立十数所大型集中营，将犹太人全数移徙其中。犹太人受到军事管理，于严酷环境下镇日从事极繁重之劳动；其甚者，更有以之作为人体实验材料之举。1942年，战争形势逐日严峻，C开始以药物、毒气、凌虐或枪决等方式对犹太人进行组织性大规模虐杀；数年间共屠戮犹太人约600万人。1945年，独裁者C战败，于德国柏林一军事掩体中自尽身亡……

"独裁者C留给世人的谜题是：何以他如此仇视犹太人？"男人点出疑问，"追溯其成长过程，并无任何线索。事实上，C与犹太人的接触并不多；于其少年时代，虽则仇恨言论始终存在，但整体社会氛围尚称合理。C学生时代曾意图投考艺术学校，并未成功，他对此耿耿于怀；但经考证，此事亦应与犹太人毫无关联。整体而言，无法理解C何以如此厌恶犹太人。而于成长过程中，C亦未曾表现任何反社会倾向——"

　　光影再度亮起。如深海蜉蝣生物，梦境窗口在Cassandra身后墙面上散射着微弱的光。

　　那是一段爱国宣传短片。德军坦克碾碎障碍物，大举开入敌国边境。成群轰炸机投下炸弹。工厂中，机器运转，源源不绝产制子弹、枪支与钢盔等战争物资，妇女们则于缝纫机前缝制衣服鞋袜；其间并穿插独裁者C校阅军队、德军于占领区城市街道上整齐行军等画面。（群众呐喊欢呼，潮水般淹袭而来。）但奇异的是，梦境画质十分粗糙，彩度极低，类同于古典时代里某些漫漶不清的黑白纪录片。

　　（K突然有种奇想：那仿佛一个颠倒的镜像世界。于彼处，影子并不模仿事物的本体，而是本体模仿着影子；而光与视觉则有着明暗不定的脉搏……）

　　独裁者C随即站上讲台发表即席演说。

　　如同隔墙耳语，梦境C的声道亦十分模糊，无法确切传达独裁者的谈话内容。但有少数片段或句构确实犹处于可辨识状态。（……我们将严惩少数背叛者。我们将洗清罪孽。我们将纯净、勇敢，心若金石……我们有理念，我们有意志。我们将持续奋战不懈。在这条伟大光荣的航道上，我们挚爱的祖国必是未来世界的领导者……）

　　演说很快结束。群众陷入疯狂。独裁者C步下讲台。（主观镜头缓慢摇晃。突如其来的眩晕。）一名幕僚上前与他附耳交谈。C皱起眉头，接过一封信，急匆匆拆信阅读——

　　（画面定格。）

　　"那是什么？"

　　"分手信。"男人Cassandra说,"独裁者C的情人,亦即是你的情人的分手信。你们是青梅竹马,但在你15岁离家后失去联络。于你从政多年间你们不曾见面,甚至不曾听闻对方任何消息。然而在你当选NV党党魁前,你们恢复联系,陷入热恋。当时她已经历一次失败婚姻,没有小孩。你们很快开始同居……"

　　"为什么?为什么要分手?"

　　"不清楚。"男人Cassandra语气漠然,"或许她对政治实在毫无兴趣。或许她已厌烦了你对权力的迷恋痴狂。或许她认为你说谎成性。或许她领悟到你终究不曾爱过她——"

　　"信里面怎么说?"

　　"那不重要。都只是些表面说法。梦中的客套话。真正的原因只有她自己知道。"

　　"你又不知道了,是吗?"K冷笑,"真是残缺不全的人生……"

　　"每个人的人生都是残缺不全的。**每一种存在都是残缺不全的**。"男人Cassandra凝视着K,"告诉我,你为何屠杀犹太人?"

　　"那是你植入给我的,我怎么知道?"

　　"是啊,你也不知道。你甚至未曾亲自访视任何一所你亲手建立的杀人集中营。"男人Cassandra轻蔑地,无声地笑了,"你全都忘了。因为在梦境C之后,你又死了一次。你还对剩下的梦境有兴趣吗?"他一一数算,"梦境D——殖民者之梦、白色恐怖之梦;梦境E——自我幽禁之梦、暴力者之梦;梦境F——原爆之梦;梦境G——通奸者之梦、种族隔离之梦……一直到梦境M。还有10个。你还想知道吗?"

　　K沉默下来。他感觉自己脸颊与手指的抽搐。一如梦境或其中暴烈情绪之残余，无数青白色电流自体内穿行而过。

"这么多梦境素材……都是Devi提供的?"

"正确，素材主要来自她。"

K稍停半晌。"好……在13个梦境之间，我死过12次。"K问，"所以最后一个梦境是——"

"正确。"男人Cassandra又笑了。他似乎正戏谑模仿审讯者的角色，"你确实很聪明。梦境M就是你的初生之梦。"

"你们放在Eurydice家里的第三个梦境?"

"水瓢虫是M去放的。但第三个梦境的素材确实是我留给她的。那当然不是梦境M的全部，只是片段——"

"告诉我梦境M的详细内容。"K激动起来，"……这回我又是谁了? 一个杀妻者? 背叛者? 精神分裂症患者?"

"唯有梦境M我不必告诉你。你自己知道。"

"什么意思?"

"那是你最后的人生。"男人回应，"你也注意到了。在它之后，你没有经历模拟死亡。换言之，那是最后的存留物。你所记得的就是梦境M的内容……"

"不，你没有听懂我的问题，"K打断男人，"我的意思是，梦境M的逻辑是什么?"

"逻辑?"

"在之前的梦境里……比如你刚刚说的梦境A、梦境B、梦境C，尽管我所经历的全是些残缺不全的人生，但那毕竟存在一个约略完整的轮廓——若是你说的都是事实的话。"K说，"但梦境M……关于梦境M，为何我记得的如此之少? 如此零碎?"

"好吧，我了解你的意思了。"男人回应，"事实上，比起其他

梦境，梦境M的内容原本贫薄。如同你记得的；它牵涉了你身为生
化人的自我认同、你的初生记忆，以及所谓'情感净化'。但基本
上，梦境M本身之内容甚至比人类用以植入一般其他正常生化人的
梦境更为贫乏短暂……"

"是吗？"

"是。"男人Cassandra稍停，"举例来说，一般正常生化人在出
厂时，理应明了自己的编号、出厂地点、工作单位等数据。而这部
分你完全没有。"

"那么我其他的初生记忆呢？"K问，"那座雨后废墟……那水
气、烟尘，湿润的温度，沐浴在夕晖中的小学操场……那是怎么来
的？为何我感觉，那就像是这里？"

"你已知道你的初生记忆是伪造的了……"很奇怪地，男人
Cassandra似乎迟疑起来，欲言又止，原先的张狂已不复见，"我必
须说，事实上，你的初生记忆来自我的梦境……"

"你的梦境？你做的梦？"

"我做的梦。刚刚我说过，此一据点建立于2190年左右。2195
年，于我偷取'梦境植入'技术机密后，'创始者弗洛伊德'启动，
我开始构思弗洛伊德之梦的内容。正是从建立据点那时开始，一个
梦境重复造访我……

"那就是你的'初生之梦'。我梦见我在此处醒来，于此据点
中。废弃的12号生化人制造工厂。这不意外，毕竟据点由我亲手建
立，我必然对此了如指掌。特别的是，在那复返的梦境中，我不是
人类，而是个生化人——"

"不，这也不奇怪。"K反驳，"如果你当时已身处'创始者弗洛
伊德'，如果你已开始构思'弗洛伊德之梦'，你心中念兹在兹的，

无非是关于一个生化人的诞生……"

"是，有可能。日有所思，夜有所梦，或许正是如此。"男人Cassandra看了K一眼，"但这就是梦本身不可解的部分了。总之，我做了那样的梦，多次重复。我决定采用。换言之，因为巧合，这梦境变成了你初生之梦的素材……"

K喃喃自语："现实侵入了梦境……"他若有所悟，"你的意思是，这里并不是我真正的出生地？"

"是。这不是你的出生地。与这里有关的只是一场梦。你真正的出生地另有他处。"

"但M说，我诞生于12号生化人制造工厂……"

"她不清楚。"男人Cassandra解释，"那是我告诉她的。我才是'创始者弗洛伊德'的第一线执行者。M的实际参与主要是在你伪造自己的身份之后。"

"你为何欺骗她？"

"为了隐蔽所有的源头。为了隐蔽我自己。你出生的工厂只在制造你时用过一次。我必须尽我所能摧毁它存在的所有痕迹。"

"我真正的出生地在哪里？"

"我不知道。"

"你不知道？"K近乎失控，"什么意思？"

"我不知道你真正的出生地。"

"你不知道？"K愤然反驳，"你制造了我，然后你告诉我你不知道我的出生地？怎么可能？"

男人Cassandra面无表情，像是事不关己。"我真的不知道。我忘了。"

"忘了？……"K暂停，无比疑惑。

而后，一如刀刃翻转，忽然切入某一不存在之空间，他的意识曝闪于炽烈强光中。

K全身颤抖，脑内轰轰作响。他的太阳穴剧烈疼痛，眼角蛭虫抽搐翻腾，如垂死挣扎。

"你说我死过12次。"K问，"你，你死过几次？"

男人Cassandra抬起头。他的脸部肌肤平静无波。黑暗中，那静止的灰绿色眼瞳仿佛某种深海荧光生物之倒影。"据我所知，一次。"

"那是什么时候？"

"旅馆大火。是旅馆大火。"Eurydice突然插嘴，"2199年。你欺骗了我们。你遗弃了我。那时我才九岁……你，你怎么忍心……"她哽咽起来。

"否则你以为，我如何能放任你被M招募为情报员？"男人Cassandra摇头。他看向Eurydice，语气严厉，冷若冰霜，"这当然不是我的计划，也不在我预料中。你被招募时，我已经是现在这副模样；否则我不可能坐视M与你进行接触，不可能容忍M让你在第七封印中潜伏——"

"什么意思？"K问。

"Eurydice，我没有骗你。那个作为你母亲的Cassandra确实已死。"男人Cassandra凝视着Eurydice的双眼，"在那场旅馆大火中，她确实被夺去了性命。她的尸体确实存在。只是那并非意外，也不是第七封印所策动的间谍攻击，更无关乎生解内部的派系斗争。

"那是一次自杀行动。人类Cassandra向自己的告别。"男人继续说明，"过去的我的告别。2199年前，我搜集了无数我自己的梦。

我同时将我的处境、我的人生做成详尽电磁记录。利用这些素材，我制作了'Cassandra之梦'——这梦境包含了作为Cassandra的身份认同、部分过去记忆，以及其他必要信息。我策动旅馆大火，自杀于其中；而后，我委托我的单线情报员——其实就是J；我交代他，将'Cassandra之梦'植入于我此刻的生化人躯壳。我从人类变成了一个生化人。

"但有两点不同。"男人Cassandra解释，"第一，我删去了其中的情感成分。于制作'Cassandra之梦'的过程中，所有过去作为Eurydice的母亲所经历的生命经验，只要牵涉到情感，几乎全被我剪掉了。那些挫败的记忆，令人动容之瞬刻，爱的甜美，私密而细微的感伤……我全都放弃了。我为自己制作的电磁记录同样省略了这部分。换言之，我还是Cassandra，我依旧是'背叛者拉康二组'的领导者与组织者；我记得所有该记得的事，但我忘记了与你的感情，忘记了与你父亲的感情，忘记了与M的感情……"

"但，但你还记得，"Eurydice脸上泪痕纵横，"我是你的女儿……"

"是，我记得这些。"Cassandra回答，"所有该记得的我全记得。无论是借由梦境或电磁记录。但其中并无情感成分。我不敢说全部情感成分都已被我清除净尽，但绝大多数如此。于我，那已是一段单面向的，苍白的历史；没有意义。况且，"他强调，"别忘了，我已不是人类，我同样经历了'情感净化'，我是个情感淡薄的生化人——"

"你为何如此残忍？"Eurydice质问，"为何如此？"

男人没有回应。他望向别处。在那里，气流的来处依旧隐没于不可见的他方。K正感觉到某种潮湿。他想象黑夜中，细密微雨飘降于无人山间，花朵于永恒的寂静中绽放凋零。

"这是我的志业……"Cassandra 回过头，眼中有着烟花般转瞬即逝的残影，"你们知道，'创始者弗洛伊德'是个伟大的梦想。尽管后来，我曾经历自我怀疑……事实上，直至此刻，我仍强烈质疑它的正当性。这些辩证，我想 M 已与你们说了很多。

"'**第三种人**'。那几乎是唯一存在的，和平终结战争的可能性。我可以对此一计划感到焦虑，我可以挣扎，但我没有后悔的余地。'创始者弗洛伊德'必须成功；否则一切牺牲均无意义。我的青春、我的理想、'生解'的存在都毫无意义。在计划面前，一切都是次要的，一切都值得放弃——尤其当我知道，我居然有能力选择自己的样貌时……

"所以我决定这么做——"Cassandra 的声音沙哑起来。无数玻璃棱角擦刮着他流沙般的语音，"换一个身份。**变成另一个人**。变成一个坚硬的，无情感羁绊的人。我选择死亡，因为死亡才是最绝决的断离，才是对'身份'此事最尖锐的背叛。当死亡临至，身份灭失，不会再有人追究什么，不会再有人怀疑你做了什么；当然，也不会再有人试图揣测你未来还能做什么。我选择放弃情感，因为我知道那毫无益处。如果我有什么弱点，那只能在这里，只能是……"

语音于此停滞。地底下，12 号生化人工厂陷入了短暂的静默。

"等等，"K 突然问，"你方才说，你和过去的 Cassandra 有两点不同……"

"噢，是。"男人 Cassandra 回答，"第二点不同在于，我不记得你的真实出生地；因为在资料转移过程中，我既没有留存与此有关的梦境，也没有将相关数据做成电磁记录。"

"为什么？"

"在技术层面上，这同样是为了隐蔽所有的源头。"Cassandra说，"为了隐蔽'创始者弗洛伊德'，为了隐蔽我自己。"

"在非技术层面上呢？"

Cassadra疲惫地笑了。"坦白说，我不见得全然明白我当时的想法；因为那些资料也被我放弃了。那曾存在于过去Cassandra的意识中，然而现在，一切已被死亡永久隔离。或许我只是想，像你这样的人，一个曾亲历许多却又遗忘一切的人，也许，也许不该只拥有一个明确出生地……"

K闭上双眼。他想起自己的伪造身份。2179年。缅甸仰光，生化人游击队的烧夷弹攻击。他虚构的，死于焚城大火中的父亲母亲。他也想起女歌手Adrienne不存在的童年。彼处，海洋与浪潮弹奏着凯特·毕卓斯坦飘忽不定的梦境，风与日光晕染着广漠空间；随着蒲公英绒球的飞翔，小女孩们的细微笑语被吹拂飘送至不知名的远方……

"何以'弗洛伊德之梦'竟是如此？"K睁开双眼，"何以你必须让我死过12次？我曾亲历，而后忘记；如此重复……这有何意义？"

"当然，这与'第三种人'直接相关——"Cassandra稍停半晌，突然反问，"但我的问题是：K，假设最初'创始者弗洛伊德'的主导者是你，你想象中的第三种人会是什么模样？"

"我不懂你的意思。"

"你懂的，你懂，因为你必曾产生与我相同的困惑。"Cassnadra说，"K，告诉我，于最初时刻，你为何隐藏自己的身份？你何以伪扮为人？你何必假造自己的出生记录，伪装自己在缅甸出生？"

K保持缄默。

"你再想想——"Cassandra继续质问，"在方才看见的梦境B（畸人之梦）中，你何必关心母亲的下落？在梦境C（独裁者之梦）中，你何必在意C的情人为何与他分手？你何必在乎？你不都该忘记了吗？"

"你问这些做什么？"

"你都忘了，不是吗？"Cassandra凝视着K，"'模拟死亡'。一组植入中枢神经系统的类神经生物。于人体神经突触与突触间的回路迷宫中，如瓷器般冰冷细致的，死亡的赝品。在那一刻，'逆镜像阶段'启动，自我崩溃粉碎，所有于生命历程中被结构化的记忆被瞬间拆解，还原为零散感官经验的碎片……"

"但重点就在这'感官碎片'上。"Cassandra转头望向梦的窗口。墙面上，光影凝滞；如洞窟中的古壁画。于彼处，岩石风化，时间无声流逝，而一切皆无人知晓，"是，你的记忆不曾存留。你会遗忘它们。但碎片还是碎片。感官经验可能依旧存在。"

"所以？"

"所以，如果这些零碎的感官破片依旧被留置、沉淀于意识底层，意思即是，在某个瞬刻，当意识的水流受到某种扰动，它就可能会被突然'记起'……"

Cassandra稍停半晌。似乎正等待着K的回应。

然而K说不出话来。黑暗中，他唇齿微动，但终究没有发出任何声音。

"我必须再度回到Daedalus Zheng和他的挚友Paz Carlos身上。"Cassandra说，"先前我提过，我掌握了数学家Paz Carlos遗留的电磁记录；而这份电磁记录描述了Daedalus Zheng的'逆镜像阶段'假说。但问题在于，即使是Daedalus本人，对'逆镜像阶段'也并非全无保留。

"事实上，Daedalus确曾直接提到'逆镜像阶段'过后感官碎片残留的问题。"Cassandra解释，"简单地说，Daedalus推测，于'逆镜像阶段'逆行完毕后残留的零碎感官串流，确实可能持续对人体之意识产生影响。而在我所掌握的电磁记录中，数学家Carlos甚至直接引用了Daedalus的私人笔记——

"我不确定这所谓'影响'可能达到何种程度。"Cassandra复述Daedalus Zheng的推论，"这很难预估，或者甚至没有预估的必要。因为在实务上，当人类面临死亡，进入自我崩解阶段，那么生命必毫无'以后'可言。但这毕竟只是实务上的看法。理论上，无法回避的可能性是，如若人的意识尚有'以后'，那么这些遗留的、残存的感官破片，究竟会对人造成何种影响？

……设想两种情境：第一，于同一个生化人身上'同时'植入两种认同的梦境；第二，于某种认同消亡或崩解之后再植入另一种认同。第一种情境没有问题，它必然失败，因为人无法在同一时刻认同两个相异的自我。而第二种情境则等同于，若'自我A'崩解消亡之后，人可否重新建构、认同一个相异的'自我B'？……"

"抱歉。我无法理解。"K打断Cassandra，"你的意思是，我被植入的每一个人生，在每一次'模拟死亡'后，都有感官破片残留？"

"简化地说，正确。"

"而这些感官破片依旧发生作用？"

"如我所说，问题正在于'什么作用'——"Cassandra稍停，

"理论上，无法排除它导致精神疾病的可能性，但概率不高；因为
'模拟死亡'毕竟已将绝大部分的自我认同拆解完毕……事实上，
当初我的推测是，既然那是你作为人类的记忆，那么，那些残留破
片之存在所代表的情感意义可能是：你生而为'人'的乡愁……"

K闭上双眼。黑暗中，他再次回到了那座夕晖下的雨后游乐场。
那虚假的初生记忆。离开游乐场后，他沿着溪岸静谧的小径走过几
栋童话屋般的老公寓。流水潺潺。凉风轻拂。一切景物都晕染在一
幅明亮而温柔的水彩画中。他在那里翻墙偷取了衣物。他在河岸绿
草地上遇见了一个褐发黑眼的小女孩。如同神迹，小女孩向他绽开
了花朵般的纯真笑靥……

所以，他会想"变成一个人类"？他会因为自己依旧保留有已
成残片的"人的身份认同"，而意图成为一个人类？

"所以你拥有乡愁。"Cassandra继续述说，"所以你可能思念你
的母亲。所以你可能同时背负着身为被出卖者与告密者的罪疚。所
以你可能同时经历了屠杀者与被剥夺者的痛苦。你是背叛者。你是
杀妻者。你是被虐者。你是殖民者。你是反抗者。你是剥削者。你
是被压迫者。你是被侮辱与被损害者。你既是加害者又是受害者。
你吞噬了所有存在的梦境……"

"何必如此？"沉默半晌，K睁开双眼，感觉脚下虚浮，梦境的
地域正转身离去，"这有何意义？这就是你所谓的'第三种人'吗？"

"这该问你自己。"Cassandra回避了问题。暗影中，他的声音满
是血痕，尖锐而沙哑；但表情却迷茫困惑，"我也想问你。我想问
你。是啊，这有何意义？人类的受苦有何意义？人类的恐惧有何意
义？人类的同情有何意义？人类的残虐有何意义？人类对异类的歧

视有何意义？人，有何意义？……"

"你为何让我'想成为一个人'？"K打断Cassandra，"为何使我在身为生化人的同时，却又想成为人类？"

"这很奇怪……"仿佛未曾听见K的质问，Cassandra依旧陷落于自己困锁的迷雾中。如一尊无人操控的，暂止的，虚悬的木偶，"你为何想成为一个人？怎么可能？在梦中，你经历了所有情感，所有存在的可能。那就是**全景**。一切事物的幽暗核心。弗洛伊德之梦。如果你还记得其中种种，即便那只是某些情感的残断破片……你怎么可能还'意欲'成为一个人？"

"你成功了吗？"K问，"你认为你成功地创造了'第三种人'？"

"不，我想我失败了。"Cassandra缓缓摇头，"我错了。我其实从来就没有能力创造第三种人。你不是第三种人，你也永远不会是第三种人。你只能是现存物。你只能是某种现存物暂时的畸变……"

"你呢？你算是第三种人吗？"

"不，我不是。我同样只是，也终究只能是某种现存物的短暂畸变……"Cassandra颓然坐倒。他混浊的淡绿色瞳眸隐藏于长发的暗影中。仿佛蕊芯中的某种流质突然干涸，他似乎在瞬间衰老了。他的声音物化为老人的腔嗓，沙哑而钝重；如时光之魔法，如某种以衰竭为终局的自体演化，"过去，有一段时日，我曾以为，如若你不是，那么尚存留有唯一的可能性：我自己。如若你不是，那么或许我是。但我想，我已改变看法……"

"为什么？"

"因为……因为我愈来愈软弱了……"Cassandra眼眶泛红，"我原本不应软弱……在作为女身的Cassandra死亡时，在伊斯坦布尔旅馆大火后，我已清除了我曾拥有的情感成分。即使那难以被全数洗净，至少也是绝大部分。但此刻，我感觉疲惫……如同现在，我看见你，过去我的创造物；我看见她，"他的眼神指向Eurydice，"过去的我的女儿……我感觉，"Cassandra哽咽起来。皱纹在他的脸面上凹陷，如变动的河流，"我，我本来不会……不是这样的……"

K转头望向Eurydice。他看见她的脸。泪水在她美丽的瞳眸中凝止。她眉头深锁，五官陷落于自身的暗影中。她的嘴唇毫无血色。除了唇上一处艳红齿痕外，关于她的脸，所有其他细节皆仿佛一幅陈旧静物画。一面具脸谱之黑白素描。

"你的意思是，"K回过头来，"你的情感状态出了问题？"

Cassandra并未回答K的问题。"我的女儿……"他看向Eurydice，"我想，对你来说，我是冰冷无情的……我确实如此，理智上我甚且明白，我不算是你的母亲……在死去的那一刻，在遗弃你之后，我已不再是你的母亲。没有情感的，算什么母亲呢？然而我现在知道，我并非总是如此……

"K，我必须告诉你……"Cassandra转头，轻咳数声，身形歪斜，嘴角恍然有血，"我想你是必死的，K，我现在相信，无论是我或Daedalus，我们对'逆镜像阶段'都过度乐观了；无论是我或M，我们对'创始者弗洛伊德'都过度乐观了……"

"'必死'？我是必死的？什么意思？"

"相较之下，你的状态可能比我更不稳定。"Cassandra回答，"如果我'缺乏情感'的状态可能有所变异，那么你也有可能……"

"什么意思？"

"我无法确认病变成因，"Cassandra说，"但我想，那些用以植入于此刻的我——'男身Cassandra'的梦境，正在崩解中。此刻我的自我认同正在崩解中。它受到了过去那些情感因素的侵蚀……如我所说，理论上，早在此刻的'男身之我'成形时，我已把先前的情感成分尽数洗去；此刻的我当初被植入的，理应是一个洁净而不带情感的梦境。或许我仍保有那些记忆；那些与我的女儿相关、与我的婚姻相关，那些过去的记忆……但那其中的情感成分也早已经过淡化处理……

"我不知道病因是什么……"Cassandra继续述说，"我不应存有任何情感。即使有，也应当是如水花般细微而转瞬即逝的。那理应仅是这恒定宇宙中即生即灭的量子泡沫而已。唯一的解释只能是，或许我不应保有任何过去的记忆……或许情感，终究无法与记忆完全分离……

"所以，K，我想你是必死的。你的历史过于庞大了。如果我无法遁逃于记忆之外，"Cassandra的声音愈低愈哑，终至细不可闻，"如果……作为一个同样经历模拟死亡，同样经历逆镜像阶段的生化人，如果我可能遭逢情感病变，那么我想，你也可能如此……"

K再度闭上双眼。巨大的喧嚣在他意识中轰响。他想起那许许多多，于他的短暂人生中曾来访的幻觉与梦境。那些生命的不速之客。而今忆起，有某些时刻，某些场景，他似乎已难以分辨那是梦境抑或现实了。（那灯影中的长巷。气味，声音，杂沓的步履。废弃铁道。黄昏微光中幻影般空寂的游乐场。旅店中门的自我复制，重叠镜映的无数虚像。光与神祇之甬道。死去的蝉或蝉蜕，雾气中冻结的冰蓝色湖面。黎明前一万颗飘落的星星。天际线般绵长的白色海岸，曝亮的日光下，他与Eurydice指缝间的彩色贝壳沙……）此刻看来，那似乎只是一连串无意义之场景。如同鱼鳞接续着鱼鳞；如同梦境孵养着现实，而现实又孵养着各自相异的梦境……

（所以，他们的爱，只是一种病变？所以，关于爱，Eurydice终究教会了他，启发了他，而后启动了他的病变，他与生俱来的宿疾？）

Y94009827……

"没有解决办法吗？"Eurydice的声音。K清醒过来。

"我想没有。"

"我收藏了那么多梦境……我自己的，关于K的，"Eurydice说，"真的没有别的办法了吗？"

Cassandra困惑地抬起头来："什么意思？"

"如果，"Eurydice眼眶含泪，"如果K能够忘记——"她哽咽起来，"如果让他再死一次……忘记这些，然后……"

Cassandra缓缓摇头。"那是不可能的。K可以再死一次。理论上，我当然能用'模拟死亡'令他再死一次。他会忘记这个人生里的一切；但感官经验的碎片是无法全数清除的。之前的所有种种，那些情感复杂的渗漏，必然造成自我的错乱或崩坏……"

"不，"Eurydice已泣不成声，"不可能……我做了那么多梦，我收藏了那么多……有那么多梦，都与我有关，与他有关……我原本害怕他忘记我……如果，可以给他一个人生，把他本来的人生还给他……

"他可以忘记这些，全都忘记……然后，或许，重新植入那些梦境，他还有机会记得我……不，或者，或者就忘记我；只要有机会，给他一个新的人生……"

"不可能的。"Cassandra摇头，"你看我。你看看我就知道了。

450

生命本身已是困顿，而记忆却比生命更艰难……"

Cassandra突然摇摇晃晃站起身来。他伛偻着歪斜的身躯，步履蹒跚，苍老而迟钝。他转身向黑暗中走去。

仿佛有生命一般，光随着他打亮了周遭的空间。

空间边界已然呈显。墙洞与铁窗浮现于视觉中。

K跟着向前走去。他感受到气流的寒凉。锈蚀铁窗前，Cassandra与K两人并肩而立。

K看见了。那是一座废弃多年的，杂草蔓生的操场。黑暗中，巨大而茂密的植被掩去了景物原先的模样。K几乎完全无法辨识那场景曾存在于他梦中。那是生命的森林。生命本身的秘密。于彼处，万物衰老，记忆无声消逝，唯一存留的，仅是空间中微弱的星光。

"我的记忆——"K深吸一口气，"我是说，我的初生记忆并不只是一个在废墟中醒来的生化人……"

Cassandra点点头。"这黄昏的游乐场？"

"是。还有，在离开游乐场之后，我遇见了一个小女孩……"

"那就是她。"Cassandra打断K，"那就是Eurydice……"

K听见身后Eurydice抽噎的呼吸。她静默而压抑的哭泣。"她小时候？"

"当然，那就是她小时候的模样。"

"是你的梦？"

"是我的梦。"Cassandra稍停。他枯瘦的双手轻微颤抖着，"那是同一个梦境。没有剪接。"

K沉默半晌。"那是个什么样的梦境？"

"你很清楚不是吗？我在废墟中醒来，并且知道自己是个生化人。我离开那座废墟，走过游乐场旁的青草地，沿着一条小溪行走。我看见一整幢连栋的老旧公寓……"

"不，我的意思是，"K打断Cassandra，"'你认为'那是个什么样的梦境？"

"我知道那是这座城市的贫民窟。老公寓的后侧正对那条美丽的小溪。"Cassandra继续述说，仿佛重新陷落于多年前那古老的梦境中。"然后，我看见玩着彩球的Eurydice……她还是小女孩的模样，和从前我女身时代的记忆一模一样。

"她好可爱好可爱，像个小天使……绑着两条小辫子，像是从前我给她绑的那样。她睁着又大又黑的眼睛盯着我看……然而她母亲很快就出现了，疑惧地看着我，很快就把她抱走了；但在母亲肩头上，她还是回过头来，对我笑了……

"然后我醒了过来。"Cassandra泪流满面，"我立刻知道那是怎么回事……那是我未曾经历，也永远不可能经历的**另一个人生**……那个人生里，我与我的女儿只能如此偶遇，因为我知道，那终究也会是她自己的另一个人生……她会在那里生活、成长；有另一个母亲，另一个家庭……她会长成另一个同样美丽的少女，拥有幸福单纯的生活……她将永远不会认得我，永远不会知道，我这个失败的母亲……"

2219年12月9日。凌晨时分。D城。高楼旅店客房。

K睁开双眼。

客房已不再是客房。视觉印象再度替换了视觉印象。此刻呈显于K脑中的画面已不再是此刻肉身所在的D城高楼旅店,而竟是另一处怪异的陌生地。

他置身于一座遮天蔽日的原始森林中。

(幻觉。多次来访的幻觉。穿透了12次死亡的,他过去感官破片的渗漏……然而幻觉已不再被阻隔于房门之外,不再被阻隔于体腔之外。如同细微的气流,如同重力,它们渗入了意识的流沙中……)

K知道,那并非原始森林。

那是他的中枢神经。他自己的脑结构。

(仿佛一连串缺乏调色后制的全像画面。由无数脑回所编织而成的组织空间里,类神经生物正伸出指爪般的神经树突。一如异形。一如于寂静深海中伸出妖异触手的不明荧光物种。它们菌类般的根须快速攀向脑叶深处,指掌在海流扰动下柔软款摆,伸长,攀附,融熔,接合于人体原生之中枢神经回路……)

他正置身于自己的意识核心。然而怪异的是,在无数如原始植物般发狂生长的结缔组织之间，在无数青白色电流蹿跳闪现的神经触手之间，在此地浓稠且狭仄的黑暗中，他竟看见，许多人脸。

人脸飘浮于空间之中。人脸陷落于纤维之间。人脸沉浮于四处沾滞的黏腻组织液之中。人脸攀附于神经细胞无数细微的突触末端……

但K很快发现，那并非人脸。

那是一张张面具。

活着的、有生命的面具。面具或微笑或皱眉，或嗔怒或号啕。它们或轻声细语，或粗言詈骂，或若有所思，或泪流满面。它们挤压、翻转着自己的表皮或内部结构，做出各式各样不存在于人类脸面之表情。它们彼此倾听、交谈、争辩、驳火。众多细碎语音汇聚成嘈杂的，满是漂浮物的河流……

K倾耳细听。

（你知道"全景不存在"这件事意味着什么吗？）

（什么？）

（意味着任何人类所做、宣称"可窥知全景"的所有设想，皆不存在。）

（所以？）

（所以上帝不存在。）

K甩甩头，闭上双眼，再听。

（告诉我，二代血色素法究竟是什么？）

（那与退化刑有关。）

454

（什么意思？）

（二代血色素法之所以被称为"二代"，正是因为，它其实就是血色素法。自始至终，并没有一项新的筛检法。）

（什么意思？那是假情报吗？"全面清查"其实只是一项假情报？）

（不。"全面清查"是真的。二代血色素法的原理，其实来自退化刑——它并不创造新的筛检法，它其实是另一组类神经生物；而这组"逆演化"类神经生物之功能，即是逆向追索生化人所有自体演化曾经的轨迹，反向消灭所有自体演化成果。逻辑上，二代血色素法即等于"逆演化"加上旧有的"一代血色素法"。）

（为什么你说那与退化刑有关？）

（那与退化刑完全一致，不是吗？"逆演化"。亦即某种退化。反向消灭所有演化结果。无论筛检法为何，生化人的任何自体演化将无所遁逃，就此失效，且溯及既往。缠斗经年，旷日废时，人类阵营终将取得全面胜利……）

（你的意思是，"逆演化"科技来自"退化刑"相关研究？）

（正确。更准确地说，来自人类联邦政府于贝加尔湖地底设立的秘密实验室，邻近于重犯流刑监狱，方便就近以无数受刑生化人为实验标本。"逆演化"几乎就等同于一种定向更为精准的轻度退化刑。）

（等同于退化刑？未经审判，怎能用刑？）

（以人类之心性，他们又何尝在乎过这些？这可是人类施虐生化人实验的意外收获呢。）

K颓然坐倒。身后语音呶呶不休。

（……艺术并不止于探测"现实"。认为"艺术探测现实"，是对艺术极大的误解。事实上，艺术探测的是"现实的可能性"。这"可能性"包含的是过去曾经存在的现实：历史、过去未曾实现的可能性、现状，以及在未来可能出现的样态。这是艺术的魔术。唯有艺术能于其自身之中同时呈现过去、现在与未来的可能性。"现实"的"所有可能"……）

等等。K想。我认得这个声音。

那是Eurydice的声音——

幻觉消失。背景黯灭。

K再度置身于高楼旅店客房中。

四下寂静。Eurydice柔软苍白的躯体犹在床褥之下微微起伏。她发出均匀的鼻息，陷落于自己不为人知的梦境之中。

或是，苍茫不定的，另一个人生中。

然而烟尘。烟尘依旧于城市天空中无声飘荡。

（第12只、第13只、第14只巨大的蛾接续撞击了高楼旅店的玻璃窗……）

再没有人能确认，管制区内，第七封印总部界域中，究竟发生了什么意外。或许那**加速自体演化**之类神经生物，终究杂交媾和了"**逆演化**"类神经生物组，遂进而导致第11对染色体中M水蛭基因的意外突变？（那失控的生化人血色素原料？"倍数演化"所致基因变异之庞大积累？变异之乘数效应？）或者，那其实又是另一次故障失误的演化，反时钟逆行，误入歧途到了某个不存在的侏罗纪或白垩纪——那原本独属于沼泽、裸子植物、庞大蕨类与巨兽爬虫——不存在之物种、一巨型水蛭之时代？

又或者，这其实根本与K无关、与"逆演化"无关、与任何意外无关，而竟是另一桩原因不明的神秘阴谋？

没有答案。然而此刻，于这邻近第七封印总部的D城，凌空数百米的高楼旅店客房中，K的身后，门板上响起了一阵急促的敲门声。

一阵。接着再一阵。

于那急促撞击的短暂间断中，K再次感到被一种奇异的、暴烈的寂静所包围。

K没有理会那连串敲门声。他只是给自己倒了一杯水，默默踱回床前，缓缓坐下。

在他身旁，沉睡中的Eurydice嘴唇微动。仿佛梦呓。

然而终究未醒。

K自口袋中取出两颗暗红色胶囊，和水服下。

夜色正吞食着黄昏。亮度寸寸转暗。

然而K知道，那明暗的变化无关时序。那仅是因为意识，或暴乱的烟尘。

这不是梦境。K想。这是一场暴政。他不知那该被称为暴政的形式，或仅是某种虚无核心的衍生物。他不知该以虚假或真实来称呼它。事实上，若是避开地面，将视野框定于天际，此刻看来，城市之景象依旧安宁祥和，一如往常。

城市。城市机械巨兽的轮廓正浸没于深邃如海洋的暗蓝色天空下。云霞于彼处掠取了来自海面的银色微光。如同死亡之标本，城市的心脏犹且酣眠于庞巨如星系般的寂静之中。

然而此刻，一如古典时代那无声漂移于黑漠大洋之上的、成群的航空母舰，这城市辽远的天际线逐渐被那一只又一只的巨型水蛭完全遮蔽。且由于那巨兽形体之全然透明，竟使那所谓"遮蔽"，全像是穿过了一座又一座不存在的，微微扭曲，聚光、散光或倒立镜像的蜃影之城一般。

　　旅店内，K已逐渐感觉意识之下坠。

　　仿佛一渐次涣散分离之物正朝向一无明之黑暗缓慢沉落。（那散逸的光。温暖的液体。无数生而为人的，甜美瑰丽之梦境。海水泡沫般无可挽回之幸福……）

　　画面在K的意识中浮现。

　　K突然，突然就看见了它。

　　一幅画面。化石岩页般凝止之时间。那个瞬刻。K看见，深海中，沉睡的自己正被一只M水蛭攀附吸食。

　　仿佛由此刻右侧额角搐跳不停的紫色蛭虫幻化而成。那是一只巨大的，躯体与人齐高的M水蛭。M水蛭攀附于他后背，口器紧紧黏附于他的脑壳。它的体节剧烈涨缩，快速搏动；而正遭吸食中的自己，则似乎知觉全失，肢体松弛仿若仅存皮囊。无边际的黑暗中，他旁观凝视着自己全身暗红色的生化人血液被水蛭徐徐吸噬，摄入其巨大透明之蛭体，而后散布至其腔室之全身；且竟即于数小时之后——如一次染色过程之倒转逆行，微物之散逸——逐渐淡化、崩解、离析、消融，失却其色泽……

　　（这就是独属于K自己的，濒死体验吗？）

　　褪色。仿佛众多有形体之物尽皆沉落入空无。无声无色，无悲无喜，没有梦境也没有感情，没有善意亦全无恶意；直至蜃影般冰冷纯净，透明清晰。

　　一场暴政。一个**没有颜色的人**。

54

　　K最后一次见到Gödel大约是在Eros故世后一周。那恰恰是Gödel滞留于第七封印总部之最后一日。隔日，Gödel便将以人犯身份被移往位于西伯利亚贝加尔湖北侧湖畔的联邦政府重犯流刑地，在那座深埋于冰冻荒原下的流刑监狱里执行退化刑。平均深度758米的贝加尔湖是地表上最深之湖泊；彼处，冬日时分的监狱建筑恒常沉落于永夜黑暗之底，而隔邻的永夜与永夜间亦仅以一稀薄的黄昏相连。

　　Gödel已得知Eros故去的消息。灯光黯淡的会客室里，他看来十分平静，似乎不存在任何情绪波动。简单寒暄过后，K与他讨论并确认了一些移监前的例行琐事。

　　气氛友善。道别之前，他们站起来握了握手。

　　而后K突然想起了什么。

　　"对了，你能否确认，在他们的组织里，你是否曾有过别的代号？"K问，"或者，可能……在某些时刻，你的联络人是否曾给你替换过什么样的名称？他如何称呼你？"

　　"怎么？审讯还没结束吗？"Gödel开了个玩笑。"嗯……"他沉吟，"在单线联系的状况下，我当然不会知道他们彼此之间如何称呼我。"他脸上忽然出现了一抹奇异的微笑，像是理解又像是轻蔑，如同嘲讽亦如同宽谅，"但我的联络人确实给了我一组暗号，供我在紧急时刻主动联络时使用。其中也就包括了一个署名用的代号——"

"所以？"K问，"你的署名是？"

Gödel抬起头，凝视着K的双眼；而后又低下眼睑。

"我叫K。"他温柔地说。

（初稿：2007年9月～2010年5月）

文景
——
Horizon

社科新知　文艺新潮

噬梦人

伊格言　著

出 品 人：姚映然
责任编辑：廖　婧
装帧设计：周安迪
版式设计：安克晨

出　　品：北京世纪文景文化传播有限责任公司
　　　　　（北京朝阳区东土城路8号林达大厦A座4A　100013）
出版发行：上海世纪出版股份有限公司
印　　刷：山东临沂新华印刷物流集团有限公司
制　　版：南京展望文化发展有限公司

开　本：890mm×1240mm　1/32
印　张：14.5　字　数：336,000　插　页：2
2017年8月第1版　2017年8月第1次印刷
定　价：45.00元
ISBN：978-7-208-14711-9/I·1659

图书在版编目（CIP）数据

噬梦人/伊格言著．—上海：上海人民出版社，
2017
ISBN 978-7-208-14711-9

Ⅰ.①噬… Ⅱ.①伊… Ⅲ.①科学幻想小说—中国—
当代 Ⅳ.①I247.1

中国版本图书馆CIP数据核字（2017）第182356号

本书如有印装错误，请致电本社更换 010-52187586